AS CRIANÇAS NA COLINA

Outras obras de Jennifer McMahon

The Drowning Kind

The Invited

Burntown

A Torre do Terror

Prisioneiros do Inverno

The One I Left Behind

Não Diga uma Palavra

Dismantled

Island of Lost Girls

Promise Not to Tell

Jennifer McMahon

AS CRIANÇAS NA COLINA

Tradução de **SARA OROFINO**

ALTA BOOKS
GRUPO EDITORIAL
Rio de Janeiro, 2023

As Crianças na Colina

Copyright © **2023** STARLIN ALTA EDITORA E CONSULTORIA LTDA.
Copyright © **2022** JENNIFER MCMAHON
ISBN: 978-85-508-1924-2

Translated from original The Children on The Hill. Copyright © 2022 by Gallery Scout Press. ISBN 9781982153953. This translation of The Children on The Hill, first published in 2022, is published by arrangement with Jennifer McMahon. PORTUGUESE language edition published by Grupo Editorial Alta Books Ltda., Copyright © 2023 by Starlin Alta Editora e Consultoria Ltda.

Impresso no Brasil – 1ª Edição, 2023 – Edição revisada conforme o Acordo Ortográfico da Língua Portuguesa de 2009.

Dados Internacionais de Catalogação na Publicação (CIP) de acordo com ISBD

M478c	McMahon, Jennifer
	As Crianças na Colina / Jennifer McMahon ; traduzido por Sara Orofino. - Rio de Janeiro : Alta Books, 2023.
	320 p. ; 16cm x 23cm.
	Tradução de: The Children on The Hill
	ISBN: 978-85-508-1924-2
	1. Literatura americana. 2. Romance. I. Orofino, Sara. II. Título.
2023-197	CDD 869.89923
	CDU 821.134.3(81)-31

Elaborado por Vagner Rodolfo da Silva - CRB-8/9410

Índice para catálogo sistemático:
1. Literatura americana : Romance 869.89923
2. Literatura americana : Romance 821.134.3(81)-31

Todos os direitos estão reservados e protegidos por Lei. Nenhuma parte deste livro, sem autorização prévia por escrito da editora, poderá ser reproduzida ou transmitida. A violação dos Direitos Autorais é crime estabelecido na Lei nº 9.610/98 e com punição de acordo com o artigo 184 do Código Penal.

O conteúdo desta obra fora formulado exclusivamente pelo(s) autor(es).

Marcas Registradas: Todos os termos mencionados e reconhecidos como Marca Registrada e/ou Comercial são de responsabilidade de seus proprietários. A editora informa não estar associada a nenhum produto e/ou fornecedor apresentado no livro.

Material de apoio e erratas: Se parte integrante da obra e/ou por real necessidade, no site da editora o leitor encontrará os materiais de apoio (download), errata e/ou quaisquer outros conteúdos aplicáveis à obra. Acesse o site www.altabooks.com.br e procure pelo título do livro desejado para ter acesso ao conteúdo..

Suporte Técnico: A obra é comercializada na forma em que está, sem direito a suporte técnico ou orientação pessoal/exclusiva ao leitor.

A editora não se responsabiliza pela manutenção, atualização e idioma dos sites, programas, materiais complementares ou similares referidos pelos autores nesta obra.

Alta Novel é um selo do Grupo Editorial Alta Books

Produção Editorial: Grupo Editorial Alta Books
Diretor Editorial: Anderson Vieira
Vendas Governamentais: Cristiane Mutüs
Gerência Comercial: Claudio Lima
Gerência Marketing: Andréa Guatiello

Produtoras da Obra: Illysabelle Trajano & Mallu Costa
Assistente da Obra: Beatriz de Assis
Tradução: Sara Orofino
Copidesque: João Costa
Revisão: Fernanda Lutfi & Raquel Escobar
Diagramação: Rita Motta

Rua Viúva Cláudio, 291 – Bairro Industrial do Jacaré
CEP: 20.970-031 – Rio de Janeiro (RJ)
Tels.: (21) 3278-8069 / 3278-8419
www.altabooks.com.br — altabooks@altabooks.com.br
Ouvidoria: ouvidoria@altabooks.com.br

Editora afiliada à:

*Para todos os monstros da minha infância:
reais e imaginários*

Eu, o infeliz e o abandonado, sou um monstro a ser rejeitado, escoiceado e maltratado. Mesmo agora, meu sangue ferve ao se lembrar de ser injustiçado.

Mary Shelley
Frankenstein

O Monstro

15 de Agosto de 2019

O CHEIRO DELA me lança através do tempo até o *antes*.
Antes de saber a verdade.
O aroma dessa menina é intoxicante. É um cheiro doce, com um toque meio forte e picante, como se você tivesse uma moeda na língua.

Posso sentir o cheiro da raspadinha de uva que ela tomou esta tarde, os cigarros que vem escondendo, o leve traço da vodca de ontem à noite (surrupiada da garrafa secreta do papai, que a guarda na casa de barcos — já vi ambos se esgueirando até lá para tomar uns goles).

Ela cheira a perigo e a intensidade.

E adoro o jeito como a menina caminha, saltitando, como se tivesse molas nas solas dos pés. Se ela saltar alto o suficiente, conseguirá percorrer todo o caminho até a lua.

A lua.

Não olhe para a lua, cheia e estufada, grande e brilhante.

Monstro errado. Não sou uma lobisomem.

Mas já tentei ser uma vez.

Pouco depois de assistirmos ao *O Lobisomem* juntas, eu e minha irmã encontramos um livro sobre lobisomens com um feitiço para se transformar em um deles.

— Acho que a gente devia tentar — dissera minha irmã.

— Nem pensar — falei.

— Você não tá curiosa pra saber como seria se transformar?

Nós fugimos para dentro da floresta à meia-noite, fizemos um feitiço sob a lua cheia, cortamos nossos polegares, bebemos a poção e queimamos uma vela. Minha irmã estava certa: imaginar que estávamos nos transformando em criaturas que iam além de nós mesmas era uma sensação extraordinária. Nós corríamos nuas por entre as árvores, uivando e comendo samambaias, pois fingíamos que eram ervas de lobo.

Pensamos que poderíamos nos tornar lobisomens autênticos, diferente daquela coisa com peruca, focinho de borracha e pelo de iaque colado no rosto, como Lon Chaney Jr. (nós lemos isso num livro também — "tadinho dos iaques", dissemos, rindo e gargalhando ao imaginar como aqueles pelos deviam ter um cheiro terrível). Naquela noite, quando vimos que nada aconteceu, ficamos muito frustradas. Quando percebemos que nem pelos, nem presas haviam crescido e que não havíamos enlouquecido ao ver a lua. Ao voltarmos para casa, juramos nunca falar sobre o que tínhamos feito, enquanto vestíamos nossos pijamas e íamos para cama ainda como duas garotas humanas.

— Consegue adivinhar o que eu sou? — pergunto à garota agora.

Não era a minha intenção, mas as palavras simplesmente dispararam da minha boca como fagulhas estalando de uma fogueira.

— Er... não faço ideia — diz a menina, olhando para mim com uma cara esquisita. — Um fantasma? Uma espécie de "feijão" humano?*

E foi assim mesmo que ela disse: feijão. Como se todos nós fôssemos feijões cozidos dentro de uma panela, ou, quem sabe, jujubas reluzentes e coloridas de sabores diferentes.

Eu seria a de sabor alcaçuz. Aquelas de cor preta que são deixadas no fundo do pacote, cujo sabor ninguém suporta.

Troquei o peso do corpo de um pé para o outro e partes do meu disfarce retiniram e chacoalharam, enquanto o cabelo emaranhado da minha peruca caía sobre meus olhos.

Neste momento, eu realmente amo essa garota. Quem ela é. Tudo aquilo que jamais vou conseguir ser. Tudo aquilo que jamais vou conseguir ter.

Mas, principalmente, amo o fato de saber o que vem a seguir: estou prestes a transformá-la, assim como já transformei muitas outras antes dela.

Eu vou *salvar* essa garota.

---

* Do original, "human bean". A autora usa um trocadilho comum no inglês entre *human bean* e *human being* (ser humano). [N. da T.]

— Quando você vai realizar o meu desejo? — pergunta ela.

— Em breve — digo com um sorriso.

Eu concedo desejos.

Sou uma milagreira.

Posso dar a essa garota o que mais deseja, mas nem ela mesma sabe o que seria isso.

Mal posso esperar para mostrar a ela.

— Então, você topa fazer um joguinho? — pergunta a garota.

— Sim! — Praticamente grito.

Sim, ah, sim, sim! Essa é a minha pergunta favorita, a melhor parte! Eu conheço jogos e sou uma ótima jogadora.

— Verdade ou consequência? — pergunta ela.

— Se é o que você quer. Mas fica o alerta: vou saber se você estiver mentindo.

A garota dá de ombros, cutuca o lóbulo direito da orelha — que tem três furos — e me observa por debaixo das inúmeras camadas de maquiagem preta gótica. Uma boa menina tentando parecer má a todo custo.

— Hum... não. Vamos brincar de pique-pega. — Isso me surpreende. Ela parece muito velha para esse tipo de jogo. — Minha casa é o pique. Tá com você.

A garota dá um tapa no meu braço tão forte que chega a arder, então começa a correr.

Sem conseguir segurar, solto uma risada. É o nervosismo. É a emoção. Não existe a possibilidade dessa garota com pernas de palito e pulmões cheios de fumaça de cigarro correr mais do que eu.

Sou forte, rápida e treinei a minha vida inteira para momentos como este.

Estou correndo, correndo, correndo. Perseguindo essa linda moça de capuz preto, cujos cabelos loiros com pontas roxas brilhantes esvoaçam atrás dela parecendo a bandeira de um país do qual ninguém nunca ouviu falar. Ela está correndo, gritando, achando que vai conseguir voltar para o pique e para as luzes radiantes da sua pequena cabana que estão começando a aparecer por entre as árvores (as luzes só estão fortes por causa do zumbido baixo do gerador do lado de fora, não há redes de energia por essas bandas). Achando que vai conseguir voltar para casa, para os pais (que ela odeia), para a cama

AS CRIANÇAS NA COLINA 3

quentinha com lençóis de flanela e para o seu velho cachorro, Dusty, que rosna sempre que sente o meu cheiro — ele sabe o que sou.

Tem algas entrelaçadas no meu cabelo. Estou usando um vestido cheio de ossos, gravetos, pedúnculos de taboas, uma velha linha de pescar e flutuadores. Sou o meu próprio sino do vento, chacoalhando enquanto corro. Meu cheiro parece o do lago: podre, estragado, de algo úmido que foi abandonado.

Posso facilmente alcançar a garota, mas deixo-a tomar a dianteira. Deixo que se apegue à fantasia de que vai conseguir voltar para sua antiga vida. Observo sua silhueta saltar por entre as árvores, voando, flutuando.

E de repente sou criança outra vez, correndo atrás da minha irmã, fingindo que sou o monstro de algum filme qualquer (sou o lobisomem, sou o Drácula, sou o fantasma da porra da ópera), mas nunca fui rápida o bastante para pegá-la.

Essa garota eu vou pegar.

E agora sou um monstro de verdade. Não sou mais de "faz de conta".

Vou pegar essa garota, porque nunca consegui pegar a minha irmã.

E aí está: quarenta anos depois, e ainda é a minha irmã quem eu sempre estou perseguindo.

Vi

08 de Maio de 1978

O PRÉDIO ERA *assombrado*, pensou Vi, enquanto corria pela enorme área de gramado verde até o Asilo. Como não seria? Se semicerrasse os olhos da maneira certa, o prédio poderia ser uma velha mansão ou um castelo, algo saído de um filme em preto e branco, onde Drácula talvez vivesse. Mas o Asilo fora construído com tijolos amarelos grosseiros, e não pedras escarpadas. Não havia torres, nem muralhas, nem ponte levadiça. Também não havia morcegos que saíam voando do campanário. Só havia o imenso prédio retangular, com o velho telhado de ardósia e as janelas de vidro grosso e venezianas pretas, que ninguém nunca fechava.

Vi andou pela sombra que o Asilo fazia e sentiu o prédio envolvê-la em seus braços, dando-lhe as boas-vindas enquanto ela pulava nos degraus de granito. Acima da porta da frente, havia uma placa de madeira entalhada na qual se lia FÉ, feita por um paciente muito tempo atrás. Vi sussurrou a palavra secreta para entrar no castelo do monstro, que era *ÉF* — fé de trás para frente.

A menina segurou o prato firmemente. Não era daqueles de papel fino, mas sim um daqueles que se guarda no armário da cozinha, com uma estampa lustrosa de girassóis que combinava com as cortinas e a toalha de mesa. Vi tinha preparado o almoço da Vovó — um sanduíche de linguiça de fígado num pão de centeio. Ela achava a linguiça de fígado nojenta, mas era a carne favorita da avó. Também colocara uma camada extra de mostarda, porque, como dissera para si mesma, não era apenas um molho, mas uma poção especial para afastar monstros. Serviria para manter Vovó a salvo e afastaria vampiros e lobisomens. Vi centralizara o sanduíche no prato, colocara um picles e umas batatas fritas ao lado e cobrira tudo com papel-filme para mantê-lo fresco. Sabia que Vovó ficaria contente e murmuraria coisas como o quanto a menina era atenciosa.

Segurando o sanduíche numa das mãos, Vi empurrou a porta com a outra e entrou na recepção, que eles chamavam de Saguão, onde havia um piso ladrilhado, tapetes decorativos, uma lareira e dois sofás confortáveis. O primeiro andar era a parte central do Asilo. Corredores se projetavam do Saguão para a direita, para a esquerda e para uma escadaria logo em frente à porta. No corredor da direita, ficavam os escritórios dos funcionários e a Sala do Carvalho no fim, onde faziam reuniões. Na ala da esquerda, ficavam a Sala do Amanhecer, onde aconteciam várias atividades e a televisão estava sempre ligada; a Sala do Silêncio, cheia de livros e apetrechos de arte; e a Sala de Jantar e a cozinha no fim do corredor. Os pacientes se revezavam em turnos para trabalhar ali: amassando batatas, esfregando panelas e frigideiras e ajudando a servir os outros moradores do Asilo na hora da refeição.

O segundo andar era chamado por Vovó e pela equipe de "as suítes", que eram os quartos dos pacientes. Dividido em dois setores — Leste 2 e Oeste 2 —, havia um total de vinte quartos de solteiro naquele andar, dez em cada setor, além de um posto de enfermagem no meio, para enfermeiros e toda a equipe.

A porta que ia para o porão ficava à esquerda da escadaria principal, que levava ao segundo andar. Vi nunca tinha ido até lá. Era onde ficava a caldeira e a sala das máquinas. Vovó dissera que não servia para muita coisa além de depósito.

Na parede à esquerda de Vi, havia uma fotografia recente de toda a equipe, de pé, em frente ao velho prédio amarelo. Vovó estava bem no meio, usando um terninho azul. Uma mulher baixinha que era o centro de tudo: o sol na galáxia do Asilo Hillside.

Uma janela que ficava entre o Saguão e o escritório principal se abriu.

— Boa tarde, Srta. Evelyn — disse Vi, radiante e alegre, com uma voz cadenciada.

Não era permitido crianças no Asilo. Ela e o irmão, Eric, eram as únicas raras exceções, isso se conseguissem passar pela Srta. Ev.

Evelyn Booker tinha quase 1,80 de altura e o porte físico de um jogador de futebol americano. Ela usava uma peruca ruiva ondulada, que às vezes ficava um pouco torta. Vi e Eric a apelidaram de *Miss Evil*, a Senhorita Cruel.

A menina olhou para a mulher e se perguntou que tipo de monstro ela seria e se a poção de mostarda funcionaria nela também.

A Srta. Ev franziu a testa para Vi através da janela aberta, as sobrancelhas grossas e desenhadas a lápis quase se encontrando no meio da testa.

Metamorfo, pensou Vi. *Definitivamente um metamorfo.*

— A Dr. Hildreth está resolvendo uma emergência — disse a mulher, enquanto uma nuvem de fumaça de cigarro escapava pela janela.

— Eu sei — disse Vi. Era sábado, um dos dias de folga de Vovó, mas o Dr. Hutchins havia ligado e ela passara vários minutos ao telefone, parecendo tentar acalmá-lo. Por fim, a avó dissera que estava a caminho e resolveria ela mesma o problema. — Mas minha avó saiu com tanta pressa que não deu tempo de tomar café ou preparar o almoço. Então, pensei em trazer um sanduíche.

Vi sorriu para a Srta. Ev. Vovó estava sempre tão ocupada que se esquecia de comer, mas a neta se preocupava com ela. A avó sempre colocava o Asilo em primeiro lugar, achando que poderia sobreviver um dia inteiro apenas com café velho e cigarros.

— Pode deixar aqui que eu dou um jeito de entregarem.

A Srta. Ev olhou com suspeita para o prato do sanduíche. Vi tentou não ficar muito decepcionada por não poder entregar o prato nas mãos de Vovó como tinha planejado. Ela sorriu e passou o embrulho pela janela.

Tom, com seus cabelos longos e selvagens, vinha passeando pelo Saguão e chamou Vi:

— Violetas são azuis, como você está?

Ele era um dos pacientes que Vovó enquadrava na política da porta-giratória. Tom vivia saindo e entrando do Asilo desde que Vi se entendia por gente.

— Eu estou bem, Tom — disse ela, animada. — E você?

— Ah, eu tô cheio de coceira — disse ele esfregando os braços. — Muita, muita coceira.

Ele tirou a blusa, arquejando um pouco conforme coçava a própria pele, que estava coberta por uma camada de pelos pretos e grossos.

Lobisomem, pensou Vi. Sem dúvida.

Tom jogou a blusa no chão e começou a desabotoar a calça.

— Opa, vamos com calma! — disse Sal, um dos assistentes, cujo pescoço tinha a mesma espessura que a cintura de Vi. — Nada de tirar a roupa. Ninguém aqui quer que a Srta. Ev fique toda excitada.

A Senhorita Cruel franziu a testa e fechou a janela de vidro com um estrondo.

Vi sorriu, se despediu e se encaminhou para a saída do Asilo, enquanto Tom continuava a gritar o quanto estava coçando. Ela ouviu Sal dizer que o homem só poderia pegar um biscoito na cozinha se não tirasse a roupa.

Lobisomem ou não, Vi gostava de Tom. Vovó havia levado ele para casa algumas vezes e os dois haviam jogado damas.

Quando a avó levava alguns pacientes para casa, Vi e Eric os chamavam de "os desgarrados da Vovó". Eram pessoas que ainda não estavam prontas para voltar à vida real. Pessoas que o resto da equipe do Asilo considerava causas perdidas.

Uma vez, Vovó trouxe para casa um homem cheio de cicatrizes ao redor da cabeça, que não guardava memórias de curto prazo. Você tinha que se apresentar continuamente e lembrá-lo que ele já tinha tomado café da manhã.

— Quem é você? — perguntava ele, assustado, toda vez que encontrava Vi.

— Ainda sou apenas a Violet — dizia ela.

Mary D., uma mulher de cabelos ruivos encaracolados, disse às crianças que já havia reencarnado uma centena de vezes, guardando memórias nítidas de cada vida e de cada morte. (*Eu era Joana d'Arc. Conseguem imaginar a dor de ser queimada viva, crianças?*)

E houve também a mulher silenciosa e desgrenhada de olhos fundos, que chorava de soluçar toda vez que as crianças falavam com ela. Eric e Vi a chamavam simplesmente de A Chorona.

Às vezes os visitantes voltavam para a casa da Vovó só para fazer uma refeição, ou para ficar uma ou duas noites. Às vezes ficavam por semanas, dormindo no quarto de hóspedes, vagando pela casa em camisolas hospitalares como fantasmas, passando horas conversando com Vovó no porão, onde ela testava suas memórias, suas capacidades cognitivas, e tentava curá-los. A avó lhes servia chá, jogava cartas com eles, deixava-os sentados na poltrona da sala de estar e pedia a Vi e a Eric que trouxessem pratos de biscoitos e que fossem educados com os pacientes.

Como você está? Muito prazer.

— Um hospital, ou mesmo um lugar agradável como o Asilo, não é um ambiente muito encorajador. Para se recuperar, às vezes o paciente precisa sentir como se estivesse em casa — explicou Vovó. — Eles precisam ser tratados como se fossem parte da família para melhorar.

Esta era a Vovó: ela fazia tudo que estava ao seu alcance para ajudar os pacientes a se recuperar, para ajudá-los a se sentir protegidos.

Vi e o irmão eram fascinados pelos desgarrados. Eric tirava fotografias de cada um deles com sua polaroide, mas fazia isso escondido, quando Vovó não estava por perto. Os irmãos guardavam as fotos em uma caixa de sapato secreta, guardada atrás do guarda-roupa de Eric. Separadas por clipes, cada foto tinha uma ficha pautada junto a si, na qual Vi fazia anotações — nomes ou apelidos, ou qualquer detalhe que eles descobrissem. Vi e Eric chamavam a caixa de sapato de "Arquivos". As fichas tinham anotações do tipo:

Mary D. tem cabelos de um tom de laranja, o que lhe cai bem, já que sua comida favorita é torrada com marmelada. Diz ela que comia isso o tempo todo quando era Ana Bolena, casada com o rei Henrique VIII. Antes de ter sido decapitada.

Também havia um caderninho na caixa de sapato, cheio de informações que haviam juntado sobre os outros pacientes de Vovó, aqueles que nunca viram e apenas ouviam falar. Eram coisas que Vi e Eric entreouviam Vovó discutir pelo telefone com o Dr. Hutchins, o outro psiquiatra do Asilo, ou quando ele aparecia para provar alguma das novas misturas de gim de Vovó. Quando ela e o Dr. Hutchins falavam sobre os pacientes, usavam sempre as primeiras letras de seus nomes para se referir a cada um. Vi gostava de folhear o caderninho vez ou outra, para tentar descobrir se algum dos desgarrados da Vovó eram pessoas de quem já ouvira falar antes.

NA SEMANA ANTERIOR, Vi bisbilhotava Vovó e o Dr. Hutchins enquanto ambos estavam sentados no pequeno pátio de pedra do quintal, bebericando gim-tônicas. A menina estava agachada, espionando-os de um dos lados da casa.

— Mistura 179 — disse Vovó. — Acho que o zimbro está um pouquinho forte. O que você acha?

— Acho que está delicioso — disse o Dr. Hutchins. Ele dizia isso toda vez que provava uma nova mistura do gim caseiro da avó.

Vi suspeitava de que o pobre homem talvez nem gostasse de gim. Ela o pegou, mais de uma vez, despejando secretamente o conteúdo de seu copo nos canteiros de flores quando Vovó não estava olhando.

Dr. Hutchins parecia mais agitado do que os pacientes. Tinha um pescoço longo e fino, uma cabeça pequena, com um cabelo ralo que se espalhava em tufos engraçados. Vi achava que ele parecia um avestruz.

O doutor e a avó falaram do tempo e das flores até que finalmente começaram a conversar sobre os pacientes. Vi pegou seu caderninho.

— D.M. teve uma semana difícil — disse o Dr. Hutchins. — Atacou o Sonny hoje, durante a terapia de grupo. Foram necessários três homens para contê-la.

Sonny era um dos assistentes sociais. Ele era responsável pela terapia por meio da arte e ajudava no estúdio de argila. Era um cara legal, com um bigode gigante e costeletas espessas. Às vezes ele deixava que Vi e Eric criassem coisas no estúdio de cerâmica: pequenos vasos, canecas e cinzeiros.

Vovó chacoalhava o gelo em seu copo. Ela se serviu de mais uma gim-tônica do jarro que estava sobre a mesa entre eles.

— E ainda teve o episódio entre ela e H.G. na quarta-feira — continuou o Dr. Hutchins.

— Provocaram ela — respondeu Vovó, acendendo um cigarro com seu velho Zippo, um isqueiro de ouro com o desenho de uma borboleta.

O outro lado do isqueiro tinha suas iniciais gravadas em letra cursiva: *HEH*. Vi escutou o arranhar da pederneira e sentiu o aroma do fluido do isqueiro. Vovó dizia que fumar era um péssimo hábito, um que Vi nunca deveria sequer começar, mas a menina adorava o cheiro da fumaça dos cigarros e do fluido do isqueiro. E, mais do que tudo, amava o velho isqueiro de borboleta da avó, que precisava ser enchido com fluido e ter a pederneira trocada periodicamente.

— Ela é perigosa — disse o Dr. Hutchins. — Sei que você acha que estamos progredindo, mas a equipe está começando a se perguntar se o Asilo é o melhor lugar para ela.

— O Asilo é o *único* lugar para alguém como ela — disse Vovó com rispidez. A avó deu um trago no cigarro e observou a fumaça subir, conforme a exalava. — Vamos ter que aumentar sua dose de Clorpromazina.

— Mas se ela continuar representando um perigo para os outros...

— E não é esse o nosso trabalho, Thad? Ajudar àqueles que mais ninguém conseguiu ajudar?

Sim, pensou Vi. *Sim!* Vovó era uma milagreira. Um gênio. Era famosa por curar pacientes que outros médicos não conseguiram.

Dr. Hutchins acendeu o próprio cigarro. Eles ficaram em silêncio por um instante.

— E a paciente S? — perguntou o doutor. — Ainda está progredindo?

Vi terminou suas anotações sobre D.M. e virou em uma nova folha para anotar sobre a paciente S.

— Ah, sim! Ela está indo muito bem mesmo — disse Vovó.

— E a medicação?

— Tenho diminuído um pouco a dosagem.

— Alguma alucinação?

— Acredito que não. Pelo menos nenhuma que ela tenha admitido, ou que se deu conta de ter.

— É maravilhoso, não é? Toda essa melhora? Você deveria ficar bem orgulhosa de si mesma, pois proporcionou exatamente o que ela precisava. Você a salvou — disse o Dr. Hutchins.

Vovó riu.

— Salvei? Talvez. Mas estou começando a achar que ela nunca levará uma vida normal. Não depois de tudo o que passou. Ela vai ter que ficar em observação. E se as autoridades ou os jornais algum dia...

— Você acha que ela se lembra do que fez? De onde veio? — interrompeu ele.

Os pelos no braço de Vi se arrepiaram exatamente como acontecia durante uma tempestade.

— Não. E, francamente, acho que é melhor assim, não acha? — disse Vovó.

Ambos bebericaram suas bebidas, o gelo nos copos chacoalhando. A fumaça dos cigarros flutuava na direção das nuvens.

Vi escutava tudo com atenção e escreveu: *O QUE A PACIENTE S FEZ? Matou alguém???*

Ela sabia que o Asilo tinha pacientes violentos, pessoas que haviam feito coisas terríveis, não porque eram ruins, mas porque estavam doentes. Era isso que Vovó dizia.

Mas será que havia uma assassina de verdade lá? Alguém que Vovó estava mantendo em segurança, protegendo?

A menina rabiscou no caderninho *"QUEM É A PACIENTE S???"*, tudo em letra maiúscula.

                                                   ꙮꙮꙮ

AGORA, ENQUANTO VOLTAVA pelo gramado e se dirigia à sua enorme casa branca, que ficava exatamente do outro lado da estrada para o Asilo, Vi pensava na paciente S.

— Quem é essa paciente? — perguntou em voz alta. Então esperou pela resposta, escutando atentamente.

Às vezes, se fizesse a pergunta certa no momento certo, Deus respondia.

Quando Deus falou com Vi, foi como em um sonho. Uma voz sussurrada, que ela lembrava vagamente.

Quando Deus falava, parecia um pouco com Neil Diamond nos discos de Vovó.

Eu sou, disse eu.

Vi o imaginava lá em cima, observando-a, vestido em seu traje de sarja apertado e cheio de contas, igualzinho ao que Neil Diamond usara em seu álbum duplo, ao vivo, o *Hot August Night*, que Vovó adorava escutar. O cabelo de Deus era selvagem como a juba de um leão e os pelos de seu peito irrompiam pelo decote em V de sua jaqueta.

Havia outros deuses também. Outras vozes.

Deuses das pequenas coisas.

Dos ratos e das torradeiras.

O deus dos girinos. Do café coado, que sussurrava uma saudação especial para ela todas as manhãs, numa voz alegre e borbulhante: *Bom dia, brilho das estrelas. Sirva-se de uma xícara de mim. Prove um gole. Vovó diz que você já é grande o bastante. Beba-me e eu vou lhe contar mais coisas.*

Mas hoje, até agora, os deuses estavam silenciosos. Vi ouvia os passarinhos e o zumbido baixo das abelhas coletando o néctar das flores que já haviam desabrochado.

Era um dia claro e ensolarado de primavera e Vi se acomodou no balanço da varanda, lendo um dos livros de Vovó: *Frankenstein*. Cada vez que visitava a biblioteca gigante da avó ou ia até a cidade, na pequena Biblioteca Pública de Fayeville, feita de tijolos, Vi deixava o deus dos livros ajudá-la a escolher sua próxima leitura. Ela percorria as lombadas dos livros com o dedo, até que ele dissesse *Este aqui*, numa voz fina e farfalhante. A menina tinha que ler o livro inteiro, mesmo que não tivesse muito interesse na história, porque Vi aprendera que, mesmo nos livros mais estúpidos, havia sempre uma mensagem secreta que fora escrita apenas para ela. O truque era descobrir como encontrá-la. Mas parecia que *Frankenstein* fora escrito especialmente para Vi, do início ao fim. A história a fazia se sentir elétrica e agitada.

Ela lia algumas passagens diversas vezes e até as sublinhava com um lápis para poder copiá-las depois, quando estivesse sentada escrevendo seu relatório para Vovó, como fazia com todos os livros que já havia lido: *Ninguém é capaz de conceber a variedade de sentimentos que me enfastia, como um furacão, antes do primeiro entusiasmo do sucesso. A vida e a morte parecem, para mim, fronteiras perfeitas, as quais devo atravessar primeiro, e derramar uma torrente de luz em nosso mundo obscuro.*

Vi se balançava e lia, ouvindo o balanço da varanda fazer *crack!, crack!, crack!*, até que o barulho se transformou em uma música — torrente de luz, torrente de luz, torrente de luz — e ela fechou os olhos para ouvir com mais atenção.

Foi aí que ouviu o próprio nome ser chamado. Primeiro estava muito distante, depois foi chegando mais perto. Mais alto. Mais frenético: *Vi, Vi, VI!*

Ela abriu os olhos e viu seu irmão. Ele estava sem camisa e atravessava a entrada do terreno correndo. Sua camisa vermelha estava enrolada em suas mãos, cobrindo algo que ele embalava cuidadosamente enquanto seguia na direção da irmã. Eric chorava, o rosto manchado de terra e de lágrimas. Assim que Vi o avistou sem camisa, pensou que seu irmãozinho parecia uma daquelas imagens terríveis de crianças passando fome que você encontra na *National Geographic*: a cabeça dele era grande demais para seu corpo pálido e magro como um palito, e suas costelas pressionavam a pele do menino de maneira que você conseguia contar cada uma delas, como se fossem as barras de um xilofone.

As meias de cano longo de Eric, com listras amarelas no topo, estavam puxadas quase até seus joelhos redondos. Os tênis Keds azuis estavam gastos nos dedos, e sua bermuda esfarrapada já fora uma calça jeans da coleção da Toughskins do ano anterior. A confusão de cabelos encaracolados castanhos de Eric parecia um estranho ninho de passarinhos em sua cabeça. Depois de um longo inverno em Vermont, ele estava tão pálido quanto o interior de uma batata.

— O que houve? — perguntou Vi, se levantando e deixando o livro no balanço.

— É um filhote de coelho. — Eric ofegava, segurando a trouxa imunda contra o peito. Ele a desenrolou só um pouco, o suficiente para que ela conseguisse ver o pelo marrom da pequena criatura. — Está machucado. Eu acho... eu acho que talvez esteja morto — disse Eric, sua voz falhando.

O irmão estava sempre resgatando animais: gatos errantes, uma marmota que foi salva das mandíbulas de um cachorro e inúmeros camundongos e ratos que faziam parte dos experimentos de Vovó no porão — roedores que ficavam velhos demais para percorrer os labirintos, ou para ser expostos a medicações e pequenos choques elétricos. Eric ficava triste pelos animais no porão e até chegou a libertar um: o Grande Rato Branco. Vovó achava que o rato conseguira escapar sozinho, mas agora ele vivia nas paredes da casa e aparecia de tempos em tempos, sem jamais ser capturado de novo.

O quarto de Eric tinha se transformado em um zoológico excêntrico, cheio de aquários e de gaiolas de metal. Ele tinha toda uma cidade de canos de plástico conectando gaiolas de hamsters cheias de camundongos, que ficavam correndo nas rodas e construindo ninhos de papelão e de jornal. O quarto sempre cheirava a raspas de cedro, alfafa e xixi. Vovó não só acolhia o quarto-zoológico de Eric, mas também parecia satisfeita com isso, orgulhosa até.

— Você sabe como tratar os animais — dizia ela, sorrindo para ele. — Você tem uma gentileza e uma bondade que eles conseguem sentir.

Eric sabia tudo sobre animais: seus nomes em latim e como eram classificados em famílias, gêneros e espécies. Charles Darwin era seu herói, e o irmão dizia que gostaria de crescer e viajar o mundo estudando animais, exatamente como Darwin fizera.

Vi pulou os degraus da varanda.

— Deixa eu dar uma olhada — disse ela.

— A Vovó está em casa? — perguntou Eric, esperançoso.

Apesar de seus pacientes serem humanos (ela não era nem uma médica comum, era uma psiquiatra), Vovó fazia milagres com animais feridos. Conseguia consertar ossos quebrados, dar pontos e até realizar pequenas cirurgias. Também sabia quando um animal já não podia mais ser salvo, rapidamente os tirando de seu sofrimento com uma pequena injeção ou um pano embebido em clorofórmio.

— Não, ela teve que ir até o Asilo.

Vi levantou algumas dobras da camisa vermelha e colocou a mão no coelho. O bichinho se contraiu ao sentir o toque. Ela não conseguia identificar de onde estava vindo o sangue na camisa, mas parecia ser demais para algo tão pequeno. Olhou do coelho para o rosto preocupado de Eric.

— O velho Mac matou a mãe do filhote. Atirou nela com o revólver. Ele tentou atirar no coelhinho também, mas o bicho fugiu para os arbustos e eu o peguei. — O menino mordeu os lábios, e havia mais lágrimas escorrendo por suas bochechas. — Mac provavelmente está vindo para cá terminar o serviço.

Eric girou o corpo e olhou para a entrada do terreno, para o outro lado da estrada e para o denso gramado da frente e os jardins que rodeavam o Asilo Hillside. É claro que Mac estava mesmo indo na direção deles: o homem, que parecia mais um espantalho meio curvado, usava um chapéu de abas largas e uma calça marrom, e vinha carregando uma espingarda. Vi não conseguia entender por que Vovó deixava o zelador de uma clínica de doidos andar por aí com uma arma carregada, mas, como a avó gostava de frisar, o Asilo era uma espécie única de hospital.

Vovó sempre dizia: "*O que fazemos aqui é revolucionário.*" Agora, enquanto a menina observava o velho Mac — que também já fora um paciente — aproximar-se silenciosamente deles, pensou: *revolucionário?* Ela sentia seu coração martelando contra o peito, sua boca seca.

— Leve o filhote para a cozinha. Vai! — ordenou Vi ao irmão.

— Mas e o Mac? — perguntou ele, engolindo em seco, os olhos arregalados.

— Eu dou um jeito nele, não se preocupe.

Eric embrulhou o coelhinho de novo, subiu os degraus da varanda correndo, escancarou a porta da frente e se apressou a entrar em casa.

Vi ficou de pé, esperando com as mãos nos quadris e vendo o velho Mac se aproximar. O homem ajeitava a arma nas mãos, sua mandíbula se movendo como se mastigasse algo duro.

— Posso ajudá-lo, Sr. MacDermot? — perguntou ela quando o velho estava próximo o suficiente para ouvir.

— Esses coelhos estão destruindo toda a horta de verduras. Acabaram com todo o espinafre e a alface.

Ele falava devagar, com uma pronúncia entorpecida, como se as palavras fossem densas e pesassem em sua língua. *Remédios*, pensou Vi. A maioria dos pacientes do Asilo vivia sob medicação, o que os fazia se mover e andar de maneira cômica, ou ter problemas para falar.

Mac era alto, tinha um rosto pálido e olhos azuis gélidos. Ele lambia os lábios o tempo todo, então sua boca estava sempre rachada e em carne viva.

— Di-i-ga ao seu irmão para trazer aquele animal aqui. O bicho não pode ficar dentro de casa.

Ele deu um passo à frente, mas Vi não se mexeu, permanecendo de pé no meio da passarela de pedras que ia até a casa e obstruindo o caminho.

A menina tinha 13 anos e até era alta para a idade, mas mesmo assim não batia nem no ombro daquele homem. Vovó sempre dizia para a neta manter a postura, ser confiante e imponente, e foi isso o que Vi decidiu fazer naquele momento.

— Sr. MacDermot, tenho certeza de que, se falar com minha avó, ela vai dizer que não há problemas em ter animais dentro de casa. Meu irmão traz um monte deles pra cá, e Vovó o incentiva.

— Ela sabe?

— Pode ir perguntar. Ou, se o senhor preferir, eu posso entrar, ligar para o Asilo, e pedir para Vovó vir pra casa. Ouvi dizer que ela está muito ocupada, então talvez fique um pouco aborrecida com tudo isso.

Mac franziu a testa, passou a língua viscosa por cima dos lábios secos e agarrou a espingarda.

— Sua avó vai ficar sabendo disso.

— Sim, senhor — disse Vi, abrindo um imenso sorriso.

Ela parecia a carinha boba e sorridente que havia na caneca *Tenha um Bom Dia* que Vovó usava de vez em quando, um presente que ganhara de um dos pacientes.

— Isso não está certo — disse ele, virando-se para ir embora. — Prender uma criatura selvagem.

O velho Mac se arrastava até a entrada do terreno, murmurando consigo mesmo e ninando a espingarda.

Vi entrou em casa, sentindo os pés descalços ficarem frios no chão de azulejos do hall de entrada. Por segurança, decidiu trancar a porta. Permitiu que seus olhos se ajustassem à escuridão, concentrando-se nas paredes de madeira, nas portas francesas à direita — que levavam à sala de estar e à enorme lareira de ladrilhos — e na escada curva à esquerda. A casa cheirava à poeira, a livros velhos e a lustra-móveis de limão.

A menina ouviu alguém resmungando baixinho na cozinha. Eric gostava de conversar com os animais, imitando as respostas deles em diferentes vozes. Seu irmão era muito bom em inventá-las. Vi achava que, quando ele crescesse, iria trabalhar dublando desenhos animados ou algum personagem da Vila Sésamo, algo do tipo. A imitação de Eric do Pernalonga era perfeita: "*O que é que há, velhinho?*"

— Eric? — chamou Vi. — Você está na cozinha?

— Sim. — Ele fungou. Então ela o ouviu imitar uma voz estridente de coelho: — Estou com medo.

Vi se apressou pelo corredor.

A luz do sol se derramava através da janela sobre a pia. A panela de pressão elétrica assobiava em cima do balcão. O jantar de hoje seria *sloppy joes*, e a cozinha cheirava a tempero e a molho de tomate com carne moída. Vovó fizera *parfaits* de gelatina para a sobremesa, que agora estavam na geladeira.

Eric ainda estava ninando o coelho na camisa.

Vi tirou tudo de cima da mesa, inclusive a toalha de girassóis, estendendo um pano de prato limpo.

— Coloque ele aqui e vamos dar uma olhada.

— Salva ele, Vi. Por favor — disse Eric enquanto colocava o filhote na mesa.

Vi tocou o coelho com cuidado, mudando-o de posição para examiná-lo rapidamente. O tiro não parecia ter atingido nenhum órgão, só passara de raspão do lado esquerdo do quadril do animal. O coelhinho estava paralisado, mas sua respiração estava acelerada.

— Acho que ele está em choque — disse Vi.

— E isso é ruim?

A menina mordeu o lábio.

— Às vezes, quando estamos em choque, nosso coração para de bater.

— Não deixa isso acontecer! — protestou Eric.

— Já sei o que fazer — disse Vi, se afastando do irmão sem camisa.

Ela correu de volta pelo corredor até a varanda anexa que Vovó chamava de solário. Era ali que eles gostavam de jogar e desenhar, além de guardarem coisas que não couberam em nenhum outro lugar. Também era ali que Vovó fazia gim.

No canto do solário, em cima de uma mesa pesada, estava montado o destilador da avó: uma geringonça maluca de cobre, cheia de tubos de vidro, frascos e bicos de gás. Vovó estava numa busca incessante pela destilação da mistura perfeita de gim. Um dos bicos de gás estava ligado, e o destilador borbulhava devagar. Um cheiro forte e medicinal pairava no ar.

Vi saiu de perto do destilador e foi até as prateleiras. Encontrou o que estava procurando: uma lanterna de acampar movida a bateria, que usavam quando faltava luz. Retirando-a da prateleira, a menina abriu a lanterna e tirou dali a bateria quadrada de seis volts. Depois, revirou uma cesta cheia de bugigangas na estante e encontrou alguns pedaços de fios de cobre.

— O que você está fazendo? — perguntou Eric quando ela entrou na cozinha com a bateria e os fios.

O coelho ainda estava completamente paralisado na mão dele, os olhos fechados.

— Temos que nos preparar pra fazer o coração dele voltar a bater. Vamos dar um choque nele.

Eric parecia confuso.

— Confie em mim. Um corpo tem seu próprio sistema elétrico, certo? Vovó já explicou isto milhares de vezes, como tudo é conectado: o cérebro, o sistema nervoso. É isso que faz nosso coração bater, lembra? Sabe aquelas pás que os médicos de *Emergency!* usam para ressuscitar as pessoas? Vai ser quase a mesma coisa.

Vi lambeu os lábios e, então, prendeu dois fios na bateria de seis volts da lanterna. Lembrou-se de todas as aulas de Vovó sobre circuitos e eletricidade, e de como certa vez tinha conseguido fazer uma lâmpada brilhar apenas com uma batata, pregos e fios de cobre.

Vovó dissera uma vez que o corpo humano tem eletricidade o suficiente correndo dentro de si para ligar uma lanterna.

E sim, Vi pensou em *Frankenstein*. Não no livro que estava lendo, mas no filme. Quando Boris Karloff ganha vida no laboratório do Dr. Frankenstein.

Era a cena favorita dela. A fúria da tempestade, o doutor içando a mesa com o monstro para fora do laboratório, até o céu, a fim de que os raios pudessem trazer a criatura à vida com um grande choque ao atingi-la. E a cena seguinte, quando ele vai descendo a mesa e vê a mão da criatura se contraindo: *"Está viva, está viva, está viva!"*

— Acho que não estou sentindo o coração dele bater — disse Eric.

Vi assentiu, colocando as mãos em cada lado do peito do animal com cuidado.

— Está morto?

— Talvez não para sempre — disse Vi. O coelhinho estava quente embaixo de suas mãos. Ela podia senti-lo respirar e se contrair um pouco. Mas queria que o irmão tivesse fé, que acreditasse que Vi tinha o poder de salvar o animal.

— Nós podemos trazê-lo de volta.

— Tem certeza? Tem certeza que está morto? — perguntou Eric, balançando-se para frente e para trás, parecendo menor do que nunca.

— É claro que sim! Agora chega pra trás.

O menino mordeu os lábios e começou a chorar de novo. Vi olhou para ele, cheia de culpa. Como podia ser tão cruel assim? Que tipo de irmã ela era?

Vi se voltou para o coelho e colocou um fio de cobre ligado à bateria de cada lado do peito do animal.

— Acorde. Volte para nós — chamou.

Como se aproveitasse a deixa, o filhote levantou a cabeça e deu um pequeno pulo para frente.

— Está vivo! — exclamou a menina.

Eric gritou, encantado, jogando os braços ao redor da irmã e abraçando-a com força.

— Eu sabia! Eu sabia que você ia conseguir.

A porta da frente se abriu com um rangido e uma pancada.

Então escutaram passos no hall de entrada que vinham na direção dos dois.

— O velho Mac — sussurrou Eric com os olhos arregalados e assustados.

A Mão Direita de Deus: A Verdadeira História sobre o Asilo Hillside

Por Julia Tetreault, Jornal *Trechos Obscuros*, 1980

NA DÉCADA DE 1970, o Asilo Hillside era considerado por muitos como uma das melhores instituições psiquiátricas privadas da Nova Inglaterra.

Ocupando uma colina arborizada de vinte hectares acima de uma cidadezinha de Fayeville, em Vermont, o Asilo admitia apenas vinte pacientes de cada vez, em um ambiente que mais parecia uma propriedade rural do que um hospital.

Havia cinco prédios no terreno do Asilo Hillside. O prédio da diretoria era uma estrutura branca de madeira no estilo neogrego, cuja ampla varanda era sustentada por colunas de madeira entalhadas. Os estábulos, que não tinham mais cavalos há cinquenta anos, foram reformados, e agora eram um espaço para os pacientes fazerem artesanato, com direito a um estúdio de cerâmica e um forno para cozinhar a argila. Ao lado dos estábulos ficava o celeiro recém-pintado de vermelho, onde eram guardados os equipamentos de manutenção e de jardinagem, assim como a van que o Asilo utilizava para levar os pacientes em excursões terapêuticas. A cocheira tinha sido transformada em um apartamento, onde vivia o administrador. E, finalmente, havia o prédio no qual ficava o próprio Asilo: uma estrutura rudimentar de dois andares em tijolos amarelos, com largas janelas fechadas e um telhado cinza de ardósia, inclinado e anguloso. Ao sul do Asilo, um grande jardim permitia que os pacientes trabalhassem do lado de fora, quando o tempo estava bom, ajudando a cultivar uma boa parte dos produtos que eram consumidos na sala de jantar. A equipe acreditava profundamente no poder da cura por meio do ar fresco, da luz do sol e de um bom dia de trabalho.

O Asilo foi construído em 1863 e serviu de hospital para os soldados da Guerra Civil que eram mandados para casa com membros faltando, infecções ou febre tifoide. No começo da década de 1900, funcionou como um sanatório para pacientes com tuberculose, onde os infectados eram tratados com repouso e o ar puro de Vermont. O gramado era uma bela paisagem. O prédio em si estava no Registro Nacional de Lugares Históricos.

Com uma abordagem holística e humanizada, o Asilo ajudava seus pacientes a *"descobrir quem eles realmente eram, curar todas as partes de si mesmos e perceber o verdadeiro potencial humano que tinham"*, por meio de um cuidadoso programa de cura de terapia individual, terapia em grupo, meditação, artesanato, exercícios, música e jardinagem. Os pacientes que trabalhavam no estúdio de cerâmica produziam peças (canecas, tigelas, pratos e vasos) que eram vendidas em galerias de arte e em mercados locais. Cerâmicas com esmalte verde-musgo — a marca registrada do Asilo — e selos de Hillside na base podem ser encontradas em casas por toda a Nova Inglaterra, e são estimadas por colecionadores.

O Asilo tratava quem era rico, mas também acolhia os que não tinham condições de pagar, além daqueles pacientes que eram julgados como "causas perdidas" por outras instituições. Sua abordagem terapêutica, chamada de radical na época, parecia funcionar. A maioria dos pacientes que decidiam ficar no Asilo não apenas melhoravam, mas aprendiam habilidades que os ajudavam a prosperar no mundo real.

Médicos e diretores de outras instituições por todo o país visitavam o Asilo Hillside para ver os resultados com os próprios olhos.

Escreveram artigos sobre a conduta inovadora e os índices de sucesso do Asilo.

Para quem acompanhava de fora, a equipe da instituição era pioneira. Era um lugar milagroso, que dava esperança a pessoas que já haviam desistido há muito tempo.

A mulher por trás desses milagres era a diretora do Asilo, Dra. Helen Hildreth. A médica trabalhou no Asilo por quase trinta anos e foi diretora durante quinze anos. Uma mulher pequena e com idade o suficiente para já ter se aposentado no fim da década de 1970, a médica foi uma verdadeira pioneira no campo da psiquiatria.

"Devemos sempre lembrar", escreveu ela em um artigo para o *American Journal of Psychiatry*, "que nós não tratamos a doença. Nós tratamos o indivíduo. É nosso dever, como médicos, enxergar além dos sintomas, e visualizar nossos pacientes de maneira integral. Acima de tudo, devemos nos perguntar: 'Qual é o maior potencial desse indivíduo e como eu posso ajudá-lo, ou ajudá-la, a alcançá-lo?'"

Lizzy

19 de Agosto de 2019

Eram 4h quando me sentei na cama em um sobressalto, ouvindo os barulhos do pântano, os lençóis úmidos de suor. Alguma coisa havia me acordado. Meus ouvidos haviam capturado o fim de um estranho som, uma espécie de gemido lamuriento que me despertara abruptamente. Eu estava desorientada, sem ter certeza do que era real e do que ainda era um sonho.

Eu havia tido outro pesadelo. Outro sonho com *ela*.

Olhei ao redor, tentando me localizar e respirando lenta e serenamente.

Eu estava na minha van, na cama onde dormia todas as noites em que estava na estrada, estacionada à beira do pântano. E estava sozinha.

Verifiquei se meu pequeno revólver *Special Smith & Wesson* calibre 38 estava por ali, no coldre que fica na prateleira ao lado da cama. Ao tocá-lo, me senti mais tranquila.

Tinha passado o dia anterior explorando o lugar em um pequeno barco de metal, com um morador da região chamado Cyrus, procurando sinais do monstro do Pântano de Honey Island. De acordo com a lenda, a criatura tinha dois metros de altura, andava ereta sobre duas pernas e era coberta por pelos desgrenhados. A cor dessa pelagem variava de acordo com o narrador. Alguns afirmavam que era marrom, outros laranja, outros cinza ou prateado. As pegadas mostravam que os dedos do pé da criatura eram ligados por membranas. Diziam que seus olhos brilhavam vermelhos no escuro.

Já fazia três dias que eu estava no pântano, gravando entrevistas com moradores locais que me contavam histórias sobre a criatura. Também conseguira registrar bons áudios dos sons que o lugar fazia, e tirar fotos incríveis de jacarés, íbis, porcos-do-mato, ratões-d'água e guaxinins. Mas nenhum sinal do monstro do Pântano de Honey Island. Agora eu estava acordada, deitada na cama dentro da van com todas as janelas abertas, escutando o canto dos pássaros noturnos, os esguichos de água e uns trinados esquisitos.

Meus pulmões sentiam o ar carregado, úmido e denso.

Ouvi o som que havia me acordado outra vez: um gemido distante.

Jacaré? Porco-do-mato?

Ou quem sabe o monstro? Fiquei paralisada, ouvindo. Então peguei meu gravador digital, o microfone e os fones de ouvido.

Uma das vantagens de se morar em uma van é que tudo está à mão, você sempre está a um ou dois passos do que precisa. E eu guardava meu equipamento de gravação em uma prateleira bem perto da cama.

Coloquei os fones, liguei o microfone e o gravador, e prendi a respiração, escutando, na esperança de captar o gemido de novo. Afastei as cortinas e espiei a noite estrelada pela janela.

Saí da cama, ainda segurando o equipamento de gravação, com minha lanterna de cabeça e meu pequeno revólver, só para garantir. Dei dois passos até a porta lateral, deslizando-a para abri-la, e deixei que o sereno da noite me atingisse. Saí da van, andando em direção à água. Ciprestes cobertos com barba-de-velho se destacavam pelo brejo, parecendo gigantescas sentinelas que vestiam roupas esfarrapadas e fantasmagóricas. Sapos e grilos cantarolavam. Alguma coisa chapinhava na água. Havia um cheiro meio podre no ar, primitivo, como se vida e morte se misturassem numa mesma fragrância. Enquanto eu me aproximava, uma sombra se mexeu na beira do pântano. Prendi a respiração, liguei a lanterna na cabeça e avistei um jacaré deslizando na direção da água verde e repugnante. Ele mergulhou, de forma que apenas seus olhos ficassem visíveis, me observando.

Eric ia adorar isso aqui, pensei, enquanto eu e o jacaré nos encarávamos.

Mas ele estava muito distante agora.

E nem era mais Eric propriamente.

— Não é o Eric — falei em voz alta, sem pensar, capturando o som da minha própria voz com o gravador.

Idiota.

O jacaré afundou e foi embora nadando.

Nós mudamos de nome depois do que aconteceu. Eric virou Charles (em homenagem ao seu herói, Charles Darwin). Ele não se tornou um naturalista, nem veterinário ou funcionário de um zoológico quando cresceu, como sempre achamos que aconteceria. Charlie morava em Iowa e era dono de uma concessionária de carros. Seu cabelo estava ralo e ele tinha uma pança e pressão alta (muita cerveja e fast-food), uma filha cursando a faculdade e outra no ensino médio. Sua esposa se chamava Cricket* (é o nome dela mesmo, acredite se quiser) e ambos se amavam muito. Eles moravam numa casa azul de um andar só, em uma rua sem saída, onde conheciam todos os vizinhos e promoviam festas americanas e churrascos no quintal. Eu me sentia desconfortável quando ia até lá, pois parecia que estava visitando o set de filmagens de uma série de comédia. Mas, depois de tudo o que passamos, meu irmão merecia segurança e felicidade. Eu estava feliz por Eric... Não, Charles. Isso sempre acontecia, eu continuava pensando nele com seu nome antigo. Tinha muito mais a ver com ele do que Charlie, ou pior, *Chuck*, como Cricket o chamava às vezes, fazendo-o parecer uma pilha de carne moída ou um animal cheio de pelos que destruía jardins.

O nome que escolhi para mim mesma foi Lizzy, por causa do nome do meio de Vovó, Elizabeth. Senti que devia esse gesto a ela: carregar um pedaço de Vovó comigo. Eu precisava de um sobrenome também, então escolhi Shelley, graças a... bem, graças a Mary Shelley, é claro.

Assim, meu nome era Lizzy Shelley agora. Eu tinha 53 anos de idade, meu cabelo estava ficando grisalho e meu trabalho era caçar monstros.

Eu era autora de um blog e dona de um podcast que estava ficando popular: *O Livro dos Monstros*, cujo nome era uma homenagem ao meu projeto de infância. Tinha participado da equipe que trabalhara na última temporada da série *Monstros entre os Humanos*, e havia sido uma convidada especial no documentário *Figuras das Sombras*. Tinha palestrado em faculdades sobre o papel do monstro na sociedade contemporânea. Tinha cruzado o país caçando pés-grandes, metamorfos, monstros dos lagos, gnomos das cavernas, vampiros, lobisomens, e todos os tipos de animais inventados e bichos-papões. As pessoas postavam todos os dias nos fóruns do meu site, me mandando pistas e fotos, contando as próprias histórias de raros encontros e implorando que eu fosse investigar. Com as publicidades, os patrocinadores, os links afiliados,

---

* *Cricket* significa grilo em inglês. [N. da T.]

os bicos na TV, os direitos autorais de livros e a venda dos produtos da marca que eu criara, minha renda era mais do que suficiente para pagar todas as despesas e me permitir cair na estrada quantas vezes eu quisesse, sempre indo na direção da próxima cidade, do próximo monstro.

Minha missão era fazer tudo que estivesse ao meu alcance para espalhar a informação em alto e bom som: *monstros existem e vivem ao nosso redor.*

Mas o monstro do pântano de Honey Island não havia providenciado nenhuma prova disso até agora. Caminhei à beira da água, escutando os ruídos que o microfone capturava, o coro do pântano: outro mergulho, sapos coaxando baixo, duas corujas discutindo melancolicamente e grilos esfregando suas patas numa música aguda. Tantas criaturas, tantas vidas naquele lugar. Mais uma vez, desejei que meu irmão estivesse ali, escutando os ruídos comigo — mas não o homem que ele havia se tornado, e sim o garotinho do passado.

Fui andando com cuidado ao redor do pântano, movimentando a lanterna de cabeça com cuidado para não surpreender outro jacaré, até que cheguei ao barco de metal de Cyrus, atracado em um cais de madeira muito instável. Subi a bordo, me acomodei no lugar do capitão e esperei, ouvindo, procurando por sombras na escuridão. Por fim, o sol começou a nascer, transformando o brilho do céu em um laranja flamejante. O monstro não fez mais nenhum barulho. Mas eu o imaginava por aí, observando e esperando. Decidi voltar para a van.

Aquele veículo era a minha casa longe de casa e tinha custado uma fortuna, mas valeu cada centavo. Era uma Ford Transit de teto bem alto e paguei uma empresa que customizava vans para transformá-la numa máquina caça-monstros insuperável. Havia uma cama suspensa com bastante espaço embaixo para guardar roupas, equipamentos e pequenos produtos de higiene. Na parede do lado do motorista, ficava minha pequena cozinha: uma geladeira de 12 volts, uma pia com uma bomba de água acionada por um pedal — que puxava o líquido de um galão de 23 litros e o drenava dentro de um balde — e um fogão portátil a gás com apenas uma boca para cozinhar. Eu transportava uma caneca de café, uma colher-garfo de titânio, uma tigela, um prato, um facão de cozinha, um abridor de latas, um saca-rolhas e uma panela de um litro. Minhas refeições na estrada eram simples: para o café da manhã, farinha de aveia instantânea; para o almoço e o jantar, sopa, *chili* ou feijões enlatados. Eu complementava a comida com frutas e verduras frescas, e comia sanduíches de manteiga de amendoim com geleia quando não estava a fim de preparar nada.

Do lado do passageiro, ficava meu espaço de trabalho: uma pequena mesa na qual ficava meu notebook e, embaixo dela, um gaveteiro e um espaço para guardar o equipamento de gravação. Havia dois painéis solares no teto da van, mais dois dentro de uma mala que eu montara do lado de fora e uma usina portátil de energia com uma bateria embutida e um inversor de corrente elétrica, que ficava do lado direito da mesa. Eu levava também um pequeno gerador e um galão de gasolina reserva, para os dias em que o sol não gerava energia o bastante para manter tudo funcionando. Com amplificadores de Wi-Fi e de celular, eu conseguia ficar conectada e me manter autossuficiente por dias, até semanas a fio, não importava o quão remota fosse a área que a caçada pelo monstro me levasse.

— Você parece uma fugitiva — dissera Eric (Charlie!) pouco tempo atrás. — Nunca fica em casa mais do que alguns dias, sempre viajando.

Eu apenas sorria e mordia o lábio, para evitar dizer: *e você, irmãozinho, parece um homem preso na areia movediça.*

Coloquei o equipamento de gravação e a lanterna de cabeça na mesa, e fui até o fogão para esquentar água para o café, que fazia com o pó instantâneo de um pote. Depois de tomar o primeiro gole da bebida densa e viscosa, fui até a mesa, puxei o banquinho que ficava ali embaixo e abri meu notebook. Imaginei que levaria algum tempo até que eu transferisse as entrevistas das testemunhas e os ruídos do pântano do gravador para o notebook, e começasse a edição. Depois, eu precisaria gravar a introdução, quando falaria da história do monstro e das minhas experiências pessoais com o pântano. Ainda contaria sobre o gemido que me acordara no meio da noite, de como eu saíra da van para procurá-lo e me assustara com um jacaré. Eu era boa nisto: criar histórias, desenvolver o suspense.

Meu computador ligou e tomei mais um gole de café, então decidi checar meu e-mail antes de começar a trabalhar no podcast.

Primeiro ouvi o sangue zunindo nos meus ouvidos.

Todos os meus pelos se arrepiaram, como se um raio tivesse caído ali por perto.

Eu recebera um alerta.

Cliquei no e-mail e examinei a matéria do jornal.

Imprensa Livre de Green Mountain
18 de Agosto de 2019

Garota Desaparecida em Chickering Island

A polícia está à procura de Lauren Schumacher, 13 anos de idade, que foi vista pela última vez no chalé de verão da família em Chickering Island, na tarde do dia 15 de agosto. A família acredita que ela possa ter fugido de casa. A menina supostamente contara aos amigos que havia encontrado o lendário fantasma de Chikering Island, Jane Matraca, pouco antes de seu desaparecimento.

Schumacher vestia shorts rasgados de sarja, um moletom com capuz preto e tênis Converse preto. Ela tem 1,60m de altura, pesa 45 quilos, tem olhos castanhos e cabelos loiros com pontas roxas. Se alguém tiver qualquer informação, deve entrar em contato com a Polícia Estadual de Vermont.

Li o artigo inteiro, e então li de novo. Pesquisei qualquer outra atualização sobre o caso, mas só apareceram as mesmas informações.
Abri o calendário apenas para confirmar.
Sim.
O leve zunido na minha nuca se transformou em um zumbido.
A lua cheia havia sido no dia 15 de agosto.
As meninas sempre desapareciam na lua cheia.
Quantas já foram desde então?
Eu não precisava olhar minhas anotações: nove. Lauren Schumacher de Chickering Island era a décima. Sempre num lugar diferente do país. Sempre na lua cheia. Sempre numa cidade que tinha seus próprios monstros. Sempre, pouco antes de desaparecer, a vítima dizia para alguém que encontrara o monstro de uma lenda local.

E era *sempre* uma garota que não causaria muito alarde. Uma menina com uma família problemática, que saía com a turma errada, que faltava à escola e fumava cigarros. Uma menina que todos presumiam que se tornaria um problema, que tinha todos os motivos para fugir.

Alguns chamariam de coincidência: as garotas, os monstros, as luas cheias.

Mas não era coincidência.

Eu tinha certeza de que um metamorfo muito inteligente e engenhoso era responsável por tudo isso.

O monstro mais perigoso de todos, aquele que estive caçando minha vida inteira, mas que sempre conseguia escapar. Exceto nos sonhos. Ali, ela continuava voltando a todo instante. Na vida real, eu chegara perto de capturá-la uma ou duas vezes. Mas só porque o monstro permitira. Era um jogo entre nós duas. Gato e rato. Esconde-esconde. Exatamente como brincávamos quando éramos crianças.

Eu e minha irmã do passado.

O LIVRO DOS MONSTROS

Violet Hildreth e Iris Cujo Sobrenome Nós Não Sabemos
Ilustrado por Eric Hildreth
1978

MONSTROS SÃO REAIS. Eles vivem ao nosso redor, mesmo que a gente não consiga vê-los.

Os monstros se dividem em dois tipos principais.

O primeiro: aqueles que sabem o que são. Eles podem não estar felizes com isso. Podem até detestar quem são, mas não podem negar suas naturezas monstruosas. Esse tipo permanece em sua forma de monstro o tempo todo, costumam ser medonhos e assustadores, e as pessoas fogem gritando quando os encontram.

O segundo: os mais perigosos, pois talvez nem compreendam que são monstros. Podem ser confundidos com humanos, se escondendo à vista de todos. Podem ser carismáticos, como os vampiros. Ou trapaceiros que mudam de forma, como os lobisomens e os metamorfos. Esse é, de longe, o tipo mais perigoso de monstro, porque pode haver um do seu lado neste exato momento, ou até dormindo na sua casa, e você nem faz ideia.

Vi

08 DE MAIO DE 1978

Vi prendeu a respiração ao reconhecer os passos no hall de entrada. Vovó sempre usava seus "sapatos de médica", baixos e desajeitados. Assim que chegava em casa, ela os tirava e trocava por chinelos.

Então a menina ouviu a avó dizer:

— Por aqui. Isso mesmo, pode entrar.

Alguém estava com ela.

Provavelmente o velho Mac e a sua espingarda. Ele tinha vindo buscar o coelho e Vovó não ia impedi-lo.

O homem mataria o filhote no fim das contas. Vi imaginou o quanto ele ficaria satisfeito, lambendo os finos lábios bajuladores e sorrindo. *Não vai mais comer as minhas alfaces agora, não é, seu diabinho?*

A menina continuou paralisada por um instante, apertando os fios de cobre, até que os empurrou, junto com a bateria, para debaixo da mesa. Em cima da mesma, o coelho saltou para a frente, na direção da beirada, mas Eric o segurou.

— Violet? Eric? — chamou Vovó do corredor.

— Ai! — gritou o menino, sacudindo a própria mão. — Ele me mordeu!

Mesmo com todos os animais que resgatara, Eric nunca fora mordido.

— Droga. Deixa eu ver — disse Vi.

O menino estendeu a mão. A mordida era pequena e quase não sangrava.

— Você acha que eu vou pegar raiva?

— Talvez. Aí vão ser 21 injeções na barriga — disse Vi.

Os olhos de Eric ficaram enormes e parecia que ele ia começar a chorar de novo.

— Mas duvido que esse rapazinho tenha raiva — declarou Vi, fazendo carinho na cabeça do filhote.

— Meus amores? Onde vocês estão? — perguntou Vovó.

Não adiantava se esconder.

— Na cozinha — avisou Vi. — Eric trouxe pra casa um filhote de coelho que está machucado. Estamos tentando curar o bichinho.

Ouviu-se murmúrios: Vovó falando em voz baixa.

— Não vamos deixar que eles levem você — sussurrou Eric para o coelhinho, se curvando sobre o animal de forma protetora. — O velho Mac vai ter que atirar em mim primeiro.

Vovó apareceu na cozinha minutos depois, usando suas roupas de dias de folga: um terninho marrom-claro de algodão com um cinto largo na cintura. Parecia que ela estava prestes a ir em um safári, só faltava aquele capacete característico. Um cachecol verde enfeitava alegremente seu pescoço. Vovó amava seus cachecóis. Ela segurava um cigarro e seus cabelos grisalhos e ondulados, fixos no lugar graças ao laquê, formavam uma auréola frisada ao redor da cabeça. A avó calçava os felpudos chinelos amarelos que chamava de "sapatos de casa".

— Muito bem. Vamos ver o que temos aqui.

— Vi salvou a vida dele! — gritou Eric. — O velho Mac atirou no coelho, mas Vi o ressuscitou! Uma pena que você não estava aqui, Vovó. Você devia ter visto.

A avó se aproximou e observou a neta, os olhos estreitos por trás da neblina que a fumaça do cigarro causava.

— É mesmo?

Vi gargalhou.

— Não de verdade. Chegamos a pensar que o filhote estava morto, mas estava só atordoado. Em choque. Estou mais preocupada com Eric, o coelhinho mordeu o seu dedo.

Vovó foi até o menino e examinou a mordida. Enquanto ela verificava, Vi lançou um olhar de aviso para o irmão: *nem mais uma palavra. Esse é um segredo nosso — meu, seu e do coelho.*

Ela chutou a bateria mais para baixo da mesa.

— Não acho que seja muito grave. Vamos limpar a mordida e colocar um curativo — disse Vovó. — Vou te dar um antibiótico só pra garantir.

Ela baixou o olhar para o bichinho em cima da mesa. Com mãos confiantes, a avó esquadrinhou a ferida na coxa do animal.

— O tiro provocou um corte e uma queimadura. Ela vai precisar de pontos.

— É uma menina? — perguntou Eric.

— Com certeza — afirmou Vovó.

— Posso ficar com ela?

A avó deu um sorriso carinhoso para o menino.

— Por enquanto, sim.

— Se a gente soltar a coelhinha, Mac vai matar ela — disse o menino, com os olhos cheios de lágrimas outra vez.

— Não vamos deixar isso acontecer — prometeu Vovó, apertando suavemente os ombros do neto.

Então ela olhou para a entrada da cozinha, atrás de Eric.

— Você pode chegar mais perto, se quiser — disse a avó.

Vi girou e viu uma menina de pé na porta da cozinha. Parecia ter a idade de Vi, talvez um pouco mais nova. Era difícil adivinhar com certeza por causa de sua aparência. Os braços e o rosto da recém-chegada estavam bem machucados. Ela era tão pálida que Vi conseguia enxergar as veias azuis através de sua pele. Estava vestindo aquele pijama azul-claro de hospital: calças de cordão e uma daquelas batas horrorosas de amarrar nas costas. Os cabelos castanhos da menina nova estavam repuxados em um rabo de cavalo bagunçado e escondidos em um gorro de tricô laranja-claro — do tipo que um caçador usaria. Ela calçava um par de tênis sujos que eram grandes demais para seus pés, e Vi tinha certeza de que já vira o velho Mac usá-los no jardim.

— Meus netos encontraram um coelho — disse Vovó. — Uma fêmea. Venha dar uma olhada.

A avó estendeu o braço, chamando a menina, que se moveu bem devagar na direção deles, tão amedrontada quanto a coelha em cima da mesa.

Eric olhou da menina para Vi, a dúvida estampada em seu rosto: *quem é ela? O que está acontecendo?*

Com certeza não era uma paciente. O Asilo não tratava crianças, apenas pessoas maiores de idade.

— Crianças, essa é a Iris. Ela vai ficar um tempo com a gente — disse Vovó, lançando um olhar de advertência para os dois. — Iris, estes são meus netos: Violet e Eric.

Vi permaneceu imóvel, pois parecia que a menina sairia correndo se qualquer um deles se mexesse ou falasse. Era como tentar fazer uma corça vir até você e comer alguma coisa na sua mão na floresta.

Iris olhou de Vi para Eric, e então baixou os olhos para a coelhinha. A menina foi na direção do animal, até ficar exatamente de frente para ele. Os dedos foram direto para a ferida, tocando-a com gentileza.

— A coelha está ferida, mas nós vamos deixá-la nova em folha — disse Vovó. — Você pode nos ajudar se quiser, Iris. Pode nos ajudar a cuidar dela. Você gostaria?

A menina não fez qualquer sinal afirmativo: não disse uma palavra, nem sequer assentiu. Ela apenas manteve a cabeça abaixada, fazendo carinho na coelhinha com seus dedos vermelhos e pegajosos por causa do sangue.

ееее

— PENSEI QUE O ASILO não tratava crianças — disse Vi, quando a avó veio até seu quarto desejar boa-noite.

Ela cheirava a cigarros e a gim. Trazia uma xícara de chá para a neta, um de seus tônicos para dormir. Vi tomou um gole. Tinha tanto mel que seus dentes doeram. Vovó ainda não tinha vestido sua camisola nem seu robe, o que significava que ela provavelmente ainda voltaria para o Asilo. Ou talvez fosse trabalhar no porão. Vi olhou para o relógio: passava um pouco das 22h.

Tinham acomodado a menina nova, Iris, no quarto de hóspedes, que ficava ao lado do de Vi. Eles tinham jantado e assistido à televisão (*Os Pioneiros*), até que Vovó preparara um banho de espuma para Iris, usando a garrafa rosa do *Mr.Bubble* de Vi, e lhe dera um pijama limpo (um velho conjunto azul da neta). Iris saíra do banheiro com a pele vermelha e o cabelo molhado escapando por debaixo do gorro laranja sujo. Vi se perguntou se a menina o usara enquanto tomava banho. Iris havia abotoado a blusa de manga comprida do pijama até em cima, mas Vi ainda conseguia ver os ferimentos em seu pescoço, na clavícula e nos pulsos. Quando a nova hóspede se inclinou para frente, Vi também enxergou a extremidade irregular de um corte, os traços pretos dos pontos espreitando logo abaixo da gola V do pijama. Iris pegou-a encarando e logo se endireitou, puxando a gola. Vi enrubesceu e desviou o olhar.

Iris não dissera uma palavra a noite inteira, mas tinha observado a todos. Observara-os atentamente, com uma mistura estranha de curiosidade e de medo, da mesma maneira que alguém contemplaria um bando de leões:

fascinada, hipnotizada até, mas sem coragem para chegar muito perto. A menina aceitou os comprimidos que Vovó lhe dera e os engoliu sem discutir. Quando a avó dissera que era hora de dormir e guiara Iris até o quarto de hóspedes, a garota a seguira, muito obediente.

Eric fora para o próprio quarto com a coelha machucada, onde a acomodou em um aquário ao lado de sua cama. Vi conseguia ouvi-lo cantando para o bicho.

A neta olhou para a avó, esperando uma resposta.

— Você tem toda a razão — disse Vovó enquanto se sentava na beirada da cama de Vi, os dedos alisando a velha colcha. — Nós não tratamos crianças.

Será que a menina nova viera de outro lugar? A avó era voluntária numa clínica pública chamada Projeto Esperança, que ficava a cerca de uma hora da casa deles. No projeto, ela cuidava de pessoas que acabaram de sair da cadeia ou que viviam em clínicas de reabilitação. Mas Vi nunca a ouvira falar sobre crianças na clínica. A maioria dos pacientes eram criminosos e drogados, pessoas que o tribunal exigia que se consultassem com um psiquiatra.

— É uma regra nossa não as aceitar — continuou a avó. — Mas para toda regra há uma exceção.

— Quem é ela? — Vi se aproximou de Vovó e deixou a xícara do chá agridoce na mesa de cabeceira. — De onde ela vem? O nome dela é Iris mesmo?

As perguntas saltavam da boca da menina, mas sua única resposta fora um sorriso furtivo da avó.

— Você sabe que eu não posso te contar, bonequinha — disse Vovó, afastando o cabelo da testa da neta.

A mulher pegou uma escova de cabelo na mesa de cabeceira. Vi ficou parada, relaxando, enquanto a avó penteava seus cabelos, desembaraçando os nós dos fios. Enquanto penteava, Vovó cantava uma música alemã que sua mãe cantara para ela: *"Guten Abend, gute Nacht."**

A canção terminava com a frase: *"Amanhã de manhã, se Deus quiser, você acordará de novo."*

A sossegada cantiga de ninar não distraiu Vi.

— Será que *ela* vai me contar?

Vovó parou de cantar e colocou a escova na mesa. Ficou em silêncio por um instante. Seu rosto ganhava uma expressão característica quando ela

---

* Em tradução livre do alemão, *Boa noite, boa noite.* [N. da T.]

refletia profundamente sobre algo: os olhos relanceavam um pouco para a direita e a boca se estreitava em uma linha rígida.

— Eu não sei, Violet. Como você pôde notar, neste momento ela não fala.

— Por que não? Ela é muda ou qualquer coisa assim?

— Pelo que pude notar, não há nada de errado com ela, fisicamente falando.

— Mas então por quê?

— Também não posso responder isso. Tudo o que posso dizer é que tenho esperança de que ela vai encontrar a própria voz de novo. De que aqui, conosco, ela vai melhorar. Agora, termine o chá antes que esfrie.

Vovó se inclinou e afofou o travesseiro de Vi.

— Você pode ajudá-la, sabe? — acrescentou ela. — Pode ajudar nós duas.

— Como?

A avó sorriu.

— Você é uma menina inteligente e possui muitos talentos. Tenho certeza de que algum dia você será uma médica muito boa. Ainda é isso que você quer ser quando crescer?

Vi assentiu rapidamente, *sim, sim, sim*.

— É o meu maior desejo.

Ela queria ser médica desde que se entendia por gente. Não uma psiquiatra como a avó, mas uma cirurgiã, como o pai. Ele havia sido um dos melhores cirurgiões em todo o nordeste do país. Vovó sempre dizia isso, o rosto brilhando de orgulho. Ela estava dando aulas especiais para a neta: como dissecar sapos e camundongos, e como fazer suturas. Vovó dizia que Vi tinha um talento especial para o bisturi e mãos firmes de cirurgião. Antes de se tornar psiquiatra, a avó treinara para ser cirurgiã, então ela sabia como era.

— Fico feliz — respondeu Vovó, pegando a mão da neta e deslizando a sua própria até estar envolvendo o pulso de Vi, os dedos repousando na parte interior do punho da menina, apertando-o gentilmente, verificando o pulsar, sentindo os batimentos.

Com a outra mão, a neta faria o mesmo movimento no pulso da avó. Era algo que as duas faziam desde sempre.

Estou sentindo seu pulso, diria Vi.

E eu sinto o seu, responderia Vovó. *Firme e forte. Você tem um coração resistente, Violet Hildreth.*

— Você tem um coração resistente, Violet Hildreth — disse Vovó naquele instante. Ela sorriu para Vi, fazendo a menina se sentir aquecida e corada. — E uma força de vontade poderosa também. Não tenho dúvidas de que você vai poder me ajudar. E ajudar a Iris.

— Como?

— Encontre uma maneira de se aproximar. Seja gentil e bondosa. Faça ela se sentir incluída. Trate-a como se fosse sua irmã.

— Minha irmã — repetiu Vi, sentindo a palavra se mover em sua língua.

Ela teve a sensação de que, todo esse tempo, estivera esperando, mesmo sem saber o *que* exatamente. Até agora.

Uma irmã.

— Mas, Violet, se Iris começar mesmo a lhe contar coisas, eu vou precisar saber. Você terá que me passar relatórios — declarou Vovó com uma voz séria, conforme se levantava e pegava a xícara vazia na mesa de cabeceira.

Relatórios! Tudo parecia tão oficial, como se a avó estivesse falando com a equipe do Asilo.

— Acha que pode me ajudar com isso? — perguntou.

— É claro! Posso datilografar pra senhora!

Vi tinha uma máquina de escrever Smith Corona, que Vovó dera para ela de aniversário. A menina adorava ouvir as batidas das teclas, o ressoar do sino quando ela alcançava o fim da linha e o cheiro fraco de óleo e de tinta.

Vovó soltou uma risada.

— Essa é a minha garota! Mas relatórios verbais serão o suficiente, Vi. E eu preferia que Iris não ficasse sabendo. Quando ela confiar em você, e eu sei que isso vai acontecer, não quero fazê-la questionar essa confiança. Você entende, minha querida?

— Sim — respondeu Vi, assentindo, tentando parecer o mais séria e adulta que conseguisse.

— E mais uma coisa — acrescentou Vovó. — Não quero que Iris saia de dentro de casa. Ainda não. Ela pode ir até o jardim, explorar a floresta com você e Eric, e só. Nada de ir até a cidade, por enquanto. E *não* a leve até o Asilo.

— Por quê?

— Acho que seria demais pra ela agora. Vamos nos concentrar em fazê-la se sentir segura aqui em casa, conosco.

— Tudo bem.

— E, Vi, não podemos contar que Iris está aqui. É um segredo, ninguém pode saber por enquanto. Nem mesmo o Sr. MacDermot.

Vi franziu a testa. Por que manter Iris em segredo? Mas a expressão de Vovó lhe dizia que não adiantava contestar. Não esta noite. Então a menina apenas assentiu e repetiu:

— Tudo bem.

Uma irmã.

Uma irmã secreta.

Quando a avó foi embora, Vi se virou e olhou para a mesinha de cabeceira, para o relógio luminoso, que mudou de 22h13 para 22h14. O abajur de coruja de cerâmica com olhos brilhantes estava desligado, mas ainda a observava. Ao lado dele, havia uma foto de seus pais. Eric tinha a mesma fotografia em seu quarto, ao lado da cama. No quarto de Vovó havia uma diferente: ela aparecia com uma barriga protuberante, de pé ao lado do marido, ambos jovens. Vi adorava olhar para aquela foto e saber que seu pai estava ali, esperando para nascer, crescer, conhecer uma garota chamada Carolyn algum dia, se casar com ela e ter Vi e Eric.

A menina encarava a foto da mesa de cabeceira, iluminada pela luz avermelhada do relógio digital. Olhou para a mãe, que tinha cabelos escuros e sorria. Olhou para o pai, tão bonito quanto um astro de cinema, os dedos longos de cirurgião repousando sobre os ombros da esposa. Vi vasculhou seus rostos, como fazia todas as noites, procurando algum traço de reconhecimento, alguma lembrança.

Sabia as histórias de cor, aquelas que a avó contava: que a mãe havia lhe dado o nome Violet porque, quando a trouxeram do hospital, Vi tinha os olhos de um azul tão profundo e vivo que quase pareciam roxos.

Pensou no acidente que matara seus pais. O acidente ao qual ela e Eric, de alguma forma, haviam sobrevivido.

O pai dirigia naquela noite. Eles estavam voltando das montanhas, onde passavam todo verão em uma cabana em frente a um lago, no qual a água era tão límpida que você podia ver o fundo com facilidade, mesmo a parte mais profunda. Enquanto nadavam, era possível contar os peixes embaixo deles. Vi sempre tentava se lembrar daquele lago, daqueles peixes. Rezara repetidas vezes para o deus da memória e, de vez em quando, tinha a certeza de ter a lembrança de boiar com um pequeno colete salva-vidas azul, a mãe flutuando ao seu lado e os peixinhos reluzentes nadando embaixo das duas.

Tudo se embaralhava quando tentava se lembrar do acidente. Imagens do lago e dos peixes se misturavam com o cantar dos pneus. O estrondo de metal e vidro se confundia com o marulhar das ondas e a risada de sua mãe. A sensação do colete salva-vidas (ou seria do cinto de segurança?) apertado ao redor dela, deixando-a segura.

Quando perguntava a Eric se ele se lembrava de algum detalhe daquele dia, o irmão lhe dava as costas, encolhendo-se como uma tartaruga entrando no casco, e dizia:

— Nada.

Ele não gostava de falar da vida que tinham antes do acidente.

Vi entrou debaixo das cobertas, puxou a blusa do pijama e passou o dedo pelas próprias cicatrizes.

Pensou em Iris e na linha de pontos pretos no peito da menina.

— Irmã — disse ela, a palavra cheia de significado e de desejo. — Minha irmã.

Lizzy

19 de Agosto de 2019

Depois de dirigir dez horas desde Luisiana, destranquei a porta da frente e entrei em casa. Tinha cheiro de lar: café, madeira e livros.

Eu havia comprado a casa — uma pequena cabana em estado lamentável, bem perto de Asheville, na Carolina do Norte — dez anos antes e a reformara completamente. O ambiente apertado, feito de madeira natural, me agradava muito, e as paredes eram painéis de fabricação local, que se encaixavam um no outro. O chão era feito com tábuas de assoalho, que haviam sido recuperadas de um velho celeiro onde se produzia tabaco. A casa era pequena, com cerca de 93 metros quadrados, mas possuía tudo que eu precisava e era perfeita para mim. Havia muitas janelas, que contemplavam tanto o centro da cidade de Asheville, ao leste, quanto as montanhas do Tennessee ao oeste. Eu poderia ir até a cidade em quinze minutos, mas, aqui em cima, escondida no cume e cercada pelas árvores, a sensação era de estar em outro mundo.

Deixei minha mochila no chão e fui até a mesa perto da entrada. Havia uma pilha enorme de cartas ali, e um recado da minha assistente de meio período, Frances. Ela aparecia uma vez por semana para me ajudar com o e-mail, o blog, os convites para entrevistas e basicamente qualquer outra coisa que eu precisasse. Quando eu estava viajando, Frances vinha até aqui trazer a correspondência e verificar se estava tudo certo com a casa. Peguei seu recado e o li:

Seja bem-vinda!

Os Monstros da Associação de Ozark enviaram um e-mail pra confirmar os preparativos da viagem e as datas (28 e 29 de setembro). Eles querem saber quais equipamentos de audiovisual você vai precisar pra apresentação.

A Universidade de São Francisco quer saber se você estaria interessada em dar uma palestra em outubro (detalhes no e-mail).

Lembrete: seu artigo pro Crypto Cryptids é pra próxima quarta-feira.

E... o Brian ligou e mandou e-mail milhares de vezes. Ele está ameaçando vir até Asheville na semana que vem, pra te levar pra almoçar e fazer uma oferta irrecusável.

Coloquei o bilhete de lado e balancei a cabeça. Brian Mando era o produtor de *Monstros entre os Humanos*. Eu fora uma das três pesquisadoras na última temporada lançada da série, e, de acordo com Brian, era a favorita dos fãs. Eles me queriam de volta para a próxima temporada. Brian também me dissera que tinha uma nova ideia para me persuadir: um programa sozinha, todo meu. Ele queria apresentar a ideia para o canal. Até agora, eu evitara falar com ele sobre o programa novo e disse que não estava interessada na nova temporada de *Monstros entre os humanos*. Eu amava produzir o podcast, escrever artigos, postagens para o blog e até palestrar e dar entrevistas. Mas nunca fiquei confortável na frente de uma câmera. As luzes, todo aquele pessoal me dizendo aonde ir e o que fazer: tudo parecia muito artificial.

Peguei a mochila e levei para o segundo andar, onde ficava o meu quarto. Abri o zíper da bolsa, joguei a roupa suja dentro do cesto e comecei a refazer a mala.

Queria ser rápida e voltar para a estrada o quanto antes. Esperava chegar em Chickering Island antes do meio-dia de amanhã.

As paredes do meu quarto estavam repletas de painéis de madeira inacabados, e eram decoradas com pôsteres antigos de filmes de monstros: *Frankenstein, A Noiva de Frankenstein* e *O Lobisomem*. Havia uma cama, uma mesinha e uma janela com um cacto enfeitando o peitoril (a única planta que conseguia manter viva, já que eu estava sempre longe de casa). A larga claraboia bem acima da cama me permitia ir dormir olhando as estrelas. Eu pensava bastante nas constelações que havíamos inventado quando éramos crianças, deitados no quintal: o Corcunda, King Kong, Vampiros — um céu cheio de monstros.

Quando terminei de arrumar a nova bagagem, levei a mochila de volta para o térreo.

A casa tinha uma cozinha pequena, mas funcional (eu não era fã de cozinhar), um único quarto, um banheiro com uma velha banheira vitoriana de quatro pés, e um grande ambiente aberto que combinava sala de estar com escritório, onde eu passava a maior parte do tempo. Aqui também havia pôsteres de filmes antigos nas paredes: *Drácula*, com Béla Lugosi, *Creature from the Black Lagoon* e *A Múmia*. Também havia um pôster de *Figuras das Sombras*, o documentário do qual eu fizera parte dois anos antes. Brian me enviara um papelão em tamanho real, com um recorte meu, de Jackson e de Mark — os três pesquisadores na última temporada de *Monstros entre os Humanos*. Nós ficávamos em pé, no canto da sala: Jackson segurava uma lanterna, Mark usava os óculos de visão noturna e tinha uma câmera, e eu carregava um microfone e um gravador digital. Nossa pose parecia a dos Caça-fantasmas. No fim do papelão, ao lado do título da série, ficava o slogan: "*Eles são reais e estão por aí.*"

Quando ganhei nossas figuras em papelão, quis levá-las direto para o centro de reciclagem, mas Frances me convenceu a guardá-las. Olhei para a minha versão da TV, de maquiagem e usando meu uniforme de sempre da Levi's: uma blusa preta, a velha jaqueta de couro e botas.

— Favorita dos fãs — falei em voz alta, balançando a cabeça.

Na parede acima da escrivaninha, meus diplomas da Universidade de Chapel Hill estavam pendurados. Eu me especializara em antropologia e me graduara em psicologia, antes de voltar para fazer um mestrado em folclore — o título da minha tese era *O Que Nossas Lendas de Monstros Dizem sobre Nós*. Ao lado dos diplomas, também havia fotografias minhas penduradas: uma polaroide com um grupo de pessoas fantasiadas de monstros em uma convenção; ao lado de Rachel Loveland, a diretora de *Figuras nas Sombras*; em um palco, quando participei do *TED Talk* sobre o papel dos monstros na sociedade moderna. E, por último, a minha favorita: eu e Charlie fazendo trilha nas montanhas Blue Ridge alguns verões atrás, quando ele veio me visitar.

As estantes estavam cheias de livros sobre antropologia, folclore e monstros. A única coisa que eu guardara da infância fora a edição de Vovó de *Frankenstein* — que estava enfiada entre *Drácula* e *O Médico e o Monstro* —, com algumas passagens ainda fracamente sublinhadas: *torrente de luz*.

A última prateleira era onde ficavam as cópias do meu próprio livro: *A Associação de Caçadores de Monstros*, publicado cinco anos antes. As vendas aumentaram desde que apareci em *Monstros entre os Humanos*. O editor lançara uma nova edição, com uma capa que fazia referência à série. Foram vendidas dez vezes mais cópias nos últimos seis meses do que nos cinco anos anteriores juntos.

Peguei meu celular e mandei uma rápida mensagem para Frances: A viagem para Luisiana foi interrompida. Parei em casa, mas já vou sair de novo.

Dois segundos depois, Frances respondeu: Monstro novo?

Pista nova num caso antigo.

F: Quando você volta?

Não sei. Consegue segurar as pontas por aqui?

Frances respondeu com um emoji de dedão levantado. E depois: Como resolvemos a questão do Brian?

Suspirei. Mandei a mensagem: Diz pra ele que estou numa caçada importante. Em algum lugar sem sinal, e que você não tem ideia de quando eu volto.

F: Você não pode enrolar ele pra sempre.

Não estou enrolando ele. Eu já dei uma resposta, só que não era o que ele queria ouvir.

F: Ele é teimoso.

Só que eu sou mais teimosa.

Frances me respondeu com uma carinha feliz e a mensagem "Boa viagem."

Terminei a conversa com a mensagem: Vou deixar um cheque pra você na cesta, e senti uma leve pontada quando me dei conta de que a pessoa mais próxima que eu tinha, com quem geralmente passava mais tempo, era alguém contratada. Mas essa foi a minha escolha. Não foi? Minha vida não permitia muito tempo livre para socializar só por socializar. E era assim que eu queria. Pelo menos foi isso que disse a mim mesma. Toda vez que eu tentava me relacionar de verdade com as pessoas, acabava me sentindo do mesmo jeito de quando as câmeras focavam em mim: como se tudo fosse atuação, como se eu fingisse ser algo que não sou.

Deixei meu celular de lado, me sentei à escrivaninha e abri a última gaveta. Puxei dali uma pasta grossa, que continha anos de pesquisa: cópias impressas do rosto de cada garota, os fatos cuidadosamente reunidos. Tudo que eu sabia sobre as meninas desaparecidas.

Talvez eu nunca tivesse descoberto o padrão sozinha. Em 2002, estava no interior de Nova York, investigando diversas aparições de algo que fora chamado simplesmente de Homem-porco. Um xerife que entrevistei me explicou que a população local achava que a criatura era o resultado de experimentos genéticos feitos pelo governo para criar um híbrido metade animal, metade humano.

Ao ouvir isso, assenti. Monstros feitos por humanos possuíam uma categoria só deles. Eu já havia investigado muitas criaturas que eram supostos resultados de experiências do governo: híbridos de humanos com alienígenas, lobos com DNA humano e soldados-zumbis que não eram mortos por armas comuns. Também ouvira muitas histórias e vira muitas fotos borradas, mas nunca havia reunido nenhuma evidência concreta.

Para ser sincera, eu nunca encontrara provas sólidas de nenhum dos monstros que caçava. Eu reunia histórias e fotografias de outras pessoas. Olhava para moldes de gesso com pegadas e jarros que armazenavam tufos de pelos esquisitos. Entrevistava testemunhas e ouvia suas histórias com uma pontada de inveja e uma profunda ânsia, sempre pensando: *por que não acontece comigo?* Eu conseguia registrar sons estranhos no meu gravador de vez em quando: uivos distantes e gemidos, que sempre soavam mais tristes do que assustadores. Passara horas e horas em florestas, milharais, minas antigas e casas abandonadas, à beira de rios e de lagos, procurando, esperando, desejando que os monstros aparecessem para mim. Ano após ano, eu caçava as criaturas, sentindo que estava quase em seu encalço, tocando suas sombras às vezes, mas sem nunca conseguir vislumbrá-las de fato.

Voltando à história de Nova York, eu tinha ouvido os relatos e as teorias do xerife sobre o Homem-porco.

— Corpo de homem e cabeça de porco. E a criatura não fala, guincha. O povo diz que ele escapou de uma propriedade do governo em Plum Island e chegou até aqui. Nós temos florestas densas, perfeitas para ele se esconder.

O xerife não admitiu abertamente que acreditava na existência da criatura, mas também não chegou a negar. Perguntei se ele alguma vez vira o monstro com os próprios olhos.

— Se passar tempo o bastante naquela floresta, você vê umas coisas bizarras — disse ele, sem explicar o que isso significava.

Fiz mais algumas perguntas para ele. Então ouvi enquanto o xerife me contava sobre Nadia Hill. Minha nuca formigava.

— A menina que desapareceu ano passado saiu por aí contando para as pessoas que estava se encontrando com o Homem-porco na floresta. As crianças gostam de inventar que foi ele quem a sequestrou. O monstro a levou na lua cheia, porque é quando está mais faminto.

— Mas o que de fato aconteceu com Nadia? — perguntei. — Ela nunca foi encontrada?

O xerife balançou a cabeça e olhou para o chão.

— Não, ela ainda não apareceu. Se eu acredito que o Homem-porco a levou para a floresta para ser sua esposa secreta e criar filhotinhos de porco, como dizem as crianças? Não, não acredito. Nadia fugiu de casa, simples assim.

Contei a história de Nadia Hill no meu podcast e escrevi no blog sobre o Homem-porco. Os comentários não paravam de chegar: *será que foi mesmo um monstro no interior de Nova York que sequestrou a garota?* Leitores do blog compartilhavam nos comentários rumores que ouviram sobre outros desaparecidos, a maioria crianças e adolescentes, que foram raptados por vários monstros em todo o país: um garoto no Maine, que fora carregado nas mandíbulas de um felino gigante; uma menina que desaparecera em uma caverna no Kentucky, depois de seguir uma mulher prateada que apenas ela conseguia ver.

Grande parte das histórias eram só isso: histórias. Mas algumas não. Algumas chamaram a minha atenção, cravando os dentes em mim e não largando por nada.

Foi então que chegou o e-mail. A usuária se chamava de MNSTRGRL.

Demorou bastante pra descobrir, irmã. Nadia Hill não foi a primeira. E não será a última. Venha me encontrar, Caçadora de Monstros. Eu te desafio.

Respondi na mesma hora: É mesmo você?

O e-mail voltou na mesma hora: não era possível entregar. Endereço não existente.

Mergulhei de cabeça em novas pesquisas, passando horas online, e logo descobri um padrão de meninas adolescentes que desapareciam na lua cheia, todas de cidades com boatos de monstros locais.

O caso mais antigo que consegui encontrar, e que se encaixava no padrão, foi Jennifer Rothchild, de 13 anos de idade, em 1988. A menina desaparecera em uma pequena cidade no estado de Washington, onde são reportadas muitas aparições de Pés-grandes. E Jennifer também contara aos amigos que havia conhecido uma criatura na floresta e que o monstro falara com ela. A garota havia sumido numa noite de lua cheia em setembro. A floresta foi vasculhada pela polícia, pelos cães farejadores e por um time de voluntários. Cartazes foram espalhados pela cidade. A polícia interrogou amigos, professores e parentes. Mas nenhum rastro da menina jamais foi encontrado. Nunca mais se ouviu falar dela.

Em 1991, Vanessa Morales, de 15 anos de idade, desapareceu em Farmington, no Novo México, depois de contar às pessoas que vira o *Dogman*, uma espécie de lobisomem, e que iria procurar por ele na lua cheia.

Em 1993, Sandra Novotny em Flatwoods, West Virginia, mostrara aos amigos uma fotografia borrada que ela havia tirado do Fantasma de Braxton. A menina voltou à floresta para tirar uma foto melhor e nunca mais foi vista.

Anna Larson, de 16 anos de idade, sumiu em Elkhorn, Wisconsin, em setembro de 1998, depois de dizer ao irmão mais novo que havia conhecido a Besta de Bray Road. O monstro dissera que Anna era especial.

Cada uma das meninas havia desaparecido na lua cheia, depois de alegar ter conhecido algum tipo de criatura lendária.

Nadia Hill, em Nova York, era a quinta garota a se encaixar no padrão.

Além da minha pesquisa online, eu também visitara as cidades onde as garotas haviam sumido, falara com a população local, amigos e familiares, sempre sob o disfarce de pesquisadora de monstros para o podcast. Mas nunca encontrei nada.

O monstro, o meu monstro, era muito esperto para deixar pistas.

Tinha esperança de que uma das garotas aparecesse algum dia e contasse sua história. Mas nenhuma nunca voltou. E nenhum corpo ou objetos pessoais jamais foram encontrados. As meninas foram varridas da face da Terra sem deixar rastros.

Não levei minhas suspeitas para as autoridades. Tinha certeza de que olhariam para o material que eu reunira e diriam a mesma coisa que cada polícia local: essas meninas apenas fugiram de casa.

E por que eles escutariam as teorias malucas de uma mulher que trabalhava caçando monstros? Além disso, assim que descobrissem minha verdadeira identidade e de onde eu vinha... Bem, essa era uma história que eu não queria dividir com nenhum tipo de agente da lei.

Então investiguei por conta própria. Cruzei o país procurando, caçando.

Às vezes eu recebia outro e-mail do mesmo usuário, MNSTRGRL, mas com um endereço diferente. As mensagens eram sempre enigmáticas, me provocando, citando frases do nosso livro de infância *O Livro dos Monstros*:

Podem ser confundidos com humanos, se escondendo à vista de todos.

Às vezes ela me fazia perguntas:

Você já descobriu? Por que eu faço tudo isso? Já adivinhou?

Em outras ocasiões, havia só deboche:

Você chegou tão perto, mas, de novo, deixou escapar muitos detalhes.

Imprimi cópias de todos os e-mails que recebi de MNSTRGRL e as coloquei na pasta junto com os outros arquivos. Eu os folheava naquele momento, e encontrei o último que havia recebido, há cerca de três meses antes:

Alguma vez já ficou cansada desta dinâmica?

Do jogo de gato e rato que estamos jogando?

A caça e o caçador. Mas quem é quem, irmã? Quem é quem?

Fui até a cozinha, acendi uma chaleira para passar um café e tirei a garrafa térmica do armário. Não estava com vontade de tomar café agora — eu estava tensa, no limite —, mas precisava da cafeína para dirigir a noite toda. Enquanto esperava a água ferver, peguei o celular, sabendo que não deveria, mas querendo muito ouvir a voz do meu irmão.

— Oi! — disse ele quando atendeu.

— Oi pra você também — respondi.

— Como estão as coisas em Luisiana? Algum sinal do seu monstro do pântano? — As palavras tinham um tom debochado. Ele não acreditava mais em monstros.

— Não estou em Luisiana.

— Pensei que ia ficar lá o resto da semana. Onde você está agora?

O nó em minha garganta me dizia para não contar a ele.

Mas queria conversar com alguém, confessar, e para quem mais eu contaria? Quem mais poderia sequer entender?

— Estou em casa, mas já vou pegar a estrada de novo. — Fiz uma pausa, então me forcei a concluir: — Vou para Vermont.

Meu irmão ficou em silêncio, tão quieto que pensei que a ligação havia caído. Finalmente, ele disse:

— Por quê? — Sua voz estava um pouco mais alta do que o normal.

A voz de um menininho que me fez voltar no tempo. Fechei os olhos e visualizei um Eric magricela, com as meias de cano longo puxadas até os joelhos redondos, os cabelos cacheados se esticando em ângulos estranhos. Um garoto que estava sempre ninando um animal, tentando domesticar algo selvagem ou consertar algo quebrado.

— Acho que ela está em Vermont. — Não precisei dizer mais nada. Não precisei dizer quem *ela* era. — Outra menina desapareceu. Levada numa lua cheia. De uma cidade com um monstro. Se encaixa no padrão — expliquei, colocando minhas evidências na mesa.

Eric, membro do Clube dos Monstros e ilustrador do nosso livro, teria entendido isso.

Outro silêncio. Mas eu conseguia ouvir sua respiração, um leve chiar que me preocupava um pouco. Ele soava como um homem velho. Por trás do som de sua respiração, ouvi a TV. Um jogo de beisebol. O Tigers, seu time do coração, sem dúvidas. O som da TV ficou vago e a respiração dele ficou mais alta. Ele estava andando, saindo de perto de Cricket e das filhas. Ouvi uma porta ser fechada.

— Lizzy, me escuta — disse ele com uma voz ríspida, sem enrolação, mas mesmo assim pouco mais alto que um sussurro. Meu irmão não queria que ninguém ouvisse. — Você está se apegando a migalhas. Vendo padrões onde não existe nenhum. Você perdeu a perspectiva.

— Não perdi.

Eu me orgulhava da minha objetividade. No podcast, eu era a advogada do diabo, fazendo o papel de cética quando entrevistava as testemunhas, perguntando coisas do tipo: "*Se essa criatura realmente está por aí, como explicar a falta de evidências físicas?*"

Me agarrei ao telefone, escutando. Eric (Charlie!) era a única pessoa com quem eu havia compartilhado minhas teorias. O único que sabia sobre as garotas desaparecidas, os monstros e as luas cheias. O único para quem eu contara sobre os e-mails que às vezes recebia de MNSTRGRL.

— Lizzy, por favor. Estou te pedindo pra parar com tudo isso.

— Não posso. Você sabe disso. Ela pegou outra menina.

— Você não tem certeza. Você não sabe se é *ela*.

— Eu sei que é. Eu *sinto* que é.

— Já se passaram mais de quarenta anos, Lizzy — lembrou ele. — Até onde sabemos, ela pode estar morta.

JENNIFER MCMAHON

— Mas não está — falei, sabendo que era verdade. Eu pressentiria se minha irmã estivesse morta. Tenho certeza disso. — Ela está por aí e está sequestrando todas essas garotas.

— Mesmo que esteja certa — continuou ele, claramente exasperado —, você não tem nada a ver com isso.

Como esse homem podia ser o mesmo menino que, um dia, soubera tudo que era possível saber sobre monstros?

— Tem tudo a ver comigo — falei, minha voz mais ríspida do que eu pretendia. — Você não percebe? Tenho que ir até Vermont.

— E o que exatamente você planeja fazer lá?

Minha respiração ficou presa na garganta.

O que eu planejava fazer?

Salvar a menina, é claro. Chegar a tempo de salvá-la e garantir que mais nenhuma outra desaparecesse.

— Eu vou impedi-la.

Só quando falei em voz alta é que me dei conta: eu estava falando sério. Já tinha pensado sobre isso antes, mas agora... agora a sensação era diferente. O fato de voltar a Vermont parecia significativo. Simbólico.

Alguma vez já ficou cansada desta dinâmica? Do jogo de gato e rato que estamos jogando?

Queria contar tudo isso para Eric, porque achei que talvez ele, melhor do que ninguém, pudesse entender. Mas, outra vez, eu estava confundindo esse homem adulto, conhecido como Charlie, com o Eric da nossa infância.

Charlie fingia não se lembrar. Sempre que tentávamos conversar sobre o passado, ou quando eu tentava perguntar sobre alguma memória específica, ele balançava a cabeça e dizia: *"Não sei, Lizzy. Isso foi há muito tempo."*

— Como? — perguntou ele agora, no presente. — Como você vai impedi-la? — Sua voz estava gélida, pingando medo.

Foi errado ter ligado para Charlie. Fui egoísta. Talvez até boba.

— Você sabe como. — As palavras saíram mordazes de minha boca, ríspidas. — Sabe o que eu tenho que fazer. Você ajudou a escrever o livro... sabe como parar um monstro.

Ele ficou quieto. Ouvi o clique de um isqueiro. Charlie tinha parado de fumar, mas de vez em quando eu conseguia ouvi-lo surrupiar um cigarro enquanto conversávamos.

— Lizzy, isso não é saudável.

Não falei nada.

— Por favor, não vai até Vermont. Ao invés disso, vem pra cá. Passa um tempo conosco. Nós adoraríamos ter você aqui. Cricket acabou de me perguntar quando você ia aparecer de novo, e as meninas estão em casa até passar o Dia do Trabalho, aí a Ali volta para a faculdade.

Duvidei seriamente que Cricket estivesse sentindo minha falta. Eu sabia que deixava a pobre Cricket tão desconfortável quanto ela me deixava. Cricket e os cabelos cheios de luzes, os livros de culinária da *Crock-Pot*, e as roupas lindas e práticas da *JCPenney*. E minhas sobrinhas olhavam para mim como se eu fosse algo que elas haviam retirado da sola de seus sapatos. A tia caçadora de monstros esquisita, que fazia uma visita duas vezes por ano e insistia em dormir na própria van na entrada da garagem, ao invés de dormir no quarto de hóspedes, com as rosas de estêncil nas paredes e o purificador de ar com cheiro de rosas para combinar — tudo para fazer você se sentir como se estivesse em um jardim de verdade.

— É, isso seria legal — falei, por fim.

— Ótimo. — Ele deu um suspiro de alívio.

— Eu vou até aí assim que terminar as coisas em Vermont.

— Lizzy...

— Preciso ir, Eric — falei, desligando antes que ele conseguisse me lembrar bruscamente, como sempre fazia, que seu nome era Charlie.

Vi

09 de Maio de 1978

Vovó sempre diz que a casa veio junto com o trabalho no Asilo — explicou Vi enquanto levava Iris para fazer um tour por onde moravam, começando pela cozinha.

Ali ficava a gaveta especial, onde guardavam os biscoitos, e o freezer com potes de sorvete e caixas de sacolé em tubos plásticos.

— Vovó prepara milk-shakes pra nós no café da manhã — disse Vi. — São shakes saudáveis especiais. Aposto que ela vai fazer pra você também.

Outras crianças estavam acostumadas a comer cereais da *Lucky Charms* ou da *Count Chocula* no café da manhã, mas a avó colocava ovos, levedura de cerveja e pozinhos da loja de comida saudável no liquidificador, junto com leite desnatado, soverte da *Hood* e calda da Hershey's. Todas as manhãs, cada neto ganhava uma batida especial da Vovó.

— Meus pequenos bagunceiros sortudos — dizia a avó. — Mais ninguém ganha sorvete no café da manhã!

A panela de pressão elétrica borbulhava em cima do balcão. A avó usava bastante essa panela: cozinhava diversos tipos de ensopados e caçarolas e, às vezes, pequenos cachorros-quentes com molho *barbecue*. Naquela noite, o jantar seria almôndegas suecas com purê de batata instantâneo, o qual Vi gostava mais do que o caseiro porque não tinha pequenos pedaços de batata.

A menina abriu os armários e mostrou a Iris onde encontrar os potes de geleia dos Looney Tunes que eles usavam como copos, os pratos e as tigelas com a brilhante estampa amarela de girassóis, que combinava perfeitamente com as cortinas.

— A Vovó prepara o café e o jantar, mas no almoço temos que nos virar, então geralmente comemos sanduíches. O pão fica nesta gaveta, a carne para o sanduíche fica na geladeira e nós sempre temos manteiga de amendoim e geleia. Às vezes nossa avó compra creme de marshmallow! Você gosta de sanduíche de manteiga de amendoim com creme de marshmallow, né?

Iris apenas piscou os olhos.

— Entre o café da manhã e o almoço a gente costuma estudar, menos nos fins de semana. Nós estudamos em casa e a Vovó nos passa tarefas: leituras, pesquisas, relatórios e exercícios de matemática. Durante a tarde, a gente pode ler mais um pouco, fazer algum trabalho de arte ou passear do lado de fora. Se já terminamos de fazer as tarefas, podemos fazer o que quisermos. Às vezes vamos até a cidade. Vovó sempre nos deixa ir até a livraria, se pedirmos. À noite, depois do jantar, ela dá uma olhada nas tarefas que fizemos e deixa outras para o dia seguinte.

Ela mostrou a Iris a nova geringonça que Vovó e Eric construíram para tentar pegar o Grande Rato Branco, a qual incluía um balde, uma rampa de madeira e uma lata coberta de manteiga de amendoim.

— A Vovó tinha um rato de laboratório e diz que ele é o rato mais inteligente que ela já conheceu. Enfim... ele fugiu e agora vive dentro das paredes da casa. Vovó e Eric estão sempre montando armadilhas para tentar pegá-lo, mas ele é esperto demais para elas. — Iris encarou a armadilha vazia, e Vi continuou: — Tenho certeza de que você vai conseguir vê-lo. Outro dia eu estava pegando *Pop-tarts* na prateleira, e lá estava ele! Mas o Grande Rato desapareceu dentro de um buraco na parte de trás, antes que eu conseguisse pegá-lo.

Vi levou Iris até o solário.

— Aqui é onde fazemos artesanatos e coisas manuais. Também é nosso espaço de jogos. — Ela apontou para as pilhas de jogos de tabuleiro nas prateleiras. — E aqui é onde Vovó faz o próprio gim.

O destilador da avó borbulhava, e a menina o mostrou a Iris, mas a alertou para nunca o tocar. Um frasco cheio de líquido estava sobre um dos bicos de Bunsen e fervia suavemente. Uma comprida tubulação de cobre saía do frasco dando voltas em espiral, uma pequena montanha-russa que seguia, e seguia, até outro frasco, onde o líquido pingava continuamente.

— Destilação é pura química — explicou Vi. — Evaporação e condensação.

Ao lado do destilador estava o caderno da avó, aberto na mais nova receita, a de número 180. Vi leu a lista de ingredientes e as medidas em gramas: bagas de zimbro, coentro e alcaçuz. Também havia a receita para a mistura que ela fizera com milho, maçãs e mel. A avó sempre improvisava nas receitas das misturas.

— De vez em quando, Vovó deixa a gente ajudar, aí nós medimos os ingredientes numa pequena balança que usa pesos de metal. — Vi cheirou as especiarias que preenchiam os potes alinhados nas prateleiras, ao lado da mesa de madeira: zimbro, casca de laranja, canela, noz-moscada, olíbano, cardamomo, pimenta-do-reino, erva-doce e capim-limão. Havia outros também. Folhas estranhas, raízes e frutos, catalogados apenas por seus nomes botânicos. Ela pegou uma delas e ofereceu para Iris. — Esse nome aqui está em latim. Vovó está me ensinando. Sei pouca coisa por enquanto. Vovó diz que o latim é a língua da ciência e da medicina. Quando eu crescer, eu vou ser médica, então saber latim será importante.

Iris seguiu Vi até a sala de estar, onde ficava a TV e o gabinete estéreo da Magnavox, de madeira escura, com um toca-discos, um rádio e um toca-fitas. A menina mostrou os discos que ficavam guardados ali dentro: Chopin, Wagner, Bing Crosby, Julie Andrews e muitos do Neil Diamond.

— Vovó ama o Neil Diamond. Diz que ele é muito talentoso. Você já ouviu as músicas dele, né?

Iris apenas piscou. Já havia se passado quase 24 horas, e ela ainda não dissera uma única palavra. A menina fora muito obediente ao seguir Vi pela casa, observando, escutando e assentindo ou negando com a cabeça. Parecia entender, mas seu rosto era inescrutável. Ela estava usando roupas antigas de Vi: uma calça jeans boca de sino desbotada e uma blusa de gola alta, listrada de vermelho e azul, que ela colocara do avesso e do lado contrário — com a etiqueta pendendo de sua garganta. Iris ainda estava usando o velho e sujo gorro laranja de caçador, que cobria suas orelhas. Vi colocou um álbum do Neil Diamond no toca-discos — *Moods* — e soltou a agulha.

Elas ouviram *Play Me* por um tempo — *you are the sun, I am the moon*[*] —, então Vi continuou falando mesmo assim, porque não conseguia suportar o silêncio constrangedor. Queria que Eric descesse e a ajudasse, mas era

---

[*] Trecho da canção *Play Me*, de Neil Diamond: "Você é o sol, eu sou a lua." [N. da T.]

sexta-feira, e o irmão limpava todas as gaiolas dos animais às sextas — um trabalho que demorava a manhã inteira e uma boa parte da tarde também.

— Vovó tem algumas fotos de quando o Asilo foi construído. Soldados sem braços e sem pernas, coisas assim. Talvez ela mostre se você pedir. Eu aposto que o lugar é assombrado. Não tem como *não* ser, certo? — Ela olhou para Iris, que a encarou de volta com os olhos arregalados. — Enfim, antigamente, esta casa era onde o diretor e sua família moravam. Mas agora nós moramos aqui. Quando a Vovó se aposentar, o que ela diz que não acontecerá tão cedo, nós vamos nos mudar e o próximo diretor vai morar aqui.

Vi sorriu como se estivesse apenas relatando fatos, mas havia um peso em seu peito. Não conseguia suportar a ideia de ter que abandonar o único lar do qual se lembrava. O fato de que o Dr. Hutchins provavelmente seria o próximo diretor só piorava as coisas. Ela odiava pensar sobre o assunto: o Dr. Hutchins, com os tufos de cabelo e os olhos vesgos, tomando café da manhã na cozinha, provavelmente sem nunca ter se sentado no balanço da varanda porque guinchava — ele ficava alterado com barulhos muito altos. Vi e Eric adoravam tirar proveito disso: colocavam almofadas barulhentas na cadeira do médico antes do jantar, ou jogavam bombinhas embaixo da janela do escritório dele.

— Vamos pegar um copo de limonada e ir lá pra fora — sugeriu Vi.

Ela mediu o pó em colheradas, colocou-as em um jarro com água e misturou. Iris a observava maravilhada, como se nunca tivesse visto alguém fazer limonada daquele jeito. A menina bebeu dois copos na mesma hora, de forma desajeitada, a limonada escorrendo por sua bochecha.

ℓℓℓℓℓℓ

— EU E MEU IRMÃO temos um clube. Você pode participar, se quiser.

As correntes do balanço da varanda guinchavam, conforme Vi as empurrava para trás e para frente, o bico do tênis contra as tábuas de assoalho pintadas de cinza. O dia estava quente. O resto da limonada descansava em dois copos suados na pequena mesa de ferro ornamentado, ao lado do balanço da varanda.

— Então... você quer? — perguntou Vi.

Iris apenas a encarava. A menina ainda não havia tirado o gorro de lã laranja, e Vi imaginava o quanto ela deveria estar desconfortável. Vi conseguia ver o suor se formando na testa de Iris, que era branca, lustrosa e perfeitamente lisa como mármore. O gorro estava imundo, manchado de gordura e só Deus sabe o que mais. Vi estava surpresa por Vovó ter deixado a garota usá-lo o tempo todo, até mesmo no jantar da noite anterior, o que era loucura, porque a avó possuía rigorosas regras para aquela refeição: sempre às 18h na sala de jantar, todos devem estar com roupas limpas, cabelos penteados e mãos e pés lavados. Tenha educação: "por favor" e "obrigado", e nada de cotovelos em cima da mesa, jamais. Além disso, todo mundo tinha que participar do clube do prato-limpo, ou não podia sair da mesa.

Mas Vovó não dissera nada, só deixou Iris usar aquela coisa encardida. E, como a garota não falava, ela também não precisou dizer "por favor" e "obrigado", ou participar da outra parte importante do jantar: contar uma história sobre o seu dia. Ao contar sua história, você ganhava um elogio extra se usasse uma palavra nova que havia aprendido. Vovó era fã de vocabulário e da ideia de que eles deveriam sempre desafiar as próprias mentes. Ontem à noite, Vi usara a palavra *repugnante*:

— Acho repugnante e completamente desnecessário que o velho Mac atire nos coelhos que aparecem no jardim.

— É um clube de monstros — continuou Vi para Iris. — Nós falamos sobre monstros. No verão, nos sábados à noite, nós vamos até o drive-in assistir a filmes de monstros. Saímos em caçadas de monstros. E estamos escrevendo um livro: *O Livro dos Monstros*. Colocamos ali tudo o que sabemos sobre eles, e Eric está fazendo as ilustrações.

Iris ouvia com atenção, mordendo o lábio. Talvez fosse a imaginação de Vi, mas a menina parecia interessada, até mesmo animada.

— Então, você quer se juntar a nós? Você pode ir assistir aos filmes com a gente. O drive-in abre em junho. Podemos ir de bicicleta, e você pode ir na garupa da minha.

Vi se permitiu imaginar a cena: a garota nova sentada no banco banana da bicicleta vermelha, os braços ao redor da cintura dela, enquanto Vi pedala, levando-as até a cidade.

Iris assentiu: *sim, sim, sim*. Naquele momento — e Vi sabia que não estava imaginando isso —, a outra garota esboçou um leve sorriso.

Vi sorriu de volta.

— Que bom. Quer ver o nosso livro de monstros? — perguntou ela.

Iris assentiu de novo. *Claro, claro, claro.*

— Nosso clube tem uma sede secreta. Vou te mostrar porque agora você é membro do clube, mas você não pode mostrar pra mais ninguém, nunca. Nem mesmo pra Vovó, tá?

No fundo, o aviso era bobo. Vi tinha certeza de que a avó sabia sobre a sede do clube. Eric contava *tudo* para Vovó. O garoto não sabia guardar segredo. Mesmo quando jurava que ficaria calado, ele sempre dava com a língua nos dentes.

Iris assentiu outra vez.

— Tudo bem — disse Vi.

Ela abriu a porta da casa para dar o grito secreto do Clube de Monstros. Colocou as mãos em concha ao redor da boca, inclinou a cabeça para trás e começou a uivar baixo, até o uivo ir aumentando de volume:

— A-uuuu! — gritou ela, deixando o som se propagar e depois enfraquecer.

Vi praticara seu uivo e estava ficando boa nisso. Mas o de Eric era melhor. O menino uivou de volta, para avisar que ouvira o chamado. Cinco segundos depois, ela ouviu passos descendo as escadas.

— O chamado do monstro é como um alarme de incêndio — disse ela para Iris. — Quando você o escuta, deve sair correndo. Você tem que chegar à sede do clube o mais rápido possível, não importa o que aconteça.

Iris assentiu.

Eric chegara à varanda, os olhos arregalados. Seu cabelo estava bagunçado, embaraçado, e ele usava uma camisa com listras amarelas, pretas e brancas. Vi pensou que ele parecia uma lagarta, daquelas monarcas que costumavam encontrar em algumas flores dos jardins.

— Iris vai fazer parte do clube — disse Vi. — Nós estamos indo até a sede para ela ver nosso livro.

Eric não fez nenhuma pergunta, apenas pulou da varanda e começou a mostrar o caminho: deu a volta em um dos lados da casa, atravessou o quintal com a grama habilmente aparada (graças ao velho Mac, que a cortava uma vez por semana), passou pela velha gaiola para coelhos, pelo depósito de madeira, pelos arbustos de zimbro que Vovó plantara por causa do gim, e entrou na floresta.

— Como está a Ginger? — perguntou Vi. Esse foi o nome que Eric dera para a coelha filhote ferida.

— Está bem. Parece que ela mal nota os pontos. Mas dá pra perceber que dói, ela anda e pula meio torta.

Na noite anterior, durante o jantar, Vovó decidira que ele podia ficar com a coelha até que ela estivesse curada e grande o suficiente para ir embora.

— Criaturas selvagens não pertencem a gaiolas — dissera a avó, relembrando-os, quando Eric começara a discutir.

Ela só deixava o menino ficar com os animais que não podiam mais voltar para a vida selvagem: aqueles com patas machucadas, olhos faltando ou asas quebradas, ou criaturas que estiveram em cativeiro por tanto tempo que haviam esquecido como era ser selvagem.

Eric, Iris e Vi percorreram a trilha gasta que os levava por entre as árvores e colina abaixo. Estava mais fresco na floresta. O ar cheirava a verde e terra. Bétulas, bordos e álamos garantiam uma densa cobertura, protegendo-os do sol.

Eles caminharam por cinco minutos, indo na direção do córrego. Conseguiram escutá-lo antes de vê-lo... o tranquilo borbulhar da água sobre as pedras e a areia. Estava cheio de peixinhos, pitus e insetos que passeavam pela superfície nos lugares sem ondulações: os caminhantes da água. As margens eram contornadas por samambaias, densos carpetes de musgo e alguns trechos com repolhos de gambá, que fediam quando você quebrava uma folha. Vi adorava voltar àquele lugar. O ar era diferente, tudo parecia mais vivo. E pertencia a eles, e somente a eles.

A sede do clube os esperava do outro lado do córrego. Eles precisavam pular por entre rochas escorregadias para chegar até a modesta cabana, que tinha cerca de 2,5 metros de largura e 3 metros de altura. Nenhum dos irmãos sabia quem a construíra ou por que, mas também nunca haviam perguntado à avó ou a qualquer pessoa no Asilo sobre a cabana — era um segredo entre eles desde que a descobriram, dois anos antes. A construção era um pouco torta, e se inclinava ligeiramente para a esquerda. As tábuas estavam empenadas, desbotadas e apodrecidas em alguns pontos. Aos poucos, Vi e Eric tentavam consertá-la. Eles se esgueiravam até o grande celeiro do Asilo, onde o velho Mac guardava tábuas de madeira, telhas, sobras de madeira compensada, pregos e parafusos. Ao surrupiarem pequenas quantidades de cada vez, para que o velho não notasse, os irmãos já haviam conseguido substituir um dos pontos apodrecidos no chão e consertar um buraco no telhado.

— Bem-vinda à sede do Clube dos Monstros — disse Vi, segurando a porta aberta.

Ela deixou Iris entrar primeiro e percebeu que a respiração da menina parecia ter mudado, ficando mais acelerada. Iris estava animada. Vi podia sentir um zumbido de energia vindo da garota.

— É bem legal, né? E é todo nosso. Ninguém sabe que nossa sede é aqui — disse Vi, olhando para Eric. — Certo, Eric?

O irmão assentiu, sem desviar os olhos dos de Vi. Talvez ele não tivesse contado à Vovó no fim das contas, o que seria um milagre.

A estrutura do clube era feita de madeiras dois por quatro, e as laterais de madeiras mais largas. Havia uma porta e duas janelas, mas estas estavam muito empenadas e estufadas para serem abertas. No centro da cabana, havia uma mesa para jogarem cartas e duas cadeiras de metal dobráveis, e, no canto, eles guardavam uma velha vassoura para varrer a sujeira e as folhas que conseguiam entrar na cabana. Musgo crescia nos peitoris das janelas e no teto lá em cima. Para Vi, parecia uma cabana de fadas, uma casa mágica onde qualquer coisa poderia acontecer. Talvez nem fosse de verdade para as outras pessoas, exceto eles. Só aparecia quando os irmãos entravam na floresta, procurando por ela.

— Vamos precisar de mais uma cadeira agora que somos três — disse Vi.

— Tem um monte delas no celeiro do Asilo — disse Eric. Ele apontou para a cadeira em que costumava se sentar. — Iris, você pode ficar com a minha. — O menino sorriu, suas bochechas corando. — Quer dizer, se você quiser.

Em uma das paredes, havia um conjunto de estantes de madeira que guardava algumas provisões — manteiga de amendoim, biscoitos de sal, um cantil cheio de água — e todo o equipamento deles para caçar monstros: um par de luvas de couro firme, uma bússola, uma lupa, uma lanterna, binóculos, um canivete suíço, estacas de madeira (caso eles encontrassem um vampiro) e uma pequena mochila para carregar tudo isso.

Eric pegou a mochila e começou a mostrar a Iris os apetrechos.

— Eu levo minha câmera quando saímos para caçar monstros — acrescentou ele. — Tenho uma polaroide. Também tenho a velha Instamatic da Vovó, mas aí você precisa esperar pra revelar o filme. Eu vou pedir uma câmera de verdade nesse Natal. Uma Nikon, 35 milímetros. É a que os fotógrafos de vida selvagem profissionais usam. Aqueles que tiram fotos para *National*

Geographic. Vovó disse que eu posso montar um quarto escuro no closet do hall de entrada e aprender a revelar meu próprio filme.

Vi assentiu.

— Vai ser importante poder tirar boas fotos para usarmos como provas. Nós ainda não ficamos frente a frente com nenhum monstro, mas vimos sinais — explicou ela. — Olha isto aqui. — Ela pegou um velho pote de papinha de bebê na estante. Dentro dele havia um tufo comprido de pelo preto. — Tiramos isto de uma árvore não muito longe do córrego. Com certeza não pertence a nenhum animal que viva por essas bandas.

Ela entregou o pote para Iris e observou os olhos da garota se arregalarem.

— E nós vimos pegadas também. Pegadas estranhas. Eram quase humanas, só que maiores e definitivamente tinham garras. — Iris pareceu se arrepiar. — Nós fizemos algumas gravações também, uns gritos e uivos muito esquisitos, mas elas estão em casa. Nós não deixamos o gravador aqui. Mas podemos te mostrar mais tarde.

Iris estava encarando o pote com o pelo, girando-o, agitando-o de leve, como se fosse um globo de neve. O gorro laranja estava puxado o bastante para cobrir as pontas de suas orelhas.

— Nós saímos para caçar monstros duas noites por mês: na noite de lua cheia e na noite de lua nova — contou Vi. — São os melhores períodos para encontrá-los.

Iris assentiu.

— Vamos mostrar o livro pra ela! — exclamou Eric, a voz pulando de animação.

Ele puxou a pasta de debaixo da mesa dobrável. Era uma pasta velha de couro endurecido, gasta e manchada. O menino abriu os fechos embaçados de metal. Ali dentro estava *O Livro dos Monstros*, uma grande caixa de lápis de cor, algumas canetas, lápis, borrachas e canetinhas.

O livro, propriamente, estava em um fichário preto de três argolas do Asilo, que a avó dera para eles. A etiqueta na lombada dizia CONTABILIDADE, 1973, mas os irmãos haviam feito uma nova etiqueta, O LIVRO DOS MONSTROS, e a colaram por cima da antiga. Eric fizera um desenho para a capa que mostrava seu monstro favorito: a quimera, uma criatura que é parte leão, parte cabra e parte serpente, e lança fogo por suas narinas.

— A Vi faz o texto e eu faço os desenhos — explicou Eric, folheando o livro e mostrando para Iris desde as páginas dedicadas a vampiros até as que continham as regras para a caça aos monstros.

— Isso é um *wendigo*. São criaturas que já foram humanas, mas agora se alimentam de pessoas.

O monstro de olhos macilentos tinha as mandíbulas abertas, os dentes afiados e as garras à mostra. Suas roupas estavam esfarrapadas e ele tinha olhos pretos.

— E esse — disse ele, virando a página — é um lobisomem. Você já ouviu falar deles, certo? São humanos que se transformam nas luas cheias. A pior parte de ser lobisomem é que às vezes você nem faz ideia de que é um deles.

Iris olhava para o desenho: uma forma humanoide com cabeça de lobo, olhos vermelhos e dentes que pingavam sangue. A menina recuou.

— Você não precisa ter medo — disse Eric. — Não à luz do dia, como agora. E existem maneiras de você se proteger. Magia e coisas do tipo. Nós vamos te ensinar. Vamos te ensinar tudo o que sabemos.

Iris sorriu.

— Você sabe desenhar? — perguntou Vi para a menina. Iris balançou a cabeça, negando. — Bom, então talvez você possa me ajudar a escrever. Você sabe escrever, certo?

Vi entregou para a garota uma canetinha vermelha e um pedaço de papel, um teste que ela não tinha muita certeza se Iris passaria. A menina pegou a canetinha, mas a segurou de forma errada, apertando-a na mão fechada, todos os dedos envolvendo o objeto.

— Escreva aqui qual é seu monstro favorito — disse Vi, estendendo o pedaço de papel sobre a mesa.

Iris olhou para a canetinha em suas mãos, depois para a folha de papel em branco.

Então ela desenhou um retângulo. Cerca de dois terços para cima, no meio do retângulo, a menina desenhou outro retângulo menor. Dentro da forma menor, ela colocou dois círculos pequenos.

— O que é isto? — perguntou Vi.

Iris escreveu MNSTR em letras de fôrma grandes e confusas, depois deixou a canetinha de lado.

— Monstro? Que tipo de monstro? — perguntou Vi, mas Iris já estava olhando para outra coisa.

Vi pegou o livro deles, fechou-o e olhou para a capa, onde havia escrito: O LIVRO DOS MONSTROS, por Violet Hildreth, Ilustrações por Eric Hildreth. Ela pegou uma caneta preta.

— Você tem um sobrenome, Iris?

Iris deu de ombros levemente, então balançou a cabeça.

— Tudo bem, então — disse Vi, escrevendo com cuidado na capa, acrescentando: *e Iris Cujo Sobrenome Nós Não Sabemos*, ao lado de seu próprio nome.

Ela segurou o livro no alto, para mostrá-lo a Iris, mas a menina estava ocupada vasculhando os objetos na mochila que Eric mostrara. Ela pegou os binóculos.

— Binóculos — disse Eric. Ele fez dois túneis com as mãos e os aproximou do próprio rosto. — Segure eles contra os seus olhos, e esse disco no meio serve para você ajustar o foco. — O menino balançou a cabeça enquanto a observava. — Desse jeito não. Se você fizer assim, tudo vai parecer menor e mais distante. O objetivo é que as coisas pareçam maiores e mais próximas.

Mas Iris segurava os binóculos com as lentes mais largas pressionadas contra os olhos, olhando para Eric, depois para Vi, e deixando-os parecer mais distantes.

E ela sorriu.

Iris manteve os binóculos pressionados contra o rosto enquanto andava pela cabana, observando tudo: o assoalho esponjoso, as estantes, a janela com o vidro rachado e as teias de aranha. Ela olhava para todos os lugares, exceto por onde ia. A menina bateu de encontro à mesa com toda a força, tão forte que a mesa tombou, derrubando o livro de monstros no chão. Iris caiu de costas contra a parede e bateu a cabeça, soltando um pequeno guincho, que provava que ela não era muda no fim das contas.

Os binóculos caíram no chão e o gorro de Iris saiu de sua cabeça.

Eric ofegou.

Vi tapou a própria boca com a mão, para impedir o grito que sentiu que daria.

Iris estendeu a mão para pegar o gorro e o colocou de novo.

Mas era tarde demais.

Vi e Eric já tinham visto.

A frente do cabelo de Iris estava raspada, e uma cicatriz grossa e vermelha, em alto-relevo e em carne viva, se estendia por toda sua cabeça, de orelha a orelha.

O LIVRO DOS MONSTROS

Violet Hildreth e Iris Cujo Sobrenome Nós Não Sabemos
Ilustrado por Eric Hildreth
1978

SE VOCÊ ACHA que alguém que conhece pode ser um monstro, existem algumas medidas que você pode tomar para descobrir a verdade.

Exponha a pessoa suspeita à água benta, alho ou prata e observe sua reação.

Analise se a pessoa possui um reflexo no espelho.

Você só a vê de noite?

Ela desaparece em luas cheias?

Entenda com que tipo de monstro você está lidando. Estude seus hábitos, seus movimentos. Descubra onde a criatura vive, como se alimenta, quais são as suas fraquezas.

Então bole um plano para matá-la.

Vi

02 de Junho de 1978

— Você tem que revidar — disse Vi, soltando um suspiro exasperado, depois de ter dado um soco na cabeça de Iris pela décima vez.

Elas estavam jogando *Rock'Em Sock'Em Robots*, distribuindo socos ao apertarem os botões de plástico do controle no brinquedo. Vi era o robô vermelho e Iris, o azul, mas ela quase não dava socos. Apenas empurrava a cabeça do robô azul de volta para o lugar e esperava baterem nele de novo.

As duas haviam colocado o jogo na pequena mesa no solário. Mas hoje não havia sol. A varanda anexa, com o tapete marrom e as cortinas mostarda, parecia sombria. O velho sofá estava coberto por um xale de crochê de girassóis, feito pela Srta. Evelyn. O macramê enfeitado com contas, pendurado na parede, fora um presente de um dos pacientes de Vovó. E as estantes tinham peças de cerâmica feitas por Vi e Eric: cinzeiros disformes e vasos tortos. A paisagem com cavalos, uma pintura numerada que Vi fizera no ano anterior, estava pendurada acima das estantes. O gim da avó ainda borbulhava de leve atrás delas.

Chovia forte, e não tinha nada passando na TV além de novelas ruins: *The Edge of Night*, *As the World Turns*, *Guiding Light*. Depois de quase um mês, Iris ainda não havia falado. Vi começava a duvidar de que isso fosse acontecer, mas Vovó disse para ela não desistir, para continuar tentando, ter paciência e ser compreensiva.

Pow! Vi apertou o botão com ferocidade e acertou a cabeça do robô azul de plástico de Iris mais uma vez.

Assim não vale. Vencer não tinha graça quando seu adversário nem sequer reagia.

Vi empurrou a cadeira para longe da mesa e ficou em pé, olhando de novo para a pilha de jogos nas estantes.

Não podiam jogar Batalha Naval nem *Go Fish*. Também não podiam jogar Detetive. Em todos eles era preciso falar.

As duas já haviam feito milhares de desenhos estúpidos com o Espirógrafo e mais outros com a Tela Mágica Lite-Brite. Também haviam jogado Operando, Hipopótamos Comilões e Damas. Passaram cerca de uma hora procurando pelo Grande Rato Branco. Vovó disse que o vira quando estava preparando o café, mas o bicho correu para uma rachadura que ficava entre a geladeira e o balcão.

— Se eu conseguir capturá-lo, posso ficar com ele? — perguntara Eric.

A avó sorriu.

— Só se construir uma gaiola que seja forte o bastante — dissera ela. — Aquele rato é esperto.

Vi desviou a atenção da estante de jogos.

— O que você quer fazer agora? — perguntou.

Iris apenas deu de ombros.

É claro.

Nada havia mudado, Iris dava a impressão de estar mais nervosa agora do que no dia em que chegara. Às vezes parecia até ter medo de Vi. E Vi descobriu que era cansativo conversar sozinha o tempo todo. Em momentos como aquele, ela tinha vontade de sacudir Iris e implorar à menina que falasse.

Iris estava usando aquele vibrante gorro laranja nojento. Ela nunca o tirava. Vi suspeitava de que a menina até dormia com ele. Iris ainda estava usando as roupas de Vi: um macacão e uma blusa azul de manga comprida, que ela usava do avesso. Era desconcertante ter essa menina, essa gêmea silenciosa e esquisita, andando por aí com as suas roupas, seguindo você de perto como uma sombra.

— Você quer ir procurar o Eric? Quer ver se ele deixa a gente levar a coelhinha pra passear?

Sim, Iris assentiu. *Sim, sim, sim.*

Ela sempre dizia sim para a coelha.

As duas subiram até o quarto de Eric. A cama de solteiro do menino estava encostada na parede que ficava de frente para a porta, coberta com uma colcha gasta. Ao lado da cama, havia uma mesinha de cabeceira com uma pilha de histórias em quadrinhos, uma lanterna, um relógio de corda do Mickey Mouse e a mesma fotografia dos pais que Vi tinha na própria mesa. Havia uma pequena estante de livros cheia de guias para a natureza e livros sobre animais. No topo da estante, estava o modelo do barco de Darwin, o HMS *Beagle*, que Vovó encomendara lá na Inglaterra como um presente de Natal para Eric no ano anterior. O resto do quarto dele era cheio de animais. Gaiolas se enfileiravam pelo chão ou se amontoavam nas prateleiras: gaiolas de arame e aquários de vidro continham camundongos e ratos resgatados do laboratório no porão; uma tartaruga com o casco rachado, que Eric e Vovó tinham consertado com arames, alfinetes e cola; um esquilo, cujo olho esquerdo estava faltando; porquinhos da índia (da época em que a avó tinha alguns no laboratório); e agora a coelha filhote. Eric tinha um sistema completo de plástico da Habitrail, com tubos que levavam de um cercado para o outro: uma cidade de camundongos, todas fêmeas, para que não pudessem procriar. Ele comprara os aparelhos da Habitrail no pet shop com o próprio dinheiro, e estava sempre acrescentando novos cercados. Os camundongos machos tinham suas próprias gaiolas de metal. Havia um rato correndo pelo chão dentro de uma bola de plástico. Os porquinhos da índia cricrilavam e assobiavam. Um rato branco corria em uma roda que guinchava.

Vi observou Eric retirar a rede que ficava sobre o aquário da coelha, enquanto sussurrava gentilmente para o bicho:

— Está tudo bem, Ginger. Você está bem. Nós só vamos segurar você um pouquinho. Não vamos te machucar.

Ele pegou a filhote, fez um carinho nela e o animal fechou os olhos.

Depois ofereceu para Iris, que a pegou com muita delicadeza.

Iris era apaixonada pela coelha e nunca recusava uma oportunidade de segurá-la, abraçá-la ou acariciar o pelo macio do bicho. O único momento em que Vi percebia que a menina ficava verdadeiramente feliz, era quando segurava a coelha. E Iris sempre parecia triste quando chegava a hora de devolver Ginger para a gaiola.

Ela segurou a filhote, fez cafuné e a ninou. Cerca de dez minutos depois, Ginger começou a ficar inquieta e nervosa. Iris estava segurando o animal com força, muita força, agarrando-a tão apertado que os olhos de Ginger ficaram inchados, e Eric precisou usar sua voz suave de coelho para falar com Iris.

— Eu adoro que me peguem no colo, mas sou muito pequena e agora preciso voltar pra minha gaiola pra descansar. Pode vir me visitar depois. Você pode me deixar descansar? Pode me trazer um pouco de trevo fresco do jardim?

Sim, sim, sim, Iris assentiu conforme entregava a coelha para Eric.

O menino sabia como aliviar a inquietação.

— Obrigado — sussurrou ele para Iris, com sua voz de filhote de coelho.

Iris abriu a boca, como se estivesse prestes a falar — talvez fosse dizer "*de nada*" —, mas aí ela pareceu lembrar que não falava mais, então trincou a mandíbula enquanto Eric colocava Ginger de volta no aquário.

Naquele instante, o deus das ideias enviou um raio lá de cima bem na cabeça de Vi, igual acontece nas histórias em quadrinhos: *Zap! Zap! Zap!*

Ela pulou da cama do irmão.

— Venham comigo!

Iris hesitou por um segundo, olhando de Ginger no aquário para Vi e Eric.

— Vamos — disse o menino. — A gente pode voltar e visitar a Ginger depois.

Iris assentiu e ficou de pé, então ela e Eric seguiram Vi pelo corredor até o seu quarto.

Vi fechou a porta.

— Sente-se — pediu a Iris, indicando a cama com a cabeça. Iris deu a impressão de enrijecer, olhando para a porta fechada. Vi respirou fundo e, com uma voz tão branda quanto a do irmão, acrescentou: — Se você quiser, é claro.

Eric se sentou na cama e deu tapinhas no lugar a seu lado.

Iris assentiu e se empoleirou com cautela na beirada da cama, os olhos em Vi. Devagar, ela mudou o foco e olhou em volta do quarto. A menina observou a estante, os livros cuidadosamente dispostos por tamanho e cor, a escrivaninha arrumada e a penteadeira sem nada em cima. Vi gostava de manter tudo limpo e organizado. Odiava qualquer tipo de bagunça ou desordem. As paredes de seu quarto eram pintadas de branco e não havia nada pendurado nelas, nenhum pôster fofo ou quadros de pinturas. As sombras faziam a própria arte, e isso bastava para ela. O chão de madeira pintada estava impecável, não havia nada nele a não ser a mobília: a cama de solteiro, a penteadeira, a escrivaninha e a mesa de cabeceira. Aquele quarto fazia Vi se sentir tranquila.

Ela abriu a porta do closet e puxou caixas das prateleiras, vasculhando entre seus brinquedos antigos e livros: pôneis de plástico com crinas encaracoladas; bichos de pelúcia; uma boneca Holly Hobbie esfarrapada, com um vestido de retalhos e cabelos de fios de lã arrumados em duas tranças; e uma arma de brinquedo que tinha cheiro de pólvora. Coisas que ela já estava muito velha para querer brincar. Outras que nem sequer se lembrava. Até que encontrou o que estava procurando.

Vi girou e olhou dentro dos olhos de Isis, que eram de um castanho turvo igual ao dos olhos dela.

Nós realmente poderíamos ser irmãs, pensou ela. *Essa garota e eu.*

— Isto é pra você — disse Vi, oferecendo o presente.

Os olhos de Eric se arregalaram, e ele sorriu e assentiu: *sim, sim, sim*. Vi fizera a coisa certa. Sabia que tinha feito a coisa certa.

Era um coelho. Um coelho de pelúcia macio, que já havia sido branco e fofo, mas agora era de um cinza esquálido, o pelo estava embaraçado em alguns lugares, e os olhos de plástico estavam arranhados.

De repente, Vi se sentiu envergonhada. Parecia uma estupidez dar um brinquedo tão sujo para alguém. Ela queria voltar no tempo e retirar a oferta do brinquedo, mas era tarde demais.

— É um fantoche — explicou Vi. — Dá pra ver? — Ela colocou a mão dentro do coelho, fazendo suas pequenas patas sacudirem e virando a cabeça do brinquedo para olhar na direção de Iris. Os olhos arranhados de plástico encararam Iris, que sorriu. Vi tirou o fantoche da mão e ofereceu para a menina. — Ele é seu, se você quiser.

Por favor, por favor, por favor.

Iris esticou a mão, pegou o fantoche devagar, fez cafuné na cabeça macia do brinquedo e passou as unhas roídas e irregulares pelas orelhas dele. Então deslizou a mão para dentro do fantoche.

Vi sorriu.

— Olá, coelhinha! — disse ela.

A pequena cabeça do brinquedo virou-se para olhar a menina.

— Olá — respondeu o fantoche em uma voz tão suave, que Vi achou ter imaginado.

Mas não era imaginação. Iris tinha falado! Tinha falado de verdade!

Iris não, disse Vi para si mesma. *O coelho*. O brinquedo que Vi tinha dado a Iris na esperança de que aquilo abrisse alguma brecha.

Ela olhou para Eric, que estava boquiaberto, os olhos enormes iguais aos personagens de desenhos animados quando ficam surpresos.

— Qual é o seu nome? — perguntou Vi fitando o coelho, sem se atrever a olhar para Iris, com medo de talvez quebrar o encanto.

Estava tudo tão quieto que ela tinha certeza de que todos estavam prendendo a respiração.

— Não sei — sussurrou o fantoche, as palavras soando como um lamento meigo e arrependido.

Vi manteve os olhos no coelho.

— De onde você é?

O brinquedo oscilou de leve.

— Não lembro — disse a voz, suave como o farfalhar do papel.

Vi assentiu. Sua garganta estava seca. Ela ainda encarava o gasto coelho-fantoche, mas estava tão perto de Iris que podia sentir o cheiro da menina: xampu Prell e sabonete Dial.

— Do *que* você se lembra? — perguntou.

Silêncio. Vi observou o coelho. A cabeça pequena e felpuda caiu para frente, como se ele tivesse ido dormir.

— Estava escuro — disse Iris por fim. — E havia uma voz.

— Uma voz?

O coelho continuava parado e a própria Iris assentiu.

— A voz da doutora. Dra. Hildreth.

— Vovó — disse Eric.

— Vovó — repetiu Iris. Ela ainda estava segurando o coelho, mas se virou a fim de olhar para Vi. — Só me lembro disso. A voz dela falando comigo, me perguntando se eu conseguia abrir os olhos.

Vi assentiu.

— Então você não sabe seu verdadeiro nome?

— Ou de onde você é? — perguntou Eric.

Iris balançou a cabeça, o cabelo castanho-claro bagunçado, que despontava de debaixo do gorro laranja, caindo sobre seus olhos.

— Minha cabeça dói quando tento me lembrar de mais coisas.

Ela balançou a cabeça de novo. Seu sussurro era tão suave que Vi se inclinou mais para perto a fim de ouvir:

— Tudo que eu lembro é de acordar num quarto com a Dra. Hildreth pairando sobre mim, me perguntando se eu podia abrir os olhos. — Os olhos de Iris estavam vítreos pelas lágrimas. — Eu sou uma ninguém.

Vi estendeu a mão, mas logo puxou-a de volta, sentando-se sobre ela para evitar tocar em Iris.

— Todo mundo é alguém — disse Vi.

Pensou que a frase soava como uma melodia, até uma música que o Neil Diamond talvez cantasse. O começo de uma canção de amor, quem sabe.

Iris assentiu.

Vi pensou em todas as coisas que não conseguia lembrar: o rosto da mãe, a voz do pai, a cor dos olhos de seus pais. Ela nem conseguia lembrar onde haviam morado. Vovó dissera que era em uma pequena casa azul no campo, mas Vi não conseguia recordar.

— Podemos perguntar à Vovó quem você é — disse Eric. — Ela deve saber de alguma coisa.

Vi balançou a cabeça.

— Nem pensar. Ela não vai contar. Você sabe como ela é com as pessoas que vêm do Asilo. Muito reservada.

— Tem que ter alguma coisa que a gente possa fazer — disse Eric.

Vi olhou para Iris.

— Podemos ajudar você. Podemos ajudar a desvendar quem você é e de onde veio.

— Como vamos fazer isso? — perguntou Eric.

— Bom, sabemos que Iris veio do Asilo, certo? Deve ter algum registro. Um arquivo. Alguma coisa.

Iris mordeu o lábio.

— Eu não sei.

— Eu, sim. *Eu sei*. É fato que, se você é paciente da minha avó, existem anotações sobre você em algum lugar. Pelo menos dizendo de onde você veio. O que aconteceu com você. Algum pedaço da sua história.

— Vovó faz muitas anotações — concordou Eric.

Iris assentiu e baixou o olhar para o fantoche, agora mole e imóvel.

Vi permitiu que sua mão deslizasse de debaixo da perna e, devagar, fez carinho nas orelhas do coelho.

— Vamos te ajudar — repetiu ela.

Seria uma violação de todas as regras que Vovó já impusera. A presença de Vi e de Eric não era permitida no Asilo. E eles nunca, jamais, deveriam encostar nos papéis, anotações ou diários da avó. Vi virou-se para Eric.

— E você tem que prometer que não dirá uma única palavra sobre isso pra Vovó. Tem que ser ultrassecreto.

O menino assentiu.

— É sério, Eric. Se contar pra Vovó, vou dizer que foi você que libertou o Grande Rato Branco.

— Não pode fazer isso! — Ele ofegou, com os olhos se enchendo de lágrimas.

— E não vou. Desde que você guarde esse nosso segredo. Também não quero que você diga à Vovó que a Iris falou. Ainda não.

Eric assentiu outra vez, o rosto sério.

— Vamos descobrir quem você é, Iris — disse Vi. — Eu prometo.

O coelho-fantoche se mexeu. Suas patas se abriram e envolveram a mão de Vi, segurando-a apertado.

Vi fechou os olhos e disse um silencioso *"Obrigada"* ao deus dos fantoches e ao deus das promessas, certa de que seu coração estava prestes a explodir.

A Mão Direita de Deus: A Verdadeira História sobre o Asilo Hillside

Por Julia Tetreault, Jornal *Trechos Obscuros*, 1980

A PARTE MAIS TRÁGICA desta história são as crianças, é claro.

De acordo com minhas entrevistas, elas eram bem felizes. Amavam muito a avó e sentiam que esse amor era retribuído. Elas tinham uma vida boa, ainda que isolada, lá na colina. Possuíam muitos bichos de estimação — porquinhos da índia, camundongos, uma tartaruga e um coelho selvagem domesticado — e passavam horas ao ar livre, explorando a natureza e desfrutando do ar fresco de Vermont. As crianças estudavam em casa e se destacavam nos trabalhos. Tinham acesso à enorme biblioteca da Dra. Hildreth e eram encorajadas por ela a ocupar suas mentes curiosas diariamente.

Frieda Carmichael, bibliotecária-chefe da Biblioteca Pública de Fayeville, um pequeno prédio de tijolos no centro da cidade, se lembra das crianças aparecendo por lá com frequência.

"A avó costumava passar tarefas, então elas vinham até a biblioteca para pesquisar todo tipo de assunto: o tempo, acontecimentos recentes, história mundial, astronomia. Elas faziam anotações e escreviam relatórios com notas de rodapé e bibliografias. Era bem impressionante. As crianças faziam trabalhos bastante avançados para a idade delas. E adoravam ler! Principalmente a Violet. Não tinha nada que aquela menina não lesse. Ela ficava horas sentada, devorando livros de ciência, de medicina, de história e de terror. Adorava romances de terror: Stephen King, Thomas Tryon, Anne Rice. Sempre que chegava um novo do gênero, eu separava para ela. Se eu lesse qualquer coisa do tipo, teria pesadelos por semanas, mas aquela menina devorava todos eles."

Donny Marsden, dono do Armazém de Fayeville, também se lembra das crianças.

"Criançada educada, só um pouco estranha", disse ele. "Não iam à escola, nem pareciam ter amigos. Pelo menos eu nunca os vi com nenhuma outra criança da cidade. Eles vinham até aqui, compravam refrigerante e doces, então voltavam para a colina em suas bicicletas. O garoto comprava revistas em quadrinhos. Às vezes, eles jogavam nos fliperamas que eu tenho ali no canto: *Sea Wolf* e *Night Driver*. Mas nunca jogavam se houvesse outras crianças por perto. Eles também tinham um jeito engraçado de falar. Sempre usando palavras difíceis. Minha esposa chamava as crianças de Pequenos Professores. Eu lembro que uma vez a menina me disse: 'Espero que seu dia seja sublime', enquanto estava indo embora. Que tipo de criança fala assim?" Ele balança a cabeça. "Eu ficava um pouco preocupado com elas completamente sozinhas lá em cima na colina. Um lugar cercado por malucos não serve para criar crianças."

Irene Marsden, a esposa de Donny, complementa com sua própria história:

"Nosso sobrinho Billy tinha mais ou menos a mesma idade que o garoto Hildreth. Uma vez ele as viu andando de bicicleta e perguntou se as crianças queriam brincar. A garota balançou a cabeça e disse que não podiam. 'Não temos permissão', disse o garoto. 'Por que não?', perguntou Billy. 'Porque', respondeu a menina, 'somos vampiros, e se brincássemos com você teríamos que morder seu pescoço e beber todo o seu sangue.' Ela exibiu os dentes e rosnou. O pobre Billy se assustou. Ele nunca mais as convidou para brincar."

Lizzy

20 de Agosto de 2019

Outdoors eram ilegais em Vermont, mas havia curiosos letreiros pintados por toda a parte. O que cumprimentava os turistas dando boas-vindas à ilha dava a impressão de ter sido desenhado com a ajuda das crianças da escola primária local: o fundo para *Bem-vindo à Chickering Island* era um lago azul brilhante com barcos e um alegre sol nascente que sorria. Acima disso tudo, uma garça-azul gigante e desproporcional, que mais parecia um pterodátilo, completava o cenário.

Quando parei em um lugar qualquer da Pensilvânia para abastecer e beber uma xícara daquele café horrível de posto de gasolina e comer um burrito duvidoso, mantido aquecido por uma lâmpada de calor, puxei meu notebook e fiz uma pesquisa rápida sobre Chickering Island. Descobri que, no fim das contas, o lugar não era uma ilha, mas sim uma península no lago Crane, o quarto lago mais extenso de Vermont.

E, apesar do nome, não havia garças-azuis* tão ao norte de Vermont. A história toda parecia uma grande piada: não era uma ilha de verdade e não havia uma única garça-azul perto do lago. Chickering Island tinha pouco mais de quinhentos habitantes, e a população aumentava para cerca de mil pessoas durante o verão. Havia muitas propriedades para alugar. Poucas fazendas. Um santuário preservado de vida selvagem. Duas áreas reservadas para campistas (fiz uma reserva para quatro noites em um deles). Um centro comercial artístico na cidade, cheio de lojas sazonais. O sinal para celular era irregular. Era

---

* Crane, em inglês, significa garça-azul. [N. da. T.]

um lugar onde as pessoas tiravam férias, alugando pequenas casas rústicas de veraneio ao longo da costa do lago, em uma tentativa de realmente se afastar de tudo.

O lugar perfeito para um monstro se esconder.

llllll

EU VIAJARA pelo país inteiro, passei por quase todos os estados e fui ao Canadá e ao Alasca — até ao México — para caçar monstros. Mas tinha evitado Vermont. Não voltara lá desde que era criança. Sempre que recebia informações sobre uma criatura estranha no estado das Montanhas Verdes, eu deixava de lado, dava desculpas.

Vermont significava Fayeville e o Asilo Hillside.

Eu repetia para mim mesma, continuamente, que nada me faria chegar perto daquele lugar outra vez.

O monstro mais aterrorizante de todos, que era impossível de ser encarado, vivia naquelas colinas e montanhas: a forma obscura e sombria do meu passado.

Mas agora aqui estava eu.

Abaixei o vidro e inspirei o ar.

Respira, falei para mim mesma. *Você está bem. Você consegue fazer isso.*

Eu havia passado pela entrada para Fayeville uma hora atrás. Senti a atração de Fayeville e do Asilo, senti o lugar se estendendo na minha direção com suas pequenas e escuras garras.

Uma parte de mim queria parar e ver o que sobrara do lugar.

Eu sabia que outros haviam feito isso. Viciados em crimes reais, que adoravam *A Mão Direita de Deus*, e queriam ver com os próprios olhos onde tudo acontecera.

Mas o livro, e o filme que fora baseado nele, tinham entendido muita coisa de maneira equivocada. Eu nunca consegui assistir ao filme inteiro, mas costumava ter uma cópia do livro. Era uma cópia na qual eu fizera dobras de marcações e anotações pelas folhas e na qual havia riscado informações e corrigido partes dele. Por um breve momento, pensei em mandar para a autora, Julia Tetreault. Mas não. Tinha partes da história que nunca poderiam ser contadas.

llllll

O COMEÇO DA península que era Chickering Island não chegava a ser mais larga do que uma estrada de mão dupla e, se eu olhasse de soslaio para a água reluzente do lago Crane que me cercava, poderia imaginar que estava cruzando a península de barco.

Cerca de uns trinta metros depois, a terra se alargou. A estrada se bifurcava e eu avancei pela East Main Street, seguindo as placas até o centro da cidade. De acordo com o mapa, a Main Street fazia curvas ao longo das margens da ilha. Diminuí a velocidade, seguindo o limite de 40km/h, enquanto passava por uma estranha vila da Nova Inglaterra. Galeria de Arte *Candlestick*, Antiguidades da Ilha, Sorveteria *Tip of the Cone*, Restaurante *Apple of My Eye* (*Tortas assadas e fresquinhas servidas o dia inteiro!*), Roger's (um restaurante e mercado de frutos do mar), Jameson Imóveis (*Aluguéis para as férias da próxima temporada já disponíveis!*), Livraria e Presentes Chickering Island, Mercado Newbury, Café das Irmãs Perch, Bar e Restaurante *Rum Runners*. Uma larga calçada de tijolos se estendia em frente às lojas, cheia de turistas segurando mapas, sacolas de compras e copos de café. As lojas possuíam vasos de flores do lado de fora, e visitantes comiam bolinhos e bebericavam cafés em bancos de metal.

Do lado esquerdo, havia uma pequena área verde com um farol de pedra de 3,5 metros de altura no centro. Uma mãe estava olhando duas crianças correrem pelo espaço, se desafiando. Na outra ponta do parque, quatro mulheres em tapetes de ioga se inclinavam na posição do "cachorro olhando para baixo".

Permaneci na East Main Street, que seguia por toda a fronteira leste da ilha até a ponta, onde o mapa indicava o Santuário de Vida Selvagem de Chickering Island. Quando saí do centro da cidade, a estrada se estreitou e a ilha se tornou mais arborizada. Passei por casas e chalés, por garagens cheias de carros com placas de fora do estado, por gramados com boias infláveis, por caiaques e brinquedos de praia espalhados, por varais com trajes de banho e toalhas pendurados. Passei pelo *Crane Farm Vineyard and Wines*: um pequeno prédio octogonal cercado por grades de uvas, apesar de ser difícil imaginar alguém de fato cultivando uvas para vinhos em Vermont.

As florestas foram se tornando mais densas, a estrada coberta por sombras, conforme me aproximava do santuário. Parei em uma vaga disponível para dar uma rápida olhada. Em um portão na entrada havia uma placa de metal pendurada:

ABERTO DO NASCER AO PÔR DO SOL

PROIBIDO VEÍCULOS MOTORIZADOS

PERMITIDA A ENTRADA DE CAVALOS E DE BICICLETAS

PROIBIDO ACAMPAR

PROIBIDO FAZER FOGUEIRAS

A estrada de lama até o santuário era arborizada e bem sombreada. Graças à minha pesquisa, eu sabia que o refúgio tinha mais de quarenta hectares de mata, trilhas e lagos, incluindo pântanos. Águias-de-cabeça-branca, mobelhas-grandes e falcões-peregrinos faziam ninhos por ali.

Também sabia que a maioria das aparições de Jane Chocalho haviam acontecido por essas matas, ao longo das margens da água.

Sentia a floresta me puxando, me chamando, sombria e cheia de possibilidades. Era o mesmo puxão que eu sentia quando era criança, nas nossas caçadas de monstros. O mesmo que me atraía para lugar atrás de lugar, caçando criaturas que a maioria das pessoas nem sequer acreditava existir.

— Depois — prometi a mim mesma enquanto me afastava.

Segui a estrada, contornando uma curva de ferradura, e recomecei pela West Main Street, que percorria o lado oeste da ilha. Mais florestas. Algumas casas. Avistei a placa: ACAMPAMENTO CHICKERING ISLAND. O pequeno farol do parque estava pintado na placa.

Parei na entrada de cascalho. O escritório era uma pequena cabana coberta por telhas gastas de cedro. Rosas rugosas cresciam ao longo da extremidade do prédio. Estacionei a van e desci do carro. Senti o cheiro de fogueiras e ouvi os gritos alegres de crianças brincando na piscina atrás do escritório.

Um homem um pouco mais velho do que eu ergueu os olhos do computador quando entrei. Ele tinha o cabelo grisalho cortado rente e vestia uma camisa polo verde com o nome do acampamento bordado no lado esquerdo.

— Olá! Seja bem-vinda. — Ele olhou pela janela para a minha van. — Você deve ser a Sra. Shelley.

Assenti e lhe dei um sorriso educado.

— Sim.

Ele puxou um papel e leu atentamente através dos óculos de descanso empoleirados na ponta de seu nariz.

— Reserva para quatro noites, sem instalações.

— Isso mesmo.

— E é só você? Sem animais de estimação? — Ele olhou para a van como se eu tivesse um animal escondido lá dentro.

— Apenas eu.

— Ok. Só vou precisar do seu cartão de crédito e da sua assinatura, e está tudo certo. Eu tenho um terreno excelente pra você, agradável e isolado, lá na parte de trás do acampamento. Tem uma trilha que leva você até uma área de natureza preservada.

— Parece perfeito. Obrigada.

Ele me entregou o formulário de registro e uma folha com o mapa do acampamento, as regras e as informações de login do Wi-Fi. A senha era LAGOCRANE. Óbvio.

— Primeira vez que vem à ilha?

Nem é uma ilha de verdade, quis argumentar, mas, em vez disso, sorri e assenti.

— Primeira vez que venho a Vermont.

A mentira saiu com facilidade. E não era realmente uma mentira. *Era a primeira vez que Lizzy Shelley vinha a Vermont.*

— Maravilha! Bem-vinda! Se quiser que eu tire qualquer dúvida ou precisar de alguma recomendação, é só me avisar. Eu sou Steve, proprietário do acampamento. Nós temos atividades agendadas todos os dias. O horário está na parte detrás do mapa. Hoje à noite, às sete, tem *s'mores* e cantoria ao redor da fogueira.

Ele deu um sorriso radiante, do tipo: *não tem como errar com s'mores e cantoria.*

Sorri de volta.

— Obrigada. Estou ansiosa para descansar. Aproveitar o tempo pra relaxar, sabe?

— Este é o lugar perfeito pra isso. Se precisar de qualquer coisa é só gritar. Nós temos caiaques e canoas para alugar, se quiser passear pela água. Não tem nada mais relaxante que isso.

Eu agradeci, subi de novo na van e fui na direção do terreno 23, que acabou sendo perfeito. Não tinha vizinhos por perto, era bem no fim do acampamento e perto da floresta. Entrei de ré com a van, satisfeita com a sombra e o abrigo que as árvores ao redor proporcionavam. A parte da frente do espaço era aberta e ensolarada o suficiente para os meus painéis solares.

Primeiro o mais importante: fazer uma xícara de café. Depois me sentei à mesa de piquenique do lado de fora com meu notebook, para tentar acessar o Wi-Fi. Queria resolver isso logo e subir o arquivo do podcast sobre o monstro do pântano de Honey Island. Decidi deixar o campo *Onde a Lizzy está agora?*, no meu blog, preenchido com Luisiana por enquanto. Observei os comentários mais recentes e as postagens no fórum: luzes estranhas em Utah, figuras fantasmagóricas de olhos vermelhos no Oregon, um gato gigante que andava em posição vertical no Tennessee. Nada que fosse urgente.

Eu estava terminando de editar o podcast de Honey Island quando ouvi um motor baixo vindo na minha direção. Levantei os olhos e vi um quadriciclo estacionando bem em frente ao meu terreno. O motorista era um adolescente, vestindo short cáqui e uma blusa verde do Acampamento Chikering Island. A traseira do quadriciclo tinha um latão de lixo amarrado e uma coleção de ferramentas: um ancinho, uma enxada e uma pá. Tirei meus fones de ouvido e acenei para o rapaz.

— Não acredito! — disse o garoto, saltando do quadriciclo e praticamente pulando na minha direção com um sorriso tolo no rosto. — Lizzy Shelley! Sabia que só podia ser você. Tipo, quantas Lizzy Shelleys com uma van Ford Transit existem, certo? Eu vi no formulário de registro e quase pirei!

Suspirei. O plano de ser discreta foi por água abaixo. Eu devia ter usado um nome falso.

Esse tipo de situação vinha acontecendo cada vez mais desde que a nova temporada de *Monstros entre os Humanos* havia estreado. Eu sempre fora reconhecida e bajulada em convenções e eventos, mas fora isso, antes da série de TV, a maioria das pessoas não fazia ideia de quem eu era ou o que eu fazia. Exatamente do jeito que eu queria. Agora, completos estranhos se aproximavam de mim, corriam em minha direção em mercearias ou postos de gasolina, achando que me conheciam de verdade e pedindo para tirar selfies comigo. Era perturbador.

O adolescente se aproximou.

— Sou um grande fã! Venho acompanhando você desde o começo, muito antes da série de TV ou até mesmo do podcast, quando você tinha só o blog. Quando eu era pequeno, criei um clube de monstros totalmente inspirado por você! A gente entrava na floresta procurando pelo Pé-grande, essas coisas. Você é tipo... incrível!

Sorri, agradecida, mas esperava que não fosse um sorriso muito caloroso.

— Obrigada.

O que eu pensei: *"Agora seja um bom garoto e vá embora."*

— Meu Deus, não consigo acreditar que você tá aqui! — Ele se aproximou ainda mais, olhando para o meu computador. — Você tá trabalhando num podcast agora?

— Terminando de editar um novo — falei, fechando o notebook.

— Luisiana, né? — perguntou ele.

Assenti.

— O monstro do pântano de Honey Island — continuou o rapaz. — Você o viu?

Balancei a cabeça.

— Não, mas acho que o ouvi.

— Conseguiu fazer uma gravação?

— Infelizmente não.

Ele deu de ombros.

— Fica pra próxima — disse o garoto enquanto se balançava nos calcanhares, sorrindo para mim. Magrelo, ruivo e cheio de sardas. Acho que ele tinha 17 ou 18 anos de idade, no máximo. — Você está aqui por causa da Jane Chocalho, né?

Sorri.

— Acertou na mosca.

— Quer saber o que eu sei? — perguntou ele, esperançoso. — Me entrevistar? Estou com tempo agora.

— Eu adoraria.

A última coisa que eu queria era encorajar esse jovem, mas achei que não seria má ideia pegar o depoimento de um adolescente local sobre a Jane Chocalho. Em um lugar tão pequeno quanto este, talvez ele conhecesse a menina que havia desaparecido.

— Não vai precisar do seu gravador ou algo assim? — perguntou ele.

— É claro — falei.

Levantei e fui até a van pegar o gravador digital e os microfones. Trouxe tudo para a mesa de piquenique, onde pluguei os microfones e os arrumei em suportes para cada um de nós. Liguei todos os aparelhos e fiz alguns testes para acertar o volume.

Quando fiquei satisfeita, levantei o dedão para ele e falei:

— Aqui é Lizzy Shelley. Hoje é dia 20 de agosto. Estou aqui em Chickering Island com... — Olhei para o funcionário do acampamento.

— Dave. Dave Gibbs. Mas as pessoas aqui da ilha me chamam de Lagarto.

— Lagarto?

— Isso. Eu sou tipo um cara dos répteis. Tenho mais de vinte lagartos. — Ele estava radiante de orgulho.

— Uau! — exclamei, de maneira honesta.

O rapaz assentiu, animado.

— Tenho eles desde que era criança. O primeiro que eu tive, o Norman, era um lagarto de língua azul. Dei esse nome a ele em homenagem ao Norman Bates em *Psicose*. Acho que eu era uma criança meio esquisita. Lagartos, clube de monstros, filmes de terror. — Os olhos verdes dele piscaram e uma covinha apareceu na bochecha esquerda quando ele sorriu.

Sorri de volta para ele, pensando em como meu irmão teria adorado esse cara. A versão mais nova do meu irmão, não Charlie.

— Então, Lagarto, o que você pode me contar sobre a Jane Chocalho?

O rapaz se inclinou para mais perto do microfone, parecendo muito sério.

— Bom, tem muitas histórias. Vamos ver, pra começar, ela aparece saindo do lago e é feita de espinhas de peixe, pedaços de madeira, algas e penas velhas. Ela usa qualquer coisa que encontra na água para moldar um corpo e poder sair para a terra. Quando o vento sopra através dela, a Jane parece, tipo, retinir e chacoalhar, como se fosse um monte de sinos do vento. Foi por isso que ela ganhou esse nome. As pessoas dizem que você consegue ouvir ela chegar antes de vê-la.

Senti um calafrio. Eu não gostava nem um pouco desta imagem: uma criatura sem uma forma própria, feita de um conjunto de detritos aleatórios. Os monstros do tipo fantasmagóricos sempre me deixavam mais nervosa. Mas eu achava que o medo era algo bom. O dia em que eu parasse de sentir medo ou de ficar alerta, seria o dia em que abaixaria minhas próprias defesas. O medo me mantinha preparada.

— Se você andar pela ilha — continuou Lagarto —, vai ver esculturas da Jane, como se fossem espantalhos com vidro marinho, prataria velha e outras coisas penduradas que façam barulho. E todos esses espantalhos estão olhando para o lago. Aparentemente é pra trazer boa sorte.

— Você alguma vez a viu?

Ele balançou a cabeça, parecendo desolado.

— Não. Mas dizem que você pode chamar por ela. Se você levar algo brilhante para a água e chamar, ela aparece. Jane vai lhe entregar um seixo do fundo do lago. Segure o seixo e faça um pedido, e seu desejo vai se realizar.

— Mas você não tentou fazer isso?

— Claro que tentei! Tentei várias vezes. Passei praticamente a minha vida inteira indo até a água e chamando, mas ela nunca apareceu pra mim. — Ele chutou o chão com a bota de couro do trabalho.

Assenti, compreensiva.

— Você conhece alguém que já a tenha visto? — perguntei.

— Muitas pessoas alegam que sim. — Ele levantou o olhar para mim e abaixou a voz. — Aquela garota que desapareceu uns dias atrás, Lauren Schumacher. Você ouviu sobre esse caso, né?

Balancei a cabeça, fingindo ignorância.

— Não. Me conta.

— Bom, ela disse que tinha visto a Jane. Que tinha visto a criatura algumas vezes. Lauren tinha o seixo e tudo. Mostrou para as pessoas na cidade, para os amigos.

— Então a Lauren era uma moradora local?

— Que nada! Turista. De Massachusetts. Mas há anos a família dela aluga uma casa nesta região por algumas semanas, todo verão.

— Então Lauren tem amigos aqui?

— Uma galera com quem ela anda. Alguns locais e outros que também são turistas de verão. Ela mostrou o seixo, contou pra eles que tinha conhecido a Jane Chocalho, mas acho que ninguém acreditou nela de verdade. Todo mundo achou que só queria atenção. Aquela garota falava muita merda. Sempre tentando dar uma de valentona e querendo impressionar as pessoas.

— Você a conhecia bem?

— Um pouco. Tipo, a galera com quem ela saía são amigos meus, então eu a via por aí com eles. Chegamos a curtir juntos algumas vezes.

Gesticulei para que ele continuasse.

— Todo mundo diz que ela fugiu. Problemas em casa, coisas desse tipo. Mas eu não tenho tanta certeza.

— O que você acha que aconteceu?

O rapaz coçou o queixo.

— Talvez uma garota como a Lauren, que se metia em problemas o tempo todo, fumava maconha perto das docas, e brigava com os pais, seja exatamente o tipo de garota pra quem a Jane Chocalho apareceria, sabe? Porque ninguém iria acreditar nela, certo?

Assenti. Talvez o garoto fosse mais esperto do que aparentava ser.

Quando Lagarto voltou a falar, sua voz era tão baixa que mais parecia um sussurro. E, antes de pronunciar as palavras, ele olhou em volta para ter certeza de que não havia ninguém escutando.

— Eu acho que a Jane Chocalho pode ter pegado ela.

— Pegado ela? — Um nó se formou na minha garganta.

Ele mordeu o lábio, ansioso.

— Às vezes Jane leva pessoas. Arrasta elas de volta para a água. Ninguém nunca mais as vê.

Vi

10 de Junho de 1978

O PORÃO ERA terminantemente proibido. Você só podia entrar se fosse convidado, e isso só acontecia quando Vovó estava dando certas aulas. Dissecações e experimentos químicos eram feitos no porão. Analisar algumas coisas através do microscópio também. Mas a regra era que eles não deveriam nunca, em nenhum momento, descer até lá sem permissão. O porão era o reino de Vovó, sua oficina e seu laboratório. O único lugar na casa inteira que eles eram proibidos de entrar.

Vi desceu devagar as escadas velhas de madeira, que soltavam suaves rangidos de alerta a cada passo: *Intruso!*, elas pareciam dizer. Ela segurou com força no corrimão de madeira polida, que cheirava a formol, alvejante e fumaça velha de cigarro. O coração dela batia disparado. Vi queria dar meia-volta, mas sabia que não podia. Precisava encontrar uma pista sobre Iris. Alguma coisa, qualquer informação que pudesse ajudá-la a descobrir quem era aquela menina e de onde ela viera. E o porão parecia ser o melhor lugar para começar.

Vi pousou no chão de cimento, permitindo que seus olhos se ajustassem à luz opaca. Os tubos fluorescentes suspensos davam a impressão de pulsar, tornando-se mais brilhantes do que opacos. Ela se moveu embaixo deles, escutando seus zumbidos, até estar certa de que conseguia ouvir palavras, o deus das pistas sussurrando: *por aqui, por aqui, está chegando perto!*

Mas, por trás dessas palavras, Vi teve a certeza de ouvir outra voz alertando-a: *Volte! Saia daqui!*

A verdade era que Vi odiava o porão. Tudo ali a assustava: a escuridão, os barulhos que os animais faziam, a maneira como os cheiros de formol, de álcool de isopropílico e de alvejante se misturavam, prendendo-se em seu nariz e no fundo de sua garganta e fazendo-a se sentir sufocada.

Ela queria resolver isso o mais rápido possível. Dar uma olhada rápida e ir embora. Vi respirou fundo para tentar relaxar, enquanto olhava em volta.

Uma fileira de prateleiras à esquerda estava alinhada com livros de medicina e jarros com diferentes coisas flutuando em um formol turvo: cérebros de animais, um feto de porco, o coração de um cervo. O porquinho era o que mais a assustava: o corpinho branco e perfeito, o focinho e as unhas pequenas, todo curvado como se estivesse dormindo, ainda esperando para nascer. Toda vez que ela o via, uma parte de Vi esperava que o animal abrisse os olhos, chutasse o vidro e nadasse até a superfície do jarro, arfando em busca de ar.

Na parede à direita do porão, estantes continham gaiolas cheias de camundongos e ratos usados em experimentos — todos albinos com olhos vermelhos que brilhavam, parecendo pequenos demônios. Os camundongos corriam e corriam em rodas de metal que guinchavam, sem ir a lugar algum.

Ao lado das gaiolas, encostado contra a parede, ficava o labirinto de madeira que Vovó usava com os camundongos e os ratos, testando como diferentes medicações e tratamentos afetavam a habilidade de percorrer o labirinto dos roedores.

No canto mais fundo do porão, uma luminária e um microscópio estavam dispostos em uma escrivaninha comprida.

No meio do aposento, havia uma mesa de aço sem manchas para dissecações. Vovó era fascinada pelo cérebro: não apenas pelos pensamentos e pelas emoções que ele produzia, mas pela física matéria cinzenta de verdade. Ela passava muito tempo estudando cérebros de animais, cortando fatias finas do órgão e transformando-as em lâminas para que pudesse observá-las mais de perto. Como se talvez a doença e a insanidade tocassem cada célula, como se a chave para consertá-las pudesse estar escondida em algum lugar.

Vi ficou paralisada, ouvindo os camundongos e os ratos: *volte, volte*, era o que eles pareciam tagarelar. *Nós vamos dedurar você. Vamos contar a ela que você esteve aqui.*

Ela nunca desobedecera à avó. Nenhuma vez. Nunca.

Ao fazer isso, sentia que estava fazendo algo errado, sua cabeça e todo o seu corpo pareciam ficar confusos. Mas, ao mesmo tempo, isso lhe causava certa agitação. Vi era a boa menina da Vovó, mas aqui estava ela, fazendo algo realmente terrível. Algo que quebrava todas as regras.

Mas Vovó não iria pegá-la no flagra. Eles tinham bolado um plano.

Eric e Iris estavam no andar de cima, montando guarda.

Iris estava empoleirada no topo das escadas, pronta para dar o sinal. Se Vovó estivesse vindo, a menina iria piscar as luzes: apaga, acende; apaga, acende. Eric estava na porta da frente, de tocaia. Se visse a avó cruzando o jardim, vindo do Asilo, ele faria o sinal para Iris depois correria e enrolaria Vovó antes que ela entrasse na casa, dando a Vi tempo para ajeitar as coisas do porão no lugar certo e subir as escadas.

— Como você vai enrolar ela? — perguntara Vi.

— Não sei. — Ele deu de ombros. — Talvez eu diga que vi o Grande Rato Branco, sabe? Que até capturei ele, mas o bicho fugiu.

Vi tinha assentido. Era um bom plano.

Ela entrou mais a fundo no porão, olhando em volta, incerta sobre o que exatamente deveria estar procurando, mas com a sensação de que havia uma pista esperando por ela. Também tinha o estranho pressentimento de que não estava sozinha lá embaixo. De que alguém a estava observando. Vi procurou entre as sombras escuras, sabendo que era bobagem, sabendo que estava sozinha, porém mesmo assim o sentimento permaneceu.

Os camundongos e os ratos farfalhavam nas gaiolas, dando a impressão de provocá-la: *por aqui, por aqui se tiver coragem*. Ela se virou e foi até os roedores, todos brancos, todos alinhados em gaiolas de arame com números escritos na frente.

— Você não pode dar nomes de verdade pra eles? — reclamava Eric sempre que descia até ali e via os números nas gaiolas.

— Você acha que eles realmente se importam? — perguntou Vovó com um sorriso condescendente.

— Eu me importaria se fosse eles. Se fosse chamado de Número 212 em vez de Eric.

A avó dera uma risada alta e bagunçara o cabelo dele.

— Graças a Deus que você é um menino e não um rato de laboratório então.

Alguns camundongos e ratos estavam acordados. Outros dormiam, indiferentes. Um deles estava tão imóvel que Vi tinha certeza de que ele devia estar morto, mas estava com medo de olhar mais de perto. Todos os roedores tinham olhos vermelhos que davam a impressão de brilhar, e afiados dentes amarelos alaranjados. Para ser sincera, os animais a assustavam um pouco.

A maneira como cheiravam a antisséptico. Alguns tinham pontos raspados e minúsculas suturas. Ela prendeu a respiração enquanto passava.

Para além das gaiolas, Vi parou na mesa de exame de aço, limpa e sem manchas. Sabia que muitos dos infelizes roedores acabariam ali, vítimas do bisturi de Vovó. Parte deles terminaria com os crânios fatiados por uma pequena serra, seus cérebros cortados em finos pedaços e colados em lâminas de vidro. Vovó acreditava no que ela chamava de abordagem holística para a psiquiatria. Ela sempre dizia que o cérebro e o corpo estavam conectados. Se algo acontecesse com a sua mão, isso afetaria todo o seu corpo, incluindo o cérebro.

— Nós carregamos todos os nossos traumas, todas as memórias do nosso corpo conosco — explicara ela.

Uma das coisas que ela estava tentando aprender era como ajudar pessoas a abandonar essas memórias, a recomeçar.

Vi ligou a luz cirúrgica ofuscante acima da mesa para ajudar a clarear o cômodo. Olhou para baixo e viu o próprio reflexo na superfície espelhada de aço, vacilante e estranha como se nem sequer pertencesse a Vi, mas à outra pessoa fingindo ser ela. Atrás do reflexo, uma sombra pareceu se mexer. A menina deu um pulo, girando para trás.

Nada. Ninguém.

Squeak, squeak continuavam as intermináveis rodas de metal.

ᵒᵒᵒᵒᵒᵒ

VI CAMINHOU ATÉ a área da bancada de trabalho, sentou no banco e ligou a luminária recurvada. O microscópio da avó estava ali, com uma lâmina alojada. A menina ligou a luz do microscópio e olhou pelas lentes, usando o botão para ajustar o foco. Sangue, células, o pedaço de um pequeno cérebro de rato. Ela mudou para o macrométrico, recuando o foco. Parecia uma flor.

Todas as criaturas vivas estavam relacionadas entre si em algum passado bem distante. Vi sabia disso. O parasita. O verme. O grande tubarão branco com fileiras e fileiras de dentes. A própria Vi. Todos eles estavam conectados. A pele de Vi formigava de leve quando ela pensava sobre o assunto.

Ela adorou quando Vovó contou sobre a evolução, e como cada animal na Terra vinha de um único ancestral remoto. Uma criatura, escorregadia e ofegante, que havia rastejado para fora do oceano.

Nós somos o pó das estrelas, como na música de Joni Mitchell.

Eu sou, eu disse, como Neil Diamond cantava.

Vovó dizia que as pessoas ainda não tinham terminado de evoluir, que era um processo contínuo.

— Pense nisso, Violet — dissera ela para Vi certa vez. — Os seres humanos são um projeto em desenvolvimento. E se nós como cientistas, como médicos, pudermos encontrar maneiras de ajudar esse projeto a avançar?

Um pacote dourado de cigarros Benson & Hedges estava acomodado ao lado de um cinzeiro cheio de bitucas. Vi passou os dedos pelo pacote. Do lado esquerdo dos cigarros, havia um gaveteiro branco de metal que guardava todos os remédios que Vovó usava em seus experimentos. Ali também ficava o clorofórmio e a câmara mortífera, que a avó usava quando chegava a hora de acabar com o sofrimento de algum dos animais. Uma das responsabilidades de ser médico, explicara ela, era não deixar nenhuma criatura sofrer.

No mês anterior, ela trouxera Vi até o porão e ensinou a neta a usar a câmara mortífera. Um rato azarado tinha sido submetido a um tratamento que não funcionara. Ele não conseguia mais comer ou beber e ficava apenas encolhido no canto da gaiola, espasmando.

Vi sabia que não deveria se sentir mal, mas se sentia. Se sentia mal por cada um dos animais que não sobreviviam. Mas a avó dizia que os roedores tinham servido a um bem maior, dado suas vidas para que ela pudesse aprender coisas que a ajudariam a curar os pacientes humanos.

Seguindo as instruções de Vovó, Vi desatarraxara a tampa do clorofórmio e apertara o conta-gotas da maneira como mostraram a ela.

A avó explicou que, assim como o éter, o clorofórmio era usado como um anestésico inicial em cirurgias. Provavelmente fora usado no Asilo, na época em que o lugar era um hospital da Guerra Civil, para fazerem amputações nos soldados. Eles ensopavam um pedaço de pano com o líquido perfumado e o seguravam sobre o rosto do paciente. Mas Vi aprendera que a exposição a muito clorofórmio durante muito tempo paralisaria os pulmões.

— Cuidado, Violet, não deixe derramar — alertara Vovó, enquanto Vi ensopava uma bola de algodão, segurada por um fórceps, e a colocava cuidadosamente dentro do frasco de vidro, que um dia já abrigara vagens ou besouros do jardim.

Vovó ergueu o animal gentilmente da gaiola e o entregou para a neta. Vi fez um cafuné na minúscula cabeça branca do rato — um cafuné que dizia *Me desculpe* —, sentindo o sólido crânio pequeno por baixo do pelo macio, o arranhar de suas patas, as rápidas batidas de seu coração. Ela colocou o rato dentro do frasco de vidro e atarraxou a tampa.

Rezou para o deus da misericórdia: *permita que isso termine logo*, então mordeu o lábio e esperou, dizendo para si mesma que deveria prender a respiração até que tudo acabasse.

Não chora, não chora, não chora.

Médicos não choravam. Médicos não permitiam que emoções nublassem seus pensamentos ou atrapalhassem o que tinha que ser feito.

Vi nunca vira Vovó chorar uma única vez.

Primeiro, o pequeno rato branco lutara, arranhando furiosamente o vidro, tentando escalar as paredes lisas com uma energia que Vi não conseguia acreditar que a pobre criatura ainda possuísse. Então, cerca de trinta segundos depois, ele parou de se mexer. Foi dormir.

Vi soltou o ar que estivera prendendo.

— Não tire a tampa ainda — instruíra a avó. — Esteja certa de que ele se foi. Fique atenta à respiração.

Vi observou o rato, percebendo sua fraca respiração. Finalmente, ele não se mexia mais.

Ela tinha certeza de que o animal estava morto, mas esperou mais trinta segundos, olhando para o segundo ponteiro no seu relógio. *Tic-tac. Tic-tac. Tic-tac.*

A menina encarou o frasco em sua mão, se perguntando se a alma do rato ficara presa ali, pairando como um sopro úmido de ar. Se camundongos possuíam almas. Vovó não acreditava em almas. Ela acreditava em id, ego e superego. Acreditava que as criaturas vivas eram uma mistura delicada de células, química e neurônios. Mas almas? Espíritos? Onde estava a prova de que existiam? Onde estava a evidência?

— Muito bem, Violet — dissera Vovó, colocando uma mão no ombro da neta e apertando de leve.

Depois ela jogou o rato dentro da lata de lixo de metal. Mais tarde, quando a avó não estava olhando, Vi o tirara de lá, levara o animal para o lado de fora e o enterrara no jardim, marcando o local com uma pequena pedra preta.

ꙮꙮꙮ

AGORA, VI TENTAVA abrir o gaveteiro no qual a câmara mortífera e o clorofórmio ficavam guardados, mas estava trancado.

Havia uma taça de martíni e um prato de girassóis coberto de migalhas de sanduíche do lado direito do microscópio.

Já do lado esquerdo, havia uma pilha de livros: um dicionário de medicina, *Physicians' Desk Reference*, um livro de anatomia, e o *Atlas of Surgical Operations*.

Ao lado da pilha de livros, estava um dos cadernos da avó: um caderno de composição com uma capa salpicada em preto e branco, uma caneta descansando em cima dele.

Abra-me, se tiver coragem, provocava o caderno.

Vovó tinha toda uma coleção de cadernos. Ela escrevia tudo: anotações de pacientes, os resultados dos experimentos.

Vi esticou a mão na direção do caderno enquanto o suor se acumulava entre as suas escápulas, arrepiando as costas da menina.

As escápulas são lembretes de que nós não estamos muito distantes de bestas aladas, pensou Vi. Às vezes, ela quase conseguia imaginar como seria ter asas, voar. Em seus sonhos, a menina quase sempre voava. Ela abria a janela do quarto e voava na direção da noite, planando em círculos acima da casa, acima do Asilo, voando mais alto, mais alto, até que tudo que lhe fosse familiar não passasse de uma mancha.

Vi tinha essa mesma sensação agora, de voar e olhar para tudo lá embaixo de uma distância bem grande. Como se não estivesse mais conectada de verdade ao próprio corpo.

Os camundongos e os ratos sussurravam, mastigavam e murmuravam suaves avisos nas gaiolas atrás dela. Rodando continuamente em suas rodas guinchantes. E rodando continuamente seguiam os pensamentos de Vi, conforme ela olhava para o caderno da avó.

Abra.

Não abra.

Abra.

A menina se virou e procurou por entre as sombras de novo. Viu os olhos vermelhos dos roedores observando-a, e os olhos do feto do porco no jarro fechado, mesmo assim dando a impressão de estar esperando para ver o que ela faria.

Os cadernos de Vovó eram proibidos. Nunca deveriam ser abertos ou lidos. Até tocá-los era contra as regras.

Mas Vi prometera a Iris.

E promessas têm significado.

Ela abriu o caderno na primeira página. A data era de mais ou menos dois meses atrás.

Quem somos nós sem nossas memórias?
Sem nossos medos?
Sem nossos traumas?
O que o corpo se lembra, mas a mente já esqueceu?
Seria possível que as memórias existissem a nível celular?
Se sim, existe um jeito de limpá-la completamente, de fazê-la esquecer?

Havia desenhos de células e anotações que Vi não entendia, algumas em latim com o que parecia ser uma fórmula química.
Vi virou a página:

L.C. não anda muito bem ultimamente. Vou transferi-la para a ala Oeste B.
Talvez precisemos considerar medidas mais extremas.

A menina avançou pelo caderno outra vez, chegando até a anotação mais recente, com data do dia anterior:

Anotações Projeto Mayflower:
A Paciente S continua a apresentar um progresso extraordinário. Ela parece não se lembrar de nada que aconteceu antes, ou do tempo que passou na ala Oeste B. Está aprendendo coisas novas todos os dias e os testes estão acima da média em todas as áreas. Planejo continuar a administração dos remédios e a hipnose. Ela é, de longe, meu maior sucesso. Talvez, um dia, eu poderei mostrá-la ao mundo, poderei verdadeiramente...

As luzes se apagaram, então foram acesas de novo.
O sinal!
Vi fechou o caderno com força e o colocou de volta onde tinha encontrado, recolocando a caneta descansando em cima da capa. Ela desligou a luminária da escrivaninha e a que ficava acima da mesa de cirurgia. Esquadrinhou o porão, procurando por qualquer coisa que pudesse ter tocado, qualquer coisa fora do lugar. Mas não havia nada, ela tinha certeza. As luzes acima dela piscaram outra vez: apaga-acende, apaga-acende, mais rápido, com mais desespero.

Ela subiu as escadas de dois em dois degraus. Iris, que estava esperando no topo, lançou um olhar de pânico para Vi. As duas conseguiam ouvir a avó e Eric conversando na varanda da frente. Elas apagaram as luzes, correram até a sala de estar e ligaram a TV, se jogando no sofá. Estava passando *The Price Is Right*, e uma mulher usando um vestido florido girava uma grande roleta.

Vovó passou pela porta com Eric em seus calcanhares.

— Mas é verdade, Vovó, eu vi o Grande Rato Branco. Ele...

— Agora não, Eric — interrompeu a avó.

Ela não costumava ser tão ríspida com os netos. Talvez algo ruim tivesse acontecido no Asilo.

— Mas eu...

— Estou indo para o meu escritório. Preciso fazer uma ligação e trabalhar um pouco. Não quero ser interrompida. A não ser que aconteça uma emergência de verdade, o que certamente não inclui qualquer vislumbre de roedores. Você me entendeu?

— Sim, Vovó — disse Eric.

Ela caminhou pelo corredor até o escritório, os pés se arrastando nos chinelos. A porta se fechou, e Vi escutou o arranhar e o baque do ferrolho de metal sendo deslizado para o lugar do outro lado da porta.

Eric apareceu na sala de estar e sussurrou:

— Você achou alguma coisa?

Vi não respondeu. Ela deu um pulo e foi na direção da cozinha.

— O que você está fazendo? — sussurrou Eric de novo.

Ele e Iris seguiram a menina até o telefone que ficava na parede da cozinha, quando Vi colocou um dedo sobre os lábios: *shhh*.

Vi esperou um segundo, então tirou o telefone móvel da base na parede enquanto apertava o gancho de metal para mantê-lo desligado. Ela cobriu a parte de baixo do telefone com a palma da mão, prendeu a respiração e, devagar, soltou o gancho de metal.

Vovó estava falando rispidamente.

— ...não precisa disso, Thad.

A menina conseguia ouvir a respiração do Dr. Hutchins, rápida e meio ofegante. Imaginou a cabeça engraçada de avestruz dele, os olhos grandes que piscavam demais.

— Ela é nova, não é normal que ela faça perguntas? — A voz dele era mais aguda do que a da maioria dos homens, e Vi achou que poderia facilmente ser confundida com a de uma mulher.

AS CRIANÇAS NA COLINA

Vovó suspirou.

— Ontem ela perguntou onde os quadros e os registros dos pacientes na ala Oeste B ficavam guardados. Por que não eram atribuídas rondas para nenhum enfermeiro nessa ala.

Eric se aproximou, tentando escutar. Vi balançou a cabeça e deu um passo para trás.

— Todas essas perguntas são compreensíveis, Dra. Hildreth — disse ele.

A avó o chamava pelo primeiro nome, mas Vi nunca o ouvira chamar Vovó de qualquer outra coisa a não ser Dra. Hildreth.

— Eu sei — disse a avó, soando irritada. — Mas Patty nunca parece estar satisfeita com as minhas respostas.

Patty.

A nova enfermeira do Asilo, a que era muito jovem e tinha acabado de sair da faculdade. Vi ainda não a conhecera, mas já a vira dirigindo até o Asilo em seu pequeno New Beetle, o cabelo comprido emplumado para trás, a saia do uniforme um pouco mais curta do que a saia das outras enfermeiras. Patty era sobrinha do Dr. Hutchins, e ele fizera certa pressão a fim de conseguir o emprego para ela. Vi escutara o médico e a avó discutirem isso por semanas. Vovó era contra desde o começo, dizendo que a jovem era inexperiente. O Dr. Hutchins dizia que isso era exatamente o que a tornava perfeita: eles podiam treiná-la, podiam moldá-la para se tornar a funcionária ideal para o Asilo.

— Então o que você disse pra ela sobre a ala Oeste B? — perguntou o Dr. Hutchins agora.

Vi mordeu o lábio. Oeste B! Vovó tinha escrito sobre essa ala no caderno.

Houve uma pausa enquanto a avó respirava, depois soltava o ar devagar, assobiando. Durante ligações importantes, ou quando tentava resolver algum problema difícil, a avó caminhava e fumava. Dizia que a fumaça a ajudava a pensar. Vi escutou com atenção, pressionando a orelha contra o telefone.

— Falei que nós não usávamos a ala Oeste B para pacientes. Não mais. Que o porão é só para depósito.

Seguiu-se um silêncio depois disso, alguém inspirando e expirando. Mais passos, o barulho do arrastar dos chinelos de Vovó pelo piso de madeira.

Eric se moveu na direção de Vi de novo, puxando o telefone, mas a irmã segurou firme.

— Hoje ela decidiu tentar ver por si mesma. Peguei ela descendo até o porão.

O Dr. Hutchins soltou um grunhido engraçado.

Vovó continuou, a irritação em sua voz aumentando:

— Falei que ela precisava ficar com a área que lhe fora atribuída. Ela disse que ouvira alguns pacientes conversando. Contando histórias sobre a ala Oeste B.

— Que tipo de histórias? — perguntou o Dr. Hutchins.

— Ela não quis contar. Mas, Thad, estou lhe dizendo, você precisa colocar uma coleira nela ou vamos ter que demiti-la.

Eric puxou o telefone com força de novo e Vi lhe deu um empurrão. O menino tropeçou em uma das cadeiras da cozinha, derrubando-a no chão.

Vi manteve o bocal do telefone coberto e prendeu a respiração.

Será que a avó e o Dr. Hutchins tinham ouvido? Será que sabiam que Vi estava ouvindo?

Iris ajudou Eric a levantar.

Vi continuou com o telefone pressionado contra a orelha, escutando. Tudo estava quieto. Muito quieto. Só havia uma suave crepitação na linha.

— Entendo — disse o Dr. Hutchins por fim. — Vou falar com a Patty. Ela não vai perguntar mais nada sobre o porão de novo. Você tem minha palavra.

— Ótimo — respondeu Vovó, desligando com tanta firmeza que Vi deu um pulo.

A menina colocou com delicadeza o telefone de volta no gancho, na base da cozinha.

— Seu idiota — falou Vi para o irmão. — Ela podia ter ouvido a gente!

— Você podia ter me deixado ouvir — choramingou Eric. — Com quem ela estava falando? Era sobre a Iris?

— Era o Dr. Hutchins. E eu não sei ao certo sobre o que eles estavam falando — disse Vi. — Mas já sei qual é o nosso próximo passo.

— Qual é? — perguntou Eric.

— Vamos até o Asilo dar uma olhada por lá. Vamos falar com a enfermeira nova, Patty.

Eric balançou a cabeça.

— Como é que a gente vai passar pela Srta. Cruel?

— A gente dá um jeito — disse Vi, olhando para Iris. — Nós *temos* que dar um jeito.

A Mão Direita de Deus: A Verdadeira História sobre o Asilo Hillside

Por Julia Tetreault, Jornal *Trechos Obscuros*, 1980

PATTY SHERIDAN era uma jovem de 22 anos de idade contratada, assim que se formou na faculdade de enfermagem na Universidade de Vermont, para trabalhar no Asilo Hillside.

Ela diz que abandonou a enfermagem de vez. Atualmente Patty mora em Santa Fé, Novo México, onde é garçonete e faz aulas de pintura. Ela está em um relacionamento sério, e o casal acabou de adotar um cachorro.

Nós nos encontramos em um café, numa praça em Santa Fé. Patty está vestindo um macacão de sarja cheio de respingos de tinta. Seu cabelo está repuxado para trás em um rabo de cavalo empertigado. Ela tem brilhantes olhos azuis que parecem estar observando tudo ao mesmo tempo. Mas, no fundo, eu consigo enxergar tristeza e arrependimento neles.

"Eu não voltaria pra enfermagem nem se me pagassem", diz ela, brincando com uma pulseira turquesa e prata em seu pulso. "Muito menos para Vermont. Eu tive que sair de lá, sabe? Ir pra algum lugar onde ninguém soubesse quem eu era, onde ninguém tivesse ouvido falar do Asilo Hillside."

Patty explica que ela nunca deveria ter sido contratada para trabalhar ali, para começo de conversa. A não ser por uma ronda com turnos de duas semanas no Hospital do Estado de Vermont, durante a faculdade de enfermagem, ela não tinha qualquer experiência no setor de psiquiatria. "Eu não deveria estar ali", diz Patty. "Era uma instituição de elite e eu tinha zero experiência."

O tio dela, Dr. Thadeus Hutchins, vice-diretor do Asilo, conseguiu o emprego para a sobrinha.

"Eles me ofereceram muito mais dinheiro do que qualquer outra vaga júnior que eu estivera pensando em aceitar", explicou ela. "Minhas amigas, as garotas que faziam faculdade comigo, me disseram que eu seria louca se não aceitasse o emprego. E o prédio... é lindo, não é? Você sabia que ele está no Registro Nacional de Lugares Históricos?"

Eu assenti.

"Parecia o emprego dos sonhos no começo, sabe? Na maioria dos casos, nossos pacientes tinham uma alta funcionalidade. E a Dra. Hildreth era brilhante. Super carismática. Quando ela entrava em algum cômodo, todo mundo simplesmente parava e focava a doutora. Ela era o máximo. Uma mulher que não só era pioneira em psiquiatria, mas também era diretora de um centro especializado em saúde mental, reconhecido nacionalmente. A Dra. Hildreth parecia uma avó: bem baixinha, com uma auréola de cabelos brancos, óculos olho de gato e sempre usando um terninho e um cachecol bonito. Mas, quando a mulher falava, todos paravam pra ouvir. Os pacientes e a equipe a respeitavam muito. No começo, me senti sortuda por estar ali."

Patty brinca com a xícara de chá, depois explica que quase de cara soube que havia algo errado com o Asilo. Enquanto fala, Patty se encurva, se encolhe em sua cadeira como se estivesse tentando desaparecer.

"Eu trabalhava durante a noite", conta ela em voz baixa, confidente. "Pacientes conversavam comigo. Me contavam coisas quando os médicos e outras pessoas da equipe não estavam por perto. Ouvi rumores." A mulher balança a cabeça e se vira. Quando volta a olhar para mim, seus olhos estão cheios de lágrimas. "Pra ser honesta, eu me culpo. Eu poderia ter dado um fim nas coisas muito antes. Deveria ter ido à polícia ou ao conselho de enfermagem, falado com alguém, contado o que eu achava que estava acontecendo. Aí talvez tudo tivesse terminado de outra forma. Meu papel nessa história toda não me deixa dormir à noite."

O LIVRO DOS MONSTROS

Violet Hildreth e Iris Cujo Sobrenome Nós Não Sabemos
Ilustrado por Eric Hildreth
1978

COMO FAZER UM MONSTRO

Faça uma escultura de lama, cinzas e ossos.
Costure tudo junto com partes de um corpo desenterrado do chão.
Traga-o à vida com luz e eletricidade.
Faça um feitiço na lua cheia com treze velas pretas e o sangue de um lobo.
Murmure as palavras de uma maldição antiga.
Misture uma poção medonha.
Use radiação.
Uma mordida.
Uma picada.
Um beijo.

Existem tantos monstros quanto maneiras de criá-los.

Mas você deve se perguntar: quem é o verdadeiro monstro? A criatura que está sendo feita ou a criatura que a está criando?

Vi

12 de Junho de 1978

Enquanto Vi subia os degraus da frente do Asilo, ela pensava nas velhas fotografias que Vovó havia mostrado, da época em que o lugar fora um hospital da Guerra Civil, e de quando fora um sanatório para pessoas com tuberculose. Vi estudara as imagens: enfermeiras de uniforme, cuidando de pacientes em cadeiras de rodas no gramado, ou em camas com estruturas de aço, cobertas com lençóis brancos amarrotados. A menina se perguntou quantas pessoas haviam morrido naquele hospital velho: soldados perdendo membros, pessoas tossindo sangue.

E quantos desses que morreram ainda estavam aprisionados lá, perambulando pelos corredores, presos para sempre no lugar onde deram seu último suspiro?

Certa vez ela perguntara para a avó se ninguém nunca havia visto um fantasma no Asilo. Vovó olhara para Vi com um sorriso divertido.

— É um hospital psiquiátrico, Violet. As pessoas veem todo o tipo de coisa fora do comum. Mas, se você está me perguntando se eu acho que o lugar é assombrado, a resposta é não. Não acredito que lugares possam ser assombrados. Só as pessoas, mas não de uma forma sobrenatural. As pessoas só são assombradas por seus próprios passados.

Vi atravessou as portas principais do Asilo e entrou na recepção, de olho na porta que levava ao porão. Será que havia algo lá embaixo? Uma ala secreta do hospital... a Oeste B?

A janela para o escritório deslizou, abrindo-se, e a Srta. Ev olhou zangada para Vi.

— A Dra. Hildreth está numa reunião com os funcionários — disse ela. — Ela não deve ser atrapalhada.

Vi ofereceu o maior e mais doce sorriso que conseguiu e deu um passo à frente.

— Na verdade, Srta. Ev, eu não vim aqui ver a Vovó. Vim ver a senhorita.

Naquele momento, o rosto inteiro da mulher se contraiu, a boca se franzindo como se ela tivesse comido alguma coisa azeda.

— Eu?

Vi assentiu.

— Sabe, eu tive uma ideia. Uma *proposta*, pra ser sincera.

— Proposta?

Ela já conseguira que a avó aderisse à ideia. Agora a menina só precisava fisgar a Srta. Ev.

Vi assentiu outra vez.

— Eu expliquei pra Vovó ontem à noite, e ela me disse que eu deveria vir falar com a senhorita. Nós duas concordamos que a senhorita é a melhor pessoa por aqui para lidar com essa... ideia. Na verdade, a senhorita é a *única*. — Ela sorriu de novo, de forma inocente. — Eu escrevi tudo num papel. Até fiz desenhos. Posso entrar no escritório pra lhe mostrar?

— Fazer o quê, né... — respondeu a Srta. Ev.

Ela se levantou, impulsionando-se para fora da cadeira e xingando pelo caminho até a porta para destrancá-la, seus pés *tum, tum, tum*, no chão. Vi entrou no escritório.

A menina nunca estivera dentro do reino da Srta. Ev. Não era um cômodo muito grande, e boa parte do espaço era ocupado por uma escrivaninha em formato de L. De um lado ficava a janela com o vidro deslizante, para que a mulher pudesse ficar de olho no saguão e cumprimentar (ou seja, parar e interrogar) qualquer visitante. Na escrivaninha havia um telefone com botões para cada linha em particular — para que ela pudesse conectar ligações entre a equipe pelo prédio todo —, além de uma grande máquina de escrever Smith Corona elétrica e um conjunto de cestas de arame para a papelada. Na parede, cubículos funcionavam como caixas de correio para os funcionários e os pacientes. Embaixo dos cubículos, chaves estavam penduradas em ganchos, cada uma etiquetada caprichosamente com etiquetas coloridas: ALA DO ESCRITÓRIO DOS FUNCIONÁRIOS; ESCRITÓRIO DA DRA. HILDRETH; COZINHA; REFEITÓRIO; SALA DO AMANHECER; PORTA DOS FUNDOS;

PORTA DA FRENTE; ARMÁRIO DE MEDICAMENTOS DO 2º ANDAR; SALA DE ARQUIVOS.

Os olhos de Vi foram atraídos para a chave da sala de arquivos, e os dedos da menina se contraíram de leve. Não havia chaves para o porão. Nada que dissesse Oeste B. Ela desviou os olhos antes que a Srta. Ev a pegasse olhando.

— Bom — disse a Srta. Ev —, o que é que você quer? Eu não tenho o dia inteiro, Violet.

Ela se deixou cair de volta na cadeira e tamborilou os dedos na escrivaninha, onde estavam espalhados uma lata do refrigerante Tab, um cinzeiro, um pacote de cigarros, um isqueiro e um livro de palavras-cruzadas. As unhas da mulher eram compridas, lixadas nas pontas e pintadas de vermelho-bala-de-maçã.

— Então, a questão é — começou Vi —, eu estou estudando habitat.

— Habitat?

— Isso. É o ambiente onde um organismo vive, como um animal ou uma planta, é onde ele mora, onde possuem o que precisam pra...

— Eu sei perfeitamente o que é um habitat — retrucou a Srta. Ev.

Ela esticou a mão e buscou o pacote de cigarros na escrivaninha, sacudiu-o até que um deles saísse, e pegou o isqueiro amarelo de plástico. Com um simples movimento do dedão, uma chama ganhou vida e acendeu o cigarro Pall Mall. A mulher soprou a primeira baforada da fumaça na direção de Vi, como se tivesse a esperança de que isso a fizesse desaparecer.

Vi assentiu e sorriu.

— Sabia que a senhorita conheceria. — A menina se virou e observou a fileira de janelas que davam para o gramado da frente. Em frente a cada janela havia um comedouro para passarinhos pendurado. A Srta. Evelyn achava que observar os passarinhos era muito mais interessante do que assistir à televisão, e não adiantava discutir. A mulher adorava seus pássaros. Ela tinha suéteres de passarinhos. Canecas de passarinhos. Um calendário de pássaros. Fotografias de pássaros estavam penduradas por todo o escritório. — É por isso que a senhorita é a pessoa perfeita para ajudar a orientar o meu projeto.

Vi puxou a pasta que estivera segurando e arrumou os papéis na escrivaninha.

— Um jardim pra passarinhos — disse ela. A menina apontou para o desenho em que Eric trabalhara cuidadosamente na noite passada. — Arbustos, flores e plantas escolhidas a dedo para providenciar um bom habitat. A ideia é ter uma banheira para os pássaros, talvez até mesmo uma fonte. Alguns bancos para que as pessoas possam se sentar e observar os pássaros. Caixas e casinhas para que eles façam os ninhos. Eu estava lendo sobre as andorinhas-azuis, elas vivem em bandos. Pensei que poderíamos construir uma casa maior só pra elas. Eu encontrei uma imagem num livro da biblioteca da Vovó.

A Srta. Evelyn se inclinou e olhou para os desenhos e as anotações através da névoa da fumaça do cigarro.

— A gente construiria aqui no jardim da frente, assim a senhorita poderia observá-los o dia inteiro.

A boca da Srta. Ev estremeceu no que Vi achou ser o começo de um sorriso.

— Os pacientes poderiam ajudar a limpar o terreno, a construir os canteiros do jardim, a plantar. Poderiam fazer casas e comedouros pros pássaros. Mas eu acho que, como a senhorita é a grande especialista em pássaros, deveria supervisionar todo o projeto. A Vovó é muito ocupada. Além disso, ela não sabe muita coisa sobre passarinhos. — Vi sorriu. — E eu e minha avó achamos que a enfermeira nova podia ajudar também.

A Srta. Ev franziu a testa.

— Patty?

Vi se aproximou mais e falou em voz baixa, como se as duas fossem boas amigas compartilhando um segredo.

— A Patty é nova, e Vovó acha que talvez esse projeto possa ser uma boa maneira de ela conhecer os moradores. Que talvez isso a ajude a... se ambientar.

A Srta. Ev permaneceu sentada, seu rosto uma máscara, sem dizer nada.

— Então, a senhorita pode supervisionar? — Vi apontou para a pequena etiqueta no fim do desenho, a cereja do bolo: JARDIM DE PÁSSAROS DA EVELYN.

— Se eu tiver tempo — disse a Srta. Evelyn, cuja resposta, Vi entendeu, era o mais perto de um "sim" que ela chegaria.

— Ótimo! E a Patty está por aí? Quem sabe eu poderia conversar com ela, levá-la lá fora e mostrar o terreno? Contar sobre o projeto.

A Srta. Evelyn pegou o telefone, apertou um botão e disse:

— Mande a Patty vir falar comigo. Sim, *agora*. — Ela desligou.

Ouviu-se umas batidas na janela. O rosto de Tom espreitava por ali.

— Volte para o grupo, Tom — disse a Srta. Evelyn através do vidro.

— Por favor, Srta. Evelyn. Eu preciso da loção de calamina e eles não querem me dar. Por favor. Tenha misericórdia. — Ele estava machucando o próprio braço peludo.

— Você pode ir lá pra fora, Violet. Vou mandar a Patty ir te encontrar. — A Srta. Ev apertou outro botão no telefone e rosnou: — Will, mande alguém descer até aqui para buscar o Tom, por favor. Você precisa parar de deixar os pacientes vagarem por aí desse jeito!

Vi passou por Tom no hall de entrada.

— Tudo certo, Tom?

— Coça muito — disse ele.

— O que você acha que é? — perguntou ela.

— A Dra. Hildreth diz que não é nada. Mas eu posso sentir eles.

— Eles?

— Eles ficam logo abaixo da pele, Violetas são azuis. Sempre estão lá.

Cerca de cinco minutos depois, Patty surgiu do lado de fora, parecendo agitada e confusa.

— Evelyn me mandou aqui — disse ela. — É pra conversar sobre um projeto? — Ela piscou para Vi, como se não soubesse o que pensar da menina.

— Oi! Eu sou a Violet, a neta da Dra. Hildreth.

Vi estendeu a mão e Patty a apertou. A menina era boa em lidar com adultos. Vovó fizera questão de ensinar a neta a olhá-los nos olhos, ter respeito, apertas as mãos, conversar sobre amenidades e sempre dizer "por favor" e "obrigado".

— Você conquista o respeito das pessoas ao tratá-las com respeito — dissera Vovó. — Seja inteligente e educada. Permita que sua maturidade seja notada, Violet.

Vi sorriu para Patty e agradeceu à moça por dar uma pausa para ir conversar com ela.

— O negócio é o seguinte — disse ela em voz baixa, porque, apesar da janela para o escritório da Srta. Ev estar fechada, Vi conseguia sentir a mulher observando-as —, nós precisamos fingir que estamos conversando sobre o jardim.

Patty dava a impressão de estar mais confusa do que nunca. Por fim, ela disse:

— Evelyn me falou um pouco sobre o jardim. Acho que é uma ideia incrível. — A moça sorriu, e o sorriso dela era contagiante. — A ideia foi sua? O projeto inteiro? E a Dra. Hildreth concordou?

Vi assentiu.

— Ela acha que é uma ótima ideia. E é mesmo. Mas tem mais uma coisa. Um segredo. O jardim não é o único motivo pelo qual estou aqui.

— Não?

— O jardim é um disfarce.

Ela estava se arriscando. Sabia disso. Patty poderia ir tagarelar para a Srta. Ev, para Vovó, ou para todo mundo sobre o que Vi estava prestes a contar, mas a menina achava que precisava fazer isso. Os deuses estavam sussurrando no ouvido dela: *conte para ela, a moça vai te ajudar, confie nela*. E os deuses raramente estavam errados.

— Um *disfarce*? — perguntou Patty num tom um pouco atrevido, como se estivesse perdendo a paciência.

A moça se virou e olhou para o Asilo. Ela provavelmente tinha relatórios para preencher e pacientes esperando por seus remédios. Vi percebia o quanto a mulher era jovem. Mesmo no uniforme branco, ela parecia uma garota na faculdade e não uma enfermeira. Patty estava usando rímel, blush e sombra rosa-pastel, e cheirava a chiclete e a spray de cabelo.

— Eu queria conversar com você. Pensei... pensei que poderíamos compartilhar informações, ajudar uma à outra a reunir dados confidenciais.

— Dados confidenciais? — Patty riu e balançou a cabeça. — Olha, você parece ser uma criança fofa, e sei que você é a neta da chefe e tal, só que eu estou superocupada. Fico feliz de ajudar com o jardim, se é isso que a Dra. Hildreth quer que eu faça, mas não vou ficar brincando de espiã com uma criança de 10 anos de idade.

Vi franziu a testa.

— Eu tenho 13.

— Desculpa. Acho que não sei muito sobre crianças. — Patty se virou e começou a ir embora. — Foi um prazer te conhecer, Violet.

— Espera! — exclamou Vi. Patty olhou para a menina, parecendo irritada. Vi sabia que não tinha muito tempo. — Você já ouviu falar sobre algum Projeto *Mayflower* no Asilo?

A moça balançou a cabeça.

— Não.

— O que você sabe sobre a ala Oeste B?

Isso chamou a atenção de Patty. Ela se aproximou de Vi.

— A sua avó mandou você me perguntar isso? — A moça olhou em volta, achando que talvez fosse um teste e que Vovó estava se escondendo atrás de uma árvore, observando.

Vi se lembrou daquele programa ao qual eles assistiam de vez em quando, com câmeras escondidas que filmavam pessoas em situações absurdas. Alguém sempre pulava de algum lugar e dizia: "*Você está no* Candid Camera!"

— Não! — exclamou Vi. — Ela não pode saber que a gente conversou sobre isso. Vovó me mataria e provavelmente demitiria você. Mas tem coisas que eu preciso saber. E, pelo jeito, você também quer descobrir. Acho que a gente pode se ajudar.

Patty cruzou os braços e deu um passo para trás.

— Sobre o que exatamente você quer saber?

— Sobre a Iris.

— Quem é Iris?

— Uma menina. Vovó tirou ela do Asilo e a levou lá pra casa. Ela está hospedada com a gente. Iris é uma das pacientes da minha avó, mas ela é jovem. Tipo, da minha idade.

Patty balançou a cabeça, a franja emplumada se movendo sobre sua testa como asas.

— O Asilo não cuida de pacientes menores de idade.

— Eu sei. E essa não é a única coisa esquisita. — Vi conseguira a atenção da jovem. Percebera isso pela maneira com que Patty se aproximava, os olhos arregalados, a boca meio aberta. A enfermeira nova foi fisgada pelo mistério. — Sabe, a Iris não se lembra de nada, nem de quem é, nem de onde veio.

— Você está brincando comigo? Porque se estiver...

— Não, eu juro. Ela nem sabe o próprio nome. Só se lembra de estar aqui no Asilo com a Vovó, em um quarto verde sem janelas.

— Um quarto sem janelas? — perguntou Patty.

Atrás delas, a Srta. Ev abriu a janela do escritório e olhou para as duas.

— E eu estava pensando — disse Vi em um tom bem mais alto — que uma fonte no centro ficaria perfeito. Aposto que podemos pedir ao Sr. MacDermot para nos ajudar a conduzir água e eletricidade até ela.

Patty assentiu, entrando no jogo.

— Acho que uma fonte ficaria adorável. Talvez a gente possa conseguir uma que tenha o formato de um pássaro!

A Srta. Ev se afastou da janela aberta.

— Acho que a Iris talvez estivesse na ala Oeste B — sussurrou Vi.

Patty também baixou a voz.

— O porão serve de depósito.

— Mas eu quero descer até lá — disse Vi.

— Nem pensar! A Dra. Hildreth e o meu tio são os únicos que têm a chave. Eu não sei o que tem lá embaixo, mas sei que é supertrancado.

Vi assentiu. Ela sabia que a avó carregava um grande molho de chaves na bolsa. Talvez a chave do porão estivesse lá. Mas tirar as chaves da bolsa de Vovó... isso era quase impossível.

— Você vai me ajudar? — perguntou Vi.

— É claro que não. Eu posso perder o emprego. E pra quê? Por causa da história doida de uma criança? Desculpa, sem ofensa, mas se coloque no meu lugar. Você não faria a mesma coisa?

Vi insistiu.

— Eu sei que você está curiosa sobre o porão. Também sei que você estava perguntando para a minha avó sobre isso. Que você ouviu histórias.

Patty ficou calada.

— Talvez a gente não consiga ir até o porão por enquanto, mas e o escritório da Vovó? — perguntou Vi. — Você acha que consegue me ajudar a entrar?

Quem sabe havia alguma pista lá. Ou — será que ela ousava ter esperanças? — a chave para o porão escondida em alguma gaveta da escrivaninha.

— Eu não sei. Eu...

— Posso ser uma criança, mas minha avó me escuta. Ela me diz o tempo todo o quanto valoriza a minha opinião. Se eu for pra casa e disser pra ela como você é ótima, como está sendo prestativa com o projeto do jardim de pássaros... ela vai me escutar. Vai fazer a diferença. É claro, eu também poderia dizer a ela que você me tratou como uma criancinha e não pareceu muito entusiasmada em ajudar com o jardim.

Patty franziu a testa.

— Por favor. Eu não estou lhe pedindo muito. Só me ajuda a entrar no prédio e a conseguir a chave do escritório da minha avó. Tem uma cópia pendurada no escritório principal. Você tem turnos durante a noite?

— Às vezes. Eu peguei o turno da noite de sábado... das 23h às 7h.

— Tudo bem. Esse sábado. Consiga a chave do escritório da Vovó e me encontre na porta dos fundos, na ala oeste, à meia-noite. É só isso que você tem que fazer. Me deixar entrar.

— Eu não sei — disse Patty.

A Srta. Ev apareceu na janela de novo.

— Patty! Precisam de você aqui dentro. Parece que perderam o Tom outra vez.

Patty bufou.

— Tenho que voltar ao trabalho.

— Obrigada — disse Vi. — Por concordar em ajudar com o jardim. Minha avó vai ficar muito feliz de saber como você está animada.

Patty assentiu e foi embora.

Lizzy

20 de Agosto de 2019

Arrumei o equipamento de gravação (joguei tudo dentro da minha bolsa, só para garantir) e subi na minha van para explorar um pouco. Conforme eu dirigia por Chickering Island, fiquei chocada com o quanto a península era minúscula. Era um lugar pequeno e lotado: cheio de turistas, pessoas que vinham apenas passar o dia, o fim de semana ou até mesmo o verão inteiro. Pessoas que se sentavam bebericando cafés do lado de fora das cafeterias, pescavam no píer e passeavam com bicicletas alugadas pela cidade.

Enquanto estava dirigindo, repassei tudo o que Lagarto havia me contado. Eu estava acostumada a ouvir histórias estranhas e inacreditáveis. Fazia parte do trabalho escutá-las, fazer as perguntas certas, e peneirar os pedaços de verdade que brilhavam e resplandeciam em cada uma delas.

As narrativas de monstros que eu ouvira ao longo dos anos tinham muito em comum. Não havia nomes específicos. Era quase sempre "um cara" ou "um amigo do meu tio". Os detalhes costumavam ser incompletos, assim como na história de Lagarto. Eu o pressionara por mais detalhes sobre as pessoas que supostamente desapareceram, levadas para dentro do lago pela Jane Chocalho. Ele não conseguiu me dizer um único nome ou data, só me garantiu que era de fato verdade e que vinha acontecendo por muito, muito tempo.

As pessoas adoravam uma boa história arrepiante. A necessidade era quase primitiva: escutá-las, permitir que elas te arrepiassem, depois passá-las adiante, enfeitadas com os seus próprios detalhes. O medo era como uma droga, e essas narrativas eram a forma como elas eram veiculadas.

— Alguns dizem que a Jane Chocalho é o espírito vingativo de uma mulher que foi assassinada muito tempo atrás, seu corpo desovado no fundo do lago — dissera Lagarto. — Outros dizem que ela é, tipo... o *próprio* lago.

Por mais que algumas partes da conversa tenham sido vagas, eu conseguira boas pistas. Havia descoberto qual casa Lauren Schumacher e sua família alugavam: um daqueles pequenos chalés que ficavam depois do vinhedo, em um conjunto de propriedades para alugar que tinham nomes de flores. A família ficara no Jacinto Selvagem. Lagarto me dissera que eles haviam empacotado tudo e ido para casa, em Worcester, Massachusetts, certos de que fora para lá que Lauren havia ido quando fugiu.

E então tinha a informação que eu achara mais interessante: Lauren dissera para as pessoas que havia conhecido Jane Chocalho e que ganhara um seixo dos desejos.

Qual teria sido o desejo de Lauren Schumacher?, era o que eu me perguntava.

ℓℓℓℓℓℓ

ESTACIONEI A VAN em um dos estacionamentos públicos, depois atravessei a rua até a calçada de ladrilhos limpa e larga, e fui direto na direção da livraria. Era um antigo hábito: a primeira parada em qualquer cidade nova era sempre a livraria ou a biblioteca.

Conforme eu passava pela porta da loja, fui cumprimentada por um grande *poodle standard* preto.

— Esta é a Penny — disse um homem atrás do balcão, enquanto eu coçava atrás das orelhas da cadela.

— Ela é linda — falei.

— Penny sabe disso também. — O homem sorriu. — Precisa de ajuda pra encontrar algum título em particular?

— Na verdade, sim. Você teria algum livro sobre o local? Sobre a ilha e sua história? E quem sabe um mapa?

— É claro que sim. Nós temos uma seção inteira bem aqui. — O homem saiu de detrás do balcão e me conduziu até um conjunto de estantes com a etiqueta REGIONAL.

— Se você está procurando por algo sobre a ilha, eu recomendaria este — disse ele, apontando para quatro cópias de *Chickering Island, Now and Then*, enfiados entre os livros *The Angler's Guide to Vermont Waterways* e *Unexplained Vermont*. — O livro tem um mapa. Nós também temos estes aqui.

O homem indicou os coloridos mapas gratuitos para turistas ao lado da porta, que tinha uma lista com todos os serviços.

Peguei uma cópia do livro sobre história local e uma do *Unexplained Vermont*.

Não pude deixar de notar que ali, na segunda prateleira, havia três cópias de *A Mão Direita de Deus: A Verdadeira História sobre o Asilo Hillside*.

O livro tivera muitas impressões — inclusive uma com o pôster do filme na capa —, mas essas cópias tinham um *line art* do Asilo na capa. O desenho estava completamente errado. O prédio parecia um enorme e insano hospício no estilo gótico, com janelas escuras e figuras sombreadas por trás delas.

Dei as costas para o livro e fui até o caixa pagar. Agradeci o livreiro, me despedi de Penny e peguei um dos mapas gratuitos para turistas na prateleira antes de sair. Então fui caminhando pela rua até o Bar e Restaurante *Rum Runners*, decidindo que planejaria meus próximos passos comendo e bebendo uma cerveja.

Em frente ao bar e restaurante havia uma escultura: uma mulher em tamanho real, em uma estrutura de madeira e com um corpo feito de tela de arame. Ela estava decorada com pequenos pedaços de entulho: conchas, tampas de garrafas, vidro marinho, seixos, triângulos cortados de latinhas de cerveja, que brilhavam como escamas de peixes. Tudo pendurado com tiras finas e flexíveis de arame.

O vento ganhou força e os objetos se mexeram e chacoalharam.

Dei um passo na direção oposta à escultura perturbadora e entrei pela porta aberta, indo direto até o bar. Depois de uma rápida olhada no menu, pedi um hambúrguer *Vermonter*, com o premiado queijo cheddar local, verduras cultivadas na ilha e geleia de bordo de bacon, além de uma cerveja clara fermentada em Burlington para ajudar a descer tudo.

— Escultura interessante essa aí da frente — falei, quando a bartender trouxe a turva cerveja de um âmbar pálido.

A mulher sorriu. Ela tinha cabelos curtos, de um loiro descolorido, e uma maquiagem dramática nos olhos.

— É a Jane Chocalho. A moradora mais famosa da ilha.

— Ah, é? — Era um truque que eu havia aprendido há muito tempo: fingir que não sabe de nada, se fazer de desentendida em cada conversa.

— Aham. Ela é a nossa fantasma local.

— Sério?

— Algumas pessoas dizem que ela participou de contrabandos de rum durante a época da Lei Seca. Jane passou a perna no cara errado e acabou no fundo do lago. A outra história é que ela foi assassinada pela irmã.

Isso chamou a minha atenção. Eu me inclinei, me aproximando.

— A irmã dela?

A bartender assentiu.

— De vez em quando ela sai da água, procurando pela irmã. Realiza os desejos de qualquer um que puder ajudá-la, dando-lhes um seixo especial.

— Uau! — exclamei, alcançando a minha nuca para esfregar um leve formigamento.

A bartender sorriu.

— Acho que de todas as histórias essa é a minha favorita. — Ela se inclinou, mais próxima. — Mas sinceramente, aqui entre nós duas, acho que essa coisa toda foi uma invenção pra uma jogada de marketing, anos atrás. Você não iria acreditar no número de turistas que vêm até aqui por causa da Jane Chocalho. Quem não adora uma história de fantasma, né?

Assenti, tomando um gole da cerveja.

— Sua comida deve ficar pronta em breve — disse a mulher, se dirigindo para a cozinha com uma tina cheia de copos sujos.

— Lizzy! — chamou uma voz atrás de mim.

Girei no banquinho e vi Lagarto entrando no restaurante. Que maravilha. Será que o rapaz ia me seguir para todo lugar que eu fosse?

— Já foi liberado do trabalho? — perguntei, enquanto ele saltitava até mim.

— Eu só trabalho de manhã. Limpo os terrenos antes que novos campistas cheguem. Limpo os banheiros. Corto a grama. Todas as tarefas glamorosas. O dono, Steve, é meu tio.

— Que legal — falei. — Há trabalhos de verão piores.

— Com certeza — disse Lagarto.

— Então, o que você faz quando não está trabalhando pro seu tio? Você estuda em alguma faculdade?

— Que nada — disse ele, se sentando no banquinho ao meu lado. — Pelo menos, não ainda. Eu acabei de me formar no ensino médio em junho. Vou fazer algumas aulas na faculdade comunitária. Começa no mês que vem. A ideia é fazer isso por um ano, mais ou menos, e pensar em que área eu posso querer arranjar um diploma, talvez me inscrever numa faculdade em algum lugar bem longe. Sair da cidade por um tempo.

Assenti.

— É um bom plano. Vai dar pra juntar dinheiro fazendo faculdade comunitária por um ano. E eu acho uma boa ideia tirar um tempo pra pensar no que você realmente quer estudar.

— Foi exatamente isso que meu pai falou. — Ele sorriu para mim, então viu meus livros. — Dando uma olhada na história local, hein?

Lagarto pegou *Unexplained Vermont*, folheou o livro, depois o estendeu para mim.

— Olha, ela tem o próprio capítulo. "Jane Chocalho, Chickering Island." — Ele me mostrou o desenho ao lado do título curto: uma figura com formato de mulher feita de espinhas de peixe, crânios de pássaros, penas, pedras e até mesmo pedaços de lixo. No desenho, a palma de sua mão estava aberta, a mão estendida, mostrando uma pequena pedra redonda. Lagarto leu em voz alta: — "De onde surgiu a Jane Chocalho? O que, ou quem, ela está procurando quando se aventura a sair do lago? Algumas lendas dizem que é um amor perdido. Outras dizem que ela procura a irmã. Não importa o que, ou quem, Jane esteja procurando: fique atento! Ela é famosa por levar de volta ao fundo do lago aqueles azarados o suficiente a ponto de encontrá-la."

— E aí, Lagarto? — disse a bartender, que apareceu tão de repente que me deu um susto. — Veio almoçar?

O adolescente fechou o livro.

— Que nada, só uma coca, por favor, Sam — respondeu ele. Quando a mulher trouxe a bebida dele, o rapaz acrescentou, animado: — Você sabe quem é esta?

Balancei a cabeça. *Não. Não faça isso.* A última coisa que eu queria era que a fofoca se espalhasse.

— Esta é a Lizzy Shelley. Ela tem um podcast irado: *O Livro dos Monstros*. Mas é mais famosa pela série de TV! — exclamou ele.

— TV? — Isso chamou a atenção da bartender. — Você é atriz?

Balancei a cabeça de novo. O sino da cozinha soou.

— *Monstros entre os Humanos*! — disse Lagarto. — Você já deve ter visto: Lizzy e outros dois pesquisadores viajando pelo país inteiro. Teve um episódio em que eles entraram numa velha mina de prata no Texas, procurando por um chupa-cabra! Cara, aquele episódio me assustou pra cacete. — Ele sorriu para mim. — A maneira como você engatinhou por aquele túnel apertado... os arranhões nas pedras, todos aqueles ossos de animais que você encontrou. O covil de um monstro, sem dúvidas!

Assenti. Não tive coragem de contar para ele que os arranhões e os ossos tinham sido colocados lá pela equipe de produção.

A garçonete sorriu.

— Nunca vi, mas parece legal. Ei, acho que a sua comida ficou pronta. — A mulher se esgueirou de volta para a cozinha.

— Lagarto — chamei, da maneira mais gentil que consegui —, agradeço o... apoio e o entusiasmo, mas eu meio que esperava passar despercebida por aqui. Sem contar às pessoas quem eu sou ou o que eu faço.

Ele deu um sorriso largo.

— Eu entendo! Incógnita! Super entendo.

— Pela minha experiência — continuei —, as pessoas se tornam um pouco mais... acessíveis, quando acham que sou apenas uma estranha comum fazendo perguntas. Pelo menos, à primeira vista.

— Acessíveis — repetiu ele. — Com certeza. Entendo. Escuta, eu estava pensando, talvez você queira conhecer uma parte da galera que saía com a Lauren, o pessoal que viu a pedra e ouviu as histórias dela sobre encontrar a Jane Chocalho.

— Mas é claro — falei, enquanto Sam colocava o hambúrguer na minha frente.

— A gente vai dar uma volta depois que você comer — disse Lagarto, roubando uma batata frita do meu prato. — Vou te mostrar os lugares mais divertidos de Chickering Island.

Assenti e comecei a comer, tanto incomodada quanto intrigada pela nova informação que eu coletara, sentindo que ela guardava uma mensagem só para mim:

Jane Chocalho estava procurando pela irmã.

Vi

17 de Junho de 1978

Iris estava empoleirada na parte de trás do banco banana da bicicleta de Vi, seus braços envolvendo com força a cintura da menina.

O nome da bicicleta de Vi era *Fantasma*. Era uma Schwinn Sting-Ray vermelha, de marcha única, com guidões customizados e um comprido banco banana branco.

Eric as seguia em sua Huffy BMX, que ele chamava de *Vespa*.

Muitas vezes, Vovó não os deixava pedalar até a cidade, o que não era um problema porque não tinha muita coisa para fazer lá. Eles não frequentavam a escola pública. A avó dizia que era melhor para os dois se estudassem em casa, porque a escola da cidade era *péssima* e "não era lugar para crianças excepcionais" como eles. Ela mandara Vi para a escola por um único dia, no jardim de infância, pouco tempo depois de ter acolhido os netos. A professora gritara com Violet, porque a menina já sabia ler e escrever, e havia pedido permissão para ficar lendo sozinha. Vi não se lembrava de nada disso, mas Vovó ficava revoltada sempre que contava essa história. Quando Eric atingira a idade certa, ela nem sequer tentara mandá-lo para lá, só passou a ensiná-lo em casa como vinha fazendo com a neta. A avó tinha uma política de autonomia, deixando-os explorar os próprios interesses e tarefas de forma independente na maioria das vezes.

— Vocês, meus amores, são espertos o bastante pra saberem o que precisam aprender e qual é a melhor maneira de fazer isso — dissera a avó.

Os dois irmãos liam muito, escreviam relatórios e redações, faziam experimentos e preenchiam as páginas em livros de exercícios de matemática. Todas as noites, Vovó revisava as tarefas dos dois, fazendo correções, dando sugestões e ajudando-os a planejar os estudos do dia seguinte. A avó dizia para Vi que ela já estava lendo e escrevendo a nível de faculdade. A menina planejava ir para a universidade quando fizesse 18 anos: primeiro o programa de pré-medicina, depois a faculdade de medicina, igual ao pai e à avó. E Vovó prometera que, até lá, ela estaria muito à frente dos outros alunos.

ɩɩɩɩɩ

VI E ERIC TINHAM PERMISSÃO de ir até a biblioteca sempre que quisessem, desde que prometessem não fazer mais nada além disso e não falar com ninguém além dos bibliotecários. De vez em quando, depois da biblioteca, eles iam escondidos até o armazém para comprar bala e refrigerante com suas mesadas.

Às vezes, Vovó levava-os até a cidade também, descendo a colina com seu Volvo vermelho, para irem até o Supermercado Fitzgerald, o Hardware do Ted ou o pet shop *The End of the Leash*. De vez em quando, os irmãos viam outras crianças, e Vi desejava poder conversar com elas, andar de bicicleta com elas. Desejava poder ter amigos normais como as crianças na TV, mas a avó proibira. Ela dizia que as crianças da cidade não valiam a pena.

Vovó dirigia até Barre ou até lá em cima, em Burlington, quando eles precisavam de algo que não conseguiam comprar em Fayeville. Eles iam até a Sears para comprar roupas, até o Woolworth e até mesmo a livrarias, onde Vi comprava livros de terror e Eric pegava livros sobre animais.

Outras vezes, como um presente especial, a avó os levava até o restaurante Howard Johnson, em Barre. Era uma viagem de quarenta minutos e, quando chegavam e avistavam o telhado laranja com a pequena torre azul, os dois pulavam do carro e praticamente corriam até a porta. Eles se sentavam ao balcão, em bancos prateados giratórios com assentos turquesa de vinil, e a avó deixava-os pedirem o que quisessem. Eram pratos de mariscos fritos, cheeseburgers, batatas fritas e sorvete. Ah, o sorvete! Eram 28 sabores para você escolher, e Vi queria provar todos eles: nozes com bordo, abacaxi e creme com chocolate. Eric sempre pedia a mesma coisa: chocolate na casquinha.

Vovó era tão previsível quanto um relógio: pedia um café, um queijo-quente (o que Vi não entendia — ela podia fazer exatamente a mesma coisa em casa!) e um sorvete de nozes com bordo em um prato.

— Eu sei — dizia a avó quando pegava Vi observando-a com aquele olhar que dizia "*de novo não*". — Sou uma senhora tediosa.

Vi e Eric balançavam a cabeça, riam e diziam que a avó era tudo, menos tediosa.

— Um dia, queridos — prometera Vovó —, eu vou surpreendê-los. Vou pedir algo completamente diferente. Um sanduíche BLT e uma banana split. Ou talvez eu seja bem malvada e peça pra eles prepararem alguma coisa que nem está no menu.

ϙϙϙϙϙϙ

E LÁ ESTAVAM ELES no drive-in de sábado à noite. Vovó havia levado os netos algumas vezes em seu velho Volvo, mas ela achava filmes de terror ridículos.

— Totalmente improvável — reclamava ela quando um homem se transformava em uma mosca ou em um lobisomem, quando um vampiro mostrava suas presas e as afundava no pescoço de uma bela mulher.

Assim, ela permitia que Vi e Eric conduzissem sozinhos suas bicicletas até o drive-in. Mas havia regras: eles tinham que pedalar pelas estradas secundárias para chegar lá (a estrada principal era perigosa demais à noite), não podiam conversar com ninguém enquanto estivessem fora (a avó já dera inúmeros avisos sobre pedófilos pervertidos e traficantes de drogas ansiosos para deixar os jovens viciados) e tinham que voltar direto para casa após a sessão. Vovó até dava dinheiro para o ingresso, mas Vi e Eric nunca pagavam para entrar. Eles haviam descoberto uma parte solta na cerca de arame de aço, que percorria a parte de trás do estacionamento, e se esgueiravam por ali toda semana — deixando-os com mais dinheiro para comprar pipoca, refrigerante e bala.

Agora, assim como em todas as noites de sábado no verão, ali estavam eles: inclinando-se através da escuridão e indo para o Drive-in Hollywood.

Mas desta vez era diferente. Desta vez, eles estavam acompanhados de Iris. Vovó estivera um pouco hesitante. Ela instruíra Vi a tomar conta de Iris com atenção e, se houvesse qualquer sinal de que a menina estava desconfortável ou superestimulada, eles deveriam voltar para casa imediatamente.

— Você já foi num drive-in alguma vez? — perguntara Vi para Iris.

Mas a garota não sabia. Não conseguia se lembrar.

— E em cinemas comuns? Já esteve num desses, né?

— Não — disse Iris, balançando a cabeça.

Vi não conseguia imaginar como deveria ser não se lembrar de nada, de nenhuma parte do próprio passado.

Ela vinha "fazendo relatórios" todas as noites para Vovó. A avó já sabia que Iris estava falando, pois a menina começara a falar um pouquinho mais a cada dia, e estava muito satisfeita com esse progresso. A avó havia explicado brevemente sobre o porquê de as pessoas às vezes não se lembrarem das coisas. Isso era chamado de amnésia, contara ela a Vi, que é uma palavra grega para esquecimento. Vi assentiu. Já tinha visto personagens com amnésia em séries de TV.

— O que causa a amnésia? — perguntou Vi.

— Pode ser algo físico, como um ferimento na cabeça ou a ingestão de certo tipo de droga. Ou pode ser um profundo trauma psicológico.

Vi se perguntava o que havia causado a amnésia de Iris. Se a avó sabia, estava guardando para si.

Agora que Iris estava falando, Vovó queria saber tudo o que ela dizia. Vi contava apenas uma parte, porque ainda tinha muitas coisas que queria manter em segredo.

Ela havia contado para a avó que Iris não se lembrava de nada, nem mesmo do próprio nome, mas deixara de fora a parte em que prometera à menina ajudá-la a desvendar o mistério. Também deixara de fora o fato de Iris estar ajudando com o livro de monstros, porque o Clube de Monstros era confidencial.

— Ela sabe escrever — contou Vi. — A escrita é ruim, parece alguém que está aprendendo. E ela não sabe soletrar de jeito nenhum, mas conhece as letras e essas coisas.

Vi sabia que alguém devia ter ensinado para Iris. Ela imaginou uma família em algum lugar, Iris indo para a escola, fazendo amigos, talvez até tivesse uma irmã de verdade.

Vovó assentira conforme absorvia todas as informações novas, então se inclinou para frente e envolveu o pulso de Vi com a mão, os dedos sentindo a pulsação da neta daquele jeito familiar, o aperto de mão secreto das duas.

— Você está fazendo um trabalho maravilhoso com a Iris — dissera a avó, dando um leve aperto no pulso. — Isso está fazendo diferença. Estou orgulhosa de você, Violet.

༺༻

O DRIVE-IN HOLLYWOOD era praticamente a atração mais empolgante de Fayeville. As pessoas vinham de todos os lugares para ir até lá, e, no verão, em algumas noites de fins de semana, ficava lotado, com carros alinhados em cada fileira.

O Hollywood tinha duas telas. Todo sábado, ao pôr do sol, o drive-in passava dois filmes atuais em sequência na tela principal, e, na tela secundária, acontecia a Dupla Sessão de Monstros: dois filmes clássicos de terror. Vi e Eric já tinham visto todos, é claro, tanto no drive-in quanto sempre que passavam na TV. Vi explorava o guia de programação da TV toda semana, procurando por filmes de terror ou qualquer outra coisa que tivesse até mesmo uma alusão a monstros.

Naquela noite, a tela principal passaria *Loucuras em Harper Valley* e *O Gato Que Veio do Espaço*. A Dupla Sessão de Monstros passaria *A Noiva de Frankenstein* e *Frankenstein Encontra o Lobisomem*, dois dos favoritos de Vi. Ela mal podia esperar até Iris ver o telão e a lanchonete na qual eles compravam pipoca, balas *Junior Mints*, *Twizzlers* e chocolates *Charleston Chews* (o preferido de Eric).

Enquanto pedalava, Vi se questionava se Iris já tinha provado *Junior Mints* ou *Charleston Chews*. Se tinha, a menina provavelmente não se lembraria, então seria como prová-los pela primeira vez. Tudo era novo e estranho para Iris. Vi tinha um pouco de inveja da menina experimentando coisas incríveis pela primeira vez: cereal *Rice Krispies*, *Pop-tarts*, pirulitos *Tootsie* ("*Quantas lambidas é preciso para alcançar o recheio?*", perguntava a sábia e velha coruja no comercial), desenhos no sábado de manhã. Iris nem sabia quem era o Scooby-Doo!

Mas Vi adorava observar a menina tentar coisas novas. Adorava ensiná-la sobre balas *Pop Rocks* que explodiam na língua, picolés *Creamsicles* (o favorito de Vi, laranja por fora e com recheio de baunilha!) e como usar uma lanterna. Ela tinha ensinado Iris a amarrar os sapatos e a se vestir, para que as roupas não ficassem mais do avesso e do lado contrário.

ඥඥඥඥඥ

AS PERNAS DE VI queimavam devido ao peso extra de Iris no assento da bicicleta. Eles estavam quase lá, atravessando o campo, depois passando pelos fundos do terreno da Automóveis *Good Deal* de Leo, onde eram vendidos carros usados na parte da frente e um ferro-velho funcionava na parte de trás. Vi imaginava que Leo pegava peças de carros quebrados e as remendava todas juntas, como uma das quimeras de Eric.

A cerca para o drive-in ficava logo atrás do terreno de Leo. Eles estacionaram bem na hora: o telão estava aceso, com pipocas, balas e copos de Coca-Cola gelada dançando e convidando a todos para visitar a lanchonete, na qual cachorros-quentes sorridentes estavam esperando. Os irmãos deitaram as bicicletas no chão e Vi encontrou a parte solta da cerca, segurando-a para

Eric e Iris, depois engatinhando através dela. Eles se acomodaram no lugar de sempre: um pequeno banco de areia no canto da última fileira. Alto-falantes em mastros faziam o som se espalhar.

A Noiva de Frankenstein começou.

Vi amava o início do filme, porque lá estavam Mary Shelley, seu marido, Percy, Lorde Byron e o homem que dizia para Mary que história incrível ela havia criado, ao que Mary respondia que havia mais coisas da narrativa para serem contadas. "*A noite está perfeita para tal conto*", disse Mary Shelley ao homem, "*uma noite perfeita para o mistério e o terror. O próprio ar está cheio de monstros*".

A menina se inclinou e explicou para Iris:

— Essa é a mulher que escreveu *Frankenstein*. Foi ela quem começou tudo.

O coração de Vi se compadeceu do monstro, queimado e baleado, sabujos em seu encalço, aldeãos com forcados e tochas perseguindo-o.

— Ele não é mau — falou para Iris enquanto assistiam. — Só é incompreendido. Tudo que ele quer é um amigo.

Iris assentiu e Vi sabia que ela tinha entendido, entendido *de verdade*, porque, afinal, a menina era um pouco parecida com o monstro, certo? Assustada e incompreendida, completamente sozinha no mundo?

Mas Iris não estava sozinha. Não mais. Agora a menina tinha Vi e Eric.

Vi se aproximou um pouquinho mais de Iris, e a outra não se afastou. As duas se sentaram lado a lado no escuro, os olhos grudados no telão.

Elas assistiam ao monstro — Boris Karloff com maquiagem e uma prótese na testa, parafusos em seu pescoço —, conforme ele era capturado, amarrado em uma estaca e exibido pela cidade, depois arrumado na estaca só para ser apedrejado pelos aldeãos. Vi sempre achou que o monstro parecia o Cristo nessa cena, mas ela sabia que não deveria dizer isso em voz alta para ninguém, nem mesmo Iris ou Eric.

— Viu? — sussurrou Vi para Iris, quando o monstro chorou ao finalmente fazer um amigo. — Ele é mais humano do que os aldeãos.

Conforme assistiam, um novo monstro era criado para ser uma parceira e uma companheira para a criatura original. A eletricidade lhe deu vida, assim como dera a ele. Vi adorava as cenas do laboratório, todas as máquinas pulsando com luzes e eletricidade. E, quando o raio atingiu a pipa, as bandagens enroladas no corpo da Noiva ganharam vida, e Iris chegou ainda mais perto de Vi, lado a lado. Então Iris esticou o braço e pegou a mão de Vi, que não tinha certeza se isso significava que ela estava feliz ou assustada, talvez um pouco dos dois.

A linha entre ambos é bem tênue, pensou Vi. Ela queria guardar esse pensamento, colocá-lo em uma gaveta para poder retirá-lo depois e analisá-lo melhor, porque isso parecia importante.

Vi prendeu a respiração, sem querer que nada daquilo acabasse: Iris segurando a sua mão, o cheiro de pipoca, a crepitação dos alto-falantes no drive-in, o filme, a conexão entre felicidade e medo.

Mas acabou.

Sempre existia um fim. E, em filmes de monstros, a criatura sempre morria. (Pelo menos até que viesse a sequência do filme.)

Eles assistiram à Noiva, com seu incrível cabelo eletrocutado, rejeitar o monstro. Ela gritou e sibilou terrivelmente, e o monstro entendeu por fim, soube que sempre seria uma criatura sozinha. Iris apertou a mão de Vi com mais força.

— Nós pertencemos à morte — disse o monstro, puxando a alavanca para explodi-los, fazendo a torre pegar fogo e matando todos eles.

Iris começou a chorar, seu corpo inteiro balançando e tremendo com os soluços. Ela soltou um uivo baixo e lamuriento, que começou de forma discreta, mas logo ficou mais alto.

— Está tudo bem — disse Eric. — É só um filme.

A menina tremia e berrava fervorosamente, e as pessoas próximas a eles estavam começando a olhar.

Não era para eles chamarem a atenção. As crianças deveriam entrar e sair da sessão como se fossem sombras. Três crianças que ninguém viu.

Vi abraçou Iris e disse:

— Vamos lá, *shhh*, está tudo bem. Vamos pra casa. Nós vamos pra casa, está tudo bem.

Iris não respondeu, só continuou chorando.

Um homem deu um passo na direção dos três, meio trôpego. Vi não conseguia ver o rosto dele, porque o telão, exibindo o clipe do intervalo com pipocas dançantes e barras de chocolate, estava iluminando-o por trás, assim como os holofotes brilhantes que haviam se acendido ao redor da lanchonete.

— Sua amiga está bem? — perguntou ele.

Vi conseguia sentir o cheiro de cerveja nele.

— Sim, ela é minha irmã. Ela está bem, só assustada. Nunca tinha visto um filme de monstros antes — respondeu Vi.

A menina se colocou ao lado de Iris, Eric se colocou do outro. Os dois a levaram de volta até a cerca, consolando-a com palavras, e deslizaram para fora dali. Os créditos rolavam atrás deles, e as pessoas iam em direção à lanchonete e ao parquinho durante o intervalo.

O homem gritou:

— Ei, aonde vocês vão? — Ele deu alguns passos vacilantes na direção da cerca e colocou as mãos entre os espaços do arame.

O coração de Vi martelava enquanto eles montavam nas bicicletas e pedalavam em disparada para longe do drive-in e do homem que ainda estava parado na cerca, observando-os.

Os dois pedalaram com vigor e rapidez, até que estavam na estrada de terra. Ali eles precisavam descer e empurrar, porque a colina era muito íngreme e Vi não conseguia subi-la com Iris na garupa.

Eric poderia ter continuado pedalando, mas saltou também e caminhou ao lado das meninas, empurrando a própria bicicleta.

— Foi um final triste, né? — comentou Vi com Iris, enquanto os três se arrastavam colina acima.

Iris havia parado de chorar e de berrar.

— Me desculpe — disse Vi. — Nós devíamos ter te avisado.

— Queimaram ele — falou Iris.

— É assim que funcionam os filmes de monstros — explicou Eric. — A criatura sempre morre.

— Por quê? — perguntou Iris.

Vi não sabia bem como responder.

— Porque o lugar deles não é aqui — disse Eric em voz baixa.

Então Iris começou a chorar de novo, não com grandes berros ou soluços, e sim com mais calma, como um filhotinho fungando.

— Não é justo — reclamou a menina.

Vi segurou o guidão da bicicleta com a mão direita, e procurou a mão de Iris com a esquerda. A menina a segurou de volta, e elas caminharam assim, em silêncio, durante toda a subida da colina. A luz do luar atrás deles esticava suas sombras, transformando todos os três em monstros.

A Mão Direita de Deus: A Verdadeira História sobre o Asilo Hillside

Por Julia Tetreault, Jornal *Trechos Obscuros*, 1980

HELEN HILDRETH se casou enquanto ainda estava terminando sua residência em cirurgia geral. Seu marido, John Patterson, era um jovem químico que ela conhecera no salão de uma conferência. Depois de terminar sua dissertação e completar o doutorado na Universidade de Vermont, ele recebeu uma oferta de emprego em uma companhia farmacêutica na Filadélfia. O casal se mudou para lá, e Helen conseguiu uma vaga no Hospital Geral da Filadélfia. Ela era a única cirurgiã do sexo feminino no hospital, uma posição inovadora na época.

Há uma foto do casal, tirada em um jantar beneficente para o hospital, em 1934. Eles estão de mãos dadas, John se inclinando na direção dela, como se tivesse acabado de sussurrar algo em seu ouvido. Helen está olhando de volta para ele, com um sorriso que irradia confiança e afeição. Não sei dizer se o amor pode ser sentido por meio de uma fotografia tirada quase cinquenta anos atrás, mas é impossível olhar para essa imagem e não chegar à conclusão de que Helen e John estavam muito apaixonados.

Um ano e meio depois de casados, Helen deu à luz a gêmeas. Apesar de a gravidez, ao que parece, ter sido tranquila, infelizmente as duas bebês vieram ao mundo natimortas e os médicos não conseguiram ressuscitá-las.

John era um homem magro, com um histórico de asma e que se cansava com facilidade. Depois de perder as gêmeas, o homem parecia não conseguir se levantar da cama.

Sua respiração foi ficando pior e ele começou a tossir sangue.

A suspeita era tuberculose, mas a verdadeira causa era estenose mitral, um estreitamento da válvula mitral do coração, provavelmente uma sequela da febre escarlatina que ele pegara quando criança. O coração de John aumentara de tamanho e já estava muito danificado quando chegaram ao diagnóstico correto.

O homem ia, literalmente, morrer por causa de um coração partido.

Seis meses depois, John estava morto, deixando Helen viúva aos 30 anos de idade. De acordo com algumas cartas que escreveu para o pai, a médica se culpava pela morte das filhas e ainda mais pela morte do marido. "Como é possível que uma médica competente não tenha se dado conta de tal diagnóstico, numa pessoa com quem eu passava tantas horas, tantos dias?", escreveu ela. "Não tem desculpa para isso."

Ela vendeu a casa, pediu demissão do Hospital Geral e passou dez meses viajando pela América do Sul.

Existem poucas cartas ou diários dessa época, mas eu consegui descobrir que Helen passou a maior parte de seu tempo no Peru e na Colômbia, estudando plantas medicinais e o xamanismo. Apesar de não acreditar no mundo espiritual ou em coisas sobrenaturais, a doutora desenvolveu um interesse mordaz por todas as plantas psicoativas usadas para curar doentes. Podemos presumir que a viagem também despertou seu interesse no papel que a mente e a psique desempenham na saúde em geral.

Helen era outra pessoa quando regressou para os Estados Unidos. Ela passou a usar o nome de solteira de novo, e voltou para sua casa em Vermont, onde havia crescido e feito faculdade de medicina. A doutora abandonou a cirurgia geral e começou uma residência em psiquiatria.

"As tragédias que sofremos moldam nossa vida: nós as carregamos como se fossem sombras", escreveu a Dra. Hildreth em um artigo para o *Jornal Americano de Psiquiatria*, em maio de 1971.

Devemos nos questionar como a Dra. Hildreth foi transformada por suas gêmeas natimortas e a morte do marido. O quanto tais acontecimentos a moldaram e que sombras a própria doutora carrega.

Lizzy

20 de Agosto de 2019

LAGARTO E EU atravessamos o West Main na direção do comprido píer, que percorria o lado oeste do centro da cidade. Dezenas de barcos estavam parados ali, e havia um pequeno chalé vendendo frutos do mar fritos. Nós passamos por mesas e por quiosques que vendiam lembrancinhas para turistas: joias; pinturas com paisagens de Vermont customizadas com o seu nome; e um homem que fazia esculturas rústicas de animas com velhos retalhos de pneus — um macaco pendurado no toldo da barraca, um dragão do tamanho de um labrador esparramado no calçamento. Conforme passávamos por eles, os animais de borracha pareciam nos observar.

No fim do píer, ao lado de um quiosque de sorvete italiano (*Os Melhores CreeMees de bordo de Vermont*, prometia o letreiro), três adolescentes estavam sentados em uma das mesas de piquenique, bebendo energéticos em grandes latas pretas e fumando cigarros: um garoto magro com cabelos loiros descoloridos e cheio de espinhas, e duas meninas vestidas de preto e com cabelos também tingidos de preto, para combinar.

— E aí? — chamou Lagarto.

O rapaz loiro assentiu para ele.

— Esta é a Lizzy, a mulher de quem eu falei.

— Eu já te vi na televisão — disse o rapaz. Ele piscou para mim. — Mas você parece diferente.

Sorri.

— Essa sou eu sem uma equipe cuidando da minha maquiagem e do meu cabelo — falei, sentando-me à mesa.

— Lizzy, este é o Alex — disse Lagarto, apontando com a cabeça na direção do garoto loiro. — Esta do lado dele é a Riley, e aquela na ponta, de sobretudo, é a Zoey.

— E aí? — responderam todos eles, quase em uníssono.

Imaginei que esses jovens deveriam ter 15 ou 16 anos, um pouco mais velhos do que Lauren.

— E você quer, tipo, entrevistar a gente? Pra valer? — perguntou Riley.

A menina tinha um piercing no lábio superior. A pele em volta do objeto estava vermelha e inchada, como se ela tivesse furado recentemente.

— Eu gostaria — falei. — Se não for um problema pra vocês. Não precisamos usar nomes, nem nada do tipo, se vocês não quiserem. Mas adoraria ouvir as histórias de vocês. Saber um pouco mais do que vocês acham que aconteceu com a sua amiga Lauren.

— Então a gente, tipo, vai falar ao vivo? — perguntou Alex.

— Ao vivo, não. Mas vocês vão fazer parte de um podcast. Pessoas de todo o país escutam o programa. Posso mandar o link para o Lagarto quando ele ficar pronto.

— Maneiro — disse Alex.

Zoey perguntou:

— Você acha que a produção da série vai vir até aqui? Sabe, tipo, fazer um episódio sobre a Jane Chocalho pra próxima temporada ou algo parecido?

Os lábios da menina estavam rachados. As bochechas se projetavam do rosto e ela possuía círculos escuros embaixo dos olhos, o que lhe dava a aparência de um esqueleto. O cabelo escuro estava cortado bem baixinho e a garota usava um sobretudo no qual caberiam mais duas Zoeys.

— Eu não sei — respondi. — Pode ser.

— Seria maneiro se eles fizessem — comentou Riley. — Daí talvez todos nós apareceríamos na televisão, sabe? Pra contar nossas histórias.

Assenti.

— Isso seria legal — falei. — Sei que os produtores ficam ligados no meu podcast, então quem sabe? Talvez se eles gostarem do que vão ouvir. Se eles acharem que é intrigante o suficiente para um episódio inteiro.

Peguei meu gravador, arrumei os dois microfones, um de cada lado da mesa, e coloquei os fones de ouvido.

— Hoje é dia 20 de agosto, e estou aqui em uma das docas no centro de Chickering Island, Vermont, conversando com amigos da adolescente desaparecida, Lauren Schumacher. — Levantei o olhar e sorri para os três adolescentes do outro lado da mesa. — Então, há quanto tempo vocês conheciam a Lauren?

Alex deu de ombros.

— Tem anos que a família dela vem pra cá.

— Ficam uma ou duas semanas a cada verão — acrescentou Riley.

— Me contem um pouco sobre ela — pedi.

— Lauren é poeta — disse Zoey, acendendo um cigarro. — E desenha também. Com caneta tinteiro. Ela quer entrar pra faculdade e estudar arte. Lauren é meio que um gênio. Literalmente.

— Como se ela fosse conseguir entrar pra faculdade. — Riley revirou os olhos.

— Por que não conseguiria? — perguntei.

— A garota era problemática — respondeu Alex.

— Não era bem assim. Era, tipo, uma personagem completa — argumentou Zoey. — Lauren gostava de agir como se fosse forte e louca, mas ela não era assim de verdade.

Alex bufou.

— A garota atacou um colega de escola, lá em Massachusetts! E aí? Como que ela não era problemática?

— Foi mesmo? — perguntei. — Mas ela atacou alguém fisicamente?

Alex assentiu.

— Foi isso que a Lauren disse, e eu acreditei nela. Ela enforcou um garoto, uma merda dessas. Foi expulsa da escola. A Lauren é assim. Temperamental, instável.

Riley balançou a cabeça.

— Talvez ela até seja instável, mas acho que aquele garoto que ela enforcou não deveria ter ficado provocando a Lauren. Eu não ia conseguir aguentar aquela merda, as coisas que dizia pra ela. Acho que ele mereceu. Quem não mereceu foi a Lauren, ir parar naquele lugar aonde os pais a mandaram. Aquele da lavagem cerebral, isso foi problemático.

— Mas esse tipo de merda acontece — disse Zoey, brincando com a manga do sobretudo. — Eu vi um programa na Netflix. Pessoas vinham no meio da noite e pegavam você, sequestravam você e levavam para um centro de reabilitação que mais parecia uma prisão. E os seus pais estavam de boa com tudo isso. Aconteceu com aquela menina que aparecia na televisão o tempo todo, a que era de uma família super-rica, qual o nome dela?

Alex balançou a cabeça.

— Não foi isso que aconteceu com a Lauren. Ela não foi sequestrada, nem nada do tipo. Os *pais* dela a levaram até aquele lugar.

— Que tipo de lugar é esse? — questionei.

— Lauren contou que ficava em alguma área do interior de Nova York — respondeu Alex. — É uma clínica pra adolescentes que é tipo uma seita, um troço desses: tem muitos remédios e eles praticam *mindfulness*, seja lá o que isso significa. Conversavam sobre os sentimentos, faziam colagens, esse tipo de besteira. Ela detestava. Ficou lá por seis semanas. Disse que preferia estar na cadeia.

— Uau! — exclamei. — Então foi um caso recente?

— Foi — disse Riley. — Os pais foram buscá-la e a trouxeram direto aqui pra ilha, pra passarem um tempo juntos. Eles aparecem todo verão. A Lauren odeia.

— A Lauren odeia tudo — comentou Alex. — Literalmente tudo.

Lagarto balançou a cabeça.

— Qual é, cara, nem tudo, certo?

Alex riu e passou a mão pelo cabelo loiro.

— Certo. Ela adorava maconha. E problemas. Lauren amava problemas.

— Isso não é justo — reclamou Zoey —, Lauren tem alma de artista.

Alex revirou os olhos de forma dramática.

— Então — comecei —, vocês têm alguma ideia de onde sua amiga pode estar agora?

— Ela se mandou — respondeu Riley, jogando a bituca do cigarro dentro da água.

— Pelo menos, é isso o que todo mundo está dizendo — disse Zoey, mordendo o lábio. — Os pais dela, a polícia. — A garota envolveu os braços ao redor do próprio tronco, se abraçando com força, e murmurou: — Mas não foi isso que aconteceu.

— E o que aconteceu? — perguntei.

— A Jane Chocalho pegou ela — respondeu a menina, acendendo outro cigarro com as mãos trêmulas.

— Essa é a maior besteira que eu já ouvi — disse Alex. — É isso que a Lauren quer que todo mundo pense. É, tipo, literalmente brilhante, na verdade. Ela sai pela cidade contando para as pessoas que conheceu essa mulher monstruosa e assustadora perto do lago, mostra o seixo que ganhou, e aí desaparece. É óbvio que alguns idiotas vão pensar que o monstro pegou ela.

— Ouvi dizer que talvez contratem uma equipe de mergulhadores da polícia estadual pra dar uma olhada no fundo do lago — comentou Riley.

O grupo ficou quieto por alguns segundos.

— Como foi que a Lauren encontrou ela? — questionei. — A Jane Chocalho?

— Ela disse que foi no santuário — respondeu Riley. — Loon Cove. Tem uma praia pequena por lá. Não uma com areia, mas com seixos. Às vezes a gente ia até a praia pra nadar e curtir.

— Então ela conheceu a Jane Chocalho em Loon Cove? Lauren estava sozinha? — perguntei.

Riley assentiu.

— É bem difícil de chegar até Loon Cove, e ninguém nunca te incomoda por lá. Tipo, os observadores de pássaros e o pessoal que faz trilha aparecem de vez em quando, mas geralmente não tem ninguém. A gente mostrou pra Lauren alguns anos atrás. Nesse verão, ela ia até lá quase todas as noites. O pai dela é um babaca. Os dois brigavam feio.

— Você sabe sobre o que eles brigavam? — indaguei.

— Acho que ele dizia umas merdas do tipo: "Eu gastei dinheiro com este chalé pra gente passar um tempo em família, e você nem aparece pra jantar."

— Não era só isso — acrescentou Zoey. — Ele batia nela também. Era supercontrolador.

Alex assentiu.

— Pelo menos era isso que a Lauren dizia. Eu não sei. A garota era um pouco dramática. De qualquer maneira, parece que ele e a mãe da Lauren acharam que, estar aqui, uniria a família magicamente. Ser arrastada pra um lugar sem Wi-Fi, sem sinal de celular e longe dos amigos só deixou a Lauren mais irritada.

— Eu entendo. — Assenti.

Riley continuou:

— O pai dela ficava ameaçando mandá-la de volta para aquela prisão psiquiátrica.

— O cara é um otário — disse Alex. — Tem um emprego chique no mercado de apólices, uma coisa assim. É um daqueles caras que vem passar umas semanas na ilha todo verão, e anda por aí como se fosse dono da cidade.

— Lauren odeia ele — disse Zoey. — Diz que ele representa tudo o que há de errado no mundo: o patriarcado, o consumo negligente, a riqueza e a completa falta de criatividade e de respeito pelo planeta.

— Certo. — Consegui visualizar o cenário. — Então, Lauren era infeliz, brigava com os pais e começou a ir até Loon Cove toda noite? Algum de vocês já encontrou com ela lá?

— Às vezes — respondeu Alex. — Mas na maioria das vezes ela ia sozinha.

— Lauren pegava um atalho até lá, a partir do chalé onde estava — comentou Riley.

— Conta pra ela sobre a árvore — acrescentou Lagarto.

— Tem uma árvore oca em Loon Cove — explicou Riley —, e Lauren guardava a erva, os cigarros e outros bagulhos ali. Coisas que ela não queria que os pais encontrassem. Um dia, ela foi até lá e encontrou uma flor dentro da árvore. Daí, num outro dia, ela encontrou uma moeda. Depois um pedaço de vidro marinho.

Zoey assentiu.

— A Jane Chocalho estava deixando presentes pra Lauren.

— E como ela sabia que era a Jane? — perguntei.

— Não sabia — respondeu Zoey. — Não no começo. Não até a Jane aparecer pra Lauren.

— Então, um dia, ela foi até Loon Cove e encontrou a Jane Chocalho lá, esperando? — questionei.

— Claro que não! — exclamou Riley. — A Jane Chocalho não aparece simplesmente e fica esperando você! Você tem que chamar por ela!

— Viu? — falou Lagarto. — Foi como eu te falei.

— Então a Lauren chamou por ela? — perguntei.

— Várias vezes, até que ela apareceu — contou Zoey, ainda se abraçando e se balançando de leve. — A Jane saiu da água coberta de algas, ossos, folhas e troços assim. Lauren perguntou pra ela onde estava o seixo, se poderia ganhar um desejo. E a Jane... ela sussurrou que a Lauren tinha que ser digna de ganhar um.

— Como?

— Isso ela não disse — falou Zoey.

— Mas — prosseguiu Riley — Lauren continuou voltando à Loon Cove, e a Jane Chocalho aparecia sempre que ela chamava. E seguiu deixando pequenos presentes na árvore oca.

AS CRIANÇAS NA COLINA

— Foi aí que a Jane Chocalho supostamente deu a pedra pra Lauren — acrescentou Alex. — O seixo dos desejos. Bom, foi o que ela disse pelo menos. E mostrou pra gente.

— E como era o seixo? — perguntou Lagarto.

Alex balançou a cabeça e soltou uma risadinha mal-humorada.

— Igual a todos os outros. Parecia literalmente uma pedra comum.

Olhei na direção da água e observei a maneira como a luz do sol dançava na superfície, fazendo-a brilhar e cintilar como se houvesse um toque de mágica na água. Poderia ser de fato um lugar habitado por uma criatura feita de galhos, algas e vingança.

— Quando foi a última vez que viram a Lauren? — perguntei.

— No dia em que ela desapareceu — respondeu Zoey. — Lauren estava bem chateada. Disse que tinha estragado tudo contando pra gente. Que a Jane Chocalho descobriu e estava brava com ela por ter contado e mostrado a pedra para as pessoas. Jane não ia mais conceder o desejo dela.

Lagarto deu um pontapé no chão.

— Cara, não se deve irritar a Jane Chocalho.

— Não tem porra de Jane Chocalho nenhuma — declarou Alex, dando um soco nas tábuas de madeira da mesa. — Foi tudo uma história estúpida que a Lauren contou só pra chamar atenção. A garota é zoada da cabeça. Ponto final!

— Mas e se não for? — questionou Zoey. — Quer dizer, e se for real? E se ela realmente foi sequestrada?

A pergunta pairou no ar. Atrás de nós, um balão estourou e uma garotinha deu um berro.

— Vocês já voltaram lá desde que ela desapareceu? — perguntei. — Em Loon Cove?

Alex balançou a cabeça.

— Eu não.

As duas garotas também negaram com a cabeça.

— Nem pensar — acrescentou Zoey. — Eu não vou voltar lá. Nunca mais.

O LIVRO DOS MONSTROS

Violet Hildreth e Iris Cujo Sobrenome Nós Não Sabemos
Ilustrado por Eric Hildreth
1978

MONSTROS SÃO IMPREVISÍVEIS

Os monstros não são como nós, humanos. Eles não pensam como nós. Não sabem diferenciar o que é certo do que é errado. Não são criaturas empáticas. Muitos são livres de emoções.

Um monstro não tem princípios.

Eles não seguem os mesmos padrões, regras ou códigos de conduta que os humanos. Vivem à margem de tudo isso.

Monstros são imprevisíveis. Essa é uma das coisas que os tornam realmente perigosos e que deve ser lembrada sempre que você enfrentar algum. Você nunca sabe qual é o próximo movimento de uma criatura dessas.

Monstros são cheios de surpresas.

Vi

18 de Junho de 1978

Os ponteiros brilhantes do relógio de Vi apontavam para o número doze.

Meia-noite.

A hora em que todas as criaturas invisíveis acordavam e saíam rastejando das sombras.

Ela estava parada, escutando, pensando que, se prestasse bastante atenção, talvez conseguisse ouvir um rugido distante, um ranger de dentes ou o estalar dos galhos.

Mas havia apenas o decepcionante cricrilar dos grilos, o zumbido das grandes lâmpadas do lado de fora do Asilo, o suave esvoaçar e bater das mariposas contra as luzes.

Vi estava ao lado da porta dos fundos, no canto oeste do Asilo, suas costas pressionadas contra os tijolos frios. A menina se sentia uma sombra, uma boneca de papel que poderia dobrar-se em si mesma, tornando-se praticamente invisível.

Eric e Iris estavam juntos, observando-a, acocorados em uma extremidade atrás do celeiro. Se Vi olhasse para lá, poderia ver seus rostos pálidos brilhando na escuridão preta como tinta. Os dois estavam vigiando, as bicicletas escondidas atrás do celeiro.

Iris parecia ter se recuperado do incidente no drive-in mais cedo. A menina ficara quieta e parara de chorar. Quando eles finalmente chegaram ao Asilo, ela já estava rindo de baboseiras que Vi dizia e perguntando para Eric se eles poderiam levar a coelha para passear quando chegassem em casa.

Vovó esperava que eles demorassem pelo menos mais meia hora, então ela estaria em casa, lendo na sala de estar, como sempre fazia quando ficava esperando pelos netos. A avó lia muitas revistas: a *Time*, a *Newsweek*, e jornais de medicina e de psiquiatria. Ela também lia romances (nada de terror, como Vi gostava, apenas livros que Vovó chamava de boas tramas, livros que a faziam pensar): o mais recente era *O Arco-íris da Gravidade*, de Thomas Pynchon.

Vi tinha dado instruções precisas para Eric: se as luzes na cocheira, onde a Srta. Ev dormia, se acendessem, se eles vissem Vovó chegando, ou se escutassem qualquer barulho fora do comum, Eric imitaria o chamado da coruja-barrada. A imitação era tão convincente que outras corujas costumavam responder ao chamado.

Vi esperava ao lado da porta dos fundos. *Tique-taque. Tique-taque.* Será que Patty daria as caras?

Por favor, por favor, por favor, rezou a menina para o deus dos milagres, *faça a Patty aparecer.*

Finalmente, ouviu-se o ruído do deslizar da trava da fechadura, destrancando-a, e o lugar ao lado de Vi foi inundado pela luz enquanto Patty mantinha a pesada porta aberta.

— Vamos, rápido. Meu Deus, não acredito que estou fazendo isto — sussurrou ela.

O corredor era tão branco e brilhante que Vi não conseguia enxergar. A menina piscava conforme entrava no prédio, e Patty fechou a porta atrás dela.

Patty olhou para um lado e para o outro do corredor, e Vi fez a mesma coisa. Ninguém à vista.

— Eu deveria estar no meu intervalo para ir ao banheiro. Tenho que voltar ao posto de enfermagem antes que o Sal ou a Nancy suspeitem de algo.

Sal costumava ser um dos assistentes noturnos. Ele passava as noites levantando pesos na academia do Asilo e comendo ovos cozidos e bananas verdes, porque dizia que isso o deixava musculoso.

Nancy era a enfermeira mais velha do Asilo, talvez até mais velha que Vovó. Ela pintava as sobrancelhas de laranja e o cabelo fino de preto, mas, no fundo, a tinta só ficava agarrada no couro cabeludo. Vi e Eric a chamavam de Sra. Halloween.

A menina assentiu.

Patty enfiou a chave do escritório de Vovó na mão de Vi.

— Estou colocando meu emprego em risco. Você entende isso, né?

Vi assentiu de novo, com mais intensidade.

— Só pra você saber: eu nunca mais vou fazer isso. — A moça cruzou os braços.

— Eu sei — respondeu Vi. — Eu fico muito agradecida...

— Deixe a chave aqui quando você terminar — interrompeu Patty, dando tapinhas no peitoril da janela. O hálito dela tinha cheiro de chiclete. — Eu volto em algumas horas, pego a chave e a coloco no lugar, antes que alguém perceba que sumiu.

Vi apertou a chave em sua mão.

— Tenha cuidado — alertou Patty. — E *não deixe* que te peguem.

— Pode deixar — prometeu Vi.

— Mas, caso te peguem no flagra — acrescentou Patty —, eu não tive nada a ver com isso. Você deu um jeito de invadir o escritório e pegou a chave sozinha.

— É óbvio — disse Vi. — Mas ninguém vai me pegar. Não se preocupe.

Patty olhou para seu relógio, depois se apressou pelo corredor na direção das escadas. Vi sabia que a moça seguia para onde ficavam os quartos dos pacientes, que já estavam recolhidos para a noite.

Enquanto ouvia os passos de Patty trotando pelas escadas, a menina se virou para a esquerda, rezando para o deus do silêncio e para o deus da invisibilidade ajudarem-na a caminhar sem ser vista ou ouvida. Sabia que não havia muitos empregados trabalhando no turno da noite: geralmente eram duas enfermeiras e um assistente. Às vezes, se acontecia uma emergência ou uma internação durante a noite, a Srta. Ev aparecia na hora. As luzes nos corredores e na entrada estavam todas enfraquecidas, apenas as luzes de emergência cintilavam, para que todos pudessem encontrar a saída em casos de incêndio. As placas de SAÍDA brilhavam sobre todas as portas. Vi correu pelo corredor de azulejos, passando pelo escritório do Dr. Hutchins e pelos quartos usados para internações, exames e sessões de terapia.

O escritório da avó ficava bem no fim do corredor, do lado esquerdo, um pouco antes da Sala do Carvalho, onde aconteciam as reuniões de equipe. A grande porta de madeira escura possuía uma placa de metal: ESCRITÓRIO DA DIRETORIA, e, abaixo dela, uma placa menor, com o nome: DRA. HELEN E. HILDRETH. Vi deslizou a chave pela fechadura e girou. Ouviu-se um satisfatório *click*. A menina verificou para ter certeza de que ninguém a vira, então se esgueirou para o cômodo frio e escuro.

Vi já estivera no escritório antes, mas nunca sem a avó. E nunca de noite, na escuridão. Olhou ao redor, permitindo que os olhos se ajustassem.

Parecia muito errado estar ali e ela sabia que, se Vovó a pegasse, Vi estaria em uma grande encrenca, provavelmente a pior encrenca da sua vida.

Mas precisava fazer isso.

Precisava fazer isso por sua irmã.

Eu prometi a ela.

Mas o motivo ia além desse agora. Vi precisava saber a verdade.

O cômodo cheirava a lustra-móveis de limão, cigarros e ao perfume da avó: *Jean Naté*. Era um cheiro reconfortante, mas, ao mesmo tempo, um pouco perturbador, porque dava a sensação de que Vovó estava ali, no cômodo com ela, parada em um canto observando-a.

O que exatamente você pensa que está fazendo, Violet Hildreth?

Vi conferiu as duas janelas e viu que as venezianas e as cortinas estavam fechadas por inteiro. Mesmo assim, a menina não se atrevia a acender a lâmpada do teto. Muito arriscado. E, se a Srta. Cruel acordasse, olhasse pela própria janela e visse uma luz acesa no escritório de Vovó?

Como a avó sempre dizia: *melhor prevenir do que remediar.*

A menina puxou uma pequena lanterna do bolso traseiro de seu short e a acendeu. Era um objeto prateado, em formato de caneta, que a avó dera para ela, do tipo que um médico de verdade usaria para verificar as pupilas de alguém. Vi costumava usá-la como reserva nas missões de caça aos monstros. Agora era sua lanterna de espionagem.

Ela permaneceu parada, olhando em volta. O barulho de seu relógio era o único som no cômodo.

Uma enorme mesa feita de bordo ocupava o pequeno cômodo de painéis de madeira. A parede da esquerda tinha estantes embutidas. Já na parede da direita, havia uma lareira feita com os mesmos tijolos amarelos da fachada do prédio. Perto da porta, do lado direito, ficava uma poltrona grande de couro. O outro canto guardava uma segunda cadeira, que dava a impressão de ser mais desconfortável. Às vezes a avó usava o escritório para receber outros médicos ou familiares aflitos. Mas, na maior parte do tempo, o espaço era somente para Vovó. Era onde ela escrevia suas anotações todos os dias. Onde fazia telefonemas e desenvolvia esquemas de tratamento.

Os quadros com seus diplomas estavam pendurados na parede, junto com uma moldura prateada contendo um certificado que ela ganhara como prêmio por todo o trabalho voluntário que fizera com criminosos e viciados em drogas na clínica estadual: o Projeto Esperança.

Vi deu alguns passos e se sentou à escrivaninha, depois tentou abrir a primeira gaveta, mas estava trancada. Sentindo-se um pouco idiota, ela tentou abri-la com a chave da porta, e não ficou nem um pouco surpresa quando a chave não entrou. Do outro lado, a gaveta do topo se abriu com facilidade, e Vi encontrou lápis, canetas, elásticos, cadernos intocados e bloquinhos de papel. Na segunda gaveta, havia papéis timbrados, envelopes e um rolo de selos. Mas nenhuma chave para o porão. Nenhuma anotação sobre a ala Oeste B ou sobre o Projeto Mayflower, ou sobre quem Iris poderia ser. Nada de interessante.

O tampo da escrivaninha estava limpo. Vovó nunca deixava trabalhos pela metade. Havia um telefone preto com um mostrador e botões brilhantes — que alcançavam cada extensão do Asilo —, uma caneca de café lavada, uma luminária de mesa com um vitral de borboleta, um pesado cinzeiro de vidro e duas fotografias. Uma delas era de Vi e de Eric juntos, de pé, em frente à casa deles, se abraçando. A avó a tirara com sua polaroide no ano anterior: "*Sorriam e digam gorgonzola, queridos!*" Ao lado dessa foto, em um porta-retratos dourado de larga grossura, havia outra em preto e branco de quando a avó era mais nova, nos tempos em que frequentava a faculdade de medicina. Um homem mais velho estava com ela, vestindo um jaleco branco, dono de um bigode muito bem aparado e óculos redondos. Vi já perguntara sobre essa foto antes, e Vovó dissera que o homem era um de seus professores e mentores. A menina observou o rosto da avó na foto, com aquele meio sorriso que ela conhecia tão bem. O que Vovó dava sempre que lhe pediam para fazer uma pose, como se um sorriso aberto exigisse muito esforço.

Vi pegou essa fotografia para olhar mais de perto, buscando algum sinal de si mesma no jovem rosto da avó. Achava que a região ao redor dos olhos das duas talvez se parecesse um pouco. Foi aí que ela viu: uma chave de metal, pequena e achatada, escondida embaixo da moldura do pesado porta-retratos dourado.

A menina deitou a moldura e tirou a chave dali, estudando-a por um segundo, depois deslizando-a pela fechadura da primeira gaveta da escrivaninha. O objeto se encaixou perfeitamente e girou com facilidade.

— Obrigada — sussurrou ela para o deus das chaves. Depois pediu para o deus das pistas encontradas: — Por favor.

O que será que havia na gaveta para Vovó deixá-la trancada?

Com certeza não era nada *muito* importante, ou ela teria escondido melhor a chave.

Vi abriu a gaveta devagar, com cuidado, como se esperasse que uma cobra pulasse dali. Ela direcionou o facho de luz da lanterna para baixo.

Ao contrário da organização do escritório e do tampo da mesa, a gaveta era uma bagunça caótica de objetos.

Dois pacotes de cigarro. Pastilhas para tosse. Caixas de fósforos. Um cantil pequeno, o qual Vi estava certa de que continha um pouco do gim da avó. Um frasco âmbar de plástico, sem etiqueta e cheio de comprimidos. A menina o pegou cuidadosamente e viu minúsculas cápsulas azuis dentro dele.

No fundo da gaveta, havia um livro de capa dura. Estranho. Por que Vovó guardaria um livro em uma gaveta trancada e não nas estantes, junto com os outros?

Vi tirou o livro da gaveta e iluminou-o com a lanterna.

Um Estudo de Caso para a Boa Procriação: A Família Templeton e a Promessa da Eugenia, pelo Dr. Wilson G. Hicks.

Eugenia?

Vi não sabia o que essa palavra significava e sentiu uma certa pontada de irritação, de fracasso. A menina se orgulhava do próprio vocabulário.

Ela abriu o livro e ali, na primeira página, estava uma fotografia do autor.

A menina o reconheceu na mesma hora: era o doutor de jaleco branco, na foto que estava na escrivaninha da avó. Ela segurou o livro ao lado da foto do porta-retratos dourado e comparou os rostos sob o brilho da lanterna. Não havia dúvidas: era o mesmo homem. O mesmo rosto estreito, óculos redondos e bigode fino. O professor de Vovó. Seu mentor.

— Olá, Dr. Wilson G. Hicks — sussurrou Vi para o homem na antiga fotografia.

Ela já estava solucionando mistérios!

Vi folheou algumas páginas e começou a dar uma olhada.

Sua boca ficou seca. O estômago ficou embrulhado.

A boa procriação dos humanos não é diferente de uma boa procriação de galinhas, de cavalos ou do gado. É possível, com o planejamento adequado, extirpar a população de deficiências mentais, comportamentos criminosos e todos os tipos de má-formação física ou mental. Por meio da procriação controlada e correta, podemos erradicar todos os traços que tornam o ser humano inadequado. Talvez até possamos eliminar o crime, os infelizes que vivem na miséria, os loucos completos que ocupam hospícios, os selvagens e os ciganos, as prostitutas, os mestiços e os imbecis.

Vi folheou mais páginas.

A sobrevivência e o sucesso geral da espécie dependem daqueles que são superiores aniquilarem os fracos e os inferiores.

Nós podemos — e devemos — controlar aqueles que são inferiores por meio de qualquer meio necessário.

Grande parte do livro parecia ser sobre uma família do nordeste de Vermont, a qual o Dr. Hicks chamava de "os Templeton". Tabelas e gráficos seguiam a família desde muitas gerações atrás. A família Templeton estava cheia de pessoas que foram presas por crimes violentos, prostituição, apostas, embriaguez e desordem. Havia uma tabela que listava todos os indivíduos "deficientes mentais" e "imbecis" em cada geração, e quantas crianças eram bastardas. O Dr. Hicks criara outra tabela, mostrando o financiamento pago pelo estado, década após década, com assistência para a família em casos criminais, e com as despesas para manter membros da família na prisão, ou ao internar aqueles considerados "deficientes mentais", loucos ou deformados demais para viver em casa.

Os gastos, como podem ver, se multiplicam bastante a cada geração da família Templeton, conforme eles continuam a transmitir, sem controle, seus traços inferiores e suas deformidades grosseiras. Se havia alguma dúvida antes, o estudo de caso dessa família mostra que a estupidez, a insanidade e a tendência para o crime são hereditárias.

Fica claro, de um ponto de vista moral, que famílias como a dos Templeton representam um imposto gigantesco para os nossos sistemas de assistência médica, de programas de governo e de justiça criminal. Para o bem da sociedade, a esterilização compulsória é a decisão tanto correta quanto moral a ser seguida.

Esterilização compulsória.
Vi assimilou as palavras.
Ela sabia o que esterilização significava. Os gatos e os cachorros tinham que ser levados ao veterinário para serem "consertados", e não terem mais filhotes.
O Dr. Hicks queria fazer isso com seres humanos.

Talvez ele até *tivesse* feito isso com humanos. Pensar sobre o assunto fez Vi se sentir um pouco mal.

Que tipo de médico faria algo assim?

A menina folheou até o fim do livro, onde o Dr. Hicks tinha escrito os agradecimentos. Seus olhos se fixaram em uma linha:

Estarei eternamente em dívida para com a minha incrível assistente, Helen Elizabeth Hildreth, cuja pesquisa e trabalho de campo provaram-se inestimáveis. Sei que ela se tornará uma excelente médica e uma nobre guerreira em nossa causa.

O mundo saiu do eixo. Vi deitou a cabeça na escrivaninha por um momento, para respirar fundo.

A Vovó que ela conhecia só queria ajudar as pessoas. Mas não era isso que o Dr. Hicks queria também? Do seu próprio jeito? Ele não achava que impedir aquela família de ter mais crianças *era* uma maneira de ajudá-los?

Essa história lembrou a Vi do que ela lera sobre os nazistas. Como eles achavam que só havia uma raça superior de seres humanos e todo o resto deveria ser destruído. Fosse com um tiro, sufocados pelo gás ou incinerados em fornos.

Vi levantou a cabeça da escrivaninha.

A menina ouvira uma coruja piar e piar: *uuuu!*

Não. Não era uma coruja. Eric! O alerta de Eric.

Ela se sentou, o coração disparado.

A menina enfiou o livro de volta na gaveta e, com pressa, tentou arrumar tudo do jeito que encontrara, depois fechou a gaveta com força e a trancou. Ela recolocou a chave embaixo do porta-retratos, ficou de pé e deslizou a cadeira de volta para debaixo da mesa.

O alerta da coruja voltou a soar: *depressa, depressa, depressa.*

Vi abriu a porta do escritório devagar. Não viu ninguém, nem ouviu qualquer barulho no corredor. As luzes ainda estavam fracas. Ela se esgueirou para fora e colocou a chave na fechadura da porta da avó, mas estava presa, não queria girar. A menina sacudiu a fechadura. Atrás dela, Vi escutou a porta da frente se abrir.

Ela deixou a chave cair, pegou-a de volta com dedos trêmulos e tentou a fechadura outra vez. Finalmente a chave girou. Vi colocou o objeto no bolso e virou a esquina assim que as luzes da entrada foram acesas. A menina tinha cerca de três metros de corredor para percorrer antes de chegar à porta dos fundos. Se a pessoa que acabara de entrar pela porta da frente olhasse para a direita, ela seria pega no flagra.

Será que Vi deveria voltar para o escritório da avó e se esconder?

Não, disse o deus da fuga. *Corre!*

Ela disparou até a porta, os olhos fixos na placa vermelha brilhante de SAÍDA, correndo na ponta dos pés em seus tênis para não fazer barulho. Ouviu passos altos atravessarem o saguão.

Vi alcançou a porta de saída e puxou-a, rezando para que ainda estivesse aberta. *Obrigada, deus da fuga*. Ela avançou para a noite, fechando rapidamente, mas em silêncio, a porta atrás dela. Depois pressionou as costas contra a parede de tijolos e se arrastou pela lateral do prédio. Quando chegou na ponta, a menina saiu correndo, de cabeça baixa, até o celeiro onde Eric e Iris estavam esperando.

— Ela te viu? — perguntou Eric.

Vi balançou a cabeça, recuperando o fôlego.

— Era a Vovó?

— Aham — confirmou Eric.

— O que ela está fazendo aqui tão tarde? — questionou Vi.

Ela olhou para o prédio, esperando que as luzes no escritório da avó se acendessem, mas elas permaneceram apagadas.

Eric deu de ombros.

— Não faço ideia, mas a gente deveria ir pra casa, pra já estarmos lá quando ela voltar.

Vi assentiu, e os três atravessaram o gramado, empurrando suas bicicletas. Eles já haviam percorrido todo o caminho de volta para casa e subido os degraus da frente, quando Vi colocou as mãos nos bolsos do short e se deu conta de que a lanterna não estava com ela.

Pior ainda: Vi ficara com a chave do escritório de Vovó.

Patty iria matar a menina.

A Mão Direita de Deus: A Verdadeira História sobre o Asilo Hillside

Por Julia Tetreault, Jornal *Trechos Obscuros*, 1980

INTRODUÇÃO

ESTE LIVRO começou como um simples trabalho para uma aula no curso de jornalismo. Minha ideia era escrever um artigo sobre o movimento pró-eugenia em Vermont. Durante meu estudo, pesquisei sobre um homem chamado Dr. Wilson Hicks, cujo livro, *Um Estudo de Caso para a Boa Procriação: A Família Templeton e a Promessa da Eugenia*, publicado em 1929, fora um texto importante dentro desse movimento.

Como cresceu em uma fazenda na área rural de Vermont, o Dr. Hicks tinha um histórico de criação de animais domésticos e os esforços para melhorar a linhagem de vacas leiteiras, cavalos e galinhas. Após a faculdade de medicina, ele se voltou para os humanos. Entre 1927 e 1928, o médico conduziu um estudo de caso sobre uma família do nordeste de Vermont, a quem ele chamava de "os Templeton". O homem acreditava que Vermont poderia se tornar uma utopia moderna de pessoas acima da média, descendentes de caucasianos.

Depois de terminar o estudo de caso e publicar um livro, o Dr. Hicks palestrou sobre suas teorias por todo o país, tornando-se uma das principais figuras no campo da eugenia. Ele se envolveu tanto que colocou tais teorias em prática. O médico foi responsável pela esterilização forçada de mais de cem pessoas nos hospitais de Vermont, incluindo pelo menos vinte membros da família Templeton.

Em todo esse trabalho, ele recebeu a ajuda de sua jovem protegida (e suposta amante), Dra. Helen Hildreth.

A eugenia é, de fato, um lado obscuro do nosso passado, mas está longe de ser a pior parte da história que eu estava prestes a descobrir.

Lizzy

20 DE AGOSTO DE 2019

DEPOIS DE DEIXAR os adolescentes no píer, subi na minha van e segui para o East Main, para além da vinícola, até uma coleção de cinco brilhantes caixas de correio pintadas, com uma placa acima delas que dizia: CHALÉS FLORES SILVESTRES.

Desacelerei, mas ainda não conseguia ver as casas, apenas uma estrada comprida e suja.

Estacionei a van.

Estava quase no fim da temporada. A maioria dos turistas de verão seguiria para casa depois do fim de semana do Dia do Trabalho. Eu me perguntei se os outros chalés estavam ocupados. Se outra família tinha se mudado para o chalé Jacinto pelo resto do verão.

Passei por um desvio à esquerda, com uma pequena placa na qual estava escrito Chalé Margarida. Não dava para ver a casa, só a estrada estreita e com curvas que levava até ela, a mata fechada de ambos os lados. Passei pelos desvios para os chalés Peônia, Jacinto e Bafo-de-boi, até que finalmente avistei o Jacinto Selvagem.

Virei à direita e segui a estrada de cascalhos, descendo por uns seis metros na direção da água. O chalé era de um azul vívido e estava enfiado entre os pinheiros ao longo da margem do lago. Não tinha nenhum carro estacionado em frente. Nenhuma toalha ou trajes de banho no varal. Nenhum sinal de vida.

Eu podia dar uma olhada.

Uma brisa suave agitou minha blusa frouxa. Senti o cheiro dos pinheiros e do lago: bolorento, com traços esparsos de uma vegetação decadente e algas.

Ouvi o zumbido distante do motor de um barco no lago e barulhinhos de animais na floresta ao meu redor, que pareciam próximos.

Subi na varanda e me inclinei sobre a mobília de vime pintada de branco, para espiar pelas janelas: uma cozinha, uma sala de estar, um banheiro e um quarto no térreo. Um sótão, onde parecia haver mais dois quartos.

Nos fundos, havia outro deque com uma churrasqueira a carvão. Duas canoas estavam viradas de cabeça para baixo, os remos e os coletes salva-vidas guardados embaixo delas. Também encontrei um gerador e duas latas de dezoito litros de gasolina.

Um cais conduzia até a água e até uma boia um pouco mais afastada. A madeira do topo estava desbotada pelo sol e as laterais estavam cobertas de algas.

Bosques densos de árvores cresciam de ambos os lados do jardim, dando ao chalé a impressão de ser bem isolado, completamente distante do resto do mundo. Não dava para ver os outros chalés daqui.

Não havia nenhuma rede elétrica.

Nenhum telefone ou fios condutores.

Peguei meu celular: totalmente sem sinal.

Aquilo seria o inferno na Terra para uma adolescente, em especial uma que não se dava bem com os pais, para começo de conversa. Ela deve ter sentido que ganhara uma sentença de prisão.

Principalmente depois de ter acabado de sair de uma internação de seis semanas em uma clínica de reabilitação.

— Pobre criança — murmurei.

Segui a costa até o limite da floresta e avistei uma trilha que mais parecia um carpete, cheio de agulhas de pinheiro marrons. Será que esse era o mesmo caminho que Lauren pegava, noite após noite, para ir até Loon Cove e chamar pela Jane Chocalho, da mesma forma que uma criança solitária conjurava um amigo imaginário?

Só havia um jeito de descobrir.

Comecei a andar.

Assim que entrei na sólida sombra da floresta, os mosquitos ficaram terríveis e me senti despreparada. Dentro da van, eu tinha uma pequena mochila para excursões de caça aos monstros: um kit de primeiros socorros, água, barrinhas de granola, uma pederneira profissional, um cobertor térmico de emergência, a câmera, o gravador e um repelente. Às vezes, eu trazia minha arma também, só para prevenir. Mas cá estava eu, sem mochila e sem nada nos bolsos a não ser as chaves. O maior exemplo de uma caçadora de monstros despreparada.

Pensei em voltar e pegar a mochila, mas eu já estava caminhando havia uns bons dez minutos. Decidi que era melhor continuar sem ela, pelo menos por mais algum tempo.

A trilha contornava, em parte, a costa, mas estava longe o bastante para me deixar na floresta sombria. A maior parte da mata era composta por pinheiros, com algumas caducifólias misturadas. O chão estava coberto de agulhas de pinheiro, folhas caídas, galhos e um musgo viçoso, mesmo assim o caminho mostrava sinais de que fora usado recentemente. Notei eventuais pegadas no chão molhado, e galhos e gravetos quebrados. Parei para pegar a bituca de um cigarro. Será que era de Lauren?

Conforme avançava pela trilha, tentei me imaginar no lugar da garota, caminhando para longe do chalé depois de escurecer.

Não era muito difícil, na verdade. Me lembrar de como era ter 13 anos e estar cheia de segredos, me esgueirando por aí no escuro.

※※※※※

QUAL SERIA a distância até o santuário de vida selvagem? Será que eu saberia quando chegasse lá?

Depois de quase meia hora de caminhada, eu já estava arrependida de não ter trazido a mochila. Estava com sede e sendo devorada pelos mosquitos.

Mais cinco minutos, falei para mim mesma. Se eu não encontrasse nada, daria meia-volta, iria embora e tentaria de novo depois. Talvez essa nem fosse a trilha certa. Talvez, decidi, seria melhor chegar até Loon Cove por dentro do santuário, para então tentar encontrar o caminho que levava de volta ao chalé de Lauren. Engenharia reversa.

Eu estava prestes a desistir, quando o caminho se expandiu e me deparei com uma trilha mais larga, parecida com uma estrada de terra. Uma placa pintada apontava para a direita: LOON COVE 400M. A área preservada das Trilhas Vermelho e Prateado ficava à esquerda.

Era outra placa de metal, igual à que ficava no portão de entrada para o santuário, mas essa estava cheia de furos — buracos de bala — e afirmava que ficavam abertos do nascer ao pôr do sol e que veículos motorizados, acampamentos e fogueiras eram proibidos.

Virei à direita e a estrada se estreitou em uma trilha que descia a colina sobre um terreno irregular: raízes e pedras. Em determinado momento, alcancei degraus de pedra grosseiros e gastos, construídos cuidadosamente na ribanceira. Eles estavam velhos, desnivelados e despedaçados em alguns pontos.

Segui pelos degraus, descendo até a água e pisando com cuidado. A última coisa de que eu precisava era torcer o tornozelo por essas bandas: sem mochila e sem sinal de celular.

Loon Cove era uma enseada pequena e isolada, cercada por bétulas e pinheiros: o lugar perfeito para adolescentes fazerem a farra. Na praia, coberta de pequenos seixos, havia vestígios de uma fogueira. O buraco para o fogo tinha duas latas de cerveja vazias e algumas bitucas de cigarro. Em frente a ele, estava um grande tronco de madeira gasta que viera do lago, servindo como banco. Sentei ali e passei os dedos pelas iniciais e pelas palavras entalhadas na madeira.

S.W.

Cai fora, PorrA

Tansy teve aqui

Nenhum entalhe de Lauren ou de Jane Chocalho dando pistas sobre o que pode ter acontecido aqui, onde ela poderia estar. Mas é claro que não. O que eu esperava?

Olhei para o lago, para a maneira como a luz tremulava na água, parecendo dançar. Imaginei uma figura emergindo na superfície: uma mulher feita de espinhas de peixe, gravetos, algas e lama.

Fiquei de pé e andei pela enseada. Precisei procurar um pouco, mas consegui encontrar a árvore oca sobre a qual os adolescentes tinham me contado. Era uma velha bétula-de-papel, com um buraco na madeira a pouco mais de 1,5 metro de altura. O lugar perfeito para uma criança esconder seus segredos. O lugar perfeito para deixar um presente secreto.

Estiquei o braço e enfiei a mão ali às cegas, me perguntando se eu encontraria um pacote dos cigarros de Lauren ou um saquinho plástico com maconha.

Mas meus dedos tatearam algo liso, duro e retangular. Embaixo do objeto, um pequeno papel embrulhado qualquer.

Tirei os dois de dentro da árvore.

Um velho isqueiro Zippo dourado, com o desenho de uma borboleta na frente. Um pedaço de papel pautado de caderno, com três furos na lateral — do tipo que usáramos no nosso livro de monstros —, dobrado em um retângulo perfeito e amarrado com um pedaço sujo de barbante de jardim.

Com o coração disparado, girei o isqueiro nas mãos e passei os dedos sobre as iniciais gravadas: HEH.

Não podia ser.

Mas era.

O isqueiro de Vovó.

Abri, girei a rodinha e o objeto faiscou, acendendo-se.

Ele havia sido limpo e recarregado, alguém cuidara dele.

Com cuidado, meus dedos tremendo levemente, desamarrei o barbante e desdobrei o pedaço de papel.

Ali estava, aninhado no meio, um seixo cinza e liso.

E, no papel, a mensagem:

O Monstro dá uma pedra à Caçadora de Monstros, para que ela possa fazer um desejo.

O que a caçadora deseja?
Com o que ela sonha?
Com o que o Monstro sonha?
Um sonho antigo, um sonho com fins e começos.
Um sonho com fogo.
Com uma alavanca puxada e um mundo de luz branca e brilhante, desintegrando-se em ruínas.
Uma única frase dita: "Nós pertencemos à morte."
Você compartilha esse mesmo sonho?
Você o sonha junto comigo?

Minha pele zuniu com a eletricidade.

Olhei em volta, o coração martelando no peito, meus olhos analisando as árvores e os ouvidos atentos a qualquer barulho. Eu tinha o forte pressentimento de que estava sendo observada.

De que isso fazia parte do jogo.

Esconde-esconde.

Me pegue, se for capaz.

— Olá? — gritei com a voz fraca.

Tinha certeza de que podia senti-los: os olhos da criatura em mim. Eu nunca estivera tão perto antes.

— Você está aí?

As árvores farfalhavam com o vento, as folhas estremeciam e os galhos batiam em conjunto.

Ondas surgiam e batiam na margem rochosa.

O som distante de um motor de barco.

O chamado de uma mobelha, baixo e pesaroso, uma estranha risada zombeteira.

Coloquei o isqueiro, o papel e a pedra com cuidado dentro do bolso, e fiz um esforço para respirar devagar e profundamente. Quando senti que não havia perigo de eu desmaiar, subi os degraus de volta até a trilha.

O Monstro

20 de Agosto de 2019

ESTOU VIGIANDO por entre as árvores, meu coração batendo tão forte que acho que ele talvez saia voando para fora do meu peito, subindo até as nuvens e cantando o nome dela.

Já faz tanto tempo.

Tanto, tanto tempo!

Mas aqui está ela! É inacreditável, na verdade. Aqui está ela, alcançando o buraco na bétula e puxando dali os meus presentes.

Eu sabia! Sabia que ela iria encontrá-los. Como é esperta essa caçadora de monstros.

Mordo a língua para me impedir de gritar, de chamar por ela usando seu antigo nome, aquele que ela abandonara havia tanto tempo.

Mordo com tanta força que sinto o gosto de sangue: salgado e morno.

— Olá? — grita ela, seus olhos passando direto por mim.

— Você está aí? — pergunta.

Sim, sim, sim!

Eu quase dou um passo à frente e apareço.

O impedimento chega a me machucar fisicamente. A atração é forte demais.

Magnética.

Mas ainda não chegou a hora.

Prendo a respiração.

Vi

07 DE JULHO DE 1978

— MAS É VERDADE, EU VI! — insistiu Eric com a voz aguda e guinchante, como se alguém estivesse apertando um brinquedo de cachorro em sua garganta.

— Descreva a coisa de novo — pediu Vi.

Ela se sentia como um detetive da televisão: como Kojak, com a careca e os pirulitos, ou Columbo, com a capa de chuva amarrotada e o cigarro.

Eles estavam na sede do clube. Eric tinha chamado uma reunião de emergência, porque alegava que vira um monstro. *Um monstro real, de verdade.* E ele tinha visto duas vezes! Na noite anterior, e então outra vez na noite de hoje.

Vi chegava a estar agradecida por essa nova distração com o monstro, pois estivera enlouquecendo nas últimas três semanas pensando sobre eugenia, o Dr. Hicks e Vovó. Tentando compreender tudo isso em sua própria mente.

Ela ainda não contara para Iris, Eric ou Patty sobre o que havia descoberto na noite em que estivera no escritório da avó. Na verdade, a menina havia mentido, dizendo que não tinha nada lá, que tinha sido um completo fracasso.

E Patty ainda estava brava com ela por ter levado a chave naquela noite.

— Eu sou tão idiota. Você é só uma criança — dissera Patty, balançando a cabeça.

Vi sentiu como se sua pele estivesse cheia de espinhos: dolorida e em perigo.

— Ninguém foi prejudicado. — Vi continuava lembrando isso a Patty.

Ninguém parecera perceber a chave desaparecida. A menina tinha colocado de volta no lugar na segunda-feira seguinte, bem cedo, quando fora até o escritório conversar com a Srta. Evelyn sobre fazer uma lista de plantas para o jardim de pássaros. Vi levara alguns livros de plantas e flores, e, quando a Srta. Ev estava sentada à sua mesa, absorta, a menina colocara a chave de volta no gancho. Foi moleza.

A lanterna desaparecida já era outro assunto. Vi não tinha comentado nada com Patty, porque sabia que a moça surtaria ainda mais, e se recusaria terminantemente a ajudar em qualquer missão futura ou a compartilhar informações. Vi tinha caminhado pelos corredores do Asilo procurando pela lanterna. Dera uma olhada no gramado do lado de fora do prédio e perto do celeiro onde Eric e Iris tinham se escondido. Mas não encontrara o objeto em lugar algum.

Vovó nunca comentara sobre encontrar a lanterna no seu escritório. Então isso significava que, ou ela não encontrara nada, ou de fato encontrara e estava de boca fechada enquanto ponderava sobre isso. Como havia sido a avó quem dera a lanterna para Vi, ela sem dúvida a reconheceria e saberia que a neta estivera em seu escritório sem supervisão. A menina remoía o problema diariamente, imaginando. Isso a fazia pensar nas aulas de xadrez que tivera. Vovó tinha começado a ensiná-la a jogar havia um ano, mais ou menos. *"Para ser boa no xadrez"*, dissera a avó, *"você tem que pensar muitos movimentos à frente da sua jogada, e não só nos seus, precisa imaginar também o que o seu oponente talvez faça"*.

Assim, no dia anterior, Vi estava ajudando Vovó a limpar o escritório de casa, passando o espanador de penas em todos os livros das estantes, quando a mulher despejou o conteúdo da própria bolsa sobre a mesa: a carteira de pele de bezerro, um par de óculos sobressalentes, canetas, um bloquinho, um batom, pó de arroz, cigarros, o isqueiro dourado de borboleta e o pesado molho de chaves. Os olhos de Vi se fixaram nele. Ela sabia que a chave do porão estava ali. Tinha que estar.

— Você está bem, Violet? — perguntara Vovó. — Parece um pouco preocupada.

Preocupada era um eufemismo. Sempre que olhava para a avó, Vi a imaginava ajudando o Dr. Hicks, o que fazia sua cabeça latejar e o estômago doer. Às vezes, quando Vovó olhava para ela, tinha certeza de que estava apenas esperando sua confissão, de que a qualquer instante a mulher iria puxar a lanterna do bolso e dizer: "Poderia me explicar *isto aqui*?"

Vi forçou um sorriso.

— Estou bem, só pensando na Iris. Em como deve ser frustrante não se lembrar de nada.

A avó assentiu e começou a colocar as coisas de volta na bolsa. Ela acendeu um cigarro com o isqueiro dourado. Vi focou o olhar na chama.

— Talvez... — dissera Vovó, deixando que a chama se apagasse, depois acendendo-a de novo. Vi sentiu o cheiro do fluido do isqueiro e examinou o amarelo e o laranja dançarem juntos acima da borboleta, que dava a impressão de mover as asas na luz bruxuleante. — Talvez seja melhor não se lembrar de certas coisas.

༺༺༺༺༺༺

— EU SEI O QUE eu vi — disse Eric, enquanto todos eles se amontoavam na sede do clube. — Foi real. — Ele segurava o caderno de desenho no colo, rabiscando enquanto falava.

Os três haviam acendido velas e uma velha lanterna de acampar brilhava, o que deixava o interior do clube aquecido, confortável e protegido. Mas Vi continuava olhando pela janela, pensando que, se havia mesmo algo lá fora, deixar a cabana toda acesa era como ligar o letreiro do lado de fora de um motel: *pode entrar!*

Eric também ficava olhando de seu desenho para a janela. Iris estava mordendo o lábio, balançando-se na cadeira, sem conseguir ficar parada.

— Ontem à noite eu vi a criatura na beira da floresta, no jardim. — O rosto do menino estava aflito e sério. — Ela andava meio capenga. Tinha uma cara branca e pálida. Usava uma capa com capuz. Ela parou e ficou olhando pra casa, só observando. Eu acho... — Eric parou e olhou para as duas meninas. — Eu acho que estava procurando por nós.

— Por nós? — repetiu Iris com a voz mais alta do que o normal. Ela deixou os pés da cadeira baterem de volta no chão.

Eric assentiu.

— Talvez a criatura *saiba*. Sobre o clube. Sobre a caça aos monstros.

Iris deu um único e solene assentir. Ela engoliu devagar, como se a garganta estivesse seca.

— Certo — disse Vi, ainda tentando montar o quebra-cabeça. — Então por que você não disse nada na noite passada? Ou hoje de manhã? Quer dizer, você descobriu isso há mais de 24 horas e só está contando pra gente agora?

Não fazia sentido algum.

O menino revirou os olhos.

— Porque eu sabia que você não ia acreditar em mim. — Havia mágoa na voz de Eric. — Sabia que precisava de provas.

A dita prova — uma polaroide que ele tirara mais cedo — estava disposta na mesa em frente a eles.

— Aí, quando o monstro voltou esta noite, eu estava esperando. Falei pra todo mundo que estava indo pra cama mais cedo, depois me esgueirei até o lado de fora com a minha câmera. Eu me escondi na velha gaiola para coelhos, no quintal.

— Eca! — exclamou Vi, pensando em todo aquele xixi de coelho.

Será que já tinham limpado a gaiola ou ainda estava cheia de serragem e cocôs fossilizados por lá? Ela imaginou seu irmãozinho na gaiola, deitado de barriga para baixo no feno velho e em merda de coelho, esperando o monstro voltar.

— Era o lugar perfeito pra se esconder — explicou ele. — Eu sabia que ele nunca me veria ali dentro.

— Ele? Ele quem?

Eric virou o desenho em que estivera trabalhando para que Vi e Iris pudessem vê-lo. Ele tinha desenhado uma criatura humanoide com um rosto branco e pálido, olhos escuros enormes e um capuz preto grosso e rígido, no estilo ceifador.

— O *ghoul* — disse Vi, lendo as nítidas letras de fôrma que Eric escrevera no fim do desenho. Os olhos da criatura pareciam atraí-la. *Eu conheço você. Estou indo te pegar,* diziam eles. — Então é tipo um fantasma ou coisa assim?

— Não tenho muita certeza do que é. Talvez seja um dos mortos-vivos. Um demônio. Mas ele me viu! Quando eu tirei a foto e o flash disparou, ele olhou diretamente pra mim.

Vi pegou a fotografia e estreitou os olhos para ela. A verdade é que era difícil dizer para o que estava olhando. Ela conseguia ver uma forma no canto da casa deles. Se olhasse para a foto do jeito certo, chegava a ver uma figura toda de preto, um rosto pálido. Mas estava tão borrado, que ficava complicado distinguir os detalhes.

— Conta de novo o que o monstro fez — pediu Vi.

— Ele saiu do meio das árvores, foi direto até a casa e começou a olhar pelas janelas. Acho que estava procurando uma maneira de entrar.

Iris ficou de pé ao lado de Vi e encarou a foto por sobre os ombros da menina. Ela estava tremendo, o corpo todo vibrando como um diapasão que acabou de levar uma pancada.

— Então o que a gente faz? — perguntou Iris.

— Não sei — confessou Vi.

Ela lambeu os lábios, pensando. Esperando que um dos deuses sussurrasse alguma ideia, mas todos estavam em silêncio. Assustados por causa do *ghoul*.

Sentiu a dor de cabeça chegando. Vinha acontecendo com muita frequência.

— Precisamos lançar um feitiço de proteção — disse Eric. Ele pegou o *Livro dos Monstros* e o folheou até encontrar o que estava procurando. — Temos que lavar as portas da casa com uma mistura de água, sálvia e tomilho, e colocar sal grosso em todas as soleiras das portas, talvez até cercar nossas camas com ele. Algumas cruzes também seria uma boa. E água benta, se a gente conseguir.

— Ah, sim — disse Vi. — Onde a gente vai arranjar água benta, Eric?

— Na Igreja St. Matthew? — sugeriu o irmão.

— E aí a gente vai de bicicleta até lá e diz pro padre que precisamos de água benta pra ajudar a nos proteger de um *ghoul*?

Eric deu de ombros.

— Pensei que a gente podia roubar.

Vi caiu na gargalhada. Seu irmão certinho queria roubar água benta de uma igreja?

— Água benta roubada — comentou Iris. — Isso não destrói os poderes dela ou coisa assim?

Eric esfregou o rosto com as mãos.

— Não sei. Estou tentando, mas é complicado quando nem entendemos o que estamos enfrentando.

Vi olhou para a polaroide de novo. Talvez nem fosse nada demais, só uma sombra lançada pelas árvores, um ponto brilhante causado pelo flash da câmera. Talvez fosse só a imaginação de Eric.

Mas e se não fosse?

— Tá legal — disse Vi. — Vamos lançar todos os feitiços de proteção que a gente conseguir. E, na próxima lua cheia, vamos sair e tentar encontrar essa coisa. Vamos caçá-la.

— E se a gente encontrar o monstro, o que fazemos? — perguntou Iris.

— Vamos bani-lo ou matá-lo — respondeu Vi. — Fazer o que quer que precise ser feito. Enquanto isso, vamos ficar de olhos abertos. Pesquisar. Tentar descobrir o que é essa criatura e o que ela quer.

Eric parecia assustado.

— Ele olhou pra mim, Vi — falou o menino com a voz um pouco trêmula. — O monstro sabe quem eu sou. Sinto que... que ele sabe tudo sobre mim.

— Está tudo bem — disse Vi para o irmão. — Nós vamos fazer um círculo de sal em volta da sua cama. Desenhar alguns símbolos no chão. Pendurar uma cruz na parede. Vamos nos certificar de que você estará protegido, Eric. Eu prometo.

༺༻

— VOCÊ ACHA QUE Eric viu mesmo um *ghoul*? — perguntou Iris para Vi, mais tarde. — Você acha que ele é de verdade?

As duas estavam no quarto de Vi. De vez em quando, Iris entrava em pânico quando dormia sozinha, e quase sempre se esgueirava, tarde da noite, para ficar com Vi. Vovó já descobrira que isso acontecia, mas não pareceu se importar.

Elas trouxeram um colchão de solteiro e o colocaram no chão, no canto do quarto de Vi, bem em frente à cama dela. A menina ajudara Iris a arrumar a cama com os próprios lençóis sobressalentes: brancos, limpos e com cheiro de sol, pois haviam secado na corda do quintal. Iris dormia todas as noites com o coelho de pelúcia que ganhara de Vi.

Ela estava em seu colchão, enquanto Vi estava apoiada em um dos cotovelos na própria cama, olhando para baixo. Já passava da meia-noite e as duas conversavam em voz baixa.

— Eu acho... — Vi escolheu as palavras com cuidado — que ele acredita que viu.

— Mas o monstro é real? — perguntou Iris.

— Talvez acreditar seja o suficiente para tornar algo real. Acho que, se você acreditar com muita convicção, pode de fato, sei lá, *conjurar* monstros.

— Acha mesmo? Que eles estão por aí, só esperando para serem conjurados? Que existem mesmo... monstros?

Vi olhou para a menina ali, no escuro.

Iris estava usando um velho conjunto de pijama dela, e Vi estava pensando na página sobre *doppelgängers* — sósias — do *Livro dos Monstros*. Um *doppelgänger* era um espírito, uma criatura que era igualzinha a uma pessoa, podendo entrar na vida dela, assumir o seu lugar e ninguém jamais saberia a diferença. Quando você via um *doppelgänger* — se acontecesse de você passar pelo seu sósia na rua —, era sinal de azar. Significava que algo terrível aconteceria com você.

Ela e Iris poderiam ser mesmo irmãs. As duas se pareciam muito: cabelos escuros, olhos escuros e magricelas. Vi se pegou pensando (não pela primeira vez) que Iris não podia ser real. Que a menina talvez fosse alguém que ganhara vida a partir da imaginação de Vi, uma irmã secreta.

Será que era possível chamar pela própria *doppelgänger*? Conjurá-la apenas acreditando que ela existia? Isso era possível?

A cabeça de Vi doía. Tinha tomado um Tylenol do armário dos remédios, mas não parecia estar melhorando. Ela pressionou os polegares nos olhos.

— E então? — perguntou Iris, esperando.

— Monstros são reais — respondeu Vi, com convicção. — É claro que são. Tem muitas pessoas que já os viram para que eles não sejam, sabe? O Eric realmente viu um *ghoul*? Não faço ideia. Mas acredito que ele viu alguma coisa. Ou pensa que viu. Então a gente precisa investigar, descobrir o que é.

— Você acha que pode ser... perigoso?

— Talvez — disse Vi. — Se for um monstro, sim, definitivamente. Monstros são sempre perigosos.

— Se existem monstros ruins por aí, você acha que também existem os bonzinhos?

— Eu acho que é um pouco mais complicado que isso. — Vi fechou os olhos.

Iris ficou em silêncio por um instante. Depois, em voz baixa, perguntou:

— Você acha que existe um Deus?

Vi sorriu.

— Acredito que existem vários deuses. Se você prestar atenção, vai ouvi-los falando, contando coisas e guiando você.

— Como assim?

Vi contou para Iris tudo sobre os deuses que a guiavam, apesar de nunca ter falado isso para ninguém, nem mesmo para Eric ou para Vovó. Quando terminou de contar, ela pediu:

— Feche os olhos e escute. O que você ouve?

— O *tique-taque* do relógio — respondeu Iris.

— Esse é o deus do tempo. Ele está dizendo alguma coisa pra você. Ouça com mais atenção. O que ele fala?

Iris franziu a testa.

— Depressa — disse ela. — Ele está dizendo pra eu me apressar. Que o tempo está acabando.

— Tempo pra quê?

Iris escutou.

— Ele não quer falar.

Vi assentiu.

— Se você continuar ouvindo, talvez ele conte mais detalhes. E os outros deuses também. Agora que você sabe que eles existem, aposto que vai passar a escutá-los o tempo todo.

Iris se deitou de costas na cama e puxou as cobertas quase até o sujo gorro laranja.

— Você pode tirar esse gorro, sabe? — comentou Vi. — Eu já vi o que tem embaixo dele.

A outra menina não disse nada, só puxou o gorro firmemente sobre as orelhas.

— Também já vi as outras cicatrizes. Aquelas no seu peito.

Iris se virou e ficou de cara para a parede.

Talvez Vi tivesse ido longe demais desta vez. Ela já vinha querendo dizer alguma coisa havia semanas, mas não tivera coragem. Mas agora, numa escuridão parcial, sentia que era o momento certo.

— Está tudo bem — disse Vi para a menina. — Eu tenho cicatrizes também.

Iris girou de volta, de frente para ela.

— Tem?

Vi se sentou.

— Quer ver?

A menina assentiu. Vi foi até a beirada da cama e começou a desabotoar a blusa do pijama. A luz azulada do luar derramava-se através das cortinas da janela. O abajur na cabeceira de Vi estava aceso: a coruja de cerâmica com olhos laranja que brilhavam e pareciam assistir a cada movimento dela. Quase podia perceber a coruja virando a cabeça, ouvindo-a dizer: "*Quem, quem, quem é você e o pensa que está fazendo?*" A voz do pássaro soava exatamente como a da avó, e Vi imaginou uma Coruja-vovó com olhos laranja que tudo veem. Sabia que a avó não aprovaria o que ela estava prestes a fazer, mas a urgência de compartilhar esse segredo era maior do que Vi podia suportar.

Irmãs, pensou ela. Não de sangue, mas de outra coisa. Algo mais profundo.

Doppelgängers.

Seus dedos tatearam o último botão. Ela o desabotoou e deslizou para fora da blusa azul do pijama de algodão. O ar frio atingiu sua pele, causando-lhe arrepios. Vi chegou mais perto de Iris, ajoelhando-se para que a menina pudesse ver melhor.

— Como conseguiu elas? — perguntou Iris, analisando as cicatrizes vermelhas e em alto-relevo no estômago e no peito de Vi.

— Acidente de carro — respondeu ela. — Eric e eu sobrevivemos, mas nossos pais morreram. Ele ficou bem, mas eu sofri ferimentos internos. Um dos meus pulmões foi esmagado. Meu fígado e o meu baço ficaram uma bagunça. Precisei de cirurgia. Muitas, pra ser sincera. Fiquei meses no hospital.

— Que terrível — disse Iris, mas não desviou o olhar.

Ela se sentou e se inclinou para olhar as cicatrizes mais de perto. A menina estava tão próxima que Vi conseguia sentir o hálito de Iris na pele.

— Eu não me lembro. Não muito. Tenho pesadelos com o acidente às vezes, que estou amarrada no banco de trás e vejo os faróis reluzentes de um carro vindo na nossa direção. Vovó disse que nosso carro desviou e desceu a barragem, capotando. A frente do carro amassou e o banco do motorista voltou, me esmagando. Acabamos dentro do rio, com o carro cheio de água. — Vi ficou em silêncio por alguns segundos, conseguindo sentir a água fria subir ao seu redor. — Essa parte também está nos sonhos. Água fria, muito fria.

— Como você saiu? — indagou Iris.

— Um homem apareceu e nos tirou de lá. Ele salvou a mim e ao Eric. Não sei o nome dele. Não consigo nem lembrar do rosto dele. Também não me lembro dos rostos dos meus pais. Não de verdade. De vez em quando, eu acho que lembro, mas tudo fica misturado com as fotos que Vovó mostra pra gente e as histórias que ela conta.

Iris assentiu. Depois ela esticou a mão, tocando a cicatriz no estômago de Vi, que deixou escapar um pequeno "oh" de surpresa. Ela estremeceu, o choque do toque de Iris espalhando arrepios por toda a sua pele.

— Nós somos iguais — comentou Iris, passando os dedos sobre o tecido cicatrizado em alto-relevo, onde Vi tinha pouquíssima sensibilidade, sendo capaz de sentir apenas a pressão do toque.

Por fim, a menina afastou os dedos.

Vi ficou parada, depois tateou devagar para abotoar a blusa do pijama, mas suas mãos estavam trêmulas, então estava difícil. Iris buscou a mão dela e a puxou para baixo. Vi se deitou ao lado da menina e Iris pressionou o próprio corpo contra as costas da outra, aninhando-se nela, passando o braço ao redor dela e abraçando-a tão apertado, que Vi não tinha certeza se conseguiria fugir mesmo que tentasse. Mas fugir era a última coisa que passava pela cabeça dela.

Ficou ouvindo a respiração de Iris, rápida no começo, depois desacelerando.

Vi podia sentir os batimentos cardíacos da menina contra suas costas, acompanhando o ritmo dos seus e era quase como se as duas compartilhassem um só coração, um único corpo todo entrelaçado. Um corpo de cicatrizes e de memórias despedaçadas.

Gêmeas siamesas: separadas e depois reunidas, finalmente inteiras de novo.

O LIVRO DOS MONSTROS

**Violet Hildreth e Iris Cujo Sobrenome Nós Não Sabemos
Ilustrado por Eric Hildreth
1978**

O GHOUL

O GHOUL é uma criatura humanoide. Ele anda na vertical, sobre duas pernas. Tem dois braços e se move como um homem. Usa um capuz preto e tem um rosto branco muito pálido com dois grandes olhos pretos.

Sabemos pouca coisa sobre o *ghoul*, mas acreditamos que é uma criatura sobrenatural. Achamos que é capaz de desaparecer e de reaparecer.

O monstro tem nos observado.

Acreditamos que podemos estar em grande perigo.

Lizzy

20 de Agosto de 2019

Já era possível ver o chalé, um farol azul na beira da costa.

Pensei em Lauren fazendo esta viagem de noite, voltando pra casa, guiada pelas luzes incandescentes do chalé, ouvindo o barulho das mobelhas, das corujas, das rãs e dos sapos conforme ela caminhava, carregando consigo o seixo secreto e o conhecimento de sua amiga secreta.

Pensei no peso dos segredos.

Nas promessas mantidas.

Nos sonhos compartilhados.

Você compartilha esse mesmo sonho?

Você sonha ele junto comigo?

Sim, pensei. *Sim*.

Mas o que tudo isso significava?

Será que havia uma pista na mensagem? Alguma coisa que me direcionasse para onde eu precisava ir agora? Para o lugar onde o monstro levara a garota?

Será que o monstro queria ser capturado?

Será que ela sabia o que iria acontecer? Será que podia pressentir? Sentir o cheiro no ar?

Nós pertencemos à morte.

O isqueiro, o papel e a minúscula pedra pesavam em meu bolso. Enquanto caminhava, estiquei a mão para tocar o isqueiro, passando os dedos sobre o desenho da borboleta, sobre as iniciais de Vovó.

Metamorfose, me lembro de Vovó explicando, enquanto segurava o isqueiro, olhando para a borboleta. *É nisso que eu penso cada vez que olho para ele. Em como a modesta lagarta se transforma na borboleta. Em como cada um de nós tem uma borboleta escondida dentro de si.*

※

EU ESTAVA CANSADA, com sede, dolorida e cheia de coceira graças ao banquete dos mosquitos. Queria voltar para o acampamento, abrir uma cerveja, colocar um pouco da pomada de calamina nas mordidas de mosquito e pensar no que eu havia achado. Já estava perto do jardim do chalé quando vi uma picape azul-escura estacionada ao lado da minha van.

Um homem estava sentado em uma das velhas cadeiras de balanço de vime na varanda, me observando.

Seria um inquilino novo?

O dono, quem sabe?

Levantei a mão e acenei de forma amigável, inventando rapidamente uma história para disfarçar: eu era uma recém-chegada explorando a ilha, procurando um lugar para alugar, e me perguntei se aquela trilha levaria até a água, minha nossa, e esses mosquitos? É, isso já resolveria.

Mas nem tive a oportunidade de falar.

— Srta. Shelley — chamou o homem, ficando de pé.

Imaginei que ele devia ter mais ou menos a minha idade. O homem era elegante, forte, tinha o cabelo grisalho cortado rente e a pele bronzeada e com algumas rugas de sol. Usava jeans, botas pesadas e uma blusa de botão cáqui. Ele saltou da varanda e se aproximou, até que eu conseguisse sentir o cheiro da sua colônia barata de farmácia.

O homem sorria, mas era um sorriso um pouco afetado.

— Sim — confirmei. — Sou Lizzy Shelley. Acho que não nos conhecemos.

— Meu nome é Pete Gibbs. Guarda local.

Que ótimo. Um policial.

Assenti.

— Muito prazer, seu guarda.

— David me disse que você está aqui para reunir histórias sobre a Jane Chocalho.

— David? — Foi então que caiu a ficha. Eu já tinha ouvido o sobrenome Gibbs. Merda. — Ah, você quer dizer o Lagarto?

O homem pareceu vacilar um pouco ao ouvir o apelido, mas se recuperou e sorriu.

— Ele é meu filho.

Foi a minha vez de vacilar. De algum jeito, Lagarto deixara de lado esse pequeno detalhe crucial sobre si: *ah, a propósito, meu pai é policial.*

— Olha, Srta. Shelley, eu entendo que é uma pessoa importante, pelo menos, de acordo com meu filho. O garoto parece totalmente deslumbrado, pra ser sincero. Ele me contou sobre a série de TV, o podcast e o blog. Até me fez assistir a uns episódios de *Monstros entre os Humanos*. É muito impressionante — continuou ele —, que a senhorita consiga ganhar a vida assim: dirigindo pelo país, procurando pelo Pé-grande e por seus amigos.

O guarda olhou para mim, dando a impressão de estar esperando por alguma resposta. Mas eu apenas assenti.

— Por mais impressionantes que as suas referências de caçadora de monstros sejam — disse ele —, vou precisar pedir que a senhorita vá com um pouco mais de calma.

— Não estou entendendo.

— Assustar crianças ultrapassa os limites, Srta. Shelley.

— E quem foi que eu assustei?

— Zoey Johanssen foi parar na emergência hoje à tarde.

Zoey. Uma das garotas que estava no píer, aquela de cabelo curto e sobretudo.

— Na emergência? — repeti.

— Fiquei sabendo que a senhorita e meu filho estiveram conversando com ela, Riley St. James e Alexander Farnsworth mais cedo, perto das docas.

Não falei nada, pois sabia que era melhor para mim nem confirmar e nem negar.

— Pelo que ouvi — disse Pete Gibbs, pigarreando antes de continuar —, a senhorita estava entrevistando eles? Perguntando sobre a Lauren e a Jane Chocalho? — Ele olhou para mim por um longo momento, seus olhos azuis tornando-se cinza e frios naquele instante. — É evidente que Zoey ficou tão abalada que teve o pior ataque de asma da vida.

— Asma? — perguntei, bufando. — Você está brincando, né? A garota fuma igual a uma chaminé. Eu não sou médica, mas posso apostar que isso deve ter algo a ver com os problemas respiratórios dela.

— Olha, a questão é... — Pete se aproximou, falando mais baixo, como se fosse um amigo prestes a contar um segredo. Além da colônia, ele cheirava a frescor, como a roupa que a gente pendura no varal para secar. — Zoey é meio que... uma criança frágil. Tem um histórico de ansiedade. Até mesmo de automutilação. A família dela está preocupada. A última coisa que eles querem é alguém incentivando essas ideias malucas, que deixam a menina tão assustada a ponto de não conseguir respirar e precisar ser levada ao hospital, às pressas, para que a entupam de remédios. A senhorita entende isso, não é?

Assenti outra vez.

— Meu filho é um bom garoto, mas tem... uns amigos duvidosos, às vezes. Falei com ele e pedi pra que ficasse longe daquele grupo específico, principalmente da Zoey. — Sua mandíbula estava tensa e ele olhava na direção do lago.

— Lagarto parece um ótimo garoto, na verdade — falei.

O homem concordou.

— Ele é. Sinto que tenho muita sorte. A mãe dele morreu quando ele tinha 10 anos, então tem sido só nós dois há muito tempo. Mas ele com certeza me mantém na linha.

— Só posso imaginar — comentei.

Pete sorriu e enfiou as mãos bem fundo nos bolsos da calça jeans.

— E o está fazendo aqui nos Chalés Flores Selvagens, Srta. Shelley? Tenho certeza de que a senhorita sabe que essa é uma propriedade privada, certo?

— Só dando uma olhada. Estava pensando em uma estadia mais longa para o próximo verão, alugar um lugar pequeno...

— Está procurando pela Jane Chocalho?

Não respondi, apenas abri o que eu esperava ser um sorriso neutro.

O homem me lançou um olhar astuto.

— A senhorita pode fazer toda a caça a fantasmas que quiser. Estou certo de que tem muitas pessoas na cidade que adorariam contar uma história ou outra sobre a Jane Chocalho. Também tenho certeza de que a galera dos negócios iria amar a publicidade extra, a ideia de que o seu podcast possa trazer mais dinheiro de turista, que a senhorita possa até deixar o pessoal da televisão interessado em retratar nossa pequena comunidade em um ou dois episódios. Mas gostaria que deixasse a Lauren fora disso. Isso inclui bisbilhotar o chalé que a família dela alugou. O dono, Jake, é bem específico sobre a área estar disponível apenas para hóspedes registrados.

— Eu entendo.

— E preciso me certificar de que a senhorita não vai mais incomodar as crianças na cidade, ou acrescentar nada às histórias loucas que andam circulando sobre a Lauren ter sido arrastada para dentro do lago por um fantasma.

Mais uma vez assenti.

— Também agradeceria se a senhorita parasse de compartilhar... essas estranhas *teorias* com o meu filho. Ele tem uma imaginação fértil. Não acho que ela precisa ser atiçada.

Fiquei em silêncio.

— Estamos de acordo? — perguntou ele com as sobrancelhas erguidas.

— Claro — falei, e comecei a andar na direção da minha van. Mas parei e me virei para ele. — Posso fazer uma pergunta, seu guarda?

O guarda sorriu.

— Por favor, me chame de Pete. E é lógico que sim, pode me perguntar o que quiser, mas preciso alertar: não sou muito de acreditar em coisas sobrenaturais. Sinto dizer, mas não tenho uma única história com a Jane Chocalho pra contar, mesmo tendo morado aqui a minha vida inteira.

— Você está ajudando com a investigação? Procurando saber o que aconteceu com a Lauren? Tentando encontrá-la?

Pete suspirou e passou a mão pelo cabelo rente.

— Olha, Lauren Schumacher é uma criança problemática que fugiu de casa. Acontece todo dia.

— Tem certeza disso?

O homem assentiu.

— De acordo com os pais dela, a garota tem o costume de fazer isto: vai embora por uns dias, fica com uns amigos, mas sempre volta pra casa. A menina teve uma briga feia com o pai no dia em que se mandou. Ela está só descarregando a energia em algum lugar.

— Alguém pelo menos está procurando por ela? — perguntei.

— Não é bem a minha jurisdição, mas sei que um boletim de pessoa desaparecida foi preenchido na polícia estadual. Aposto qualquer coisa com você que a menina já deu meia-volta pra ir pra casa em Worcester, com o rabo entre as pernas.

Isso me dizia tudo que eu precisava saber.

Ninguém estava se esforçando muito em procurar por Lauren.

Assim como fora com todas as outras meninas.

Garotas que todo mundo esperava que desaparecessem.

Ninguém estava surpreso, ninguém procurou com atenção, e, quando as meninas nunca mais voltaram, as pessoas inventaram histórias, coisas como: *Ela deve ter pedido carona até a Califórnia, como sempre disse que faria.* Ou: *Deve ter fugido com algum cara que prometeu tirá-la dessa cidade de merda, dessa vida miserável.*

— Espero que esteja certo — falei, subindo na van e batendo a porta com firmeza.

Vi

19 de Julho de 1978

Estou falando sério — sussurrou Patty —, não tem nada lá. Eu olhei pasta por pasta daquela sala de arquivos, e não há uma única menção à ala Oeste B ou ao Projeto Mayflower.

Vi empurrou a pá para dentro da terra. O velho Mac estava despejando um monte de pedras no canto do jardim para delimitar os canteiros de flores. Alguns pacientes estavam reunidos em volta dele, esperando para ajudar a movê-las. Tom, o Lobisomem, estava pulando de um pé para o outro e coçando os braços, que estavam cobertos de feridas.

A Srta. Ev, usando um largo chapéu de palha de jardinagem por cima da peruca, estava supervisionando e direcionando o trator, cuja pá encontrava-se cheia de pedras.

— Mais perto, Sr. MacDermot. Isso. Não, foi muito pra direita. O senhor poderia dar ré e vir um pouquinho mais pra esquerda?

O pobre do velho Mac ficava indo para a frente e para trás, para frente e para trás, com o velho trator, tentando obedecer.

— Srta. Evelyn — chamou Tom —, estou lhe dizendo, eu poderia fazer isso. Trabalhei com transporte durante anos. Posso dirigir qualquer coisa: um caminhão de eixo duplo, uma empilhadeira e até esse velho trator de merda.

— Absolutamente não, Tom — respondeu ela. — Sr. MacDermot, agora o senhor foi muito pra esquerda!

— Os arquivos devem estar em outro lugar então — sussurrou Vi um pouco mais alto. — Talvez lá embaixo, no porão.

Trabalhar no jardim era o único momento em que Vi podia conversar de verdade com Patty, e mesmo assim geralmente havia outras pessoas por perto: pacientes cavando e aproveitando o sol e o ar fresco, o velho Mac preparando as canaletas de água e trazendo pilhas de adubo e pedras com o trator, e a Srta. Ev, com seu grande chapéu, dando ordens para todo mundo.

Patty olhou por sobre o ombro para ter certeza de que não havia nenhum paciente por perto.

— Talvez não tenha nada pra gente encontrar — disse ela, balançando a cabeça.

— Fala sério — disse Vi. — Você não acredita mesmo nisso, né?

Patty franziu o cenho, pensando.

— Não, não de verdade — confessou ela. — Mas, mesmo assim, às vezes eu penso que seria melhor se a gente deixasse pra lá.

— É isso que você quer fazer? — sussurrou Vi. — Deixar pra lá?

A moça revolveu o solo com a enxada.

— Sabe, eu tinha um cachorro, o Oscar. Tinha um canto do nosso jardim onde o Oscar sempre ia cavar quando saía. O solo ali era muito duro, cheio de xistos que, quando quebravam, tinham bordas afiadas. Oscar ficava cavando sem parar nesse canto, deixando as patas todas machucadas. A gente tentou de tudo: amarramos o Oscar, cercamos aquela área, e até colocamos umas tábuas em cima. Mas ele sempre dava um jeito de voltar a cavar. Pobre cão. Eu me lembro muito bem: como ele ficava todo machucado e sangrando, mas continuava cavando.

— E o que aconteceu? — perguntou Vi. — Ele conseguiu encontrar algo? Desenterrou alguma coisa?

Patty balançou a cabeça.

— Que nada. Não tinha nada lá. Nós tivemos que deixá-lo descansar. Ele tinha câncer. O veterinário disse que talvez fosse por isso que ele ficava tão doido.

Foi a vez de Vi balançar a cabeça.

— Não entendi. O que é que isso tem a ver com a gente? Com o nosso problema?

A moça lhe lançou um longo olhar.

— Nós somos o Oscar — respondeu ela.

— Não! — exclamou Vi meio alto demais. A Srta. Ev olhou em volta, depois voltou a dar ordens para o velho Mac. O homem conseguira posicionar o trator corretamente e estava prestes a despejar as pedras. — A gente não está cavando o nada — sussurrou Vi. — E você sabe disso.

— Está tudo bem aí? — perguntou a Srta. Ev para elas.

— Tudo certo — respondeu Patty. — A Vi só está sendo meio perfeccionista. Ela não está satisfeita com a maneira com que eu modelei a parte de trás do canteiro.

— Olhando daqui está muito bom — disse a Srta. Ev. — O jardim inteiro está ficando fabuloso!

Vi assentiu. A verdade era que a menina estava desapontada com o quanto tudo estava correndo bem e com a rapidez com que o jardim ganhava forma. O tempo dela estava acabando. Quando o jardim estivesse pronto, Vi não conseguiria mais continuar conversando com Patty, ou entrando no escritório da Srta. Ev e no Asilo, sem que fizessem perguntas.

Ela se endireitou, apoiou-se na pá e olhou em volta.

O jardim tinha dez metros de um lado ao outro, um círculo perfeito. Eles tinham desenhado o formato colocando uma estaca no chão e amarrando uma corda de cinco metros nela, depois marcaram a volta completa da circunferência. O velho Mac e os pacientes tinham revirado o gramado e marcado o perímetro para os canteiros e as trilhas com varas e corda. Havia uma fonte no centro com três pássaros de cimento, que cuspiam água de suas bocas abertas (tinha sido escolhida pela própria Srta. Ev, de um catálogo no horto). Vovó achou a fonte meio cafona, mas, de acordo com ela, o que importava era que a Srta. Ev e os pacientes pareciam adorá-la. Quando o velho Mac a ligou pela primeira vez e os pássaros começaram a jorrar água, todo mundo comemorou, uivou e gritou como se estivessem assistindo aos fogos de artifício do Dia da Independência.

Aos poucos, depois de colocarem a fonte, todos vinham montando os canteiros e cercando-os com pedras.

Vi tinha adorado conhecer alguns dos pacientes. Além dos desgarrados que a avó levava pra casa de vez em quando, ela nunca interagira com nenhum deles no Asilo antes. O que mais a surpreendeu foi como todos eles pareciam normais. Por exemplo, Jess, que rapidamente tinha se tornado uma das favoritas de Vi. Jess tinha dois filhos e um marido, que vinham visitá-la duas vezes por semana. Ela contava sobre a vida que tinha em casa: os amigos, como era participativa na Associação de Pais e Professores e como treinava o time de softball da filha. A mulher usava blusas alegres e de cores vibrantes, que ela mesma costurara. Vi não conseguia entender o que Jess estava fazendo no Asilo. Ela parecia tão... normal. A menina perguntara para a avó sobre a paciente, mas Vovó balançara a cabeça e dissera:

— Você sabe que eu não posso falar sobre nossos pacientes, Violet.

— Mas ela parece bem. Não parece ter nada de errado com ela.

Vovó assentiu.

— Os problemas se escondem melhor em certas pessoas do que em outras — dissera a avó. — Na verdade, às vezes, quanto mais bem escondido o problema, mais profundamente ele se instala e mais difícil fica de consertá-lo.

Vi pensou muito sobre isso enquanto trabalhava no jardim com Jess e os outros pacientes por algumas horas, todas as tardes, durante o horário de atividades do Asilo — aquela hora em que os pacientes podiam escolher entre trabalhar na horta de legumes e verduras, no estúdio de cerâmica ou na cozinha. De vez em quando, havia atividades especiais, como badminton. Teve até uma vez em que a Srta. Ev ensinara os pacientes a fazer enfeites de parede de macramê. E agora havia o jardim de pássaros.

Toda noite, no jantar, Vi fazia um relatório sobre os avanços no jardim. Iris pedira várias vezes para ir ajudar a trabalhar nele, mas Vovó dissera não em todas elas.

— Você vem progredindo tanto — dissera a avó para Iris. — Não quero que exija demais de si mesma.

Assim, Iris e Eric ficavam em casa e pintavam pedras para decorar o jardim: pedras com joaninhas, borboletas e pássaros. Os dois também pintaram uma grande placa, que o velho Mac iria pendurar com correntes em um poste: JARDIM DE PÁSSAROS DA SRTA. EVELYN. A pintura era um arco-íris com vários pássaros voando sobre ele no fundo.

Mas o coração de Eric não estava realmente concentrado em pintar pedras ou placas. Ele estava pensando no *ghoul*. O menino estava determinado a encontrá-lo. Só falava sobre isso. Ele queria... Não, ele parecia ter a *necessidade* de achar o *ghoul*, só para que acreditassem nele.

Na próxima noite seria lua cheia, e Eric tinha bolado um plano para capturar a criatura.

Ele teve uma ideia, na qual os três poderiam atrair o *ghoul* e cercá-lo na clareira perto do córrego. Já haveria um círculo de sal preparado, mas com uma parte faltando. Assim que o *ghoul* entrasse no círculo, eles derramariam o resto do sal e o monstro ficaria preso. Poderiam tentar conversar com ele, aprender o que ele é e o que quer. Se o monstro desse qualquer trabalho, os três lançariam o Feitiço do Banimento.

Para Vi, o *ghoul* era a menor das suas preocupações naquele momento. Descobrir de onde Iris viera e o que estava acontecendo no Asilo ocupava todos os seus pensamentos.

A Srta. Ev começou a discutir com o velho Mac sobre o tamanho das pedras que ele vinha coletando: "*Simétricas*", repetia ela sem parar, mas Vi tinha quase certeza de que Mac não fazia ideia do que aquela palavra significava. Ele estava ajeitando o chapéu do espantalho e olhando para baixo, para a pedra que a Srta. Ev tinha na mão — e que ela achava ser o "*formato e tamanho ideais*" de pedra.

— Pense em bolas de boliche. Não uma muito grande, mas sim uma daquelas pequenas usadas no boliche *candlepin*.

Ele olhou para ela sem qualquer expressão.

— A maioria das pedras não é redonda desse jeito, Evelyn — disse ele.

— Isso é totalmente verdade — disse Jess.

— Ele tem razão — acrescentou Tom enquanto coçava os braços nus.

— Não precisa ser perfeitamente redonda — disse a Srta. Ev, balançando a cabeça como se aquilo tudo fosse um caso perdido. — Só redonda. E mais ou menos do mesmo tamanho. Fica esquisito quando temos uma pedra enorme ao lado de uma do tamanho de uma bola de beisebol, não acha? Foi isso que eu quis dizer com simetria.

O velho Mac lambeu os lábios e ajeitou seu chapéu de palha.

Vi olhou para Patty.

— Mais alguma novidade? — sussurrou ela.

Patty suspirou.

— Bem...

— O quê?

A moça manteve o olhar no velho Mac e na Srta. Ev enquanto se inclinava para mais perto de Vi, e disse em voz baixa:

— Eu provavelmente não deveria contar pra você, mas alguém veio até o Asilo ontem. Uma mulher apareceu e começou a fazer muitas perguntas. Deixou a sua avó e o meu tio bem irritados. Por um acaso, a sua avó falou alguma coisa sobre isso?

— Não. — Vi balançou a cabeça. Mas Vovó estava de péssimo humor quando chegara em casa do Asilo na noite anterior. Ela tomara dois martínis antes mesmo de começar a preparar a caçarola de atum para o jantar. — Quem era a mulher? Parente de alguém?

A avó dizia que às vezes era mais difícil lidar com os familiares do que com os pacientes.

— Acho que ela era repórter. Ou algum tipo de jornalista.

— Repórter?

— Aham — Patty assentiu. — Ela fez meio que uma cena no saguão, e aí a Dra. Hildreth e o meu tio levaram a mulher bem rápido para a sala de reunião.

— Mas o que ela queria? O que ela disse?

— Não sei. Só sei que ela deixou a Dra. Hildreth e o tio Thad bem agitados. Depois que a mulher foi embora, os dois desceram até o porão e ficaram lá por horas.

— Eu preciso descer lá — disse Vi. — Hoje à noite. Vou descer no porão hoje à noite.

— Como?

— Vou pegar as chaves da minha avó.

Vi pensou no molho de chaves dentro da bolsa de Vovó, aquela que nunca saía de perto dela.

— Você vai roubar as chaves dela, vir até aqui e descer até o porão, sem ela saber? — Patty deixou escapar uma risada como se esse fosse o plano mais ridículo que ela já ouvira, e Vi se encolheu um pouco, sabendo que a moça estava certa. — E como exatamente você planeja colocar esse plano em prática?

— Vou criar uma distração. Algo que deixe ela ocupada. — Vi mordeu o lábio, pensando. — Até que horas você trabalha hoje?

Patty suspirou.

— Hoje o turno é duplo, porque a Nancy pediu. Vou ficar aqui até as 23h.

— Você me ajuda?

— Sem chance — respondeu Patty com firmeza.

— Por favor, você pode pelo menos ficar de vigia? As chaves vão estar comigo, eu só vou precisar saber se a barra vai estar limpa. — Ela encarou Patty. — Eu vou fazer isso com ou sem você. Se me ajudar, conto pra você o que eu encontrar lá embaixo. Mas, se não me ajudar, vou guardar toda a informação pra mim, e você vai ter que continuar imaginando o que pode ter lá embaixo.

A moça balançou a cabeça.

— Você é uma merdinha, sabia?

— Eu sei — concordou Vi com orgulho.

Lizzy

20 de Agosto de 2019

— Você se lembra do isqueiro da Vovó? — perguntei assim que Eric (Charlie!) atendeu o telefone.

— Hein? — Ele soava como se eu tivesse acabado de tirá-lo de uma soneca.

Ele era do tipo que cochilava, algo que eu, sempre ligada e incapaz de desligar meu cérebro, não conseguia entender.

— *O isqueiro da Vovó* — repeti devagar, sem conseguir esconder a irritação em minha voz. — Você se lembra, né?

— Claro. Com a borboleta.

— Descreva-o.

— Lizzy, o que...

— Só descreve o isqueiro. Me diga como ele era.

Tudo ficou em silêncio, depois ouviu-se um longo suspiro.

— Vamos ver... Ele era dourado. Manchado. Tinha uma borboleta entalhada na frente. Não, gravada, eu acho. E as iniciais dela ficavam do outro lado, num tipo de letra cursiva meio antiga.

— Isso. Você lembra onde ela arranjou o isqueiro? Ou alguma outra coisa sobre ele?

— Não. Ela sempre o teve. Desde que eu me lembro.

Eu estava no meu terreno do acampamento, sentada à mesa de piquenique, com o isqueiro, o bilhete e a pedra na minha frente. Tomei um longo gole da garrafa de cerveja que eu havia aberto.

— Eu o encontrei — falei.

— O quê?

— O isqueiro da Vovó.

— O qu-quê? — gaguejou ele. — Como?

— *Ela* deixou pra mim.

— Ela quem?

Quem mais poderia ser?

— Eu estava certa, Charlie. *É ela.* É ela que eu estou procurando! Quem está sequestrando as meninas, se passando por outros monstros. É assim que ela se aproxima das garotas. Finge ser uma dessas outras criaturas, fala com elas. E não é aleatório. Eu acho que ela escolhe essas meninas a dedo. Ela deve...

— Lizzy, por favor — pediu ele. — Pare.

— Sei que parece loucura, eu mesma ainda estou tentando entender tudo isso, mas encontrei o isqueiro da Vovó! Estou segurando-o na minha mão neste exato momento! E ela me deixou um bilhete. Acho que ela...

— Você tem razão — disse Charlie. — Parece *mesmo* loucura. Estou começando a ficar muito preocupado, Lizzy. Acho que você precisa ver alguém. Tipo, algum especialista.

Soltei uma gargalhada.

— Você tá brincando, né?

— Você precisa de ajuda, Lizzy. Será que você pode se ouvir por um minuto? Você está começando a, sei lá, delirar ou qualquer coisa assim.

Desliguei na cara dele, irritada.

Como ele se atreve?

Tomei um grande gole da cerveja e girei o isqueiro na mesa.

Eu não deveria ter contado pra ele. Já deveria saber que Charlie não acreditaria em mim, que ele não entenderia.

— Burra, burra, burra — murmurei.

Ele me ligou de volta, mas deixei cair na caixa postal.

Então ele me mandou uma mensagem: "Me desculpa. De verdade. Me liga de novo, tá? Estou preocupado com você."

Desliguei o celular.

ееееее

EU AINDA ESTAVA sentada à mesa de piquenique em frente à minha van, bebendo a segunda cerveja, quando Lagarto apareceu com um olhar culpado no rosto. Deslizei o isqueiro, o bilhete e a pedra para dentro do meu bolso, enquanto observava ele se aproximar.

— Oi — disse ele.

Fiquei surpresa de ele ter aparecido.

— Seu pai é policial? E você não pensou em me contar esse pequeno detalhe?

O garoto deu de ombros e baixou o olhar para o chão.

— Guarda — resmungou ele.

— O quê?

— Ele é o guarda da cidade. Não é tipo... tipo um policial de verdade. Quer dizer, o trabalho dele é validar alvarás de pesca. Os únicos deveres reais de guarda são preencher papéis para as pessoas, notificar quem não pagou os impostos e perambular por aí acabando com festas do barril e essas coisas.

— Mas ele parecia bastante um policial de verdade — contei para o garoto. — Me pedindo pra parar de investigar o que aconteceu com a Lauren, pra parar de falar disso com as pessoas.

— Eu não me preocuparia muito com isso. Não é como se ele tivesse poder de verdade, nada do tipo. Meu pai nem tem uma arma ou algemas. Se ele descobrir algum problema sério, tem que ligar pra polícia estadual. Não pode prender você nem nada disso.

— Ah, bom, agora fiquei tranquila! Tudo que ele vai fazer é ligar pra polícia estadual, então? — Balancei a cabeça. — E não posso acreditar que você contou sobre a questão de caçar monstros.

— Bom, sim, eu meio que tinha que fazer isso, né?

— Você fez seu pai assistir a *Monstros entre os Humanos*?

Lagarto deu de ombros.

— Só algumas partes. Sabe, pra mostrar o quanto você é boa.

Balancei a cabeça de novo.

— Não acredito que a Zoey cedeu e contou tudo — disse Lagarto. — Meu pai tá muito irritado comigo. Me mandou ficar longe daquela galera toda e de você também.

Pelo menos eu e o guarda Pete concordávamos em alguma coisa.

— E aí? O que você está fazendo aqui então? — perguntei, irritada.

— Vim ver se você foi até Loon Cove. Era pra lá que você estava indo, certo? Encontrou alguma coisa?

Neguei com a cabeça.

— Não. Fui até lá, mas não achei nada. Só umas latas de cerveja velhas e bitucas de cigarro.

Eu não mencionaria o isqueiro de jeito nenhum.

Encontrei esse isqueiro da minha infância. Acho que a minha irmã, que eu não vejo desde que tinha 13 anos, é o verdadeiro monstro que estou procurando, a pessoa que sequestrou a Lauren.

— Você deu uma olhada no esconderijo da árvore? Talvez a Lauren tenha deixado um bilhete ou outra coisa? Algum tipo de pista.

— Eu achei a árvore, mas estava vazia. Sem bilhete, sem cigarro e sem maconha. Se ela guardava coisas ali, pegou tudo e levou com ela.

Acho que a minha breve carreira como atriz estava surtindo efeito: eu soava convincente até para mim mesma.

— E aí? Agora você também acha que ela fugiu? — Lagarto me lançou um olhar desapontado.

Beberiquei a cerveja.

— Não faço ideia.

Já estava cansada de dividir minhas teorias com esse garoto. O filho de um policial.

Lagarto se aproximou e se sentou à mesa de piquenique. Ele olhou para o pacote de cerveja, como se estivesse esperando que eu lhe oferecesse uma.

— Você vai voltar lá na enseada? Porque eu podia, tipo, ir com você. A gente ficava vigiando o monstro, algo assim.

Dei uma risada do tipo *"você só pode estar brincando"*. Eu já estava prestes a mandar esse garoto ir embora.

— A gente só ia precisar ter muito cuidado. Meu pai tem patrulhado o santuário quase toda noite ultimamente. Desde que viram fogo na torre.

A pele da minha nuca formigou.

— O quê? A torre?

Lembrei-me da mensagem que o Monstro tinha deixado para mim:

Um sonho antigo, um sonho com fins e começos.

Um sonho com fogo.

Com uma alavanca puxada e um mundo de luz branca e brilhante, desintegrando-se em ruínas.

Uma única frase dita: "Nós pertencemos à morte."

Você compartilha esse mesmo sonho?
Você o sonha junto comigo?

Era uma referência ao filme *A Noiva de Frankenstein*. Aquele que eu e minha irmã tínhamos assistido no drive-in tanto tempo atrás.

Aquela frase que o monstro fala no fim: "*Nós pertencemos à morte*", pouco antes dele puxar a alavanca e explodir a torre.

Será que era na torre que ela estava se escondendo?

— Me conta o que houve na torre — falei, com a voz muito agitada.

— Tem uma velha torre de pedra lá no santuário. Meu pai sempre me disse que ela é histórica, porque o Corpo de Conservação Civil construiu ela lá em 1930, por aí. Eles construíram coisas por todo Vermont, em parques e lugares do tipo: represas, pontes e torres. Colocaram degraus de pedra no santuário também. Você reparou nos degraus que descem até Loon Cove, certo?

Confirmei.

— Eles também construíram essa torre de pedra... é tipo um ponto de referência da ilha. Tem uma réplica dela na área verde da cidade. E meu tio também colocou a torre na placa do acampamento. Você não reparou?

— Eu pensei que era um farol — confessei.

— É tipo uma torre que parece um farol, talvez? Acho que originalmente era pra ela ser uma torre de fogo, sabe? Daquelas que servem pra ficar de olho se tem fumaça na floresta perto do lago. É bem alta... uns quinze metros, mais ou menos. Mas está malconservada. Estão tentando arrecadar fundos pra reconstruir, consertar ela, porque é um ponto de referência histórico e tudo mais. Agora a torre está toda fechada com tábuas. Mesmo assim, as pessoas invadem. Quase sempre meu pai vai até lá expulsar alguém. Na semana passada, alguém acendeu uma fogueira lá no topo.

— Uma fogueira na torre de fogo?

O garoto assentiu.

— Deviam estar soltando fogos de artifício lá em cima, ou alguma outra coisa, porque as pessoas ouviram uma explosão, depois viram as chamas. Deu pra ver de um lado ao outro do lago.

— Onde exatamente fica essa torre? — perguntei.

— Você quer ir até lá? Acha que talvez a torre e o fogo tenham algo a ver com a Jane Chocalho? Com o que aconteceu com a Lauren?

Dei de ombros, tentando parecer tranquila.

Lagarto pensou por um instante, coçando o queixo.

— Sabe, acho que o fogo aconteceu bem perto de quando a Lauren sumiu. Um dia antes, talvez? Ou, tipo, um dia depois? Não tenho certeza.

Lembrei-me de uma página sobre caçar monstros em que trabalhamos para o nosso livro. Nós duas escrevemos: *Quando você for procurar por monstros, há lugares óbvios onde procurar: florestas escuras, cavernas, castelos antigos e torres. Monstros adoram torres.*

Monstros adoram torres.

As palavras sibilaram em meu cérebro.

— Eu vou pegar papel e um lápis... preciso que você faça um mapa pra mim.

— Posso fazer ainda melhor. Posso levar você até lá — disse ele.

Balancei a cabeça.

— Não. Se o seu pai, o policial amigável, aparecer, nós dois vamos estar encrencados. E você não acha que já arrumou problemas demais com ele pra um dia só?

Lagarto assentiu.

Não quis falar para ele o resto do meu pensamento: e se ela estiver lá, esperando, eu preciso enfrentá-la sozinha.

Vi

19 de Julho de 1978

E RIC VEIO CORRENDO, escancarando a porta dos fundos.
— Vovó! Vem, rápido! Vovó! — A voz dele soava agitada, quase histérica.
— Mas o que é que houve, Eric? — perguntou a avó, praticamente correndo do escritório até o solário.

Eles tinham jantado e Vovó tinha corrigido os trabalhos escolares deles. Desde então, ela estivera sozinha em seu escritório, bebericando um martíni e terminando as anotações de alguns pacientes.

Na pressa, a avó deixara a bolsa sobre a escrivaninha, exatamente como Vi esperava que ela fizesse. A menina entrou no escritório, abriu a bolsa e pegou as chaves, depois se esgueirou para fora do cômodo e saiu pela porta da frente.

— Fogo! — dizia Eric lá do solário.
— O quê? — perguntou Vovó, soando incrédula.
— Olha! — exclamou o menino. — Eu estava brincando, tentando criar uma gaiola aconchegante para os animais machucados com uma vela, na antiga gaiola dos coelhos, foi uma estupidez, eu sei, mas...
— Meu Deus! — gritou Vovó.

Tanto a gaiola dos coelhos quanto o velho depósito de madeira estavam pegando fogo.

Vi saiu e se agachou embaixo da janela aberta da cozinha, escutando. O pesado molho de chaves da avó estava escondido dentro do bolso de seu moletom. Momentos depois, ela ouviu passos entrando na cozinha.

— A gente devia chamar os bombeiros — disse Eric com urgência.

— Nós não faremos nada disso — respondeu Vovó com a voz estranhamente calma.

Ela pegou o telefone e ligou para a Srta. Ev.

Assim que Vi soube que a secretária e Sal estavam a caminho, ela cruzou o jardim até seu esconderijo atrás da árvore. Sua esperança era de que, durante o caos, a avó não se lembraria de perguntar onde ela estava, iria apenas presumir que a menina estava no andar de cima, no quarto, a cabeça enfiada em algum livro, sem se dar conta do que acontecia.

Vi sorriu, sentindo-se muito satisfeita consigo mesma. Tudo estava saindo exatamente como os três haviam planejado. A Srta. Ev veio correndo pela estrada até o jardim, com a peruca torta e o robe amarrado de maneira frouxa em volta de sua camisola. Sal vinha logo atrás dela, usando o uniforme azul de hospital.

— Peguem os baldes e a mangueira — ordenou a Srta. Ev enquanto seguia na direção do quintal, apontando e direcionando as pessoas, o robe rosa e felpudo esvoaçando.

Vovó pegou um balde dentro de casa e Eric ligou a mangueira e a entregou para Sal.

E foi então que Iris apareceu do lado de fora e viu o fogo, se aproximando, cada vez mais próxima, atraída para as chamas como uma mariposa.

Ela *parecia* uma menina-mariposa, com o pijama azul-claro pendendo de seu corpo magro, esvoaçando na brisa. Se Vi semicerrasse os olhos, quase conseguiria imaginar asas pressionadas contra as costas de Iris, começando a se estender, delicadas e correndo o risco de serem queimadas pelas centelhas do fogo. A menina usava o gorro laranja, e Vi imaginou antenas macias e emplumadas escondidas embaixo dele.

— Vá pra dentro de casa — ordenou Vovó quando viu Iris.

Mas a menina permaneceu parada, paralisada, e então, bem na hora, ela começou a guinchar, um grito agudo e ensurdecedor. Algo que você não imaginaria ser capaz de vir de um ser humano.

Fase Um do plano: começar o incêndio e tirar Vovó de casa.

— Está tudo bem, Violet — disse Sal, indo na direção de Iris.

Sal era assistente hospitalar no Asilo havia anos, estava acostumado a ouvir pessoas gritando. Ele sabia como acalmá-las e, quando isso não funcionava, sabia como contê-las.

— Mas essa não é a Violet, essa é...

Eric começara a falar, mas Vovó o interrompeu:

— Leve a sua irmã pra dentro, Eric! Agora!

Irmã. Nossa irmã, pensou Vi. *Nossa irmã secreta, a Menina-mariposa que grita.*

Assim, ainda berrando, Iris saiu em disparada para a floresta.

Fase Dois do plano: a perseguição.

Vovó foi atrás de Iris (como todos sabiam que ela faria), com Sal logo atrás dela. A avó se virou e vociferou para o assistente:

— Não. Você fica aqui e apaga esse maldito incêndio. Eu cuido da minha neta.

Assim que Vovó entrou na floresta e os outros se ocuparam, tentando desembolar a mangueira para que ela alcançasse o depósito, Vi disparou na direção do Asilo.

Ela desceu a entrada de cascalho correndo, atravessou a estrada e depois o jardim. Esgueirou-se até a porta dos fundos do Asilo. Seu coração batia depressa, e todo o corpo dela estava escorregadio de suor. As roupas e o cabelo fediam à fumaça e a outra coisa, algo que ela esperava ser a única a perceber: querosene.

Sabia que não tinha muito tempo. Precisava ser rápida. Rápida como um coelho. De pulinho em pulinho.

Vi estava prestes a usar o chaveiro da avó para abrir a porta dos fundos quando ela se escancarou.

— O que está acontecendo? — perguntou Patty, meio sem fôlego, sua silhueta bloqueando as luzes do corredor atrás dela. — A casa está mesmo pegando fogo?

A menina deslizou para o corredor e balançou a cabeça.

— A casa não. Só a gaiola para coelhos e o depósito de madeira nos fundos.

— Mas está todo mundo bem?

— É claro!

— Você conseguiu mesmo? — perguntou Patty. — Pegou as chaves da Dra. Hildreth?

Vi puxou o chaveiro de dentro do bolso do moletom. Segurou a que tinha a etiqueta OESTE B.

Os olhos de Patty se arregalaram.

— Fala sério! Não acredito!

A menina assentiu. Ela também não conseguia acreditar.

— Tudo bem — disse Patty. — Agora só tem eu e a Sheila aqui, e eu posso manter ela ocupada. Não sei por quanto tempo o Sal vai ficar fora, mas, quando voltar, ele provavelmente vai fazer as rondas.

Vi assentiu de novo e baixou o olhar para o relógio de pulso: 9h17.

— Vou ser rápida.

Então deixou Patty para trás e foi correndo pelo corredor até o saguão. Quando chegou lá, foi até a porta que levava para as escadas do porão, pegou a chave na qual estava escrito PORÃO e a destrancou.

As luzes já estavam acesas.

Desceu depressa o conjunto de degraus de concreto e chegou a um corredor estreito, revestido de tijolos pintados com um verde pálido e triste. Havia um forte cheiro de alvejante no ar. Lâmpadas fluorescentes compridas e retangulares tremeluziam e zumbiam no teto. Uma porta com a placa SALA DAS CALDEIRAS ficava à esquerda. A menina virou à direita e encontrou outra porta com a placa OESTE B. Era uma porta sólida de aço, sem janelas. E, no lugar de uma fechadura instalada na própria porta, um largo ferrolho de metal e um cadeado pesado a mantinham fechada. Vi pegou a chave e encaixou-a no cadeado, sentindo-a deslizar para abri-lo, depois destrancou o ferrolho. Ela respirou fundo, empurrou a porta pesada e deu um passo à frente, pensando, em parte, que um alarme soaria e a pegariam no flagra.

Silêncio.

Outro corredor de tijolos verdes. Mais cheiro de antisséptico. Novas lâmpadas fluorescentes zumbindo. O ar estava úmido e frio.

Havia três portas na parede esquerda, todas de metal cinza com pequenas janelas retangulares. Já na direita, duas portas sem janelas.

Este lugar parecia muito diferente do resto do Asilo, que era bem preservado e quase dava a impressão de ser acolhedor: muita luz e janelas, painéis de madeira aconchegantes e mobílias confortáveis. Aqui embaixo tinha um aspecto de masmorra, o chão de cimento e as paredes de tijolos, as luzes tremeluzindo e zunindo.

E as portas.

Vi espiou pela minúscula janela da primeira porta à esquerda e viu um quarto vazio, com uma cama hospitalar de metal aparafusada no chão e amarras de couro anexadas aos cantos. O segundo quarto da esquerda parecia igual, mas tinha mais equipamentos: grandes lâmpadas cirúrgicas, uma caixa de metal sobre uma mesa com mostradores, interruptores e cabos que levavam a dois objetos que pareciam microfones. Era uma máquina de TEC, Terapia Eletroconvulsiva. Já ouvira Vovó descrevê-la, mas nunca tinha visto uma.

Tinha um gabinete de metal no canto. Alguns tanques de oxigênio. Uma bandeja giratória de aço sem uma única mancha. Um enorme ralo de metal no chão.

Ela colocou a mão na maçaneta, mas não teve forças para girá-la.

Aquele quarto causava uma sensação ruim.

Os deuses estavam resmungando avisos baixos para ela. Vi não era capaz de distinguir as palavras, apenas fragmentos firmes e lentos que pareciam perigosos, como um zumbido em fios de alta tensão. O corpo dela inteiro lhe dizia para sair dali, para correr. Seu estômago dava cambalhotas. A cabeça estava cheia e pesada, como sempre ficava antes de ela ter uma dor de cabeça. A pele estava irritada pelo suor.

O ar ali embaixo era como veneno nos pulmões de Vi.

Corra, gritaram as vozes, bem claras de repente e mais altas do que nunca. *Saia deste lugar o mais rápido que puder.*

Mas a menina lutou contra esse desejo poderoso e foi em frente, sabendo que esta poderia ser sua única chance de descobrir a verdade.

A janela da terceira porta estava escura. Ela mexeu no interruptor do lado de fora, mas nada aconteceu. Ficou na ponta dos pés, colocou as mãos em concha ao redor dos olhos e espiou pela janela, mal conseguindo distinguir as sombras na escuridão: uma cama e uma mesa.

Vi se afastou e olhou para as portas com as pequenas janelas retangulares, que ficavam na altura dos olhos.

Já tinha visto isso antes.

O desenho de Iris.

No dia em que Vi pedira para a menina desenhar um monstro, Iris tinha desenhado um retângulo com outro retângulo preto dentro dele, que por sua vez tinha dois círculos dentro.

Era uma dessas portas. Com alguém do lado de fora olhando para dentro do cômodo.

Iris estivera aqui embaixo. Ela tinha provas!

Mas quem era o monstro do outro lado da porta?

Vovó?

Vi imaginou Iris amarrada à cama hospitalar no quarto do meio. Pensou nas cicatrizes na cabeça e no peito da menina.

Do outro lado do corredor havia outra porta, mas essa não tinha janela. Ela tentou a maçaneta, que girou com facilidade.

Era uma espécie de copa, com um sofá, uma cafeteira e uma geladeira pequena. Uma lata de café Folgers. Vi abriu a geladeira e encontrou uma caixa de leite, um pouco de suco e um prato, que ela reconheceu da cozinha deles em casa. Havia um sanduíche de linguiça de fígado nele, o favorito da avó, todo enrolado em papel filme.

A mesa de centro tinha um largo cinzeiro de vidro e algumas revistas: *Time* e *Life*, endereçadas à Dra. Hildreth.

Vi abandonou a copa e avançou para a última porta no corredor.

Trancada.

Ela vasculhou entre as chaves e encontrou uma com a etiqueta B-ESC.

Vá embora, pensou ela.

E Vi deveria mesmo ir. Há quanto tempo estava ali embaixo? Cinco minutos? Mais? Ela olhou para o relógio. Cerca de dez minutos tinham se passado desde que encontrara Patty na porta dos fundos.

Tique-taque. Tique-taque.

Quanto tempo eles levariam para apagar o fogo? Quanto tempo ela tinha até que Sal voltasse depressa e começasse a fazer as rondas? Quanto tempo até que a avó voltasse para dentro de casa? Até que ela olhasse dentro da bolsa e percebesse que as chaves haviam sumido?

Rápido, rápido, rápido, sussurrou uma voz em seu ouvido, um dos deuses, mas a menina não tinha certeza de qual.

Tique-taque. Tique-taque.

Ela testou a chave. Encaixou. Vi abriu a porta, tateou a parede do lado de dentro atrás de um interruptor e acendeu a luz.

Deu um passo para frente. O B-Escritório cheirava a fumaça de cigarro velha.

Havia uma velha escrivaninha de madeira, uma cadeira e um grande gabinete de arquivos cinzento de metal com quatro gavetas.

— Na mosca — disse ela, indo direto até o gabinete.

Abriu a primeira gaveta. Viu arquivo atrás de arquivo com a etiqueta: MAYFLOWER.

O coração dela batia alto. Sentia sua pulsação latejar no corpo inteiro.

Hesitou por um segundo, indecisa de repente.

Ela queria olhar os arquivos?

Não.

Mas precisava.

Começou a examinar os arquivos.

Os primeiros registros que encontrou datavam de mais de quinze anos atrás, antes mesmo de ela nascer. Vi puxou alguns arquivos e os colocou na escrivaninha.

As referências aos pacientes eram feitas por meio de letras. Paciente A. Paciente B. Fichas médicas. Longas listas de remédios.

Quase todos eles haviam recebido uma combinação de amobarbital e Metrazol. Vi decorou os nomes, planejando procurá-los no livro de drogas da avó quando voltasse para casa. Havia menções a experimentos com plantas psicoativas, drogas alucinógenas e coisas com nomes em latim que a menina não reconheceu. Pensou nos jarros com folhas, raízes e sementes que tinham no porão de casa, e se perguntou se algumas delas seriam alucinógenas. Se Vovó estava fazendo as próprias misturas e experimentos com elas.

As anotações possuíam descrições. Terapia eletroconvulsiva. Privação Sensorial. Imersão em água fria. Hipnose.

Até cirurgias. Vi observou diagramas cuidadosamente esboçados do cérebro, de partes do crânio e de áreas que foram estimuladas, remendadas e decepadas.

Essas não eram curas.

Eram experimentos.

A menina ficou tonta. Tudo ficou borrado. Vi se forçou a desviar os olhos das anotações, todas traçadas com cuidado na caligrafia nítida de sua avó.

Essas pessoas foram torturadas.

Cortadas como os ratos da Vovó no porão de casa.

Seu estômago se embrulhou, e ela achou que vomitaria.

Será que a Iris fora uma dessas pacientes? Uma vítima dos experimentos de Vovó?

Será que a irmã conseguira as cicatrizes na cabeça e no peito devido às cirurgias feitas aqui embaixo, no porão do Asilo?

Vi continuou a examinar os esboços, a ler como a avó testava a memória de suas vítimas, seu Q.I. e suas habilidades cognitivas. Diversas vezes a mulher se mostrava desapontada com os resultados:

Mais um fracasso. As memórias e o senso de personalidade se foram, mas ainda há muitas deficiências. Pt não consegue mais ir ao banheiro sozinho, muito menos ler, escrever ou conversar de maneira significativa.

A menina vasculhou as primeiras três gavetas, procurando freneticamente por qualquer coisa que a ajudasse a entender quem era Iris. Ela encontrou uma pasta sobre o Paciente I, mas era um homem de 36 anos, um hóspede com histórico de alcoolismo. No fim das anotações, anexada com um clipe no lado de dentro da contracapa da pasta de papel manilha, havia uma fotografia. Uma polaroide do Paciente I em uma camisola de hospital, com uma cicatriz na cabeça raspada. Uma cicatriz igualzinha à de Iris.

O ar de Vi ficou preso na garganta. Seu coração pareceu congelar, esquecendo-se de bater por um instante. Porque ela reconhecia esse homem, o Paciente I.

O Paciente I era o velho Mac.

A menina fechou a pasta, colocou de volta no lugar e olhou para o relógio. Mais cinco minutos haviam se passado.

Merda, merda, merda.

Ela tinha que sair dali. Tinha que se apressar.

Mas ainda não podia ir embora. Estava perto demais. Passou os olhos por mais pastas, até que chegou na última da terceira gaveta. Ali, seu olhar se fixou em uma frase rabiscada com a caligrafia familiar de Vovó.

O projeto não apresentou os resultados que estávamos procurando por uma única razão: eu não tinha encontrado a cobaia certa.

Até agora.
A Paciente S é a certa. Eu sei que é.
Aquela que vai mudar tudo.

Vi enfiou o arquivo de volta e foi abrir a quarta e última gaveta.

E lá estava: aquele sentimento esquisito em seu peito de novo.

Cada pasta naquela gaveta tinha a etiqueta: PACIENTE S.

Estava abarrotada. Devia ter centenas, milhares de páginas com anotações ali, tudo sobre a Paciente S.

Ela puxou o primeiro arquivo, que dizia HISTÓRICO, e o abriu:

O Projeto Mayflower começou com uma série de perguntas simples:

Seria possível pegar um ser humano abaixo da média, uma pessoa que não teve uma boa educação, com uma inteligência menor do que mediana, e — por meio de um regime de cirurgias experimentais, remédios e terapia — transformar tal ser humano em algo além? Algo mais notável?

Poderia uma hereditariedade ruim, linhagens inferiores, ou até mesmo uma natureza criminosa, ser apagada?

Seria possível que uma pessoa assim pudesse ser útil no fim das contas? Pudesse ter um propósito maior?

Todos os nossos experimentos iniciais nos renderam resultados decepcionantes.

Até que me dei conta do problema.

Esses primeiros pacientes eram muito velhos. Seus cérebros não tinham mais a elasticidade necessária. Seus corpos estavam muito cansados para aguentar o tratamento.

O que nós precisávamos para sermos bem-sucedidos, para alcançarmos o verdadeiro sucesso como nunca antes, era de uma criança.

A visão da menina se estreitou. Ela sentiu o cômodo balançar e girar. Mesmo assim, Vi se forçou a continuar, a folhear através do amontoado de relatórios no arquivo.

As páginas entalharam um buraco em seu peito, deixaram sua respiração irregular, a cabeça latejava junto com seu coração. Lágrimas caíram sobre o papel.

Uma criança.

Uma garotinha levada da própria casa, que tinha pais horríveis e uma irmã mais velha considerada uma causa perdida.

Uma menina que fora a cobaia dos experimentos, fazendo-a cometer coisas terríveis e inimagináveis.

Uma menina que ficara presa na ala Oeste B durante meses, enquanto Vovó a despedaçava e tentava reconstruí-la, transformá-la em algo novo. Estava tudo ali, nos arquivos que Vi examinara: registros de cirurgias, remédios, terapia com água, hipnose.

Eu dei uma nova vida para essa criança, escreveu a avó. *Um novo começo. Eu peguei uma alma condenada e criei um quadro em branco, uma vida cheia de possibilidades.*

A história de Iris.

E, Vi se deu conta, também era a história de como sua amada avó, a brilhante Dra. Hildreth, havia criado seu próprio monstro.

Lizzy

20 de Agosto de 2019

A MOCHILA ESPETAVA minhas costas e a blusa estava ensopada de suor, apesar do ar noturno estar frio.

Isto é uma estupidez, falei para mim mesma. *É perigoso.*

O que eu esperava encontrar na torre?

Lauren amarrada e amordaçada? O monstro montando guarda?

O monstro que na verdade era a minha irmã, perdida havia anos?

E se eu estivesse indo direto para uma armadilha? E se o monstro soubesse que eu estava chegando?

Ainda assim, continuei a caminhar pela floresta escura, me permitindo imaginar chegar à torre e salvar a menina.

Mas, para salvá-la, eu precisaria matar o monstro.

ೲೲೲ

— EU NÃO ACHO que você tenha um pingo sequer de maldade dentro de si — dissera minha irmã certa vez, muito tempo atrás. — Não tenho nem certeza se você seria capaz de matar um monstro, se encontrasse um.

— Eu consigo sim matar um monstro — retruquei furiosa, na defensiva.

— Então me conta — ordenara ela. — Me conta como você faria isso.

— Depende do tipo de monstro — respondi, demonstrando minhas habilidades, provando que eu não havia apenas ajudado a criar o livro de monstros, eu o havia memorizado. — Para um vampiro, uma estaca no coração. Para um lobisomem, uma bala de prata.

— Mas e se você não souber com que tipo de criatura está lidando? — perguntou minha irmã.

— Você dá o seu melhor palpite. Amarra a coisa com um feitiço, sal e água benta, e tenta machucá-la do jeito que conseguir. Uma adaga mágica. Uma bala de prata. E a maioria dos monstros morre se você cortar a cabeça deles.

Minha irmã caiu na risada.

— Você faz parecer tão fácil.

— Mas não é. Matar um monstro nunca é fácil.

ɷɷɷɷɷ

TROUXE MINHA mochila de caça aos monstros, com o pequeno revólver aninhado dentro dela, só para garantir.

Minha lanterna iluminava a trilha estreita por entre as árvores. De vez em quando, eu parava e apontava a lanterna para o mapa e as anotações que Lagarto fizera para mim. *Pegue a trilha do acampamento que leva até a Trilha Prateada. Vire à esquerda. Siga a Trilha Prateada até a Trilha da Torre, à direita.*

Naquele momento eu estava na Trilha Prateada.

O santuário estava silencioso, só se ouvia o zumbido baixo dos insetos e o eventual chamado de uma mobelha. Eu não conseguia ver a água, mas podia sentir seu cheiro, senti-la ao meu redor: a umidade no ar, o ligeiro aroma decrépito de algas podres, vitórias-régias e folhas velhas flutuando na superfície.

Varri a trilha com o facho da lanterna e avistei uma placa lá na frente: TRILHA DA TORRE. Virei à direita, seguindo o caminho estreito coberto de minúsculos seixos que rolavam embaixo dos meus pés como bolinhas de gude.

O vento soprava através das árvores e parecia sussurrar um aviso, um aviso como aqueles que os velhos deuses sussurravam: *perigo, perigo. Dê meia-volta enquanto pode.*

Às vezes os monstros viviam em lugares encantados.

Será que este lugar era um deles?

Será que eu havia cruzado algum tipo de véu?

Sim, sussurrou o vento.

E suas armas humanas não servirão de nada aqui.

Você não pode vencer.

A trilha me levou abruptamente para cima da colina, meus pés escorregando nas pedras.

Eu a senti antes de vê-la, pois dei um passo dentro da sombra densa e sinistra que ela lançava.

A torre se erguia sólida contra o céu iluminado pelo luar, feita de pedra e de argamassa. Parecia se inclinar levemente para a esquerda. Não era à toa que eu havia confundido a torre com um farol: era alta, circular e um pouco mais larga na base do que no topo.

Ouvi um ruído suave. Pés contra pedras.

Será que viera do lado de dentro?

O monstro estaria ali, observando, esperando?

Me lembrei de quando éramos crianças, brincando de esconde-esconde, eu contando até cinquenta com a cabeça enterrada nas almofadas do sofá da sala de estar, subindo as escadas correndo para procurar minha irmã: *pronta ou não, lá vou eu!*

Dava para ver uma grande entrada e cinco pequenas janelas quadradas, alternando-se no centro.

Me aproximei da torre e escutei com atenção. Não havia mais nenhum som vindo dali. Não havia mais nenhum som vindo de lugar algum.

Parecia que o mundo todo estava prendendo a respiração.

Havia duas tábuas de madeira pregadas em cima da porta de entrada, e uma placa que dizia: PERIGO! TORRE FECHADA! NÃO ULTRAPASSE!

Iluminei o interior com a lanterna e vi uma escada de metal em espiral enferrujada em certos pontos. No chão de cimento, havia garrafas quebradas, uma blusa manchada, folhas, gravetos e papéis de bala. Também havia os resquícios de uma pequena fogueira, o que era uma idiotice completa. Quem acenderia uma fogueira lá dentro? Velhos reforços de madeira secos se projetavam, amarrados na escada de metal. E todas aquelas folhas secas e gravetos queimariam como uma caixa de fósforos.

Na parede, com spray de tinta vermelha, estava escrito ENTRE E MORRA, com um pentagrama desenhado ao lado. Embaixo dessa, tinha outra mensagem, mas feita com tinta branca: *A Jane Chocalho esteve aqui!*

Senti o cheiro de pedaços de cimento velho. Terra. Cerveja choca. Urina.

E fumaça de cigarro. Fraco, mas recente.

Engoli o caroço que começava a se formar na minha garganta e, com cuidado, tirei a mochila das costas, a abri e tirei o pequeno revólver .38, depois encolhi os ombros para colocar a mochila de volta. Mergulhei por debaixo das placas, atravessando a entrada com a arma na mão direita e a lanterna na esquerda.

Minhas botas esmagaram cacos de vidro, e pequenos gravetos e folhas estalavam e crepitavam embaixo dos meus pés como ossos minúsculos.

Testei o primeiro degrau de metal com o meu peso. Parecia firme. Avancei para o segundo, ainda testando, depois para o terceiro, que deu a impressão de se deslocar levemente debaixo de mim.

Minha boca ficou seca.

Eu tinha certeza de ter ouvido um farfalhar no andar de cima.

Não um farfalhar: passos. Passos que deslizavam e se arrastavam.

Apontei a lanterna para cima, mas vi apenas os degraus enferrujados e como eles se desprendiam de alguns dos suportes de metal que os fixavam na parede.

Pensei outra vez: *isto é uma estupidez. Eu deveria voltar.*

Tinha mais pichações nas paredes de pedra: O SUICÍDIO É INDOLOR; MARK P. CHUPA PAUS; ESSE BARATO É PRA VOCÊ, com o contorno de uma folha de maconha.

E então, no que parecia ser giz de cera, um desenho que reconheci: uma cópia da quimera de Eric, da capa do nosso livro de monstros. Uma criatura com cabeça de leão, corpo de cabra e uma cauda que terminava com a cabeça de uma cobra.

Escrito embaixo da ilustração: "*A primeira coisa que você precisa saber é que monstros são reais. Eles estão ao nosso redor, mesmo que a gente não consiga vê-los.*"

Minha irmã esteve aqui.

Estava aqui, neste instante.

Prendi a respiração, escutando.

Eu estava na metade da escada quando escutei um barulho do lado de fora da torre. Um baque, um grito e um pequeno gemido.

Quase gritei também, exigindo saber quem estava ali, mas mordi o lábio e continuei subindo.

As escadas balançavam e rangiam. Choveu concreto de algum lugar na parede acima de mim. Soltei a lanterna enquanto me esticava, instintivamente, para agarrar a grade.

A lanterna caiu no chão de cimento lá embaixo com um estrondo e apagou.

Merda, merda, merda.

Eu deveria subir ou descer?

Subir ou descer?

Tique-taque, tique-taque.

E aí senti: um forte magnetismo, algo que eu não sentia havia muito, muito tempo, me atraindo para cima, para o topo da torre.

Para *ela*.

Pensei no Frankenstein, no monstro jogando o médico para fora do topo do moinho, nos aldeãos e nas suas tochas.

Eu subia, apertando a arma na mão direita e segurando o corrimão de metal enferrujado com a esquerda. Flocos de metal ficavam presos na minha mão, as pontas afiadas cortando minha pele, mas não soltei.

Pronta ou não, lá vou eu.

Avistei uma abertura bem em cima de mim, a luz azul do luar iluminando-a. Subi os últimos degraus o mais rápido que consegui. O elemento-surpresa já era: se havia uma pessoa ali em cima, ela tinha me ouvido. Sabia que eu estava chegando.

No meio da abertura, girando a cabeça e apontando a arma como se fosse um arco, perscrutei as sombras em busca de movimento, de uma figura agachada e parada, esperando.

Mas não tinha nada. Ninguém.

Quando cheguei no fim da escada, caminhei por sobre o piso de madeira, que cedeu um pouco com o meu peso. As paredes estavam em pior estado aqui em cima, as pedras se soltando conforme a argamassa saía, os parapeitos caindo aos pedaços: oitenta anos de chuva, vento e neve cobravam seu preço.

Procurei freneticamente, circulando o perímetro devagar e com cuidado, testando as tábuas a cada passo. A madeira parecia estufada, apodrecida, mas aguentou.

O andar de cima estava vazio.

Tem que ter alguma coisa aqui, falei para mim mesma. Um sinal. Uma pista.

Outro desenho de giz, quem sabe?

Uma mensagem me dizendo para onde eu deveria ir depois, como se fosse um jogo, uma caça ao tesouro.

Eu estava prestes a completar o círculo quando vi um objeto retangular dentro de um ninho de folhas. Um pacote? Me aproximei, estreitando os olhos na escuridão, tentando identificar algum detalhe e desejando estar com a lanterna.

Minha respiração ficou presa na garganta. Todo o meu corpo vibrou, soando como quando alguém acerta o sino no topo da torre naqueles jogos em parques de diversões. Até meus dentes doíam.

Me ajoelhei na madeira lascada e apodrecida, e estiquei o braço na direção do presente — pois com certeza era um presente — deixado somente para mim.

Peguei o objeto, aquele velho e conhecido amigo, mais gasto agora, quebradiço e deteriorado, mas ainda assim: segurá-lo nas minhas mãos me dava a sensação de voltar para casa, de um reencontro.

Passei os dedos sobre a capa, sobre o título, lutando para distinguir os detalhes no escuro.

O LIVRO DOS MONSTROS
Violet Hildreth e Iris Cujo Sobrenome Nós Não Sabemos
Ilustrado por Eric Hildreth
1978

Ali estava a quimera de Eric, as cores brilhantes das canetinhas agora desbotadas.

Uma lágrima caiu da minha bochecha sobre a capa do livro, e eu rapidamente a limpei.

Não tive forças para abri-lo. Em vez disso, deixei a arma de lado e abracei o livro, puxando-o com força contra o meu peito.

Então vi outra coisa na pilha de folhas.

Uma forma pequena. Uma boneca.

Estiquei o braço e peguei o objeto, tentando identificar alguma coisa à luz do luar.

A boneca era feita de tecido branco, igual àqueles usados em blusas. Seu rosto era costurado, franzido, com cruzes no lugar dos olhos como os personagens de desenhos animados quando morrem. Ela vestia um short azul de sarja e um moletom preto com capuz. Tênis pretos tinham sido feitos com pedaços de lonas usadas de tênis de verdade (dava para ver parte da estrela da logo do All Star). E, costurado no topo da cabeça da boneca, uma descabelada peruca loira com mechas roxas. *Cabelo de verdade*, percebi enquanto o tocava.

O cabelo de Lauren.

As roupas da boneca devem ter sido feitas com as roupas da própria Lauren.

Foi então que ouvi passos. Não era o vento ou o andar de um animal pequeno. A escada de metal balançava e guinchava e pedaços de concreto solto caíam, enquanto alguém subia na minha direção.

O LIVRO DOS MONSTROS

Violet Hildreth e Iris Cujo Sobrenome Nós Não Sabemos
Ilustrado por Eric Hildreth
1978

ALGUNS MONSTROS nascem como são.
 Outros são construídos.

A Mão Direita de Deus: A Verdadeira História sobre o Asilo Hillside

Por Julia Tetreault, Jornal *Trechos Obscuros*, 1980

Retirado dos arquivos da Dra. Helen Hildreth
Ala Oeste B, Projeto Mayflower

PACIENTE S
Antecedentes e histórico familiar:
D.P. ERA UM HOMEM branco de 38 anos de idade, com um histórico de alcoolismo e uma ficha criminal. Ele já fora preso por lesão corporal, por embriaguez e por desordem pública. O homem fazia bicos. Tinha um Q.I. de 84. Possuía uma testa comprida e inclinada, olhos muito juntos e dentes desalinhados. Sua pressão alta era desregulada.

D.P. foi encaminhado para o Projeto Esperança, a clínica estadual na qual eu faço trabalho voluntário. A missão fundamental do Projeto Esperança é ajudar pessoas com problemas psiquiátricos (incluindo o alcoolismo e a dependência química) a se reintegrarem com sucesso na sociedade, depois de terem saído da cadeia.

As consultas semanais de D.P. ao Projeto Esperança faziam parte das exigências de sua condicional, e ele teria que prosseguir com elas por doze meses.

Quando comecei a trabalhar com D.P., fiz uma pesquisa sobre seus antecedentes familiares e fiquei perplexa ao descobrir que ele era o bisneto de ninguém menos que William "Templeton", o patriarca da família que o Dr. Hicks e eu acompanhamos por anos para o nosso estudo.

Coincidência?

Estava mais para um momento de sincronicidade, o qual Jung define como "coincidência significativa".

Não sou, de jeito nenhum, uma pessoa sentimental. Não me permito perder tempo com pensamentos mágicos. Não podemos mudar o passado. Tudo o que podemos controlar é o presente. Ficar desejando, ansiando e negociando não serve para nada. Entretanto, me pego querendo que o Dr. Hicks estivesse vivo agora, para que eu pudesse lhe contar esses fatos. Imagino ele acendendo um cigarro, ouvindo atentamente, a cabeça inclinada daquela maneira pensativa que o médico fazia, enquanto eu descrevia a corrente de adrenalina que percorreu meu corpo quando descobri quem era o novo paciente, que por um acaso D.P. vinha daquela mesma pobre família a qual o Dr. Hicks e eu passamos meses, anos, coletando informações. E realmente acredito que Wilson Hicks é o único que poderia entender de verdade o significado de tudo o que aconteceu desde minha primeira reunião com D.P.

Tive a oportunidade de perguntar a D.P. sobre sua família durante a primeira consulta. Ele nunca conheceu o bisavô por parte de mãe, William, que morreu cinco anos antes de D.P. nascer. A causa da morte foi um tiro, dado pelo próprio homem, logo após receber o diagnóstico de um câncer de fígado que já estava em metástase.

D.P. morava com a esposa e duas filhas em um trailer de dois quartos, num terreno alugado. Quando fiz minha visita domiciliar, descobri que as condições de vida deles eram bem miseráveis. Sem água encanada. O banheiro era uma casinha do lado de fora. As janelas tinham uma camada de papel filme para manter a casa aquecida. A esposa de D.P. era uma mulher sem qualquer atrativo, que não havia passado da sétima série. Ela também era alcoólatra e usava drogas, principalmente anfetamina.

A filha mais velha do casal, com 14 anos de idade, era uma jovem delinquente. Quase nunca ia à escola, cheirava cola e gasolina, bebia, era sexualmente ativa e vivia fugindo de casa.

A segunda filha tinha 8 anos. E, de alguma forma, nessa criança, nessa menina, senti que havia possibilidade. Ela era pequena para a idade, muito pálida, com as mãos e o rosto sujos e o cabelo embaraçado. Mas, em seus olhos, eu vi alguma coisa: uma faísca. Um sinal de inteligência, de promessa.

Na mesma hora, soube que a menina era a candidata perfeita para a próxima fase do Projeto Mayflower.

Há momentos durante uma pesquisa, momentos de ruptura, em que uma resposta aparece como que de repente, depois de anos de trabalho árduo. Encontrar essa criança foi um desses momentos.

Pedi a D.P. que trouxesse a esposa e as filhas para nossas consultas, com a desculpa de que a terapia em família fazia parte do tratamento. Depois da primeira sessão em grupo, expliquei que achava necessário que a menina mais nova fizesse uma terapia particular. D.P. reclamou, disse que não via necessidade, que não podia fazer intervalos no trabalho para levar a filha a nenhum compromisso. Me ofereci para ir buscá-la eu mesma e o alertei de que não queria ter que encaminhar minhas preocupações com o bem-estar da garota para as autoridades estaduais. "Uma intervenção agora poderia fazer toda a diferença", assegurei-o. "E assim vou poder dizer ao seu oficial da condicional que o senhor está de acordo com todas as áreas de tratamento sugeridas."

Por fim, ele concordou. Então comecei a buscar a menina na escola toda semana, levando-a para comer donuts — que criança resiste a um doce? —, construindo confiança.

Conforme fui conhecendo a garotinha, tive certeza de que ela era a pessoa que eu estivera procurando.

E se eu pudesse levá-la, essa pobre e infeliz criatura, e dar a ela uma nova personalidade, uma nova vida?

Tirá-la da sujeira e da miséria, transformá-la.

Olhei para a criança de olhos escuros e corpo muito magro, devido à desnutrição, e soube que ela seria uma verdadeira espécie de peregrina. Uma viajante entrando em terras novas e sagradas.

Mas primeiro, como qualquer peregrina que se preze, ela precisaria abandonar seu velho mundo. Cortar todos os laços com a sua vida anterior.

Comecei a elaborar um plano e, com o tempo, a colocá-lo em prática.

Felizmente, a menina se provou muito fácil de manipular. Comecei um regime intenso de programação e de sugestões hipnóticas.

ℓℓℓℓℓℓ

FOI UM incêndio que os matou. Não foi bem o fogo, mas a inalação da fumaça.

D.P. e a esposa estavam muito bêbados pela vodca barata que consumiram para acordarem. A filha mais velha estava em seu quarto, provavelmente chapada demais, ou bêbada também, para entender o que estava acontecendo.

A Paciente S — a garotinha com uma caixa de fósforos no bolso e mãos manchadas de querosene — nunca foi encontrada.

Ninguém procurou por ela com muito afinco. Nem a polícia nem a assistência social.

Me interrogaram, é claro, porque eu estava na ficha de D.P. por ter contato com a família.

Falei para eles que, pelo que entendi, a filha mais nova tinha sido mandada para longe, a fim de viver com um parente distante. Um primo, quem sabe? Era em algum lugar fora do estado. Infelizmente eu não tinha mais informações.

Depois veio o verdadeiro desafio do Projeto Mayflower: pegar essa garotinha que viera do nada, essa menina que havia feito coisas terríveis... e apagá-la por completo. Fazê-la começar de novo, como um recipiente vazio pronto para ser preenchido.

Vi

20 de Julho de 1978

V I E IRIS estavam sozinhas no quarto de Vi, depois do jantar. Iris estava quieta, os olhos vidrados, sentada em sua cama no chão, encarando o nada. Vi conhecia aquele olhar: Vovó dera remédios para Iris, para ajudá-la a se acalmar depois do "episódio" no incêndio na noite anterior.

A culpa era de Vi. Se ela não tivesse bolado aquele plano estúpido e pedido à menina que fingisse surtar para conduzir a avó numa perseguição pela floresta, Iris não estaria toda dopada. E Eric não estaria trancado no quarto, de mau humor, depois de Vovó ter berrado com ele por ter provocado o incêndio.

— Que idiota — dissera ela. — Sinceramente, Eric, estou decepcionada com você.

Vi dissera para os dois que não havia conseguido entrar no porão — que a chave não funcionara. Não tivera coragem para contar a verdade a nenhum deles. Vinha convivendo com o segredo o dia todo, sentindo-o enrolar-se dentro dela como uma cobra venenosa.

Olhou pela janela. Dava para ver as luzes do Asilo brilhando. O ar estava úmido e os fachos de luz produziam um halo fantasmagórico ao redor do prédio. A avó dissera que só voltaria bem mais tarde. Estavam com baixas na equipe e tinha um paciente em crise. Vi ficou feliz de ver Vovó ir embora. Parte dela ainda amava a avó desesperadamente, mas a outra parte a odiava com uma ferocidade que a menina não sabia que possuía. Ela nunca se sentira tão confusa.

A avó era alguém que Vi conhecera durante toda a sua vida, que a ensinara a ler, que nutrira as ambições da menina de ser médica, a alimentara e lhe dera banho, era quem colocava panos frios em sua testa quando Vi estava doente, quem cantava uma canção de ninar para ela toda noite. Mesmo assim, essa era a mesma mulher que escrevera as anotações, que havia feito aquelas coisas terríveis com Iris e todos os outros.

Era óbvio que Iris era a Paciente S. Isso significava que houvera pelo menos dezoito pacientes antes dela no Projeto Mayflower. Pensar nisso fazia Vi se sentir mal, tonta. Pensou no velho Mac, em como ele sempre estava usando um chapéu, como era devotado à Vovó. Mas o que havia acontecido com os outros?

— Você está bem? — perguntou para Iris, pelo que já deveria ser a centésima vez.

Caminhou na direção dela e se sentou no colchão ao lado da irmã.

— Aham — respondeu Iris. — Só com sono.

Ela deitou a cabeça de volta no travesseiro. O coelho de pelúcia sujo estava ao seu lado. Iris dormia com ele toda noite.

— Eu acho que é essencial —comentou Vi — que você não tome mais os remédios que Vovó te dá.

Com esforço, Iris se sentou de novo. Olhou para Vi com uma expressão confusa, mas não disse nada.

— Só finja — explicou a menina. — Guarde os comprimidos na bochecha... E, quando ela não estiver mais olhando, cuspa tudo.

Pela primeira vez desde que se entendia por gente, Vi não tomara o milk-shake especial que a avó fizera de manhã para ela. Fingiu bebericar um pouco enquanto Vovó a observava, depois, quando ela saiu da cozinha, Vi jogou tudo ralo abaixo.

Não achava que havia nada ali, a não ser gérmen de trigo, ovos, leite e sorvete, mas não confiava na avó. Não mais.

— Por que não posso tomar? — perguntou Iris, piscando como uma coruja cansada. — Vovó diz que os remédios ajudam. São pra me ajudar a melhorar. Pra me ajudar a lembrar.

— E se não forem?

— Hã?

Vi pegou um fio solto da colcha de Iris.

— E se eu te disser que não são? Que a Vovó não é quem parece ser?

Se ela contasse, não teria mais volta.

Mas *tinha* que contar.

Puxou o fio solto com força, e parte da ponta da colcha começou a desfiar.

Iris piscou outra vez.

— Bom, então quem ela é?

— Tenho uma pergunta melhor — comentou Vi, ficando de pé.

— Ah, é? Qual?

— Quem é *você*?

— Eu?

A boca de Vi ficou seca. Ela começou a andar, indo para frente e para trás nas tábuas pintadas do chão de seu quarto.

— Ontem à noite, quando fui no Asilo, eu desci até o porão, até a ala Oeste B.

Iris a encarou.

— Mas você disse que não conseguiu... que a chave não tinha funcionado.

Vi engoliu em seco, balançando a cabeça.

— Eu só não sabia como te contar a verdade. Entrei na ala, descobri algumas coisas. Como prometi que faria.

Tinha sido uma promessa horrível de se fazer. Uma promessa horrível de se manter. Vi se perguntara o dia inteiro se deveria contar a verdade para Iris. Não chegava a uma conclusão, ficava indo para frente e para trás, para frente e para trás: como um pêndulo balançando.

Se lembrou do filme *O Poço e o Pêndulo*. Do homem amarrado na mesa e do pêndulo balançando para frente e para trás, abaixando-se a cada oscilação, com uma lâmina enorme na ponta.

Para frente e para trás. Para frente e para trás.

Como ela caminhando agora.

Talvez Iris ficasse melhor se não soubesse. A ignorância é uma bênção, não é?

Mas aí pensou em sua promessa. Promessas tinham significado. Além disso, se fosse com ela, Vi ia querer saber. Ia querer saber a verdade, não importa qual fosse.

Alguns segredos eram grandes demais para serem guardados.

Ela tinha que contar.

Tinha que contar para Iris. E tinha que contar para outras pessoas também.

Vi precisava encontrar uma maneira de parar a avó.

E lá estava a cobra, retorcendo-se em sua barriga.

— Me conta — pediu Iris.

A menina parecia mais desperta agora. E bem assustada.

— Tem certeza que você quer saber?

Iris assentiu.

Vi foi até a escrivaninha e olhou, pela janela que ficava em cima, para as luzes do Asilo do outro lado do jardim. Onde estava sua avó? Lá embaixo, no porão, na ala Oeste B? Será que havia um novo paciente amarrado em algum daqueles quartos?

Tinha que fazê-lo. Sabia disso. Tinha que contar a verdade para as pessoas. E precisava começar por Iris.

Vi acendeu a luminária da mesa, depois voltou para a própria cama e puxou a pasta com as anotações que havia pegado no Asilo de debaixo do colchão.

— Você precisa ler isto aqui.

Sabia que deveria ser a pessoa a falar, a explicar o que ela descobrira. Mas se sentia mal só de pensar em ter de contar de verdade a história para Iris.

Então, colocou a pasta na mesa.

— Só... leia — disse ela.

Vi se sentou na cama e roeu as unhas, enquanto observava Iris ler os papéis devagar. O dedo da menina se movia por baixo das palavras, dando tapinhas nas páginas.

Os olhos dela estavam vidrados, sem expressão.

Os segundos voaram. Logo uma hora já havia se passado.

Vi continuava sentada, observando Iris ler. Ela queria falar, quebrar o silêncio do quarto, mas não havia nada a dizer.

Mas o que ela mais queria era voltar no tempo e não ter descido no porão. Não ter descoberto nada disso. Não precisar compartilhar a verdade com Iris como agora. Queria voltar para o momento em que eram apenas irmãs caçando monstros, sem nunca se dar conta de como os monstros de verdade já estavam por perto.

— SOU EU, NÃO É? — perguntou Iris quando finalmente ergueu o olhar. Seus olhos ainda estavam vítreos, as pupilas dilatadas e brilhantes, como se não fossem os próprios olhos dela, mas sim de uma boneca ou de um bichinho de pelúcia. — Eu sou a Paciente S.

Vi assentiu.

— Eu fiz tudo isto? — A voz de Iris tremeu. Ela olhou para as próprias mãos, como se não fossem dela. — Eu matei meus pais? Minha irmã?

Irmã. Iris tivera uma irmã de carne e osso. Uma que ela havia matado.

— O que a Vovó e o Dr. Hutchins fizeram com você... é... — Vi lutava para encontrar as palavras certas.

Errado? Um crime?

Do lado de fora, elas ouviram um uivo.

As duas ficaram paralisadas, se encarando.

Outro uivo.

— Droga — disse Vi. O chamado do Clube de Monstros. — Vou falar pra ele ir embora.

Ela foi até a janela e a abriu. Eric estava lá embaixo, no jardim, segurando uma lanterna. Parecia que ele decidira sair do quarto, afinal.

— Agora não — gritou Vi.

— Mas tá na hora.

Merda. A caçada de monstros. Tinha se esquecido completamente da maldita caçada.

— Não dá.

— Como assim? E o *ghoul*? Hoje é lua cheia — lembrou Eric. — É a nossa chance.

— Não dá — repetiu ela.

— Ontem à noite, eu fiz o que você mandou. Me meti numa encrenca por você!

Atrás de Vi, Iris ficou de pé, foi até o closet e pegou um moletom de capuz preto.

— A gente devia ir — disse ela, uma menina no piloto automático, falando e se mexendo como se fosse sonâmbula.

— Não. A gente não precisa. Não esta noite.

— Mas o Eric está esperando.

Vi tentou argumentar, tentou pará-la, mas Iris já estava descendo as escadas e cruzando a porta, aí já era tarde demais.

A LUA ERA de um laranja avermelhado brilhante, pendendo baixa e enorme no céu.

Era uma noite úmida e gelada, fria demais para julho. Vi tremia apesar do moletom. Ela queria ir para casa. Levar Iris para casa e conversar sobre tudo aquilo, bolar um plano para o que deveriam fazer a seguir.

Eric estava contando para elas que encontrara algumas pegadas perto do córrego, que definitivamente não eram deles.

— Acho que é o *ghoul*. Quando eu o vi, estava usando umas botas grandes, que pareciam ter pelos. Tipo pele de animal.

O menino liderava o grupo até a floresta, seguido por Vi e depois por Iris. Vi ficava virando para trás toda hora a fim de olhar para ela, mas os olhos de Iris evitavam os seus. Estavam focados no chão.

Os três iam pisando em folhas e galhos: *crunch, crunch, crunch*. O grupo cambaleava e arrastava os pés, esmagando samambaias e tropeçando em raízes e pedras.

Eric estava balançando a lanterna, examinando, sempre iluminando o caminho à frente para ter certeza de que era seguro, de que o *ghoul* não estava ali, esperando por eles com dentes afiados e garras.

As crianças ouviram o córrego antes de vê-lo, e logo estavam perto da margem. Na primavera, o riacho era fundo e corria rápido, mas, nessa época do ano, mal chegava a trinta centímetros de profundidade. Em alguns anos, ele parava de correr completamente no meio do verão.

A água estava escura e reluzente graças ao facho de luz da lanterna de Eric.

Ele olhou para baixo e iluminou a lama ao longo da margem, até que encontrou as pegadas estranhas.

— Viu? Não são nossas. Estas pertencem a botas de solado macio. É o *ghoul*.

Vi deu um passo à frente para analisar as pegadas. Eram grandes demais para serem de Vovó. E pequenas demais para serem do velho Mac. Quem mais viria até aqui?

Eric olhou para cima e apontou a lanterna para o rosto de Vi, cegando-a. A menina levantou o braço para proteger os olhos.

— Eric! — repreendeu. — Para com isso!

O menino apontava o facho de luz ao redor da irmã, examinando as árvores.

— Cadê a Iris?

Vi girou para dar uma olhada.

— Ela estava bem aqui um segundo atrás.

Mas agora a menina havia desaparecido.

Os olhos de Eric se arregalaram.

— Você acha... — Ele abaixou a voz. — Você acha que o *ghoul* pegou ela?

— Iris? — chamou Vi.

Nada.

Só havia o barulho do córrego.

— Nós temos que encontrá-la.

Eric assentiu, ainda vasculhando a área ao redor com a lanterna.

— Iris? — chamou ele com a voz fina e baixa.

Os dois ficaram parados, escutando.

Vi escutou alguma coisa estalar, um galho se quebrando, atrás dela, do lado direito.

— Por aqui — disse ela, indo na direção do som.

A menina chamou por Iris de novo, gritando o mais alto que conseguia. As árvores foram ficando mais grossas e mais próximas umas das outras, conforme os irmãos se embrenhavam na floresta. Ela sentiu que tudo se fechava ao seu redor, como uma mão aumentando o aperto.

Vi escutou alguém correndo mais à frente.

E se não for a Iris?, perguntou-se. E se eles estivessem mesmo perseguindo o *ghoul* de Eric? E se estivessem indo direto para uma armadilha?

Ela se lembrou do desenho do irmão: o rosto pálido, os olhos escuros e o capuz preto.

Imaginou aqueles olhos escuros encarando-a, pretos como o céu em uma noite sem estrelas.

Mais adiante, percebeu uma sombra se movendo pelas árvores.

— Iris?

Um galho estalou. Depois outro.

Um choro ruidoso vinha da mesma direção.

— Não é ela — disse Eric logo atrás de Vi. — É o *ghoul*!

O menino continuava movendo a lanterna pelas árvores, mas ela não conseguia enxergar nada.

Então, a lanterna iluminou um rosto pálido de capuz escuro.

Eric soltou um berro.

Mas não era nenhum *ghoul*.

Era uma menina usando um moletom de capuz preto. O moletom de Vi. A gêmea de Vi. Iris estava de pé ao lado de uma árvore, uma bétula-de-papel fantasmagórica.

— Iris — chamou Vi. — O que você está fazendo?

— Vai embora — disse a menina, a voz um rosnado distorcido. — Me deixa em paz.

— Não — declarou Vi, se aproximando, andando bem devagar.

Iris se inclinou, pegou uma pedra do tamanho de uma bola de beisebol e a jogou em Vi.

Ela ficou tão surpresa que não teve tempo de desviar, e a pedra bateu em seu queixo, fazendo-a cambalear, sua mandíbula explodindo de dor. Vi caiu de costas no chão.

— Eu disse pra me deixar em paz! — gritou Iris.

Eric foi correndo até a irmã, ajoelhando-se ao lado dela.

— Vi? — chamou ele com a voz fina e alta. — Você está sangrando! Ah, droga. Droga.

— Eu tô bem — respondeu ela, se sentando e esfregando o queixo.

A pedra mal a arranhara. Se tivesse acertado dois ou três centímetros mais para cima, poderia ter quebrado a mandíbula dela ou os dentes. Ela se levantou, esbarrando em Eric e indo na direção de Iris, que agora estava agachada, as mãos em volta dos joelhos. E os sons que a menina fazia — rosnando alto e soluçando — eram mais animalescos do que humanos. Vi deu um passo à frente, bem devagar, as mãos relaxadas dos lados do corpo, tentando parecer o menos ameaçadora possível.

— Iris — disse Vi, mantendo a voz baixa e suave, tentando deixar todo o pânico que sentia de lado. — Está tudo bem. Nós queremos te ajudar.

Iris ficou de pé e Vi percebeu que havia outra pedra na mão dela. A menina deu um passo na direção de Vi.

— Iris, eu...

A menina ergueu o braço, mas Vi o pegou, empurrou-o para trás e o torceu até Iris soltar um grito de dor e largar a pedra.

Vi era maior e mais forte, mas Iris era impulsionada por uma raiva insana. Ela empurrou a outra de volta, surpreendendo Vi com sua força, e quase fazendo-a perder o equilíbrio.

As duas brigavam, formando uma estranha dança.

— Parem! — gritou Eric, andando ao lado delas sem poder ajudar, apontando a lanterna para seus rostos, dentro de seus olhos. — Por favor, parem!

Vi mantinha a vantagem, até que Iris lhe deu outro forte empurrão e Vi bateu com o calcanhar em uma raiz, caindo no chão com a outra menina ainda agarrando-a.

A queda arrancou o ar de seus pulmões, e ela sentiu uma dor queimá-la no lugar que batera em algo duro e afiado quando caíra no chão.

Quando finalmente voltou a respirar, a menina gemeu de agonia.

Iris segurava os pulsos de Vi. Eric apontava a lanterna para os olhos da irmã e, quando ela olhou para cima, Iris parecia brilhar, parecia ter um halo ao seu redor.

— Você sabe o que eu sou — disse Iris, sua respiração saindo em explosões quentes, parecendo uma locomotiva.

Vi disparou chutes com as pernas e os quadris, ignorando a dor nas costas e nas costelas. Girou Iris e foi a vez dela de prender os pulsos da menina.

Abaixou a cabeça e ficou bem de frente para Iris, seus lábios quase se tocando.

— Você é minha irmã — disse Vi.

O LIVRO DOS MONSTROS

Violet Hildreth e Iris Cujo Sobrenome Nós Não Sabemos
Ilustrado por Eric Hildreth
1978

O MUNDO PRECISA de monstros pelo seguinte motivo: eles são nós e nós somos eles.

Não temos todos um pequeno monstro se escondendo dentro de nós? Uma certa escuridão que não queremos mostrar para as pessoas? Uma personalidade sombria. Aquela vozinha que nos diz para ir em frente e comer o último biscoito, ou talvez o prato inteiro. E a sensação não é ótima quando você perde o controle, realmente se descontrola e sai quebrando tudo, dá um soco na parede, quebra um monte de garrafas em pedacinhos?

Esse é o seu monstro interior dando as caras.

O mundo precisa de monstros.

E os monstros precisam de nós.

Lizzy

20 de Agosto de 2019

ENFIEI *O LIVRO DOS MONSTROS* e a boneca-Lauren dentro da mochila. Andei em círculos no piso de cima da torre, a arma na mão, ouvindo quem quer que estivesse subindo os degraus se aproximar, enquanto eu procurava freneticamente por uma forma de escapar, uma porta secreta ou outra escada. Mas não havia nada. Nenhuma outra saída a não ser a escada de metal em espiral, por onde alguém já subia. Fui até a beirada e olhei por cima dela. Será que dava para pular? Não, muito alto. Não teria como sair ilesa dessa queda. E a fachada da torre era muito lisa para ser escalada. Voltei a andar em círculos, desesperada.

Me lembrei dos camundongos correndo nas rodinhas no laboratório de Vovó, no porão de casa. Como parecera triste e fútil aqueles pobres animais, correndo em círculos infinitos e nunca chegando a lugar algum.

Sabendo que estava encurralada, parei de andar em círculos inúteis, me agachei com as costas contra a parede e apontei a arma para a sombra que agora subia pela abertura no chão.

Prendi a respiração.

Seria ela?

Minha irmã.

Meu monstro.

Minha gêmea de longa data.

Ou seria a Jane Chocalho, uma figura feita de pedaços de lixo e de ossos, os minúsculos penduricalhos ressoando juntos, como sinos do vento, conforme ela andava?

O facho brilhante de uma lanterna me atingiu em cheio.

— Lizzy? — chamou uma voz masculina vagamente familiar.

O guarda Pete tirou a luz da minha cara.

— Deixa eu adivinhar — começou ele, enquanto terminava de subir a escada —, mais caçada aos monstros?

Abaixei a arma e senti a onda de adrenalina começar a diminuir. Minha boca estava com gosto de tinta e de cobre. Eu tinha mordido o lábio.

Apenas assenti para ele.

— Você achou que a Jane Chocalho poderia estar aqui em cima? — perguntou Pete.

— Eu estava caminhando pela floresta e vi a torre. Decidi dar uma olhada.

— E imagino que não tenha visto a placa de *Não Ultrapasse*?

Dei de ombros.

— Tem uma razão pra ela estar ali, sabia? Esta torre está em péssimas condições. É perigosa pra caramba. Na verdade, é meio que uma surpresa que este piso esteja aguentando nós dois ao mesmo tempo.

Não falei nada. Pete mantinha o facho da lanterna apontado para baixo, mas o brilho era forte o bastante para iluminar o espaço inteiro. Eu conseguia ver as tábuas apodrecidas e empenadas, e as paredes de cimento caindo aos pedaços ao nosso redor.

— Suponho que você tenha permissão para usar esta coisa? — indagou Pete, indicando a arma que eu ainda segurava.

— É lógico. Você quer ver?

Ele balançou a cabeça.

— Não é necessário.

O guarda olhou para mim por um instante, esperando, então falou:

— Mas eu meio que esperava que você guardasse ela.

— Ah, sim. Desculpa.

Tirei a mochila das costas e deslizei a arma para dentro do coldre, que estava enganchado dentro do bolso da frente. Tomei cuidado para não abrir o zíper do bolso principal, onde eu havia guardado o livro e a boneca.

— Você sempre leva uma arma quando está caçando fantasmas e monstros? — perguntou ele.

— Geralmente.

Minhas mãos tremiam um pouco conforme eu fechava o bolso da frente. Esperava que ele não notasse, mas tinha certeza de que o guarda havia notado.

— Dá pra atirar de verdade em um fantasma?

— Não é com os fantasmas que eu me preocupo — falei para ele, recolocando a mochila nos ombros.

Pete assentiu e deu alguns passos, se aproximando.

— O que você esperava encontrar?

— Eu não esperava encontrar nada — falei. — Como eu disse, vi a torre e decidi dar uma olhada. Ouvi você subindo e acho que me assustei, só isso.

— Se assustou — repetiu ele.

Assenti timidamente para o guarda.

— Jamais imaginaria que você se assustasse fácil, levando em conta sua área de trabalho.

— Não costuma ser assim — admiti.

Pete olhou para mim pelo que pareceu uma eternidade.

— O que você me diz de sairmos daqui, antes que esta torre desmorone embaixo de nós, e irmos conversar em algum lugar mais seguro? A gente pode tomar um café e comer um pouco de torta... É por minha conta. Tem uma lanchonete bem na saída da ilha que fica aberta até meia-noite.

— Não sei. Eu... — Senti o peso da mochila nas costas e pensei no que tinha escondido ali dentro. Eu precisava me recompor, agir normalmente, fazer com que Pete parasse de me olhar daquela maneira: preocupado e desconfiado. Então sorri. — Na verdade, vamos sim, torta me parece uma ótima ideia.

ℓℓℓℓℓℓ

O RESTAURANTE Coruja Feliz era uma daquelas lanchonetes à moda antiga em trailers de alumínio, e ainda tinha um balcão comprido e bancos giratórios cobertos de vinil vermelho e reluzente.

Nós éramos as únicas pessoas no lugar. A *jukebox* parecia estar ali desde a década de 1950. E, a julgar pela música que tocava — *Bill Haley and His Comets* —, ela de fato estava.

Pete e eu nos acomodamos em uma das cabines. Me esforcei ao máximo para ficar parada, para conter minha inquietação, mesmo com a pele comichando e a mente acelerada. Tentei não pensar no livro ou na boneca dentro da mochila, ou no que encontrá-los na torre poderia significar. Tentei colocá-los em uma pequena caixa no fundo da minha mente e trancá-los por enquanto.

Foque o presente, falei para mim mesma. Mais tarde, haveria tempo para pensar sobre o que eu tinha descoberto.

A garçonete apareceu, cumprimentou Pete e perguntou como estavam as coisas na ilha.

— A correria de sempre — disse ele. — Mas vai ficar mais tranquilo depois do Dia do Trabalho.

— Mas aí tem os observadores — comentou a garçonete.

— Observadores? — perguntei.

— Observadores de folhas — explicou Pete. — Os turistas vêm até aqui pra ver a folhagem.

— Ah, claro — falei.

— Você não é daqui, né? — perguntou a moça.

Balancei a cabeça.

— É a primeira vez que venho a Vermont.

Pete franziu a testa para mim.

— É mesmo? — perguntou.

Assenti e lancei um olhar firme para ele.

— Aham.

Pensei no livro de monstros: uma prova da minha infância distante em Vermont. Depois pensei na boneca.

Se Pete soubesse que a boneca estava na mochila, costurada a partir das roupas de Lauren, com chumaços do cabelo da menina... As palmas das minhas mãos ficaram ainda mais suadas. Lembrei a mim mesma de respirar. Não tinha como ele saber de nada disso.

Ainda assim, Pete me olhara daquela maneira estranha quando eu disse que nunca estivera em Vermont antes, como se soubesse de alguma forma que era mentira.

Ele não sabe. Você está sendo paranoica.

Cada um de nós pediu um pedaço da torta de *blueberry* e café.

Haja naturalmente, falei para mim mesma. *Não dê a ele nenhuma razão para ficar desconfiado.*

A garçonete reapareceu com o nosso pedido. A torta era caseira: a crosta era amanteigada, farelenta e perfeita, e o recheio de fruta era a combinação exata do doce com a acidez.

— Isto está maravilhoso — comentei.

— É a melhor torta que já comi — concordou ele, dando a própria mordida, depois engolindo tudo com um gole de café. — Então... Você quer me contar o que realmente estava fazendo lá na torre esta noite?

Comi outro pedaço da torta, pensando.

— Como eu disse, saí pra dar uma caminhada pelo santuário.

— De noite? No escuro?

Confirmei com a cabeça.

— Fantasmas e monstros não costumam aparecer à luz do dia.

— Então você foi até a torre para caçar a Jane Chocalho?

— Eu estava no santuário, vi a torre e pensei em dar uma olhada — repeti. Será que esse cara não me ouvia? Olhei para ele por cima da borda da pesada caneca branca da lanchonete. — Sabe, com toda essa comoção, eu não tive a chance de perguntar... o que *você* estava fazendo perto da torre esta noite?

— Tivemos alguns problemas por lá recentemente, então tenho tentado ficar de olho no lugar.

— Que tipo de problema?

— Crianças curtindo, na maior parte das vezes. Na semana passada, alguém estava soltando fogos de artifício por lá e começou um incêndio. É de admirar que a torre inteira não tenha explodido em chamas.

— Você as pegou? As crianças que começaram o incêndio?

Pete balançou a cabeça.

— Que nada. Elas já tinham se mandado fazia tempo quando eu e o corpo de bombeiros voluntário chegamos lá.

Ficamos em silêncio por um instante, ambos bebericando o café e mastigando a torta.

— Sabe, eu visitei o seu blog e ouvi alguns episódios do podcast. Assisti a um pouco mais de *Monstros entre os Humanos*. Até li algumas das suas entrevistas e vi o seu TED Talk. Foi interessante... a ideia de que os monstros espelham as angústias da sociedade.

Sorri para Pete.

— Você andou me investigando.

— Só joguei no Google. Você tem muitos seguidores. É meio que uma pessoa importante.

Caí na risada.

— Em certos grupos.

Meus olhos ardiam e a minha mente parecia enevoada. Agora que a onda de adrenalina acumulada que eu sentira na torre tinha diminuído, a carência de sono estava cobrando seu preço.

Pete estava quieto enquanto se concentrava na torta.

— Pra mim é de fato surpreendente — continuou ele depois de um minuto — que tantas pessoas acreditem nesse tipo de coisa.

— E pra mim é surpreendente que tantas *não* acreditem.

— E você? — perguntou Pete. — Acredita mesmo em tudo isso? Ou é só pelas aparências? Você acredita de verdade que existem monstros, animais inventados, fantasmas e *ghouls* por aí pelo mundo?

— Sim — respondi, sem hesitar. — Acredito.

— E você sempre acreditou?

Assenti.

— Desde que eu era criança. Meu irmão, minha irmã e eu tínhamos um clube de monstros. A gente era obcecado: víamos filmes de monstros, saíamos para caçar criaturas e líamos tudo o que era possível.

Ele sorriu.

— Parece muito o meu filho. Ele adorava todas essas coisas. Ainda adora, eu acho.

— Aham, ele me contou que tinha um clube parecido quando era mais novo.

— Tinha mesmo. David liderava todas as crianças em caçadas de monstros. Algumas iam pra casa chorando, assustadas porque ele conduzia todo mundo pra dentro da floresta e os convencia de que tinham monstros de verdade por lá. Cara, como eu recebia ligações de pais irritados!

Sorri de volta para ele.

— Acho que as crianças, principalmente, são atraídas para esse tipo de coisa... o inexplicável.

Pete abaixou o garfo e limpou a boca com o guardanapo.

— Você deve ter mais ou menos a minha idade — comentou ele. — Se lembra daquela série antiga que passava na TV, *In Search Of...*? Com o Leonard Nimoy? O Dr. Spock?

— É lógico!

— Pé-grande, o Triângulo das Bermudas, alienígenas antigos... Eu adorava tudo isso quando era criança.

— E agora não gosta mais?

— Acho que não. — Pete riu.

— Ficou velho demais pra isso? Caiu em si? — provoquei.

— É você que está dizendo, não eu — disse com um sorriso malicioso.

— Acho que nunca fiquei. Velha demais pra isso, quero dizer. Durante toda a minha vida, fui atraída para essas mesmas perguntas sem respostas que me encantavam quando eu era menina.

Tomei um longo gole do café preto, tentando imaginar Pete quando criança, sentado em um sofá, assistindo a *In Search Of...* e acreditando que monstros eram reais.

— E você já encontrou alguma resposta? — perguntou ele.

Balancei a cabeça.

— Só mais perguntas.

Pensei de novo no que encontrara hoje. Eu estava louca para voltar ao acampamento, dar uma boa olhada na boneca, folhear o livro e tentar descobrir o que tudo isso significava. Será que o monstro havia deixado para mim como uma pista? Só para zombar de mim, só para me lembrar de que eu estava sempre um passo atrás?

Será que já era tarde demais? Era esse o significado da boneca, que não havia mais como salvar Lauren?

Reprimi um arrepio e apertei a caneca com força entre as mãos.

— Onde você cresceu, Lizzy? — perguntou Pete.

A mais comum das perguntas. Uma que já haviam me perguntado diversas vezes durante a minha vida. Mas, ainda assim, meu corpo se retesava cada vez que alguém a fazia.

— Na Pensilvânia — respondi, uma mentira que fora tão praticada que quase parecia de verdade. Eu conseguia imaginar uma vida lá, numa casinha aconchegante no subúrbio, no fim de uma rua sem saída, com pais que me amavam muito, um irmão e uma irmã. — Numa cidadezinha chamada Yardley, não muito longe da Filadélfia.

Ele estava em silêncio, assentindo. E lá estava outra vez, aquele franzir de testa curioso: um olhar que me dizia que Pete sabia que eu estava mentindo.

Mas eu estava sendo boba. Paranoica.

Como ele poderia saber?

O cara é policial, lembrei a mim mesma. Era o trabalho dele sair investigando, encontrar coisas que ninguém mais se incomodaria em desenterrar.

Se o homem se dera ao trabalho de jogar o meu nome no Google, ouvir os podcasts e assistir a vídeos, talvez ele tivesse ido além, cobrado um favor, investigado mais a fundo. Talvez Pete soubesse quem eu realmente era e estava só brincando comigo.

Comi o último pedaço de torta, olhei para o meu relógio e me espreguicei.

— Adorei nossa conversa, muito obrigada pelo café e pela torta. Mas, pra ser sincera, foi um longo dia e estou morta de cansaço. Eu realmente tenho que voltar.

Ele sorriu para mim.

— É claro. Obrigado por me acompanhar. — Ele ficou de pé e colocou o pagamento na mesa. — Vou te levar de volta pro acampamento.

Pete olhou para mim do outro lado da mesa, seu sorriso vacilando e um novo pensamento me ocorreu: não fora uma coincidência o guarda ter me encontrado na torre esta noite... ele havia me seguido até lá.

Eu era suspeita.

Vi

24 de Julho de 1978

V I E IRIS estavam na sede do clube, folheando o *Livro dos Monstros*, sem se falar. As duas tinham ido até ali para *conseguir* conversar, porque era o único lugar realmente seguro onde podiam dizer qualquer coisa, qualquer coisa mesmo, mas ali estavam elas, sem dizer nada. Apenas sentadas. O deus do silêncio estava de guarda, pressionando-as, pesado como um grosso cobertor de lã. Vi fechou os olhos e fez o possível para fazê-lo desaparecer. Iris passava as páginas do livro, encarando-o, estudando cada desenho, lendo cada passagem. Vi sabia que deveria dizer algo, mas estava esperando Iris falar primeiro, quebrar aquele terrível feitiço.

Os últimos dias tinham sido tão estranhos. Iris a estivera evitando e nem sequer a olhava nos olhos. Vi tentou imaginar como Iris deveria estar se sentindo, mas não conseguiu. Simplesmente não conseguiu.

Na maior parte do tempo, tentava descobrir o que elas fariam agora. Deveriam fugir? Mas para onde iriam duas meninas de 13 anos, sozinhas por aí, sem dinheiro, sem família e sem amigos? Não tinham contado para ninguém o que haviam descoberto com os arquivos. Nem mesmo para Eric.

Será que deveriam ir à polícia? Mas os policiais jamais acreditariam nelas, mesmo que levassem as anotações como provas. Vovó era uma mulher muito respeitada na sociedade: uma médica famosa, a quem pessoas do país inteiro procuravam para aprender com ela. A polícia ligaria para Vovó, e todos eles dariam boas risadas com as ideias malucas de crianças com imaginações férteis. Aí ela e Iris acabariam trancadas no porão do Asilo, talvez para sempre. Ou talvez a avó drogaria as duas e cutucaria seus cérebros até que se esquecessem de tudo e se tornassem apenas vegetais ambulantes. Vi já tinha visto pessoas assim: babando, sem conseguir falar, se arrastando como sonâmbulas ou sendo arrastadas em cadeiras de rodas, parecendo não ter noção do espaço ao redor. Nem pensar.

Vi tentava evitar a avó sempre que podia: se a visse chegar, ela se esquivava e ia por outro caminho. Mal conseguia encarar Vovó agora que sabia o que ela fizera com Iris. Como a avó, a mesma pessoa que a tinha ensinado a ler, costurar, assar biscoitos e nomear cada parte do corpo humano, como essa mulher podia ter toda uma vida cruel e secreta?

Será que todo mundo tinha uma vida secreta?

Vi sabia que tinha uma. Os segredos pareciam pedras em seu peito: pesados e frios. Mas pelo menos os segredos dela nunca tinham machucado ninguém.

Quando não conseguia evitar a avó, dizia para si mesma que era uma atriz interpretando um papel. Se Boris Karloff conseguia interpretar o Frankenstein e Lon Chaney Jr. conseguia interpretar o Lobisomem, então com certeza Vi conseguiria fingir ser seu antigo eu: alguém um pouco mais jovem e mais ingênua. Ela praticava em frente ao espelho do seu quarto todas as manhãs, assim que acordava, enquanto Iris ainda ressonava.

Nada está errado. Minha avó cuida maravilhosamente bem de mim, de Eric e de minha nova irmã, Iris. Eu sou uma menina inteligente e tenho um coração forte.

Na noite anterior, Vi tinha feito um relatório para a avó, como sempre. As duas se sentaram no escritório de Vovó, na casa deles, enquanto a mulher bebericava um gim tônica e Neil Diamond cantava no toca-discos — *Brother Love's Travelling Salvation Show*. A menina estava empoleirada na cadeira de couro, no canto perto das estantes de livros, segurando uma água tônica com limão que a avó havia preparado para ela. A quinina era o que dava à água tônica aquele sabor amargo, além de ser também um medicamento — era usada para tratar malária, uma doença que você podia pegar por meio dos mosquitos.

Iris e Eric estavam na sala de estar, assistindo *O Homem de Seis Milhões de Dólares*, e Vi desejava estar lá com eles em vez de estar ali.

Ela ergueu o copo suado e tomou outro gole da tônica amarga.

— Foi um dia comum — explicou ela, sorrindo e meio que dando de ombros, como se estivesse pedindo desculpas. Como se estivesse triste por a verdade ser tão chata. — A gente leu um pouco e estudou matemática, depois assistimos à televisão. Fomos dar uma volta na floresta. Lemos uma porção de quadrinhos. Fomos até a horta pegar alguns tomates. O velho Mac gritou com a gente porque pegamos muitos.

Vovó estudou Vi por um longo tempo, sem dizer nada.

— Você está bem, Violet? — perguntou ela.

— É claro. O que você quer dizer? Está tudo certo.

Vi tentou não se contorcer, embora se sentisse como uma minhoca no anzol. *Me pegou, me pegou, me pegou!*

— Você e a Iris parecem um pouco... tensas — disse a avó, observando a neta enquanto pegava os cigarros e o isqueiro.

Vi balançou a cabeça.

— Não é nada. A gente meio que brigou, mas foi besteira. Tudo já está bem agora.

— Brigaram por quê? — quis saber Vovó.

— Por causa de um jogo que a gente estava jogando. Como eu disse, foi bobeira. Já fizemos as pazes.

A avó olhava para ela como se pudesse enxergar diretamente através de qualquer mentira que Vi pudesse contar. Como se talvez a menina não fosse a atriz que pensava ser.

— O que aconteceu com o seu rosto? — perguntou Vovó.

— Hã?

— O machucado no seu queixo, Violet. Esse que eu tenho fingido não notar há dias.

Vi coçou o queixo.

— Eu... caí quando estava passeando pela floresta no outro dia.

Vovó ficou encarando Vi por um longo tempo. Depois de acender o cigarro, ela deu uma profunda tragada e soprou a fumaça na direção da menina.

※

— NENHUMA DAS histórias de monstros têm finais felizes — disse Iris, finalmente, virando a página no capítulo do lobisomem e quebrando o silêncio.

Ela folheou o capítulo do Homem Invisível (Eric tinha desenhado apenas um chapéu e um par de óculos naquela página).

Vi mordeu o lábio, lutando para dizer alguma coisa que consertasse tudo. O deus das palavras estava em silêncio. Sua cabeça estava cheia de uma estática esquisita, que zumbia e ficava cada vez mais alta. Outra dor de cabeça estava começando. Ela vinha tendo muitas desse tipo ultimamente. Todos os segredos se acumulando, criando uma pressão que ia crescendo até que Vi sentisse como se sua cabeça pudesse explodir de verdade.

— O monstro até pode tentar viver entre os humanos, agir como um deles, mas nunca funciona, não é? — perguntou Iris enquanto fechava o livro e ficava de pé. — As pessoas sempre descobrem a verdade.

A menina começara a chorar, mas seu rosto não parecia triste. Na verdade, seu rosto estava completamente inexpressivo. Parecia uma máscara de cera, exceto pelas lágrimas escorrendo pelas bochechas.

— Você não é um monstro — afirmou Vi, se levantando também.

Ela esticou o braço e tocou a bochecha molhada de Iris. A pele estava fria e pálida, como mármore branco. Iris se afastou de súbito.

— Sou, sim. — A voz dela estava aguda, alta e estranha. Não soava como ela mesma. — Você viu as anotações. A Paciente S foi um monstro criado pela Vovó. E eu sou esse monstro.

Vi sentiu seu peito se apertar, como se ela não conseguisse respirar, como se seu coração pudesse simplesmente parar de bater. A menina estava assustada, mais assustada do que jamais ficara em sua vida. Ela deu um passo na direção de Iris. As pernas não queriam ajudá-la: bamboleavam como se pertencessem à outra pessoa.

— Fique longe de mim — ordenou Iris. — Você não sabe o que eu posso fazer.

— Eu não tenho medo de você — disse Vi. — Você não vai me machucar.

— Você não sabe disso.

— Sei, sim — disse Vi, colocando as mãos nos ombros de Iris e olhando bem dentro dos olhos dela. — Eu te conheço. Conheço a *verdadeira* Iris.

Mas Vi se perguntava o quanto alguém realmente chegava a conhecer outra pessoa.

Podia dizer que conhecia de verdade a avó?

Não. Tinha visto apenas o que Vovó quisera que ela visse. Uma parte.

— Eu sei a verdade — disse Iris. — A verdade sobre os monstros. Eu sei, porque você me ensinou.

Vi agarrou os ombros da menina com mais força.

— Para com isso, Iris, por favor.

Agora era Vi quem estava chorando. Vi, que nunca chorava, que não conseguia se lembrar de quando fora a última vez em que se sentira tão devastada, por fora ou por dentro. Todo o seu corpo pulsava, e a cabeça estava repleta de interferências e de estática. Ela soltou Iris, que dava a impressão de oscilar através das lentes molhadas pelas lágrimas de Vi, como se a menina nem sequer pudesse ser real.

— Vamos ao que interessa: monstros são reais. Tão reais que podem se esticar e te tocar.

Iris pressionou o dedo contra o peito de Vi, que deixou escapar um soluço arrasado.

— Existem monstros caminhando entre os humanos.

Ela começou a andar silenciosamente, fazendo um círculo ao redor de Vi, igual uma predadora cercando a presa.

Vi estava com medo. Não de Iris, mas *pela* menina. Com medo por elas duas. Com medo do que quer que fosse acontecer.

— Às vezes, um monstro não sabe que é um monstro — sussurrou Iris, se inclinando no ouvido de Vi —, mas, quando descobre a verdade, de repente tudo faz sentido. No começo, eu não queria acreditar, mas, ao mesmo tempo, era como se uma parte de mim já soubesse disso.

— Não! — exclamou Vi, engolindo o ar entre os próprios soluços.

— Monstros serão assim para sempre e sempre são perigosos — disse Iris, citando as próprias palavras de Vi, aquelas que ela escrevera com tanto cuidado no livro.

— É só faz de conta. — Vi soluçava. — Só palavras idiotas que eu escrevi.

Iris levantou o braço direito, flexionando todos os músculos, a mão cerrada num punho apertado, como se fosse bater nela, mas Vi agarrou o braço da menina e o torceu atrás das costas de Iris, empurrando-a contra a parede rápida e rigidamente, com uma força que não sabia que possuía. A cabana inteira pareceu tremer: as paredes, o chão. Vi ficou com medo de que o teto desabasse. Iris soltou um curto *uff!* conforme sua cabeça batia na parede, os olhos dela refletindo total surpresa e descrença. Um olhar que parecia dizer: *quem é você e de onde você veio?*

— Já chega! — gritou Vi, seu rosto diretamente contra o da menina, a saliva voando e pousando na bochecha dela, se misturando com as lágrimas de Iris. — Para com isso! — berrou Vi de novo, com medo de que apenas a própria voz, sozinha, pudesse fazer a cabana inteira enterrá-las vivas.

Foi nesse momento que *ela* se sentiu perigosa. Um rugido soava em seus ouvidos, como se todos os deuses estivessem falando ao mesmo tempo, gritando dentro dela. Vi estava tomada pela fúria. Estava furiosa com o que havia acontecido com Iris, furiosa que sua avó pudesse ser tão perversa e cruel, e furiosa consigo mesma por não ser capaz de consertar nada disso.

— Você está me machucando — disse Iris.

Mas Vi não soltou a menina.

Seu corpo não parecia o mesmo. Vi tinha perdido o controle dele para outra coisa, algo que estivera profundamente adormecido dentro dela.

Uma corrente corria por seu corpo, e através de Iris também, Vi tinha certeza: o empurrar e o puxar de um campo magnético, o movimento de correntes elétricas girando, sendo atraídas uma para a outra e criando uma força maior do que tudo que qualquer uma delas pudesse produzir sozinha.

Vi sentiu-se ser puxada para frente, seu hálito na bochecha de Iris, seus lábios se movendo para encontrar os da menina. As bocas se pressionaram uma contra a outra com força, os dentes das duas se chocando. Vi nunca tinha beijado ninguém, a não ser Vovó, na bochecha, de noite. E ela sabia que era errado: garotas não deveriam beijar garotas, não desse jeito, não como um homem e uma mulher faziam nos filmes. Mas parecia que tudo dentro dela a puxava para Iris, e ela não conseguiria parar mesmo se tentasse. Beijou Iris desesperadamente, com voracidade, como se seu beijo sozinho pudesse salvá-la, fazê-la recuar, levar embora tudo o que tinha acontecido. Como se o beijo de Vi pudesse banir os monstros.

Iris empurrou Vi para longe, com os olhos arregalados de medo.

Vi cambaleou para trás.

— Eu... — começou a dizer.

Ela estava sem fôlego, o coração martelando no peito, e sem muita certeza do que iria falar, de quais palavras iriam disparar de sua boca como um aleatório rolar de dados:

Me desculpe.

Eu te amo.

Vamos esquecer que isso aconteceu.

Iris ergueu o braço e apontou para a janela.

— Tem alguém... — murmurou ela.

Vi girou a tempo de ver um rosto pálido se afastar da janela, um capuz sobre a cabeça da figura.

— O *ghoul* — sussurrou Iris com a voz falhando, apavorada.

Lizzy

21 de Agosto de 2019

A BATIDA ERA alta, insistente.
— Srta. Shelley? — chamou uma voz.
A voz de Deus, talvez.
Um dos deuses antigos, quem sabe?
O deus do tempo que tinha acabado.
Abri os olhos.
Eu estava na van.
— Srta. Shelley? — chamava uma voz do lado de fora. — Me desculpe por incomodá-la, mas é o Steve. Do escritório. A senhorita tem uma ligação.
Pulei para fora da cama e abri a porta.
— Uma ligação?
Pisquei ao dar de cara com a brilhante luz matinal, depois olhei para o relógio. Já eram quase 10h. Eu tinha dormido demais.
— Sim, é uma mulher. Disse que é muito importante que ela entre em contato com a senhorita. Gostaria que eu a levasse até o escritório? — perguntou ele.
Os painéis solares estavam todos conectados, as rodas da van estavam calçadas. Seria muito mais rápido ir com ele do que desconectar tudo.
Coloquei os sapatos e nem me dei ao trabalho de pentear o cabelo, só pulei no quadriciclo ao lado de Steve, usando minha blusa amarrotada e calças de moletom.
Poderia ser?
Poderia ser minha era-uma-vez irmã?
Quando estacionamos, pulei do quadriciclo e quase corri até o telefone, chegando ao escritório antes do próprio Steve.
— Alô?

Escutei. Me virei para Steve, segurando o telefone.

— Não tem ninguém na linha.

Ele franziu a testa.

— Bom, tinha. Levei um tempo pra chegar até você, talvez ela tenha desistido. Por que você não se senta um minuto e toma uma xícara de café? Acabei de passar um fresquinho. Se for importante, ela vai ligar de novo.

— Ela te disse o nome dela? O que ela disse exatamente?

Steve balançou a cabeça.

— Não disse o nome. Mas disse que era da família.

— Família?

Um nó se formou em minha garganta.

— A mulher disse que estava te procurando, que precisava falar com você. Ela sabia que você estava aqui na ilha, acampando, mas não tinha certeza de qual era o acampamento.

— E você confirmou que eu estava aqui?

Ele assentiu.

— A moça me disse que era da família. E ela parecia... bom, aflita. Como se fosse urgente que ela te encontrasse. O sinal de celular por aqui é instável, então muitas vezes familiares preocupados ligam pra cá pra conferir se está tudo bem.

Me servi de uma xícara de café, minhas mãos um pouco trêmulas. Esperei, encarando o telefone preto em cima da mesa. Ele não tocou.

Steve ficou jogando conversa fora. Me perguntou se eu estava gostando da ilha, se eu já tivera a chance de entrar na água, e me lembrou de que o acampamento tinha caiaques e canoas para alugar. Eu fiquei apenas encarando o telefone. Por fim, meu café acabou, e eu aceitei que não haveria outra ligação. Tinha perdido a minha chance. Steve se ofereceu para me dar uma carona de volta pelo acampamento, mas falei para ele que uma caminhada me faria bem.

Enquanto eu andava, meu cérebro girava em círculos desesperados.

Minha irmã tinha ligado, então agora ela sabia onde eu estava.

O que aconteceria agora?

Eu precisava de mais café. Aí iria me sentar e dar uma olhada no *Livro dos Monstros*. Não tive forças para abri-lo na noite anterior — estava muito exausta e meio assustada —, então o livro havia ficado dentro da mochila, junto com a bonequinha horrorosa, e decidi que examinaria os dois com olhos descansados à luz do dia. Tinha ficado me revirando na cama, encarando a mochila com medo por metade da noite, como se a boneca fosse abrir a bolsa, sair dali e trazer o livro até mim.

UMA FAMILIAR PICAPE azul estava estacionada ao lado da minha van, no terreno que eu alugava.

Merda. Este não era o momento de receber uma visita do guarda.

Pete não estava dentro do carro ou em qualquer outro lugar ao redor.

E a porta da van estava aberta.

Será que eu a deixara assim, na pressa de ir atender a ligação? Corri o restante do caminho que faltava e subi na van.

— Mas que diabos você está fazendo aí? — questionei.

Ele estava de pé, na parte de trás da van, perto da cama, segurando meu gravador digital.

— Procurando por você.

Pete sorriu timidamente, depois colocou o gravador de volta na prateleira.

— E você só foi entrando?

— A porta estava aberta e você não respondia, então eu entrei pra me certificar que você estava bem.

— Bom, eu estou bem.

— Sim, dá pra ver. — Ele assentiu.

O guarda deu um passo à frente, seu corpo preenchendo o espaço. Eu não estava acostumada a ter outra pessoa na van além de mim. Nunca. Não havia espaço para duas pessoas.

Saí pela porta aberta, abrindo o caminho para ele.

— O sistema que você tem ali é impressionante. Perfeito para trabalhar na estrada.

Fiquei quieta.

— Existe algum motivo pra você ter vindo me visitar? — perguntei, por fim, as palavras saindo mais duras do que eu pretendia.

O sorriso dele murchou.

— Eu falei com a polícia estadual hoje de manhã — disse ele.

— Ah, é?

— Lauren Schumacher continua desaparecida.

— É mesmo?

Pete assentiu.

— Eles vão mandar outro investigador aqui pra cidade amanhã de manhã, pra entrevistar as pessoas. Querem dar uma olhada em toda essa história da Jane Chocalho. — Pete olhou para mim. — Tenho certeza de que vão querer falar com você.

— Comigo? — Engoli em seco.

— Acho que eles vão se interessar em ouvir as suas... teorias. Entre outras coisas.

Forcei um sorriso.

— Fico feliz em compartilhar o que reuni, mas infelizmente acho que não é muito.

Ele fez uma pausa.

— Seja sincera, o que você acha até agora? Acha que tem algo a ver com todas essas histórias da Jane Chocalho?

— Ainda não cheguei a uma conclusão.

— Sei lá, a ideia de que possa haver algum fundo de verdade nelas parece tão... improvável pra mim.

Pete olhou para mim, esperando uma resposta.

— Às vezes, as coisas não são o que parecem — falei.

— Isso é verdade.

Ele se virou na direção da picape.

Nós nos despedimos, e eu estava subindo na van quando Pete chamou meu nome de novo. Me virei e observei enquanto ele tirava um cartão do bolso da frente da camisa, deixando-o na mesa de piquenique.

— Meu número — comentou ele. — Caso você queira conversar.

Fechei a porta e me inclinei contra ela, respirando profundamente e ouvindo o guarda entrar na picape e ir embora.

Merda.

Liguei a chaleira, peguei o pote de café expresso e uma xícara. Enquanto esperava a água ferver, peguei a mochila do lugar onde a havia jogado na noite anterior, no chão, ao lado da cama.

Abri a bolsa e olhei dentro dela.

Kit de primeiros socorros. Uma garrafa de água. Barrinhas de granola. Repelente de mosquito.

Em pânico, virei a mochila de cabeça para baixo, esvaziando-a.

O Livro dos Monstros tinha desaparecido.

Assim como a boneca.

E a minha arma.

O LIVRO DOS MONSTROS

Violet Hildreth e Iris Cujo Sobrenome Nós Não Sabemos
Ilustrado por Eric Hildreth
1978

ENCANTAMENTOS E FEITIÇOS PARA SE PROTEGER DE MONSTROS

MONSTROS NÃO CONSEGUEM atravessar um círculo de sal. Compre uma caixa bem grande de sal grosso. Faça linhas com esse sal em todas as soleiras das portas da sua casa. Faça um círculo em volta da sua cama. Crie, também, um círculo de sal sempre que for tentar fazer qualquer tipo de mágica, como, por exemplo, um feitiço de amarração ou um feitiço para ver monstros.

Outras coisas que você pode fazer para se proteger:

Durma com as janelas fechadas. Bloqueie o espaço embaixo da porta do seu quarto e os buracos da fechadura. Pendure uma cruz e dentes de alho em cima da cama. Coloque espelhos ao redor de todo o seu quarto, de frente para as janelas.

Faça um amuleto, preenchendo um saquinho, feito de tecido, com medidas iguais de lavanda, endro, orégano e sálvia. Mantenha-o com você o tempo todo.

Energize uma faca, encharcando-a com água salgada em uma noite de lua cheia. Durma com essa faca embaixo do travesseiro, sabendo que, se for preciso, você poderá matar um monstro.

Vi

24 de Julho de 1978

Q UANTO TEMPO o *ghoul* estivera ali, observando-as?
Quanta coisa ele tinha visto?
Será que vira o beijo? Será que ouvira sobre o que as duas estavam falando?

A cabeça de Vi disparava, enquanto ela perseguia a criatura por entre as árvores.

O monstro batia exatamente com a descrição de Eric: capuz preto, botas pretas altas e rosto pálido.

O anoitecer se aproximava, e Vi sabia que elas não tinham muito tempo. Se estivessem pela floresta, sem uma lanterna, quando ficasse tudo escuro, jamais encontrariam a criatura. Pior: talvez não conseguissem encontrar o caminho para casa.

Ou, pior ainda: o *ghoul* poderia se cansar de ser perseguido, dar meia-volta e passar a perseguir *as duas*.

Uma parte de Vi se preocupava que as duas estivessem indo direto para uma armadilha: que o *ghoul* sabia exatamente o que estava fazendo, que ele tinha um plano.

Monstros, Vi sabia, eram criaturas espertas. Alguns eram predadores experientes.

Elas já estavam bem longe de qualquer caminho que Vi conhecesse. O sol já estava baixo o suficiente para que a menina não conseguisse discernir qual direção haviam tomado. Vi estava desorientada. Perdida. E o *ghoul* era rápido. De uma rapidez sobrenatural.

Ela não tinha nada para fazer um feitiço de amarração: nem sal grosso, nem água benta, nem palavras mágicas. Não tinha um amuleto de proteção ou uma lâmina mágica.

O que Vi e Iris fariam, se de fato conseguissem alcançar a coisa?

Ela havia começado a perseguição se sentindo muito corajosa, mas agora estava começando a duvidar de si mesma, a se perguntar se as duas não deveriam dar meia-volta e correr na direção oposta, de volta para casa.

Mas para que lado ficava a casa?

As árvores passavam voando. As pernas de Vi queimavam. Os pulmões doíam. A menina sentia que estavam correndo havia horas, como se estivessem chegando ao fim da floresta. A qualquer momento, sairiam na rodovia. Pelo menos, era para lá que achava que estavam correndo. Talvez saíssem perto do depósito de lixo ou da velha fazenda Wheaton. Vi olhou para o céu, na esperança de ver alguma constelação que conhecesse. Aí quem sabe pudesse ter alguma ideia de para qual direção estavam indo. Mas não havia nada, a não ser uma cobertura grossa e escura de nuvens.

E agora estava começando a chover.

O *ghoul* desacelerava.

É uma armadilha, gritou uma voz dentro da cabeça de Vi, o deus da precaução ou talvez seu próprio medo — ela não conseguia ter certeza.

Tinham alcançado uma colina íngreme, coberta de árvores, com um carpete grosso de folhas mortas e musgo embaixo delas, e o *ghoul* continuava escorregando, tropeçando e se levantando de novo.

Vi e Iris se aproximavam dele.

— Pare! — gritou Vi. — É uma ordem, criatura da noite! Abandone o nosso reino! Volte para o seu próprio mundo! Você não é bem-vindo aqui!

Foi algo bem estúpido, na verdade, tentar lançar o feitiço sem o círculo protetor de sal, sem armas ou qualquer erva para bani-lo. E Vi nem tinha certeza de que se lembrara de todas as palavras corretas.

A criatura correu, subindo alguns passos a colina íngreme, mas escorregou e caiu de joelhos.

— Merda! — gritou o monstro, com uma voz aguda e feminina.

— Eu sou uma caçadora de monstros — começou Vi. — Tenho conhecimento e armas que poderiam acabar com a sua vida, e eu lhe ordeno que...

— Dá pra parar? Acho que eu torci a droga do tornozelo! — gritou o *ghoul*, ainda caído no chão. — Como diabos vou conseguir sair daqui agora?

Vi se aproximou ainda mais, com Iris logo atrás dela.

Mesmo nas sombras da floresta, Vi conseguia discernir a figura do *ghoul* na colina. E agora ele não parecia mais tão *ghoul* assim. Parecia uma pessoa, vestindo um enorme moletom com capuz e uma máscara de esqui branca. O *ghoul* empurrou o capuz para trás e tirou a máscara, revelando uma mulher jovem, de cabelos loiros compridos.

Uma impostora. Uma farsa.

Vi estava, ao mesmo tempo, aliviada e desapontada.

— Droga — disse a mulher, massageando o tornozelo dentro da bota grande. — Torci mesmo. Não acho que esteja quebrado, mas duvido que eu consiga andar.

— O que... Quem é você? — perguntou Vi, andando direto até ela.

A mulher olhou para ela, depois para Iris, depois de volta para Vi.

— Meu nome é Julia Tetreault.

— Prove! — disse Iris.

— Hein? — perguntou Julia. — Você tá brincando, né? Você quer minha identidade ou coisa assim? Deixei minha bolsa lá no carro.

Iris se inclinou para Vi.

— Eles podem parecer humanos, certo? — sussurrou ela. — Um monstro inteligente sabe como se disfarçar. Como se misturar.

Vi assentiu.

— Não tem algum teste que dê pra fazer? — questionou Iris.

Vi pensou e se aproximou de Julia. Tocou o ombro da mulher, depois lhe deu um beliscão.

— Ai! — gritou Julia. — Pra que isso?

— Talvez a gente devesse espetar ela com um alfinete ou alguma outra coisa — sugeriu Iris. — Pra ver se ela sangra.

— Nem pensar! Ninguém vai me espetar com nada — gritou Julia.

A chuva estava aumentando, tinha se transformado de uma garoa espalhada em um aguaceiro intenso. Tamborilava nas folhas das árvores e estava rapidamente ensopando a roupa das três.

— Ótimo — reclamou Julia, olhando para o céu. — Excelente hora pra uma chuvarada.

— O que você é, de verdade? — perguntou Vi. — Eu te ordeno que responda.

— Você insiste bastante nessa coisa de ordens, né? Como eu já disse, meu nome é Julia.

— E você espera que a gente acredite que você é humana? — indagou Iris.

Julia caiu na risada.

— O que mais eu poderia ser? Uma alienígena vindo do espaço?

— Você andou espionando a gente — disse Vi. — Já faz dias, certo?

— Merda. O garotinho me viu. Eu sabia. E agora vocês duas. Vocês vão contar?

— Contar pra quem?

— Pra Dra. Hildreth.

— Talvez — comentou Vi. — Ou talvez não. Fala pra gente quem você é e o que quer.

— Como eu disse, me chamo Julia.

— E...? Por que você andou observando a gente?

— Sou uma jornalista. Bom, na verdade, uma estudante de jornalismo, na Universidade Lyndon State. Estou trabalhando num projeto.

— Que tipo de projeto? — perguntou Vi.

— Olha, garota, caso você não tenha percebido, está chovendo pra caramba. São quase 21h30, estamos perdidas na floresta e eu torci o tornozelo. O que você acha de a gente concentrar a nossa energia em sair daqui, e aí depois nós conversamos?

Vi balançou a cabeça.

— Conta pra gente agora.

Julia suspirou.

— Bom, tudo começou com a minha pesquisa sobre o Dr. Wilson Hicks. Ele era professor na Universidade de Vermont, e escreveu um livro chamado...

— O cara da eugenia — comentou Vi.

— Isso! — exclamou Julia.

O comportamento dela mudou completamente: agora ela estava animada.

— *Um Estudo de Caso para a Boa Procriação* — citou Vi.

Talvez ela não devesse ter dito nada, mas não conseguia resistir a se exibir um pouco para os adultos, mesmo que fossem estranhos.

— O que é eugenia? — perguntou Iris.

— É o estudo científico da hereditariedade e da procriação, e de como melhorar a raça humana, ao tornar todo mundo branco e inteligente — explicou Vi.

Julia riu.

— Eu não conseguiria ter explicado melhor.

Iris balançou a cabeça.

— Não entendi.

Julia se ajoelhou e deu um impulso para levantar, agarrando em uma árvore com força.

— Meu Deus, isso dói — disse a mulher. — Ei, vocês acham que conseguem encontrar alguma coisa que eu possa usar como bengala?

Iris e Vi começaram a olhar em volta.

— Você encontrou ele? O Dr. Hicks? — perguntou Vi, enquanto pegava um galho que parecia perfeito, mas, no fundo, estava muito apodrecido para ser usado.

— Ele morreu no fim da década de 1950. Você leu o livro dele?

— Algumas partes.

— Então você sabe sobre o estudo de caso da família Templeton?

— Aham.

— Bom, era sobre isso que eu ia escrever no meu projeto, sabe? Ia entrevistar membros da família que sobreviveram. Templeton não era o verdadeiro sobrenome, é óbvio.

— E você conversou com algum deles? Entrevistou e tudo o mais? — questionou Vi.

Ela tinha encontrado um galho forte e bom, então o levou até a mulher.

De perto, a menina podia ver como Julia era jovem. Ela poderia se passar por uma das estudantes da Fayeville High School que trabalhavam no drive-in.

— Alguns deles — respondeu Julia, aceitando o galho e testando o tornozelo ao colocar um pouco de peso sobre ele. Ela se arrastou de leve para frente. — Mas tiveram outros que eu não consegui entrar em contato. Porque eles morreram ou estavam... desaparecidos.

Vi sentiu a pele de sua nuca formigar.

— Estranho — comentou ela. — Então, você acha que consegue andar com isso aí? Iris e eu podemos te ajudar, se for preciso.

— O galho é ótimo. A gente só precisa ir devagar, pode ser? — disse Julia. — Acha que vamos conseguir sair daqui?

Vi deu de ombros.

— Não tenho certeza. Acho que a gente pode estar perto da rodovia. Ou quem sabe do depósito de lixo?

— Eu posso encontrar o caminho de volta — disse Iris.

— Pode?

Iris assentiu.

— Me sigam.

— Eu consegui rastrear a assistente de pesquisa do Dr. Hicks — continuou Julia. Não havia como pará-la agora. Vi reconheceu a animação em sua voz, o orgulho. Ela fora capaz de seguir os vestígios e descobrir o que precisava saber. Era uma alma gêmea. — E acabou que ela é a pessoa que dirige o Asilo daqui, a Dra. Hildreth.

— Vovó — disse Iris.

— Ela é avó de vocês?

— Meu nome é Violet Hildreth — respondeu Vi. — Meu irmão, Eric, e eu moramos com a Vovó.

— E você? — perguntou Julia para Iris.

— Ela também — respondeu Vi, antes que Iris pudesse falar alguma coisa. — Ela é a nossa irmã, Iris.

— Então a Dra. Helen Hildreth é a avó de vocês?

— Aham. — Vi assentiu.

— Por parte de mãe ou por parte de pai?

— Por parte de pai. Meu pai se chamava Jackson Hildreth.

— Jackson Hildreth — repetiu Julia, pronunciando o nome devagar. — E vocês três moram lá naquela casa, com a Dra. Hildreth?

— Aham.

— Há quanto tempo?

— Desde que os nossos pais morreram. Já faz... — Vi fez alguns cálculos. — Oito anos.

— Desculpa perguntar... mas você se incomodaria de me dizer como seus pais morreram?

— Acidente de carro.

As três desceram a colina caminhando devagar, enquanto a chuva as ensopava, e, durante todo o percurso, Vi pensava em como Eric ficaria desapontado quando descobrisse que o *ghoul* não era um *ghoul*, mas sim uma estudante qualquer da universidade estadual. *Talvez*, pensou ela, *seria melhor se ele não descobrisse.*

— Então por que você está espionando a gente? — perguntou Vi.

— Estou trabalhando em uma reportagem.

— Se esgueirando pela floresta e atormentando crianças? — perguntou Iris.

— Olha, eu tentei uma abordagem normal, tentei mesmo. Fui até o Asilo, falei com o Dr. Hutchins e a Dra. Hildreth, mas eles não tinham muito pra me dizer. Na verdade, eles ameaçaram chamar a polícia pra que me levassem por invasão de propriedade, se eu voltasse.

— Foi por isso que você usou a máscara? — perguntou Iris.

— Aham. Não queria correr o risco de a Dra. Hildreth me reconhecer.

— A reportagem que você está escrevendo é sobre a eugenia e o Dr. Hicks? — perguntou Vi.

— Começou desse jeito, mas as coisas mudaram. A história cresceu. A parte do Dr. Hicks talvez tenha sido apenas uma porta, que me conduziu para a verdadeira história, a história *grande*.

— Que seria? — perguntou Vi.

Julia parou de andar e estremeceu levemente. Vi não sabia ao certo se era por causa da dor ou por causa da pergunta.

— Acho — disse Julia, a voz sólida e calma, como se ela estivesse escolhendo as palavras com cuidado — que eu já falei o bastante por enquanto.

— Você está escrevendo sobre o Asilo — disse Iris. — Sabe que tem algo estranho acontecendo por lá.

— Cala a boca, Iris — alertou Vi.

Julia se virou e olhou fixamente para as duas meninas.

— Vocês duas não saberiam nada sobre isso, saberiam? Sobre alguma coisa estranha acontecendo no Asilo? Experimentos, quem sabe?

— O Projeto Mayflower — respondeu Iris.

Vi agarrou o braço de Iris e deu uma leve torcida.

— Ca-la a bo-ca! — rosnou ela.

Mesmo no escuro, Vi conseguia perceber que a boca de Julia estava completamente aberta, os olhos vidrados como um personagem de desenho animado.

— Mas, Vi — disse Iris —, talvez ela possa ajudar a gente.

— Não! — exclamou Vi.

Era muito perigoso. Dividir os segredos delas com uma estranha. Uma estudante de faculdade. Alguém que elas não conheciam ou confiavam. Uma impostora de monstros.

— Eu *posso* ajudar vocês, mas só se me contarem o que sabem — disse Julia. — Por favor.

— Não tem nada pra contar — disparou Vi, antes que Iris tivesse a chance de tagarelar mais alguma coisa.

Julia bufou, frustrada.

— Sabe o que me levou pro jornalismo? Eu tenho essa ideia, essa crença, de que a verdade quer ser contada. Ela está sempre ali, logo abaixo da superfície, ou escondida profundamente em alguma caixa trancada, pedindo para ser libertada.

— Acho que você está certa — disse Iris. — Acho...

— Nós não podemos te ajudar — interrompeu Vi, dando outra torcida no braço de Iris, querendo alertá-la e dizer cale-a-merda-da-boca. — Vamos te levar de volta para a estrada, mas é só isso. E, se te pegarmos espionando a gente de novo, vou contar para a Vovó.

Lizzy

21 de Agosto de 2019

Hora de ir embora.

Pete, o guarda, pegara o livro, a boneca e a arma. Não havia mais dúvidas agora: eu era uma suspeita. Depois de ter recolhido as evidências, ele voltaria a qualquer momento com a cavalaria estadual para me prender.

E eu não seria de muita ajuda para a pobre Lauren se a polícia estadual me arrastasse até o quartel para horas de interrogatórios, ou uma possível prisão.

Onde a senhorita pegou essa boneca, Srta. Shelley?

Eu encontrei.

Eles nunca acreditariam em mim.

Onde foi mesmo que a senhorita disse que cresceu, Srta. Shelley? Ou será que deveríamos chamá-la por outro nome?

Eu estava entrando em pânico.

O monstro sabia onde me encontrar.

Talvez estivesse me observando neste instante, estudando cada movimento meu.

Perscrutei as árvores que cercavam o terreno. Pai e filho aprontavam uma fogueira a alguns terrenos depois do meu. Uma mulher passeava pela estrada do acampamento, com um *basset hound* numa coleira se arrastando atrás dela.

Desconectei o painel solar e tirei os calços de detrás das rodas. Tentei me mover devagar, agindo naturalmente, só uma turista saindo para explorar o Estado das Montanhas Verdes.

Me vesti depressa e empacotei as coisas dentro da van, me certificando de que tudo estava guardado, trancado e amarrado. Deixei a cama desarrumada.

Enfiei a mão no bolso e senti o isqueiro de Vovó e o pequeno seixo — a pedra dos desejos.

O Monstro dá uma pedra à Caçadora de Monstros, para que ela possa fazer um desejo.

O que a caçadora deseja?

O que eu desejava?

Envolvi os dedos ao redor da pedra.

— Que eu te encontre antes de você me encontrar — sussurrei.

Sentei no banco do motorista, coloquei a chave na ignição e girei.

Nada aconteceu.

Nenhum zumbido confortável do motor, só um engasgo e depois nada.

Tentei de novo.

Merda.

Pulei para fora da van, abri o capô e examinei as conexões. Nada parecia fora do normal.

Entrei de volta na van e tentei outra vez.

Meus olhos encontraram o painel. Foi então que eu vi: o manômetro da gasolina. A agulha apontava para o zero.

Isso não fazia sentido.

Eu sabia perfeitamente bem que havia quase metade do tanque no dia anterior.

Saí da van de novo, deitei de barriga para baixo no chão e espiei debaixo do carro, procurando por um vazamento. Nada.

Levantei e olhei em volta. Será que algum outro campista tinha roubado a gasolina? Alguém que precisasse de mais um pouquinho pro seu gerador, quem sabe? Parecia improvável, mas eu não queria pensar nas outras opções.

Dei a volta na van para pegar a lata sobressalente de gasolina, que eu guardava amarrada no porta-malas, para usar no gerador.

Mas não estava ali. A lata tinha sumido.

E agora?

Senti o pânico crescendo.

Presa. Eu estava presa.

O monstro fizera isso. Tinha certeza de que conseguia senti-la me observando das árvores, rindo.

Vai com calma. Pense, falei pra mim mesma, respirando profundamente.

Deve ter gasolina no acampamento, por causa dos quadriciclos e dos cortadores de grama que eles usam. Eu iria até o escritório falar com o Steve, explicaria a situação e pegaria combustível o bastante para que a van chegasse até o posto de gasolina mais próximo, e depois para longe dessa "ilha" miserável.

Levei cinco minutos para correr até o escritório. Conforme eu passava pelos outros terrenos do acampamento, fiz o melhor que pude para parecer que estava apenas me exercitando, e não fugindo. As cortinas do escritório estavam abaixadas, mas dava para ouvir alguém andando do lado de dentro. Tentei abrir a porta. Trancada. Bati e escutei o estalo da tranca.

— Oi, minha van está sem gasolina, e eu...

Lagarto estava parado em frente à mesa.

Em cima dela, estavam o livro de monstro, a horripilante bonequinha Lauren e a minha arma.

Vi

27 de Julho de 1978

Iris estava mudando.
Ela ficara mais quieta nos últimos dias. Não completamente muda, como era quando chegou pela primeira vez, porém, com certeza, mais introvertida.

Os fios engordurados do cabelo dela caíam de debaixo do gorro laranja imundo.

Iris tinha começado a usar as roupas do avesso e de trás para frente, como fazia quando chegara na casa.

Na noite anterior, Vi acordara às 2h da manhã e encontrara a menina de pé, perto dela, usando o moletom preto de trás para frente, o capuz puxado sobre o rosto. Iris ficou apenas parada ali, os braços molengas, sem se mexer.

Parecia que a menina estava dentro de um casulo, e Vi decidiu que era exatamente isso: Iris estava passando por algum tipo de metamorfose, e, quando emergisse do casulo, quem sabe o que ela poderia ser.

— Você está bem, Iris? — perguntara Vi.

Mas a menina não tinha respondido. Só se arrastou de volta para a própria cama no chão, se enrolou em cima das cobertas e voltou a dormir.

Vi estava ficando sem tempo.

Tique-taque, tique-taque.

Os deuses sussurravam, apavorados, em seus ouvidos: *depressa, depressa, depressa. Faça alguma coisa. Vovó vai levá-la embora. Vai levá-la embora e você nunca mais vai vê-la.*

Havia outra preocupação, uma que parecia ainda pior. Agora que Iris sabia a verdade, Vi tinha medo que ela fizesse algo terrível. Talvez até machucasse a si mesma. Ou as duas.

A menina queimara a família viva.

Vi não conseguia parar de pensar nisso. Era para onde sua imaginação vagava quando se permitia perguntar-se do que Iris poderia ser capaz.

ꙮꙮꙮ

— REGRESSÃO — DISSE Vovó para Vi. As duas estavam no escritório da avó.

— É comum quando um paciente começa a progredir demais e muito rápido. Regredir para velhos hábitos e padrões pode parecer a coisa mais segura a ser feita. Mas o que me pergunto é: será que algo em particular provocou isso?

— Não sei — disse Vi.

Vovó olhou para ela por um longo tempo.

— Você não percebeu nada? Ela não contou nada pra você?

Vi balançou a cabeça.

— Iris mal conversa comigo ultimamente.

A avó assentiu, mas o franzir em sua testa transmitia a gravidade da situação.

Ela levaria Iris embora. Era só uma questão de tempo.

ꙮꙮꙮ

VOVÓ ESTAVA NO Asilo, e Vi estava de pé na cozinha com Eric, preparando o almoço, quando o grande telefone bege na parede do cômodo tocou. Soava como a campainha de um alarme.

— Alô? — disse Vi.

— É a Violet?

— Isso.

— Aqui é a Julia Tetreault. Nós nos conhecemos no outro dia, na floresta. Sou a estudante de jornalismo.

Eric ergueu o olhar do sanduíche de manteiga de amendoim com geleia que estava preparando.

— Quem é? — perguntou ele.

Vi balançou a cabeça.

— Ninguém. Ligaram errado.

Então ela desligou, batendo o telefone na base da parede com um pouco de força.

O aparelho tocou de novo.

— Acho que o ninguém está ligando de volta — comentou Eric.

Vi suspirou e atendeu o telefone.

— O que é? — rosnou a menina.

— Por favor, não desliga. Só me dá um minuto.

Vi aguardou.

— O quê? — repetiu.

— Eu sei sobre a ala Oeste B.

A menina virou as costas para o irmão. Saiu da cozinha para o corredor, indo o mais longe que o fio do telefone permitia.

— O que você sabe?

— Eles fazem experimentos lá embaixo. Com alguns dos pacientes. Você e a sua irmã sabem disso, não é? Ela estava me dizendo a verdade.

Vi ficou em silêncio.

— Você já esteve lá embaixo? Viu alguma coisa?

Mais silêncio.

— O que você quer? — perguntou Vi, finalmente.

— Eu preciso de provas, Violet. Registros, fotografias. Sem isso, eu não tenho reportagem, nem evidências.

— Então esse é o motivo? A sua reportagem? Pra alguma aula idiota da faculdade?

— Não, Violet. É muito maior do que isso. O principal motivo é descobrirmos a verdade.

— E que bem a verdade faria? — questionou Vi.

— Se coisas horríveis estiverem acontecendo, e nós conseguirmos provas, podemos levá-las para as autoridades. Fechamos aquele lugar. Você não percebe? Se o que estou ouvindo é verdade, isso precisa acontecer, Violet. Precisamos fazer isso.

Não era isso que Vi queria?

— Você sabe como arranjar uma prova pra mim, Violet?

Vi mordeu o lábio, pensando. Poderia ser esse o caminho para salvar Iris?

— Porque, se você souber, vamos precisar agir rápido.

— Por quê?

— Minha fonte dentro do Asilo me disse que vão fechar a ala Oeste B, todos os arquivos serão destruídos.

— O quê? — disse Vi. — Quem? Que fonte?

— Isso eu não posso te contar, só posso dizer que, se quisermos pegar algum daqueles arquivos, temos que agir rápido. Algo me diz que é questão de dias, se chegar a isso.

— Vi? Quem é no telefone?

Eric apareceu no corredor com uma faca coberta de manteiga de amendoim. Vi colocou a mão sobre o bocal do aparelho e mandou o irmão de volta para a cozinha.

— Preciso ir — disse Vi.

— Espera! Só mais uma coisa — disse Julia. — Me diz o nome do seu pai de novo.

Vi parou, observando Eric pegar o sanduíche e sair para o quintal pela porta da cozinha.

— Jackson — sussurrou Vi. — Jackson Hildreth.

— E ele era médico? Tem certeza?

— Sim. Era cirurgião.

A porta da frente se escancarou.

Vovó estava em casa!

— Tenho que ir — disse Vi, correndo de volta para a cozinha a fim de desligar o telefone.

— Violet? — chamou a avó.

— Na cozinha. — A menina se ocupou, preparando o próprio sanduíche de manteiga de amendoim. — Você quer um sanduíche? — perguntou ela alegremente. — Posso tirar o de linguiça de fígado da geladeira.

— Não, obrigada, bonequinha. Sabe onde está a Iris?

— Acho que ainda está dormindo.

— Tem uma coisa que eu gostaria de tentar com ela. Alguns exercícios novos. Acho que podem ajudar.

Vi engoliu em seco.

— Pode ir acordá-la pra mim?

— Claro!

— Peça pra Iris descer até o porão, assim que ela tiver se vestido e comido alguma coisa.

— Claro — repetiu Vi.

— Boa menina — disse Vovó. — Não sei o que eu faria sem você, Violet. Ela bagunçou os cabelos de Vi.

E a menina se permitiu apoiar-se na avó, deixando que as palavras a fizessem se sentir completamente iluminada, como o abajur de coruja em sua mesinha de cabeceira. Mas a sensação não durou. Não conseguia ter forças para esquecer o que Vovó fizera.

A avó esticou a mão até o pulso de Vi.

— Estou sentindo seu pulso.

Vi interpretou a própria parte, envolvendo os dedos ao redor do pulso da avó.

— E eu sinto o seu.

— Você tem um coração forte, Violet Hildreth.

Vi se afastou, virando-se para subir as escadas, e então parou.

— Vovó?

— Sim?

— A Iris vai ficar com a gente, né?

A avó olhou para ela e forçou um sorriso.

— É claro, meu amorzinho. É claro que vai.

Mas Vi sabia que ela estava mentindo.

༺༻

— IRIS, ME ESCUTA, é muito importante que você se comporte como se o que quer que Vovó faça hoje te ajude.

Iris a encarou.

— Me ajude?

— Você tem que fingir. Tem que fazer ela pensar que ficar aqui, na casa, com a gente, está fazendo você melhorar. E não importa o que aconteça, você não pode deixá-la descobrir que sabemos a verdade. Não pode falar nada sobre os arquivos que eu peguei.

Iris não abriu a boca.

— Você não quer voltar para o porão do Asilo de novo, quer?

Iris balançou a cabeça freneticamente: *não, não, não*.

A ameaça soou cruel, mas Vi estava desesperada.

— Então você vai ter que fingir. Agir como se Vovó estivesse te ajudando. Como se você estivesse se sentindo mais como era antigamente.

— Como?

— Comece tomando a droga de um banho. Tire esse gorro idiota da cabeça e lave o cabelo. Coloque as roupas do jeito certo. Comporte-se como um ser humano normal.

Vi odiava ser cruel, mas era isso que tinha que fazer. Era a única maneira.

— Eu... não acho que consigo — sussurrou Iris.

— É claro que consegue. Você estava indo muito bem antes. Eu vou te ajudar. — Ela tirou o gorro de Iris com gentileza, pegou uma escova de cabelo e começou a desembaraçar os fios gordurosos. Já havia cabelo crescendo por cima da cicatriz. — Quando você descer, diga pra Vovó que você anda assustada ultimamente. Assustada porque você começou a gostar muito daqui, a pensar em nós como sua família, mas está com medo de que não vá durar.

Iris assentiu.

— Muito bem. Aí, quando voltar aqui pra cima, você vai tomar um banho, colocar roupas limpas, depois vai descer de novo e perguntar para a Vovó se você pode ajudá-la a fazer o jantar.

— Tá bem — concordou Iris.

— Você não está tomando os comprimidos que ela dá pra você, né? Está fingindo, certo?

Iris voltou a assentir.

— Eu tenho um plano — contou Vi para a menina. — Um plano pra te ajudar. Pra desfazer tudo que Vovó já fez.

— Qual?

— Vou voltar na ala Oeste B. Vou pegar os seus arquivos. Lembra do que te falei? Tinha um gabinete inteiro de arquivos com anotações, e eram praticamente só sobre você e aquele Projeto Mayflower. Nós vamos examiná-los e entender tudo o que fizeram com você, depois vamos descobrir como *desfazê-lo*.

Iris estava balançando a cabeça.

— Vamos pegar todas as anotações... bom, pelo menos as importantes, e levar para aquela jornalista, a Julia.

— Mas você disse não pra essa ideia, pra ela. Que ela não podia ajudar a gente de verdade.

— A gente precisa tentar. Julia disse que, se levarmos provas, ela pode contar pra polícia o que Vovó tem feito no Asilo. Todo mundo vai descobrir o que está acontecendo aqui: a polícia, os jornais, os noticiários, o governador

Snelling, e talvez até o presidente Carter! É o único jeito de parar a Vovó. De garantir que ela nunca mais faça isso com outra pessoa.

Iris assentiu, mas parecia que a menina escutava uma história em que não ousava acreditar.

— Agora desça as escadas e diga pra Vovó como você anda assustada... o quanto você ama a gente e como está feliz aqui conosco.

— Você vem comigo?

— Não. Você tem que fazer isso sozinha. Eu tenho que descobrir uma maneira de entrar de novo no Asilo e pegar aqueles arquivos.

PEGAR A CHAVE de novo não tinha sido difícil, na verdade. Assim que Vovó e Iris foram para o porão da casa, Vi encontrou a bolsa da avó no lugar de sempre, em cima da escrivaninha. A menina tirou do chaveiro apenas as chaves que iria precisar — a do escritório da Vovó, a da porta dos fundos do Asilo e a do porão —, colocou o chaveiro de volta na bolsa da avó e pedalou o mais rápido que conseguia até a cidade. Eric estava limpando as gaiolas hoje, então estava ocupado.

— Minha avó está precisando de umas chaves sobressalentes — disse Vi para o balconista, na loja de ferragens.

A menina as entregou para ele, e o homem cortou novas chaves sem questioná-la, fazendo cópias perfeitas. Ela correu de volta para casa. Vovó ainda estava lá embaixo com Iris. Vi colocou as originais de volta no chaveiro redondo.

Agora, com as chaves duplicadas enfiadas em seu bolso, ela estava ajustando seu despertador para 1h da manhã. A avó costumava estar na cama às 23h. Ela lia um pouco e à meia-noite já estava dormindo.

Iris tinha tomado banho e estava limpa, o pijama vestido do jeito certo. A menina contara para Vi que ela e Vovó só tinham jogado cartas no porão. Também tinham tirado alguns camundongos das gaiolas e brincado com eles. Além disso, Iris contou que a avó tinha abraçado ela. Mais tarde, Iris prometera para Vovó que se esforçaria mais para ser uma garota normal.

— Eu vou com você no Asilo — disse Iris.

— Nem pensar — retrucou Vi. — É muito perigoso. Tentar entrar e sair de lá sozinha já é difícil, imagina nós duas? Esquece.

— Preciso ir com você. Preciso ver com meus próprios olhos.

— Não acho que seja uma boa ideia. Vou entrar no Asilo, pegar todos os arquivos que eu puder carregar e voltar direto pra cá.

— Se eu for com você, vamos ser mais rápidas. E vamos conseguir carregar mais coisas. Eu preciso ir, Vi. Preciso ver de onde eu vim. E talvez voltar até lá, ver tudo aquilo, pode me ajudar a lembrar.

Vi suspirou e apagou a luz.

Iris veio e subiu na cama, ao lado dela.

— Por favor. Eu fiz o que você pediu. Fingi pra Vovó. Será que você não pode fazer o que estou pedindo?

Vi não respondeu.

— Vi?

— O quê?

— Você está com medo de mim?

Iris tocou os ombros de Vi e deslizou os dedos pelo pescoço dela, pressionando gentilmente a garganta da menina.

Vi engoliu em seco.

— Eu deveria ter?

— Talvez.

— E talvez — disse Vi para Iris — você devesse ter medo de *mim*.

— Por quê?

Então Vi a abraçou. Apertou Iris o máximo que foi capaz, empurrou o corpo inteiro contra o dela, derreteu-se na menina, até que não tinha mais certeza de onde ela terminava e Iris começava.

Lizzy

21 de Agosto de 2019

Entre e tranque a porta atrás de você — disse Lagarto, a voz falhando um pouco conforme ele tentava soar como alguma intimidante estrela de filmes de ação.

O garoto mudou seu peso de um pé para o outro. Os olhos dele estavam vermelhos e injetados, como se ele tivesse chorado muito ou ficado sem dormir.

— O que está havendo, Lagarto? — perguntei, com a voz tranquila, enquanto entrava no escritório do acampamento, meu olhar focado no livro de monstros, na boneca e na arma em cima da mesa.

Será que eu julgara mal o menino?

— É exatamente isso que eu quero te perguntar — disse ele, contornando a mesa e indo se sentar na cadeira atrás dela. — Senta aí.

Ele indicou a cadeira no canto do escritório, ao lado da cafeteira. Andei até lá e sentei. O garoto colocou a mão sobre a minha arma, mas não a pegou.

Duvidava que ele já tivesse disparado alguma arma na vida.

— Lagarto, por favor, tenha cuidado. Ela está carregada.

O rapaz afastou a mão rapidamente, como se a arma tivesse lhe dado um choque, mas disse, na defensiva:

— E você acha que eu não sei?

— Só estou me certificando — falei, num tom que eu esperava ser reconfortante. — Então... você entrou na minha van? Pegou essa tralha toda?

Ele assentiu, mordendo o lábio.

— Por quê?

— Você aparece aqui na ilha logo depois da Lauren desaparecer, perguntando sobre a Jane Chocalho. Eu *sabia* que não era coincidência. Sabia que você tinha alguma ligação com isso. Só precisava de provas, mas agora eu encontrei.

Lagarto parecia muito satisfeito consigo mesmo.

Cá estava eu, começando a achar que o garoto poderia ter algo a ver com o desaparecimento de Lauren, e ele estivera pensando a mesma coisa de mim.

— Foi você que tirou a gasolina da van também? — perguntei.

— Aham. Não queria que você fugisse. Não agora que eu consegui todas essas evidências. — Ele esticou o braço e pegou a boneca. — Isto aqui é doentio, Lizzy. Estas são as roupas dela, as roupas *verdadeiras* dela, o cabelo de verdade da Lauren! Onde ela está?

— Eu não sei, Lagarto.

O rapaz pegou o celular e segurou como se fosse uma arma, seu dedo suspenso em cima de um botão.

— Vou ligar pro meu pai. Eu provavelmente já deveria ter ligado pra ele, mas queria escutar sua história primeiro. Talvez seja melhor se nós dois escutarmos juntos.

— Eu gostaria de ter a oportunidade de contar pra você primeiro — falei, mantendo a voz tranquila, firme e amigável. — Depois, se você quiser, pode ligar pro seu pai.

Os círculos escuros embaixo de seus olhos pareciam hematomas roxos.

— Então começa a falar.

Respirei fundo, me perguntando como poderia contar poucas coisas para ele, e ainda assim mantê-lo feliz.

— Eu realmente vim até aqui, na ilha, para encontrar a Lauren. Tenho bastante certeza de que ela não fugiu.

— Ela foi sequestrada — disse Lagarto. — Mas não pela Jane Chocalho.

— Você tem toda a razão.

— Eu li o livro.

— Este livro? — Apontei para o quebradiço fichário de três argolas que continha *O Livro dos Monstros*.

O projeto de três crianças arrancado de dentro de um armário.

Ouvi Neil Diamond outra vez, um dos discos arranhados de Vovó.

Eu sou, disse eu.

— Isso é só uma coisa que eu, minha irmã e meu irmão fizemos quando éramos crianças... Tem valor sentimental, mas é só isso — expliquei.

Ele assentiu.

— Eu sei. Tipo, eu montei o quebra-cabeça. Também sei que... que esse *monstro*... ela não é de fato quem diz ser. Ela não é a Jane Chocalho. — Lagarto parou, mordendo o lábio. — É a sua irmã. Sua irmã que chama a si mesma de monstro.

Congelei, meu corpo se transformando em gelo.

Finalmente: a verdade.

— O quê? Como você...?

— Está tudo aqui, neste livro. — O garoto me lançou um olhar que dizia: *dãaa!* — Você não leu?

— Faz anos que não — admiti. — Fui até a torre ontem à noite, depois de me despedir de você. Pensei... Acho que eu esperava encontrar a Lauren na torre, talvez. Mas tudo que achei foi o livro e a boneca... deixados pra mim.

— Deixados pela sua irmã?

— É o que eu acho, sim.

— E ela pegou a Lauren — afirmou ele.

— Deve ter pegado — assenti.

Lagarto esfregou os olhos.

— Você quer ajudar a Lauren, não quer? — perguntei.

O garoto assentiu muito levemente.

— Eu quero ajudá-la também. Quero encontrá-la e salvá-la. E acho que eu consigo.

Lagarto se endireitou na cadeira, me encarando com olhos vítreos.

Eu sabia o que tinha que fazer, apesar de odiar a ideia. Não queria envolver esse garoto. Mas era tarde demais. Ele já estava mais do que envolvido, sem chances dele desistir.

— Acho que posso fazer isso com a sua ajuda. Você vai me ajudar, Lagarto?

O rapaz me encarou, nem concordando, nem discordando da ideia. Ele ainda segurava o celular nas mãos.

— Porque o negócio é o seguinte: se você ligar pro seu pai, acho que vamos acabar com todas as nossas chances de encontrar a Lauren. Acho... acho que precisa ser eu quem deve encontrá-la. Fui conduzida até aqui. É isso que o monstro quer.

Lagarto fez uma careta.

— Ela está jogando algum jogo doentio com você, usando a Lauren como isca.

— Pode ser. Mas não foi só a Lauren. Tiveram outras garotas antes dela.

— Tá legal — disse ele, por fim. — Eu vou te ajudar. — O rapaz colocou o celular na mesa. — Mas estou te avisando: se tentar qualquer coisa estranha, ou se eu descobrir que você está bem mais envolvida nisso, vou ligar pro meu pai. E eu quero saber de *tudo*. Da história inteira. Por exemplo, a sua irmã é mesmo algum tipo de... monstro?

Como eu poderia sequer começar a responder a essa pergunta?

— Ela pensa que é. E é isso que importa.

— Então como a gente impede ela? — perguntou Lagarto.

— Primeiro, nós precisamos encontrá-la. Sabemos que ela está na ilha. Ou esteve, nos últimos dois dias, porque deixou o livro e a boneca. E, se ela está por aqui, então a Lauren também está. Quem sabe as duas não estão em alguma parte da floresta? Ou abrigadas em algum dos chalés?

— Acho que não — disse Lagarto.

— Por que não?

— Eu li o livro, lembra? Ela acrescentou coisas novas nele, e escreveu um bilhete pra você no fim. Acho que o bilhete diz pra onde elas foram.

Vi

28 de Julho de 1978

Vi e Iris atravessavam o gramado do Asilo de mãos dadas. Os tijolos amarelos pareciam brilhar. Sentiam que o prédio estava esperando por elas, observando-as enquanto as duas corriam até ele.

Vi pensava no velho hospital como parte de sua casa, com fantasmas e tudo, desde que conseguia se lembrar. Tinha observado o prédio em todas as estações, fosse da janela do quarto ou da varanda da frente. Vira-o coberto por uma grossa camada de neve, cercado pela resplandecente folhagem do outono, ganhar vida com os arbustos verdes da primavera, e parecer tremular como uma miragem no calor do verão.

Ela estivera certa o tempo todo: o Asilo *era* assombrado.

Não só pelos fantasmas dos pacientes da Guerra Civil de um passado distante, mas também pelas coisas que Vovó estava fazendo lá no porão. Feitos e ações horríveis causavam um tipo próprio de assombração. Vi acreditava que o edifício guardava memórias de cada ato terrível que acontecera dentro daquelas paredes. O Asilo lhe dava a impressão de estar furioso e enojado. Parecia perigoso.

A chuva de verão caía, ensopando a roupa e o cabelo das duas. Elas escorregavam na grama molhada, segurando-se uma na outra. Trovões ribombavam ao longe, o murmúrio de um rugido baixo. Relâmpagos caíam e, por um segundo, o mundo cintilava claro, azul e brilhante, como se Deus estivesse tirando uma foto. O céu estava elétrico, vivo, zumbindo, e Vi sentiu como se elas tivessem acesso a essa energia, se alimentassem dela, a corrente percorrendo seus corpos, transformando-as em garotas-dínamo. Sentia que, se raios caíssem agora e as atingissem, nenhuma das duas morreria ou sequer se machucaria.

Ficariam apenas mais poderosas.

As meninas chegaram ao prédio e se esgueiraram até a porta dos fundos. O coração de Vi batia forte, não só por causa do nervosismo, mas porque, com Iris, se sentia como se fosse muito mais do que ela mesma. Não podia deixar Vovó levar Iris embora. Essa era a única esperança delas. Era a única coisa que podia salvar Iris, salvar elas duas.

Vi deslizou sua cópia da chave na porta dos fundos.

— Estou com medo — disse Iris, dando um passo para trás.

— Você não precisa fazer isso.

— Preciso sim. Tenho que ver de onde eu vim.

— O que quer que a gente encontre lá embaixo — disse Vi —, vamos usar para consertar as coisas.

— Promete?

Vi assentiu.

— Nós vamos descobrir quem você realmente é. Vamos descobrir seu nome verdadeiro. Vamos pegar os papéis que provam tudo o que Vovó fez com você, e levá-los pra Julia e pra polícia. O mundo inteiro vai saber o que aconteceu no Asilo.

Mas e depois, o que vai acontecer?, perguntou-se Vi.

O que a avó faria?

Como ela reagiria quando descobrisse o que Vi fizera?

A menina não conseguia pensar nisso. Só podia pensar no próximo passo.

Ela empurrou a porta para abri-la.

As duas espiaram os dois lados do corredor antes de entrar. Tudo limpo. Vi pegou a mão de Iris de novo, e as garotas seguiram em frente. Cada uma delas estava com uma mochila vazia nas costas, para que conseguissem carregar mais arquivos.

O Asilo cheirava a desinfetante, madeira velha e tijolos. Cheirava a fantasmas.

Viraram à direita, se esgueirando pelo corredor até o saguão. Vi conduziu Iris até a porta que indicava PORÃO, e rapidamente a destrancou. Iris a seguiu pela abertura. As duas desceram as escadas, viraram à direita e chegaram até a porta pesada de metal. Vi puxou a chave que tinha etiquetado com OESTE B.

— Está pronta? — perguntou para Iris.

A menina assentiu e deu um sorriso fraco.

Vi pensou nos meses, anos até, que Iris tinha passado ali embaixo, trancada naquele quarto. Enquanto isso, durante todo esse tempo, ela estava logo ali, do outro lado do gramado. Vi poderia ter vindo até ela e resgatado Iris, ou salvado a menina. Se ao menos soubesse...

Ela destrancou a porta.

As duas entraram no cômodo, observando e escutando. Tudo estava quieto.

— Estes três quartos à esquerda — disse Vi — são onde eles deixam os pacientes.

As meninas espiaram o primeiro quarto pela janelinha. Estava vazio, e lá dentro só havia uma única cama.

— Não tem ninguém.

Iris concordou, parecendo aliviada.

Passaram para o próximo quarto e abriram a porta. Era do mesmo tamanho que o primeiro, mas, além da cama com as amarras de couro, este tinha grandes lâmpadas de metal — como se fosse uma sala de operação — e uma mesa de metal, com uma caixa de metal em cima.

— Isso é...?

Iris esticou o braço para tocar a caixa, e apertou um dos mostradores.

Havia cabos saindo da caixa e se conectando a dois eletrodos.

— É pra tratamentos de choque — afirmou Vi.

Iris retirou a mão bem depressa.

— Foi isso que eles fizeram comigo?

— Talvez — disse Vi, a boca completamente seca. — É provável que sim.

Ela foi até o gabinete de metal no canto do quarto e abriu uma das gavetas.

Instrumentos cirúrgicos. Bisturis. Fórceps. Tesouras cirúrgicas. Retratores. Kits de sutura. Um pequeno serrote de prata. Vi fechou a gaveta com força antes que Iris visse.

A próxima gaveta tinha frascos de remédios e agulhas. Vi pegou um deles. Antipsicóticos. Ela devolveu o frasco e viu diversas garrafas de éter e de clorofórmio.

— O que tem aí? — perguntou Iris.

— Remédios.

O chão de concreto pintado de verde dava uma leve inclinada até um ralo, com uma tampa enferrujada de metal.

— Não gosto deste lugar — disse Iris.

— Eu também não — concordou Vi.

Mais uma vez, ela pegou a mão de Iris e conduziu a menina de volta para o corredor.

As duas foram na direção da última porta da esquerda.

Vi esticou o braço e apertou o interruptor. A luz dentro do cômodo não acendeu. Girou a maçaneta, empurrou a porta e entrou no quarto, com Iris seguindo logo atrás.

Então soltou o ar que estivera prendendo.

— Eu conheço este quarto — disse Iris.

Vi assentiu, achando que também o conhecia, mesmo não tendo, não de fato. Tinha apenas imaginado.

Como nos quartos anteriores, havia uma cama de metal de hospital, com amarras. E, à direita, uma banheira profunda.

Iris fechou a porta. As duas ficaram mergulhadas na escuridão. Iris apertava a mão de Vi com tanta força, que a menina ficou com medo dos seus dedos serem esmagados.

Vi sentiu as paredes se fechando. Ela precisava sair dali, ficar longe da escuridão. Sua respiração acelerou, se tornou mais frenética.

— E-eu... e-eu... — gaguejou ela.

Preciso ir. Não posso ficar. Por favor. Mas Iris ainda estava falando.

— Eu sempre sabia quando algo ruim ia acontecer, porque conseguia ver eles chegando. Na maior parte do tempo, eles cobriam a janelinha para que ficasse tudo escuro aqui dentro. Quando estavam prestes a chegar, eles abriam a janelinha e olhavam pra mim. Tudo que eu conseguia ver eram os olhos deles.

Vi sentiu como se também conseguisse se lembrar. Suas próprias memórias estavam misturadas com as de Iris. Ela olhou para o pequeno retângulo que brilhava com a luz, e ele se transformou nos faróis de um carro que se aproximava. Vi estava no banco de trás de um carro, com seus pais. O pai dela dirigia. Ele deu uma guinada para desviar do outro carro, as luzes que se aproximavam preenchendo o para-brisa, impossíveis de tão brilhantes.

— E eu não conseguia me mexer — continuou Iris. Sua voz estava calma. — Não conseguia me sentar, nem levantar os braços ou as pernas, porque estava presa na cama com aquelas amarras de couro que deixavam meus pulsos e tornozelos em carne viva.

Vi sentiu a si mesma apertada pelas amarras no banco de trás do carro, enquanto o veículo mergulhava na água. Ela lutou para se soltar, mas não foi capaz. Vi ia se afogar ali embaixo, o carro se enchendo com a água e o cinto a mantendo presa.

— Às vezes me colocavam na banheira. A água estava sempre congelando. Eles me amarravam ali também, e me deixavam lá, no escuro. Eu ficava naquela banheira até que o meu corpo inteiro ficasse dormente, até o meu cérebro — disse Iris. — Tinha outras coisas também. Não consigo me lembrar dos detalhes, só das luzes e dos sons. O cheiro de remédio. Um zumbido. Vozes. Mas era como se eu estivesse em outro lugar.

— Sim — disse Vi, porque conhecia essa sensação de estar em outro lugar, diferente de onde você de fato está.

Fechou os olhos e estava de volta ao carro, só que agora era uma cama e Vi estava amarrada nela, enquanto alguém estava falando, contando de trás para frente, e a menina não tinha certeza de quem ela era naquele momento, se ela própria ou Iris.

10, 9, 8, 7...

— Aí a Dra. Hildreth veio e me soltou — disse Iris. — Desfez as amarras. Pegou a minha mão. E me perguntou se eu estava pronta pra ir pra casa.

Era a voz de Vovó contando de trás para frente na memória de Vi, Vovó desatando o cinto de segurança, puxando Vi dos escombros do carro na água.

Vi estava morrendo de frio. Não conseguia se mexer. Não conseguia sentir nada além dos braços de Vovó ao redor dela.

Você tem um coração forte, Violet Hildreth.

O mundo girou. Vi sentiu uma dor de cabeça chegando, uma daquelas bem fortes.

— Vem — chamou ela, agarrando a mão de Iris. — Vamos sair daqui. Vou te levar na sala dos arquivos. A gente pega o que der e vai embora.

Vi já estava farta daquele lugar.

A menina estava com medo de que fosse tarde demais. De que a avó e o Dr. Hutchins já tivessem destruído todos os registros.

Tarde demais, tarde demais.

Vi acendeu a luz do quartinho onde ficava o gabinete de arquivos e a escrivaninha.

— Já estive aqui antes — disse Iris.

— Já?

— Foi pra cá que a Dra. Hildreth... Vovó... me trouxe, antes de me levar pra casa. Eu sentei bem aqui, nesta cadeira, e ela me contou tudo sobre vocês. Disse que eu tinha uma família esperando pra me conhecer. Um irmão e uma irmã que vinham esperando por outra nova irmã. Alguém que chegasse e completasse a família. E uma família que me completaria também. Me faria melhorar.

Vi assentiu, um nó se formando na garganta dela.

Ela não deveria ter trazido Iris para este lugar. Era muita informação. Vi se lembrou do que a avó dissera sobre a regressão. Perguntou-se se tudo aquilo poderia desencadeá-la, deixar a situação ainda pior.

Vi foi até o gabinete de arquivos.

— A última gaveta inteira é só de registros sobre a Paciente S. Eu só peguei o primeiro. Tem muito mais. A gente não vai poder levar tudo... vamos ter que escolher as pastas que parecerem mais importantes.

Ela abriu a pesada gaveta cinzenta. Iris se agachou ao lado de Vi, seus quadris se tocando.

Nós somos gêmeas siamesas, pensou Vi.

Dividimos o mesmo coração, as mesmas memórias.

Não sei onde eu termino e ela começa.

Iris puxou uma pasta e começou a ler algumas das anotações em voz alta:

— "Amobarbital..."

— Eu pesquisei sobre isso — disse Vi. — É tipo um soro da verdade. Quando os militares precisam arrancar a verdade de algum prisioneiro, eles dão uma dose disto aí.

— Por que a Vovó me daria isso?

— Pra entrar na sua cabeça. Esvaziar tudo. Controlar você.

Iris voltou a ler as anotações.

— "Metrazol."

— Vovó dá isso pros ratos dela. Pra provocar convulsões. De vez em quando isso mata os bichinhos.

— Mas por que ela daria isso pra mim?

— Acho que pra bagunçar o seu cérebro.

— O resto disso aqui são notas sobre a TEC? — perguntou Iris, olhando para o papel.

Vi confirmou.

— Terapia Eletroconvulsiva. Tratamento de choque. Eles colocam umas pazinhas na sua cabeça, e...

— E alguma coisa de borracha na sua boca — completou Iris. — Eu me lembro. Me lembro do gosto da borracha, de ficar mordendo o troço, sabendo o que ia acontecer. — Ela olhou para o papel. — "A paciente foi submetida a sessões diárias essa semana."

— Diárias? — perguntou Vi, olhando para baixo e lendo as anotações. — Acho que o normal é fazer, tipo, duas ou três sessões por mês? Pelo menos, foi isso que a Vovó me disse. Tantas sessões assim... é um milagre que você ainda tenha um cérebro.

Iris folheou o resto das páginas.

— Mas por quê? Por que fazer tudo isso comigo? Hipnose. Privação de sono. Drogas. Choques. Me deixar naquele quarto escuro, dentro daquela água gelada, por horas. Por quê?

Para apagar quem você é, pensou Vi. Para pegar um ser humano que Vovó considerou inferior de alguma forma, e refazê-lo. Destroçá-lo, apagar tudo para que a avó pudesse construí-lo de novo.

— Bom — disse Vi —, "Começa com uma tela em branco..." Foi isso que ela escreveu nas anotações do Projeto Mayflower.

— Então quem sou eu? — perguntou Iris, erguendo o olhar das anotações. — Se ela tirou tudo de mim... todas as minhas memórias? Tudo o que eu era quando cheguei aqui pela primeira vez?

— Você é você — disse Vi, a voz falhando um pouco quando pensou: *você é o monstro dela*. — Ela não pode ter tirado *tudo* de você. E tem que ter pistas nestes arquivos, dizendo de onde você veio e quem você era antes de chegar até aqui. Aqueles papéis que eu levei pra casa diziam que os seus pais eram membros da família que o Dr. Hicks e a Vovó analisaram. E Julia esteve pesquisando sobre essa família. Tem contato com alguns familiares que sobraram. Ela pode nos ajudar a entender isso tudo. A gente pode procurar por mais pistas entre os arquivos.

— Mas meus pais morreram! — exclamou Iris. — Estava escrito nas anotações. Eu matei eles! E a minha irmã! Eu comecei aquele incêndio.

Vi balançou a cabeça.

— Só porque a Vovó te fez fazer isso. Você passou por uma lavagem cerebral. Estava programada.

Iris ficou em silêncio por um instante.

— O que mais será que eu fiz? E que outras coisas eu sou capaz de fazer?

Vi colocou a mão sobre a de Iris, que estava estendida sobre o arquivo aberto.

— Eu te conheço. E passo o tempo todo com você. Não tem como você fazer nada de errado.

— Promete?

— Prometo — disse Vi. — Agora vamos lá, vamos dar uma olhada rápida nestas pastas e ver o que a gente consegue achar. A gente pega o que conseguir e dá o fora daqui.

Iris esticou o braço até o fim da gaveta e pegou a última pasta.

— Traz ela pra cá — disse Vi, ficando de pé e indo até a escrivaninha. — Você procura nesta, e eu vou pegar a pasta seguinte. Qualquer coisa que parecer importante, você deixa separado. Qualquer coisa que possa ajudar a gente. Procure coisas que tenham nomes. Históricos. O lugar de onde você possa ter vindo. Precisamos de muita documentação.

Iris assentiu, conforme começava a ler.

— Vi — chamou ela um minuto depois, a voz mais aguda do que o normal. — Vi, vem aqui.

Vi deixou a própria pasta de lado, voltou até a mesa e olhou para o parágrafo com notas rabiscadas, para o qual Iris estava apontando.

O experimento excedeu todas as expectativas. A Paciente S acredita plenamente que seus pais morreram em um acidente de carro, ao qual ela e o irmão sobreviveram. Ela não duvida que esse menino com quem ela mora é seu irmão. A Paciente S acredita tanto nessa versão fictícia de si mesma que é capaz de me contar sobre lembranças dos pais, ou sobre o próprio acidente.

A boca de Vi ficou seca. O cômodo começou a mudar e a girar.
Não. Não. Não.
Ela balançava a cabeça.
Não pode ser. Não pode ser. Não pode ser.

Vi estava de volta no carro, no fundo do rio. A água estava gelada e ela não conseguia se mexer.

10, 9, 8...

As duas meninas não estavam lendo sobre Iris.

Estavam lendo sobre...

...7, 6, 5...

Iris virou as páginas até o fim da pasta. Uma fotografia estava anexada ali, com uma descrição logo abaixo, escrita com a caligrafia confusa de Vovó:

Paciente S, aniversário de 11 anos.

E lá estava Vi, sorrindo enquanto se inclinava para assoprar as velas em seu bolo favorito, aquele que Vovó fazia só para ela todo ano: bolo dos anjos com recheio de creme batido de morango e pêssego.

— Vi — chamou Iris com suavidade, a voz dela soando estranhamente distante.

— Sou eu — disse Vi. — Era eu o tempo todo.

A voz dela estava aguda e aérea, como um balão preso na ponta de um barbante, flutuando cada vez mais alto.

...4, 3, 2, 1.

E então tudo ficou preto ao redor dela.

O LIVRO DOS MONSTROS

Violet Hildreth e Iris Cujo Sobrenome Nós Não Sabemos
Ilustrado por Eric Hildreth
1978

QUERIDA IRIS,

Você se lembra de quando achávamos que você era o monstro?

Você, minha irmã secreta.

Meu amor mais sincero.

Minha gêmea.

Eu costumava nos imaginar assim às vezes. Não apenas irmãs, mas gêmeas, enroscadas uma na outra na escuridão do útero, depois, mais tarde, na escuridão do meu quarto. Emaranhadas, as duas sem muita certeza de quais membros eram de quem.

Irmãs das sombras.

Doppelgängers.

Eu te amava tanto que achava que o meu coração iria explodir.

Você se lembra de quando te ensinei a ser uma humana?

Ande ereta. Penteie os cabelos. Vista as roupas do lado certo. É assim que amarramos os cadarços. É assim que sorrimos, que dizemos "por favor" e "obrigada".

Como se *eu* fosse uma especialista.

Aprenda a se misturar, foi o que eu te disse.

Eu posso te ajudar.

Eu posso te salvar.

E você realmente precisava que te salvassem. Mas não de si mesma.

Aquele tempo todo, você precisava que te salvassem de *mim*.

Lizzy

21 de Agosto de 2019

L<small>AGARTO COMEÇOU A</small> passar um novo café enquanto eu estava sentada à escrivaninha do escritório do acampamento lendo *O Livro dos Monstros*. As páginas me absorviam, me fazendo voltar no tempo.

Voltar para uma época em que eu era uma menina chamada Iris.

Uma garota retalhada, a quem uma estranha médica ("*Pode me chamar de Vovó, querida*") levou para casa e apresentou para os netos.

— Crianças, esta é a Iris. Ela vai ficar um tempo com a gente. Iris, estes são meus netos: Violet e Eric.

Os dois estavam de pé, cuidando de uma coelhinha machucada, e eu estava apavorada, mas, em grande parte, pela maneira como o meu coração doía de esperança.

Nós somos a sua família agora, dissera a avó. *Estávamos esperando por você.*

E as crianças me ensinaram muitas coisas.

Todas as tarefas normais que eu esquecera como fazer: como me vestir, pentear o cabelo e amarrar os cadarços.

Eles me apresentaram ao Scooby-Doo e ao *Captain Kangaroo*. Me fizeram experimentar o cereal de chocolate dos monstros e as balinhas que chiavam e explodiam na língua. Me ensinaram a fazer limonada e suco em pó: era só misturar o pozinho na água. Me ensinaram a desenhar com o espirógrafo e a lutar boxe com robôs de plástico.

Colocaram discos para tocar para mim, Neil Diamond murmurando músicas de amor, músicas sobre perda.

Os dois me levaram para assistir a filmes, para a sede de um clube secreto no meio da floresta.

E me ensinaram tudo sobre monstros.

Como reconhecer um deles.

Como ser um deles.

Como agir igual a um ser humano, mesmo quando você tem certeza de que é um monstro.

Folheei o livro, revendo todas as criaturas antigas. A sensação era meio parecida com a de um álbum de família esquecido. Os desenhos eram muito familiares. Lá estava o vampiro, com os dentes pingando sangue. E o lobisomem, com a lua cheia atrás dele quase tão ameaçadora quanto a própria criatura.

As ilustrações e as palavras me levaram de volta para a sede do clube, com a janela rachada e o piso de largas tábuas de pinheiro, Eric e Violet ao meu lado. Eu conseguia sentir o cheiro de madeira velha, o aroma mofado da construção.

— Escreve aqui o seu monstro favorito — dissera Vi para mim no primeiro dia que estive lá, me entregando um papel e uma canetinha.

O dia em que os dois haviam me convidado para fazer parte do clube. Ainda me lembro do que eu desenhara. Folheei as páginas do livro de novo e o encontrei: meu desenho da porta na ala Oeste B, com os olhos de Vovó me encarando através da janelinha. MNSTR.

— Já chegou no fim? — perguntou Lagarto.

Por um brevíssimo instante, eu não tinha mais certeza de onde estava, de *quando* era a cena.

Poderia ser o Eric, de pé, ao meu lado, me apressando porque estávamos atrasados para uma caçada de monstros.

Pisquei e olhei em volta para me lembrar de que ainda estava no escritório do Acampamento de Chickering Island, sentada à escrivaninha. Lagarto estava me trazendo uma xícara de café, e nós dois tentávamos resolver o que fazer a seguir. Seja lá o que fosse, eu queria muito poder deixar esse garoto fora disso, mas ele já estava envolvido. E o rapaz havia deixado bem claro que eu não iria a lugar nenhum sem ele.

— Ainda não — falei, virando a próxima página (*O Médico e o Monstro*) e bebendo o café todo.

Dei uma lida nas últimas linhas:

Ao tomar a poção, o Dr. Jekyll acordou o monstro, seu lado obscuro, e, no final, o lado obscuro é mais forte. O lado obscuro ganha.

E, como o monstro assume o controle, ambos devem morrer.

Lagarto se empoleirou na ponta da mesa, inclinando-se para ler por sobre meu ombro.

— Então, essa garota... — disse Lagarto. — Essa garota com quem você escreveu o livro, ela é sua irmã?

— Aham.

Ele fechou o fichário e apontou para a capa.

— Você é a Violet Hildreth ou a Iris?

— Eu era a Iris.

— E como ela era? Tipo, naquela época? Você, tipo, sabia que a sua irmã tinha essa... essa crueldade dentro dela?

— Não. — Balancei a cabeça. — Era pra ser eu a pessoa doente. Eu era o monstro.

ееееее

EU ME LEMBRO daquela última noite, nós duas juntas no porão do Asilo, a maneira como Vi fechou os olhos, deslizou para o chão e caiu sobre os joelhos.

Caí também, chacoalhando seus ombros, gritando o nome dela:

— Vi! Violet! Acorda, Violet!

Mas, quando ela de fato acordou, quando abriu os olhos, não era mais a mesma pessoa.

Ela nunca mais seria.

Violet Hildreth já não existia mais.

O monstro me encarava de volta com um olhar gélido.

ееееее

VOLTEI A ATENÇÃO para o livro e folheei até os capítulos finais, nas páginas novas — muito mais brancas e amassadas. As páginas acrescentadas pelo próprio monstro.

Existem tantos tipos diferentes de monstros, não é mesmo?

Assim como a quimera de Eric, eu tenho muitas personalidades.

Há multidões dentro de mim.

Há anos que venho perambulando pelo país, igualzinho a você, minha querida irmã. Não fomos sempre a sombra uma da outra? Atadas de uma maneira inexplicável.

Mas somos realmente assim tão inexplicáveis, se olharmos para o lugar de onde nós duas viemos?

Podemos não ser irmãs de sangue, mas a forma como cada uma de nós renasceu naquele porão nos conecta de maneira mais forte do que sangue compartilhado, você não acha?

Assim como você, estou sempre na estrada, sempre fugindo, sempre PROCURANDO.

Procurando pelas garotas.

Você sabe sobre elas.

Eu persigo as garotas, enquanto você persegue os monstros.

Mas você sabe — ou já tentou adivinhar — por que eu faço o que faço?

Porque nós duas sabemos que toda criatura tem uma motivação, uma força que a impulsiona. Todo monstro tem uma FOME, uma necessidade que tem que ser saciada. Você se lembra das suas aulas?

O que eu faço com as meninas?

Eu as SALVO.

Eu as salvo, porque... porque... porque...

Porque não pude salvar você.

Cada vez que transformo uma garota, é VOCÊ quem eu estou salvando.

Você, minha irmã.

Minha corajosa caçadora de monstros.

Minha outra metade.

A peça que me falta.

Venha me encontrar.

Venha para casa.

Estarei te esperando.

— Você sabe o que ela quer dizer? — perguntou Lagarto, apontando para a página. — Onde fica a "casa"?

Pisquei para a folha, o mundo ao redor tremulando e oscilando, o passado e o presente se entrelaçando. O passado do qual eu vinha tentando fugir com tanto esforço, mas, ainda assim, o mesmo que vinha perseguindo durante todos esses anos.

— O Asilo. Ela voltou pro Asilo de Hillside.

— O quê? — exclamou ele, com os olhos arregalados. — O Asilo de Hillside? Do livro *A Mão Direita de Deus*?

Apenas assenti.

— Puta merda! Era por isso que o nome Hildreth soava tão familiar. Vocês duas são de lá? Vocês eram, tipo... experimentos daqueles médicos malucos? Não acredito!

Fiquei de pé, as pernas tremendo.

E, num piscar de olhos, a sorte fora lançada.

Estava voltando para o lugar onde o monstro e eu havíamos sido criados.

Eu estava indo para casa.

A Mão Direita de Deus: A Verdadeira História sobre o Asilo Hillside

Por Julia Tetreault, Jornal *Trechos Obscuros*, 1980

Retirado dos arquivos da Dra. Helen Hildreth
Arquivos da Paciente S

O PROCESSO QUE eu havia esboçado e aperfeiçoado no Projeto Mayflower é uma combinação única de remédios, TEC, hipnose, terapia da água fria e privação sensorial.

Quando feito da forma correta, como aconteceu com a Paciente S, o indivíduo fica completamente sem memória, ou qualquer percepção de seu antigo eu.

Mas o último e mais crucial passo, a chave para que tudo isso funcione, é fazer o coração do paciente parar de bater, seja com um choque elétrico ou com uma dose alta de remédios que induzem convulsões.

Depois, o coração deve ser reanimado pelo médico, seja por meios elétricos ou manuais.

Esse processo de morrer e ser trazido de volta à vida é antigo. Em toda cultura, existem histórias de viajantes que fizeram essa jornada. É o ato de transformação mais intenso, física e simbolicamente, que o corpo humano consegue suportar.

Apesar de ser possível ressuscitar um paciente com o desfibrilador ou com a reanimação cardiopulmonar, meu método preferido é a massagem cardíaca com o tórax aberto, ou Toracotomia. Eu coloco o coração na palma da minha mão esquerda, que fica aberta e na horizontal. Com a mão direita na superfície dianteira do órgão, eu aperto num ritmo de cem batimentos por minuto. O coração deve permanecer na horizontal.

Quando o órgão volta a bater sozinho nas minhas mãos, eu o coloco de volta na cavidade do tórax.

É um momento de, se me atrevo a dizer, transcendência, tanto para o paciente quanto para mim.

Eu dei uma nova vida para essa pessoa. Um novo começo.

O Dr. Hutchins diz que é meio como "brincar de Deus".

Mas eu não concordo inteiramente com essa avaliação.

Eu disse para ele: "É como ser a mão direita de Deus."

O Monstro

21 de Agosto de 2019

Eu venho do ventre da serpente. Do lado oculto da lua. Do destilador de gim da minha avó: sementes de zimbro, coentro, caules de lírio florentino. Eu deixo um sabor amargo na sua boca.

Eu sou o veneno.

Eu sou, disse eu.

Venho da eletricidade no ar, um raio capturado em uma garrafa.

De uma coelha que levou um tiro e foi trazida de volta à vida.

Venho da solidão da chuva escorrendo pelo vidro da janela, uma garotinha olhando através do vidro, ansiando por uma amiga, uma irmã com quem pudesse dividir tudo.

Eu venho da família Templeton: uma longa linhagem de bêbados, imbecis e espécimes inferiores da humanidade.

Venho das vozes dos deuses antigos e dos novos. A voz de Neil Diamond, cheia de crepitações e de interrupções devido aos discos antigos de Vovó. Eu sou o Irmão do Amor, como na música dele. Sou cada monstro dos filmes em preto e branco. Sou o camundongo na câmara mortífera, mas também aquela que os coloca lá dentro. Sou a bolinha de algodão ensopada de clorofórmio. Sou o guincho das rodas de metal nas quais os ratinhos correm em círculos infinitos, girando e girando.

Roda da vida. Roda da criação.

Roda que não chega rápido a lugar algum, presa em uma gaiola.

E eu, eu conheço gaiolas e fechaduras.

Sei como é ganhar a liberdade.

Eu venho do Asilo Hillside.

Do quarto escuro na ala Oeste B, onde fui amarrada em uma cama com amarras de couro, onde me deram choques de 150 volts direto na cabeça, onde eu morri por causa desses choques, e depois fui trazida de volta à vida.

Você tem um coração forte, Violet Hildreth.

Já estive do outro lado.

Já estive lá, mas voltei.

Você se lembra? Você se lembra?

Ah, sim, eu me lembro. Me lembro de todas as coisas que minha avó me ensinou. Das mentiras que ela contou. Da vida imaginária que ela me deu: pais inventados que nunca existiram, um acidente de carro que nunca aconteceu e um irmão que não era realmente meu irmão, era apenas um estranho.

Minha avó me ensinou as partes do corpo humano, desde a célula mais minúscula até o órgão mais comprido (a pele). Ela me ensinou a memorizar os nomes científicos de coisas que víamos todos os dias: do bordo que ficava na ponta do jardim (*Acer saccharum*), do camundongo (*Mus musculus*), do junípero (*Juniperus communis*).

Ela me ensinou a colocar remédios dentro de uma agulha, a fazer incisões cirúrgicas e a costurar feridas.

Me ensinou a fazer uma câmara mortífera.

A acabar com o sofrimento de uma criatura doente.

A ser a deusa dos roedores.

A manter a cabeça erguida.

Você é especial, Violet Hildreth.

Minha avó me ensinou a viver entre os humanos, um monstro se escondendo à vista de todos.

O LIVRO DOS MONSTROS

Violet Hildreth e Iris Cujo Sobrenome Nós Não Sabemos
Ilustrado por Eric Hildreth
1978

COMO MATAR UM MONSTRO

Vampiro: estaca de madeira no coração

Lobisomem: bala de prata

Fada/duende: amarrar num ferro

Demônio: água benta, crucifixo e exorcismo

Fantasma: faça um círculo de sal e mande-o de volta para o outro mundo

Se você não sabe que tipo de criatura é, existem outras coisas que pode tentar.

Fogo quase sempre mata um monstro, assim como cortar fora a cabeça dele.

Às vezes é tão simples que basta dizer o nome da criatura de traz para frente.

Existem diversas maneiras de matar criaturas, assim como existem diversos monstros.

Vi

28 de Julho de 1978

O S DEUSES ESTAVAM rugindo, gritando em seus ouvidos. As vozes pareciam trovões, ondas que quebravam na praia. Vozes de batidas de carro. Sons feitos de vidros quebrados e gritos.

A própria Vi tentou gritar, mas, quando abriu a boca, não saiu nenhum som.

Tudo o que conhecia, ou achou que conhecia, era mentira. Um pano de fundo cuidadosamente pintado, que, ao ser puxado, revelou um imenso nada.

Não houvera nenhum acidente, nenhum cirurgião brilhante como pai, nenhuma mãe com a beleza de uma estrela de cinema.

Ela não tinha irmão.

Foi *daqui* que ela viera. Deste porão, destes remédios, tratamentos, sessões de hipnose e cirurgias.

Não pode ser, não pode ser, não pode ser. As palavras eram como um trem ansioso, movendo-se em seus ouvidos. *Não pode ser, não pode ser.*

Mas era.

E não havia uma parte dela que soubera disso o tempo todo? Que vinha se preparando para este momento?

Vi estava ajoelhada no chão e Iris sacudia seus ombros.

— Vi! Violet! Acorda, Violet!

Mas Violet Hildreth era um nome inventado. Uma personagem.

Quem sou eu? Quem sou eu? Quem sou eu?

Ela abriu os olhos, mas eles não eram mais os de Violet Hildreth.

A menina ficou de pé sobre as pernas trêmulas, e foi até o gabinete de arquivos.

— Vi? — chamou Iris. — Vi, fala comigo.

Ela começou a puxar as pastas da gaveta, sem prestar atenção ao conteúdo através dos olhos cheios de lágrimas, só jogando os papéis pelo chão inteiro.

Eu sou a Paciente S.

E a menina sentiu dentro do peito, florescendo, as palavras firmes e fortes: *eu sou um monstro.*

Isso ela sabia ser.

As folhas estavam espalhadas ao redor do cômodo, como uma estranha neve que caíra. Ela derrubou o pesado gabinete de metal, deixando o grito que vinha crescendo dentro dela finalmente sair.

Vi daria um monstro a eles.

Daria a eles o pior monstro que o mundo jamais vira.

E aí, então, Vovó não se arrependeria?

Ela *faria* a avó se arrepender.

Por tudo o que fizera.

Vi pegou a cadeira de madeira e a jogou contra a parede, quebrando o encosto e as pernas. Estava maravilhada com a própria força, com o poder e a fúria que circulavam dentro dela, inflamando-a, fazendo-a crepitar e brilhar.

ESTA é quem eu sou, quem eu sou, quem eu sou.

— Vi! — gritava Iris. — Violet, para!

Mas a voz dela parecia muito distante, uma voz no fim de um túnel escuro e comprido.

Vi sentiu alguém tocar seu ombro, um toque gentil no começo, depois mais firme, girando-a.

Mas não era mais o ombro dela. Era o ombro de uma garota chamada Vi, uma boneca de papel que não existia mais.

— Está tudo bem — disse Iris, puxando a menina para mais perto. — *Shh*. Vai ficar tudo bem. Fala comigo, por favor, Vi.

Iris acariciou o cabelo da menina, tocou o rosto de Vi e olhou para ela com tanto amor, mas também com um pouco de pena. Era um olhar de: *sinto muito*. Iris estava chorando; lágrimas escorriam pelo seu rosto pálido.

A garota chamada Vi — ou o que restara dela — amava Iris, amava tanto que seu peito doía, e ela mal conseguia recuperar o fôlego.

Mas o monstro estava cheio de ódio, desprezo e raiva.

E a criatura era mais forte.

O monstro estava ganhando.

— Me solta — ordenou ela.

— Não. Vi, eu...

— Me solta! — rugiu ela, mas Iris segurou-a com força.

O monstro cambaleou, formando um punho com a mão direita, balançando o braço no ar. Tudo pareceu acontecer em câmera lenta, e o que mais pegou Vi desprevenida não foi a própria força, mas a expressão de puro espanto e descrença no rosto de Iris.

O punho de Vi entrou em contato com a têmpora da menina e Iris caiu, se estatelando com as costas no chão e batendo a parte de trás da cabeça na quina da mesa, com um estalido repugnante. Ela tombou em cima das anotações espalhadas.

O monstro rugiu mais alto, arrancando o próprio cabelo, rasgando as roupas, destroçando a blusa, e provocando arranhões profundos e vermelhos no próprio peito.

Sua voz se transformou em um rosnado furioso e grave.

A visão ficou mais aguçada, conforme as cores se tornavam mais brilhantes e os sons mais intensos.

Ouviu passos descerem as escadas correndo, chegando para ver o que significava toda essa baderna.

Ouviu o tamborilar furioso da chuva no telhado, o estalo do trovão, o som de Eric dormindo suavemente em sua cama, o guincho das rodinhas de metal girando sem parar no porão.

Ela ouvia tudo.

Sentia tudo.

E só então Vi entendeu o que significava ser um deus. As vozes dos deuses que falavam com ela, lhe diziam o que fazer, guiavam-na todos os dias, eram apenas ela mesma esse tempo todo.

E agora Vi não precisava dos deuses.

Sabia o que tinha de ser feito.

Era a única opção que restara.

A menina rugiu outra vez, deu a volta em Iris, que estava gemendo no chão, e foi até o corredor, no quarto de procedimentos. Ela jogou a máquina de TEC contra o chão de concreto, destruindo-a. Tirou garrafas e frascos de remédios do gabinete e jogou-os no chão, sapateando em cima do vidro quebrado e do líquido derramado, dançando a própria dança esquisita dos monstros.

Chega, chega, chega.

— Violet?

E lá estava Vovó, parada no corredor, o cabelo bagunçado de dormir, as roupas vestidas de qualquer jeito, na pressa.

Sal espreitava atrás dela, uma grande gárgula dentro do uniforme azul, um homem sólido como uma pedra.

— Mas o que... — A voz dele foi sumindo.

Vovó observou a cena, viu a caixa de choque elétrico destruída, e as garrafas de vidro e os frascos de remédio pisoteados em poças úmidas.

Sal deu um passo na direção de Vi.

Vovó levantou a mão: um gesto de *pare*.

— Você pode ir, Sal.

— Mas, Dra. Hildreth...

— Sou perfeitamente capaz de controlar minha neta sozinha. Nos deixe sozinhas.

— Mas...

— Não volte aqui embaixo. E mantenha o resto da equipe longe daqui também.

A avó usara a voz de "*Eu sou a chefe*", afiada como uma faca, as palavras pronunciadas na mais perfeita clareza, na mais perfeita calma.

Sal foi embora, parecendo arrependido, como se cercar uma adolescente fora de controle teria sido o ponto alto da sua noite.

Vovó deu um passo na direção de Vi, seus sapatos ecoando alto no chão de cimento. *Ploc, ploc*, iguais as patas de um animal. Um monstro.

— Eu me lembro — disse Vi.

O pior tipo de monstro: aquele se esconde à vista de todos.

— E o que é que você acha que lembra, Violet?

— Me lembro de *tudo*.

— É mesmo?

E lá estava ele, aquele sorriso malicioso e forçado, que não era bem um sorriso, apenas uma vaga cópia de um. Completamente errado. Meio grotesco, até.

— Me lembro do som dos seus sapatos contra o chão, aqui embaixo. *Ploc, ploc, ploc*. De como eu esperava você aparecer, observando aquela janelinha na porta acender, você puxar a cobertura dela e olhar pra mim. De como você às vezes trazia bala. Mas em outras me dava choques, injeções, me colocava na banheira gelada e me deixava ali por horas.

Todas as lembranças estavam voltando. E a raiva crescia. Raiva não só pelo que haviam feito com ela, mas com o que haviam feito com os outros também.

— E você não fez isso só comigo. Fez com a Iris também. Com todos os outros.

Vovó não disse nada, só ficou ali, parada, brincando com alguma coisa que tinha na mão.

O que seria aquilo?

Uma agulha cheia de tranquilizante? Algo para conduzir o monstro de volta à submissão? Algum tipo de droga do esquecimento?

Esqueça, Vi. Esqueça tudo o que você descobriu. Vamos deixar as coisas como eram antes. Não seria mais fácil? Não é assim que tudo deveria ser?

Uma parte dela ansiava por voltar ao antes.

— Acho — começou a avó, as palavras baixas e calmas — que você está muito abalada neste momento, Violet.

— Eu li os arquivos. Sei o que você fez. Mas não vai mais conseguir fazer.

Vovó girou o objeto nos dedos.

O isqueiro. O isqueiro dourado com o desenho da borboleta e as iniciais dela.

Vi pensou na borboleta, na metamorfose. Em como já fora uma humilde lagarta, uma coisa feia. Mas agora ela tinha sido transformada. Tinha rastejado para fora do casulo e expandido as perversas asas pretas.

— Se você leu as anotações, então sabe que te fiz um favor, Violet. Eu te resgatei. Levei você embora de uma vida condenada, de uma situação horrorosa. Te dei uma segunda chance.

Vi balançou a cabeça.

— Você me transformou num monstro!

Vovó ergueu o isqueiro, e apertou uma, duas, três vezes.

Vi sentiu a cabeça flutuar.

A avó a alcançou e envolveu a mão ao redor do pulso de Vi, sentindo a pulsação. Um gesto carinhoso que já fizera milhares de vezes.

— Não! — gritou Vi, se livrando do aperto e andando rapidamente para trás.

A menina se posicionou atrás da cama e segurou com força as grades de metal, mantendo o objeto entre as duas.

Vovó apertou o isqueiro de novo e começou a contar, a voz prolongada, baixa e pegajosa como melado.

— Dez, nove... — Ela fez uma pausa.

— Cala a boca!

— Eu te dei tudo, Violet. Você é a melhor coisa que eu já fiz, minha obra-prima. Aquilo que me dá mais orgulho do que tudo neste mundo. — A avó franziu a testa, então retomou a contagem e apertou o isqueiro de novo. — Oito, sete, seis, cinco...

As pálpebras de Vi tremeram.

Sou todos os deuses reunidos em um só, disse para si mesma. A hipnose pode ter funcionado na menininha perdida, Vi, mas ela não era mais essa garota.

— Eu. Sou. O. Monstro — disse Vi com firmeza, mas não muito alto.

Estava fazendo a própria hipnose.

E funcionou.

Ela empurrou a cama o mais forte que conseguia, e o móvel deslizou, batendo bem em cima dos joelhos de Vovó. O isqueiro saiu deslizando pelo chão, a borboleta girando como se estivesse bêbada. A avó caiu no chão com um *ai!* e um estrondo, os pés voando, os saltos longe do chão.

Vi correu até o gabinete de metal, vasculhando o que restara na gaveta de remédios.

Agarrou uma garrafa de vidro marrom de clorofórmio. Depois foi até a cama, puxou a fronha branca, limpa e engomada do travesseiro de plástico, dobrou-a, e então despejou parte do líquido da garrafa no meio da fronha dobrada.

Vovó estava começando a se levantar. Vi empurrou a cama de novo, batendo-a contra a mulher até que ela voltasse a cair.

Vi seguiu os rastros de vidro quebrado, pedaços de condutores, fios e metal, e se agachou atrás da cabeça da avó. Empurrou a fronha sobre sua boca com força, e a segurou no lugar com as duas mãos. Vovó se retesou e se debateu, assim como os roedores que receberam eutanásia por suas mãos ao longo dos anos. A mulher estava gritando, repetindo alguma coisa sem parar, mas as palavras saíam abafadas. O que Vi escutou (ou pensou ter escutado) foi: *por favor*.

— Você fez isso — disse Vi para ela. — Você me criou.

E, finalmente, o corpo da avó amoleceu.

Vi libertou a avó e largou a fronha.

Depois, arrastou a mulher na direção da cama.

Vovó era pequena, mas Vi ficou surpresa com a facilidade que teve para movê-la. A avó nem se mexeu quando a menina a levantou para colocá-la na cama, como uma criança sonolenta sendo arrumada para dormir. A respiração dela estava lenta e tranquila. Ela cheirava a gim e cigarros, a roupa limpa e spray de cabelo. A colônia *Jean Naté* que Vovó sempre passava depois do banho.

Vi deslizou os pulsos da avó — tão estreitos, a pele tão fina — por entre as amarras de couro anexadas na cama, depois fez o mesmo com os tornozelos dela. A mulher perdera um dos sapatos, abandonado no chão. Ao lado dele, estava o isqueiro de borboleta.

A menina pegou o isqueiro. Ainda estava quente graças à mão da avó.

Ela o apertou e a chama ganhou vida, o cheiro familiar do fluido do isqueiro preenchendo seu nariz.

Vi deu a volta na cama. Sentia-se tão leve que estava quase flutuando, como se nem estivesse no quarto onde passara horas, dias, semanas, meses, ou até mesmo anos, acorrentada àquela mesma cama, sendo forçada a esquecer tudo o que já fora um dia, só para depois ser obrigada a acreditar que ela era algo inteiramente novo.

Onde a forçaram a morrer, depois a trouxeram de volta à vida com um novo nome. Uma nova identidade.

A menina olhou para o isqueiro em sua mão, para a chama que ainda ardia, guiando-a como uma tocha, fazendo a borboleta cintilar.

Será que a borboleta se lembrava do significado de ser uma lagarta?

Às vezes, pensou Vi. *Às vezes ela se lembrava.*

Aquela lagarta ainda estava lá dentro, mas tinha se transformado, e agora era muito maior do ela mesma.

Sem olhar para trás, Vi abandonou o quarto, fechou a porta e apagou as luzes.

Lizzy

21 de Agosto de 2019

Já estamos quase chegando.

Consigo sentir uma descarga elétrica, um som que vai crescendo conforme chegamos mais perto.

Uma tempestade estava se formando acima do vale. O céu escureceu e a chuva caiu, pingos grossos batendo contra o teto da van.

O ar parecia denso e pesado.

O lado de dentro do para-brisa estava embaçado.

Diminuí a velocidade, inclinando o carro na rodovia. Liguei a seta e fiz a curva na saída 10, onde a placa verde e branca dizia: FAYEVILLE.

— Então você está me dizendo que a sua irmã é Violet Hildreth, a Paciente S? Tipo, *a* Paciente S?

Agarrei o volante com mais força, meus olhos se movendo entre a estrada e o GPS.

Os limpadores de para-brisa se movimentavam para trás e para frente, repetidamente, enquanto o aquecedor soprava ar a fim de tentar desembaçar o vidro.

Até agora, eu passara a maior parte das quase duas horas de viagem contando para Lagarto sobre o Asilo, sobre como já fui uma menina chamada Iris, e sobre Vi, Eric e Vovó.

— Isso — falei. — Ela é a Paciente S.

— Uau. Eu li o livro, tipo, umas cem vezes. E tenho o DVD do filme. Sei tudo sobre o caso. O que a Paciente S fez... matar a própria família e tudo mais.

Balancei a cabeça.

— Você sabe apenas o que a Julia escreveu. Mas ela deixou muita coisa de fora e parte do que está no livro está errado. São só palpites.

— Mas ela usou as anotações da Dra. Hildreth, certo?

— Julia só tinha um arquivo. O único que sobrou. Todos os outros foram destruídos.

— E como ela conseguiu esse?

— Eu dei pra ela.

— Não acredito!

— Embrulhei na noite em que a polícia levou Eric e eu da casa — confirmei.

Através do para-brisa, olhei para a chuva torrencial, que dava a impressão de que o próprio mundo estava derretendo.

— Espera aí. — Lagarto franziu a testa. — Se a sua irmã é a Paciente S, então de onde você veio? Você chegou a descobrir?

— Não. Tudo que poderia ter me contado quem eu era foi destruído.

Estreitei os olhos para a chuva, encarando as duas pistas da estrada rural à frente. Estava escurecendo.

Eu sabia que deveríamos esperar até de manhã, bolar um plano melhor e entrar no Asilo com a luz do dia a nosso favor. Sabia que deveríamos esperar, mas, se fizéssemos isso, poderíamos chegar tarde demais.

— No filme — começou Lagarto —, tem uma cena, quase no fim, com um monte de crianças fugindo dos quartos no porão do Asilo. Aquilo realmente aconteceu?

Me encolhi um pouco. Nunca tinha conseguido assistir ao filme inteiro, mas vira o suficiente para saber que era uma vaga interpretação da verdade. Uma versão hollywoodiana repleta de efeitos especiais e garotas bonitas cheias de maquiagem interpretando as pacientes.

— Não. Violet e eu éramos as únicas crianças no Asilo naquela noite. Éramos só nós duas.

Lagarto ficou em silêncio por um instante. O rapaz estava com *O Livro dos Monstros* equilibrado no colo, dando uma olhada nele enquanto eu dirigia.

Mantive os olhos na estrada, diminuindo a velocidade quando cheguei a uma curva fechada.

Lagarto, iluminado pela minúscula luz acima dele, tamborilava os dedos no livro.

— O que ela quer dizer com "transformar" as garotas? — perguntou ele.
— Não sei.

Ele assentiu, fechou o livro de monstros e olhou em volta.

— Então aqui é Fayeville, né? — Estávamos passando por um armazém e por uma Dollar General. — Nunca estive aqui. Eu e uns amigos do ensino médio chegamos a conversar sobre vir aqui e procurar pelo Asilo, mas meus amigos amarelaram, disseram que era assombrado e amaldiçoado.

Forcei um sorriso.

— Tenho certeza de que é.

— No filme, Fayeville parecia bem maior. E um pouco mais alegre também.

Balancei a cabeça e suspirei.

Passamos por um posto de gasolina, um prédio dos correios, e pela loja de departamentos de Fayeville. Depois por outro posto de gasolina, que possuía uma Dunkin' Donuts. Uma loja de cigarros eletrônicos. Uma placa indicando o depósito de lixo da cidade e o centro de reciclagem.

Quando cheguei numa curva da estrada, diminuí a velocidade. Ali, à direita, uma placa meio caída indicava o Drive-in Hollywood.

Uma das gigantescas telas estava quase intacta, mas grandes quadrados estavam faltando, mostrando apenas a madeira do andaime por trás. A tela do outro lado do estacionamento tinha desmoronado completamente. A barraca dos ingressos estava fechada com tábuas de madeira compensada e cheia de pichações, e a entrada para o drive-in estava fechada com correntes.

— Falta muito? — perguntou Lagarto.

— Estamos quase lá.

Passado o drive-in, seguimos pela Main Street por mais 1,5 quilômetro, depois viramos à direita na Forest Hill Drive. Ou pelo menos era o que eu achava. O GPS me dizia que a rua era essa, mas não havia nenhuma placa sinalizando. As árvores haviam crescido muito, quase engolindo a entrada para a estrada de terra, tornando-a difícil de reconhecer.

A estrada estava em péssimas condições, se é que podíamos chamá-la de estrada. Parecia mais com um antigo leito de rio que secara. A van sacolejava devagar por cima das pedras, e eu desviava dos piores buracos e de uma árvore que caíra e bloqueava parcialmente a estrada.

— Tem certeza de que este é o caminho certo? — perguntou Lagarto.

— Não, não tenho certeza de nada — falei, irritada, perscrutando a chuva torrencial, tentando distinguir alguma coisa, qualquer coisa que parecesse familiar.

Freei bruscamente, jogando Lagarto para frente, que foi parado pelo cinto de segurança, as mãos apoiadas no painel.

— Tá tranquilo — disse ele. — Foi só uma leve chicotada, só isso.

Uma corrente pesada e enferrujada inclinava-se de um lado ao outro da estrada. Um cavalete laranja e branco, com uma placa desbotada de ESTRADA FECHADA, estava embaixo da corrente. Havia placas de NÃO ULTRAPASSE nas árvores ao lado da estrada.

— Acho que vamos andando a partir daqui — falei.

Estacionei a van e desliguei o motor. Então fui até a parte de trás do veículo, peguei a mochila e verifiquei se tudo que eu poderia precisar estava ali dentro. Também peguei a capa de chuva no pequeno armário, depois o coldre para a arma, deslizando-o por sobre meu ombro antes de colocar a capa de chuva.

— Você não acha que vai mesmo precisar usar isso, né? — perguntou Lagarto, enquanto eu prendia a arma no coldre.

O garoto tinha ficado pálido e parecia muito mais jovem. Foi estranho, mas, com aquele rosto tão sério, consegui perceber pela primeira vez a semelhança que ele tinha com o pai. Os dois possuíam o mesmo sorriso, as mesmas linhas de preocupação na testa.

Por um breve instante, desejei que Pete estivesse aqui conosco. Depois pensei na merda caótica que se seguiria, quando o guarda descobrisse que eu enfiara o filho dele numa situação tão potencialmente perigosa quanto esta.

— Acho que você deveria esperar aqui — sugeri. — Se eu não voltar em uma hora, você pede ajuda. Liga pro seu pai, depois pro 190.

— Não, não. — Lagarto balançou a cabeça. — Nem pensar! Eu vou com você. A gente fez um trato!

Assenti, relutante, depois peguei a mochila e tirei dali o molho sobressalente das chaves da van. Entreguei-o para Lagarto.

— Pra que isso?

— Pro caso de você precisar sair daqui sozinho.

— Lizzy...

— Você sabe, buscar ajuda, essas coisas. — Dei um sorriso fraco.

— Eu, você e a Lauren vamos sair daqui — disse ele, claramente se esforçando para soar como os heróis de ação. — É o único resultado possível pra isso tudo. Combinado?

— Combinado — falei, saltando da van direto para a chuva.

Eu já estava encharcada em menos de cinco minutos. O vento soprava a chuva na nossa direção de diversos ângulos diferentes, fazendo-a entrar pelas mangas da minha blusa e subir pela barra da capa. O jeans e o tênis estavam ensopados. Lagarto estava pior do que eu: botas pesadas de trabalho, jeans e capuz de algodão.

A estrada era um lamaçal, repleta de crateras cheias de água que haviam se transformado em minúsculos rios. Continuamos nos arrastando colina acima. Finalmente, a estrada se tornou nivelada e eu vi: o que sobrara da velha casa de Vovó. Tudo o que restou foi um pedaço da varanda da frente, um buraco no celeiro e pilhas de escombros: madeira chamuscada, vidros quebrados e uma banheira enferrujada. Me surpreendeu muito ver o pouco que havia restado.

A casa tinha ficado intacta da última vez que eu a vira. Esse incêndio deve ter acontecido depois que o prédio foi abandonado.

Olhei para o Asilo do outro lado do terreno cheio de mato. A cocheira e o celeiro tinham sido demolidos, mas o prédio do Asilo em si ainda estava lá, assomando-se como algo debilitado, um monstro como nenhum outro. Um pedaço da parede da frente tinha desmoronado, os tijolos amarelos jogados em pilhas no meio de madeiras chamuscadas e entulhos irreconhecíveis. O telhado havia desabado, mas a maior parte das velhas telhas de ardósia permaneceram. As janelas estavam quebradas ou cobertas com pedaços de madeira compensada, que haviam apodrecido ou se deformado, e estavam cheias de pichações.

Eu quase conseguia sentir o cheiro da fumaça, mesmo depois de mais de quarenta anos.

Ficamos de pé, na chuva, encarando o Asilo, e nenhum dos dois se mexia. Estava escurecendo, e grilos fora da estação cricrilavam.

— Aquilo é uma luz acesa lá dentro? — perguntou Lagarto, estreitando os olhos e erguendo a mão para protegê-los da chuva.

Ele tinha razão. Havia um brilho suave vindo das janelas mais baixas.

— Ela está esperando por nós — falei.

Por mim.

Ela está esperando por mim.

— Vamos — chamei, conduzindo-o para o outro lado da estrada e pelo capim.

Eu estava puxando o garoto ao longo do caminho, e, num passe de mágica, tinha 13 anos de novo, correndo pelo jardim com Vi, escorregando e deslizando conforme nos segurávamos uma na outra, alegres e tontas. Duas garotas partindo para descobrir a verdade que achavam que as salvaria.

Parem! Queria gritar para aquelas meninas.

Voltem!

Voltem antes que seja tarde demais.

Mas não havia como mudar o que acontecera. Não havia como voltar no tempo.

A luz na janela tremulou, pulou e se contraiu, emitindo um suave brilho laranja.

Chamas.

— Depressa — falei, começando a correr. — Está pegando fogo!

Vi

28 de Julho de 1978

Eu sou, disse eu.
Eu sou, eu chorei.
As vozes (dela! Só dela!) estavam cantando na cabeça de Vi. Cantando em tons alegres e límpidos.

Em um lampejo de consciência, ela entendeu a eterna obsessão que tinha com monstros. Com os filmes antigos, as histórias e as lendas. Uma parte dela estava se preparando. Preparando a própria menina para o dia em que ela acordasse e entendesse o que realmente era.

※

Vi encontrou Iris ainda no chão do escritório. Ela estava sentada no meio da bagunça de papéis e pastas de arquivos.

— Vi? — chamou Iris.

Vi foi até os papéis que estavam em cima da mesa: aquele último arquivo que as duas haviam encontrado.

Começou rasgando a contracapa da pasta, com a fotografia anexada.

Vi olhou para aquela menina, a Paciente S, para o sorriso no rosto dela, a felicidade. Ela fora cuidada e amada pela avó, que era uma mulher elegante, inteligente e gentil, a melhor médica do mundo. E Vovó também fizera o bolo favorito da neta, tão doce que faziam os dentes de Vi doerem, porém leve e macio, um bolo dos anjos em todos os sentidos.

Garota de sorte, garota de sorte, cantou o deus dos aniversários.

Faça um pedido, estimulou o deus dos desejos.

O que ela havia desejado?

Fora um desejo que pareceu vir do nada, mas, ainda assim, de toda a parte. Um desejo que sempre estivera dentro dela, mas havia acabado de alcançar a superfície de sua consciência.

A menina havia desejado uma irmã.

Alguém com quem pudesse compartilhar tudo.

Vi baixou o olhar para essa menina da fotografia, essa garota mesquinha e estúpida, e mal a reconheceu.

Ela apertou o isqueiro de Vovó, tocou a ponta da pasta com a chama e observou o fogo começar.

— Vi? — chamou Iris de novo. Ela agora estava de pé, oscilando um pouco, como se o cômodo estivesse girando. A menina colocou as mãos na escrivaninha, buscando equilíbrio. — O que você está fazendo? — O rosto de Iris estava pálido e suado, os olhos alertas.

Vi balançou a cabeça.

Vi, não. Não mais.

Me chame pelo meu verdadeiro nome, eu te desafio.

Mas qual era seu verdadeiro nome?

Paciente S?

O Monstro?

Ela deve ter tido um nome antes, quando era outra garota, com pais de verdade e uma irmã de verdade.

Vasculhou a própria memória em busca desse nome, ou de algum lampejo da sua vida anterior, mas nada surgiu.

Só a escuridão.

Não tinha importância. Não de verdade.

Não era mais aquela menina.

Também não era Violet Hildreth.

Era alguém — algo — completamente diferente.

A pasta já acabara de ser engolida pelo fogo, e as extremidades das chamas queimavam os dedos da menina. A dor a puxou de volta para seu próprio corpo.

Mas o corpo de *quem*?

Vi largou a pasta em chamas sobre os outros papéis na escrivaninha. Depois, foi reunindo mais arquivos, mais papéis, e os acrescentou à pequena fogueira.

Iris chegou mais perto.

— Para! O que você tá fazendo?

Vi empurrou Iris e ordenou que ela ficasse longe.

A fumaça, a fuligem e as espirais de papel queimado flutuaram, caindo no chão, queimando o tapete, e exalando um fedor químico horroroso.

Ela jogou os pedaços da cadeira quebrada no fogo.

Deixe queimar.

Deixe tudo queimar.

A própria mesa agora estava pegando fogo, e as chamas disparavam até o teto baixo. A cobertura de plástico, que ficava em cima das bruxuleantes lâmpadas fluorescentes, estava derretendo com o calor. As luzes explodiram. O quarto mergulhou na escuridão.

Iris gritou.

E o monstro riu.

Riu tanto que começou a sufocar com o denso cheiro de plástico da fumaça preenchendo sua garganta e seus pulmões.

Iris estava tossindo, sufocando.

A fumaça deixara o ambiente tão turvo que Vi mal conseguia ver a menina, uma figura pálida, de pé, logo atrás dela. Sua sombra, sua *doppelgänger*.

Vi pegou a mão de Iris, que lutou contra ela, tentando se soltar. Mas Vi segurou com força, puxando-a para longe do fogo e na direção da porta.

Lizzy

21 de Agosto de 2019

Tarde demais, tarde demais, pensava eu, enquanto alcançava os degraus despedaçados da frente.

Toquei o lado de fora da porta, procurando por calor.

Mas estava fria e molhada.

Coloquei a mão na maçaneta.

Por favor, abra. Não esteja trancada.

Eu sentia Lagarto atrás de mim e conseguia ouvir sua respiração acelerada.

A maçaneta girou em minha mão.

Respirei fundo, entrei no Asilo e soltei um suspiro de alívio.

Velas.

Alguém acendera velas em volta de todo o saguão: duas no chão, uma de cada lado da porta, e três mais adiante. A luz bruxuleante formava um caminho que conduzia até a porta para o porão.

O prédio tinha cheiro de bolor, madeira apodrecida, reboco molhado e fumaça.

— Acho que ela está te esperando — sussurrou Lagarto, entrando no saguão.

Assenti, puxando a arma, e segui em frente, devagar, acompanhando o caminho à luz de velas até as escadas do porão.

O chão estava repleto de pedaços de reboco que haviam caído, restos carcomidos de tapetes e partes de móveis quebrados. O chão cedeu um pouco sob meus pés. Em alguns pontos, nem havia mais chão: apenas vigas queimadas.

Me virei de costas e sussurrei para Lagarto:

— Cuidado onde pisa.

Ele assentiu, movendo-se com cuidado.

— Então, você tem algum tipo de plano?

Não respondi.

Qual *era* o plano?

Eu tinha que impedir o monstro. Salvar a menina.

Mas eu mataria o monstro?

Era assim que acontecia em todos os filmes, e foi assim que escrevemos em nosso livro: o monstro tinha que morrer.

Por baixo da capa de chuva, o suor escorria por todo o meu corpo. A arma parecia pesada e fria na minha mão.

Parei no topo das escadas. A porta estava aberta e velas iluminavam a escadaria.

Eu tinha o pressentimento de que estava indo direto para uma armadilha. Me conduziram até aqui. Minha irmã estava lá embaixo, esperando.

Me lembrei das velhas camas de hospital, das amarras e da máquina de TEC.

Comecei a descer os degraus lentamente.

Lagarto me seguiu.

— Não tô gostando disto — sussurrou ele.

Nem eu, pensei. Mas que outra escolha eu tinha?

A única pessoa na vida com quem realmente senti que tinha algum parentesco estava me esperando lá embaixo.

Minha irmã.

— Silêncio — falei para Lagarto. — Fica atrás de mim.

Aqui embaixo, as paredes e o teto estavam intactos, mas tinham sido pichados por vândalos. Garrafas de cerveja quebradas estavam espalhadas pelo chão, junto com embalagens vazias de biscoito e caixas de papelão de fast-foods. Avistei uma embalagem de camisinha e estremeci — que lugar esquisito para se fazer sexo.

Com spray vermelho, alguém desenhara um pentagrama na porta de aço que dava acesso à ala Oeste B. Também escreveram embaixo: *O Diabo morava aqui*.

Pura verdade, pensei.

Segurando a arma na mão direita, empurrei a porta com a esquerda.

Mais velas traçavam o caminho no corredor verde de cimento. As paredes estavam pretas graças à fumaça e ao bolor. O lugar cheirava à podridão e a ruínas, com um traço de cheiro de fumaça, como um fantasma, mesmo depois de todos esses anos.

— Não tô com um bom pressentimento — sussurrou Lagarto.

Ele parou de andar. Balancei a mão esquerda para ele, indicando: *você fica aqui.*

Me esgueirei devagar pelo corredor, tentando impedir que meus pés fizessem muito barulho ao esmagar mais vidro quebrado, pedaços de cimento, pedaços de madeira queimada, reboco e plástico derretido.

Ouvi vozes. Um grito.

Uma garota sentindo dor?

Meu coração parecia uma britadeira.

Eu não chegara tarde demais! Lauren estava viva!

Ainda havia tempo para salvá-la.

Queria sair correndo, mas sabia que precisava me mover devagar, com cuidado.

Passei pela primeira porta à esquerda, girando para olhar lá dentro, a arma apontada para frente, como aqueles policiais em séries de TV.

O quarto estava vazio e escuro.

Mas a porta para a sala de procedimentos, o quarto onde o corpo de Vovó fora encontrado amarrado na cama, estava aberta, com luzes de velas tremeluzindo lá dentro.

É uma cilada, é uma cilada, gritava uma voz na parte de trás do meu cérebro. *Corra! Saia daqui enquanto ainda é tempo!*

Meus pés congelaram, sem querer dar mais nenhum passo adiante, sem querer descobrir o que me esperava.

— Fica parada — ordenou a voz de uma mulher dentro do quarto. — Senão vou cortar você.

Respirei fundo e entrei no quarto, a arma erguida e firme entre as minhas duas mãos.

A sala estava cheia de velas, as chamas tremeluzindo e dançando. Uma antiga lanterna de acampamento estava acesa em cima de uma mesa virada de cabeça para baixo, emitindo um brilho forte e lançando sombras enormes nas paredes.

A menina estava sentada numa cadeira, com um lençol amarrado em volta dela, então só o que eu conseguia enxergar era a parte de trás da sua cabeça.

E lá estava o monstro: minha irmã de tanto tempo atrás, de pé ao lado da garota, o brilho de uma lâmina refletindo em sua mão direita.

Vi

28 de Julho de 1978

O PRÉDIO PEGAVA fogo atrás delas. O alarme de incêndio soava, e as campainhas eram ensurdecedoras. O sistema de sprinklers no teto fora acionado. As duas estavam ensopadas. Encharcadas por causa dos sprinklers dentro do edifício, e por causa da chuva que caía do lado de fora.

Iris estava sentada, apoiando-se em uma árvore. A parte de trás da cabeça dela estava sangrando. A chuva se misturava com o sangue, fazendo ambos escorrerem pelo pescoço da menina. O rosto dela estava pálido, e os lábios tinham um tom azulado. O gorro de Iris tinha sumido, e Vi conseguia enxergar a cicatriz que percorria a frente da cabeça dela, por debaixo do que restara do cabelo.

De algum lugar ao redor da frente do Asilo, as meninas conseguiam ouvir a Srta. Evelyn gritando, enquanto o trovão ribombava:

— Onde está a Dra. Hildreth?

Patty e Sal também estavam lá, na lateral do prédio, contando os pacientes, que estavam meio sonolentos, sedados e cambaleantes em suas camisolas de hospital, a chuva molhando todos eles.

A Srta. Evelyn continuava gritando pela Dra. Hildreth, a voz ficando cada vez mais aguda, cada vez mais frenética, mas ninguém parecia ser capaz de responder àquela pergunta.

— O que foi que você fez? — perguntou Iris, olhando para o Asilo atrás de Vi, a fumaça escapando do prédio, as chamas agora visíveis em algumas das janelas mais baixas.

Vi pensou enxergar formas na fumaça, contorcendo-se e serpenteando conforme ela subia: eram os fantasmas se libertando. Fantasmas que estiveram lá esse tempo todo.

— Fiz o que precisava ser feito.

— Os registros, os arquivos...

— Estão todos destruídos agora.

Iris parecia prestes a chorar de novo.

— Desculpa — disse Vi. — Se tinha qualquer coisa lá sobre quem você era, ou quem costumava ser, foi destruída.

E ela *estava* arrependida. Tinha quebrado sua promessa: ela nunca descobrira quem era Iris ou de onde a menina viera. E agora nunca mais descobriria.

Mas, na verdade, Vi acreditava que tinha salvado Iris de alguma maneira. Desse jeito, a menina nunca precisaria saber as coisas horríveis que foram feitas a ela. As coisas terríveis que ela poderia ter feito com outras pessoas.

Iris inclinou a cabeça contra a árvore e olhou para o céu através do dossel de folhas. Vi olhou também. Não havia nenhuma estrela. Apenas escuridão. E, de vez em quando, o lampejo brilhante de um raio.

Vi girou e viu uma sombra se movendo rapidamente na direção delas, do outro lado do enorme e extenso gramado, correndo e passando pelos pacientes com olhares perdidos e pela equipe noturna que tentava manter o controle.

Era Eric, os cachos descabelados esvoaçando, o pijama opaco e ensopado, e os pés descalços.

— O que houve? — perguntou ele, arquejando para recuperar o fôlego. O menino olhou para Vi. — Onde está a Vovó?

— Eric... Eu... — gaguejou ela, sem saber o que dizer ou por onde começar.

O poder e a confiança do monstro estavam enfraquecendo. Vi olhou para o prédio em chamas atrás de Eric e sabia que tinha feito aquilo. Lembrava-se de ter começado o fogo, mas, ainda assim, sentiu como se tivesse sido outra pessoa. Como se fosse um filme: um monstro num estado de fúria.

Vi não tinha certeza de quem era agora: um monstro, uma garota ou uma junção dos dois.

A Srta. Ev — vestindo um robe, com a peruca torta — estava de pé ao lado do edifício, encarando as chamas e gritando:

— Dra. Hildreth!

A mulher correu na direção da porta leste, como se fosse entrar direto, mas Sal a agarrou e a puxou para trás, o que acabou exigindo mais esforço do que ele esperava. Os dois lutaram, e a Srta. Ev quase escapou, mas Sal ficou atrás dela e a enrolou com firmeza em seus braços, afastando-a do edifício.

— A senhorita não vai ajudar ninguém entrando lá — disse ele. — Precisamos da senhorita aqui. Os pacientes precisam da senhorita.

— Dra. Hildreth! — A Srta. Ev soluçava.

Eric olhou de Vi para o Asilo, seu rosto iluminado pelo brilho laranja das chamas.

— O que você fez com a Vovó? — exigiu saber ele.

Vi sentia pena do menininho que acreditara ser seu irmão. Queria protegê-lo da verdade. Mas sabia que essa verdade ia vir à tona de qualquer maneira. E seria melhor se ele descobrisse através dela.

— Vovó — começou ela, a voz insegura —, Vovó não é a pessoa que você pensa. E eu também não sou.

O menino a encarou com a boca meio aberta. Seus olhos se estreitaram de raiva.

— Eu sei quem você é. Sei tudo sobre você.

— Eric — chamou Iris —, eu acho...

— Você não é minha irmã. É uma *desgarrada* — ele cuspiu a palavra —, assim como a Iris.

Vi sentiu algo desmoronar dentro dela.

Forçou as próximas palavras a saírem por sua garganta quase fechada:

— Há quanto tempo você sabe?

— Desde que Vovó te trouxe pra casa.

Não. Vi balançou a cabeça.

— Ela me deu uma tarefa especial — contou ele. — Ficar de olho em você. Fazer relatórios pra ela.

— Relatórios — repetiu Vi.

A chuva estava tão barulhenta, tão fria. Ela estava tremendo, seu corpo todo estava tremendo.

Isso não deveria ter surpreendido Vi. Não depois de tudo o que descobrira esta noite. Mas, ainda assim, estava surpresa. Eric estivera fazendo relatórios sobre Vi para Vovó, do mesmo jeito que Vi estava fazendo sobre Iris. Se elas tivessem esperado mais tempo, com certeza Iris já estaria fazendo relatórios sobre alguma criança nova.

Eric assentiu.

— Vovó disse pra eu te tratar como se fosse minha irmã. Que eu deveria concordar com qualquer coisa que você dissesse, qualquer verdade doida que você inventasse. Eu nunca deveria te contar que as suas lembranças não eram reais. Ela disse... Vovó disse que você poderia ser perigosa.

Vi sentiu a fúria rugindo de novo, o monstro assumindo o controle.

— Você sabia! Você sabia e nunca disse nada? — Seu irmão linguarudo tinha guardado o maior segredo de todos. — Como pôde fazer isso?

— Eu prometi pra Vovó — disse ele. — Prometi pra ela que seria o melhor irmão do mundo. E que *nunca* iria te contar a verdade. Não importava o que acontecesse. — O menino agora estava chorando, olhando para Vi. — E quer saber? Pra ser sincero, eu meio que esqueci. Que você não era minha irmã de verdade. — Ele esfregou os olhos e olhou para trás, para o prédio em chamas. — Mas Vovó estava certa. Ela disse que um dia você talvez fosse fazer algo ruim. Algo terrível.

Sirenes subiam a colina: os três conseguiam escutá-las ao longe, um som fraco no começo, mas ficando mais alto. Logo o jardim inteiro estaria infestado de homens de uniformes e jaquetas de bombeiros, máscaras e tanques de oxigênio nas costas. Homens que fazem perguntas.

— Eu vou contar pra eles — disse Eric, esfregando o nariz com as costas da mão. — Vou contar pra eles o que você fez. Vou contar tudo sobre você.

O menino parecia tão corajoso naquele momento. Tão furioso e hostil. O que quer que acontecesse com ele, para onde quer que o menino fosse agora, Vi achava que ele ficaria bem.

— Pode ir contar. Conta a verdade — disse Vi. — Olha debaixo da minha cama. Tem um arquivo lá. Mostra aquela pasta pra eles. Lá tem provas do que eu sou. Do que fiz.

Eric se virou e correu na direção dos carros de polícia e dos caminhões dos bombeiros que vinham chegando pela estrada, as luzes vermelhas brilhando na chuva. Ele estava acenando os braços freneticamente, gritando para os homens.

— Eric, espera! — gritou Iris, ficando de pé para correr atrás do menino.

— Deixa ele ir — disse Vi, observando-o desaparecer na curva do prédio, e pensando que era assim que terminava: a última vez na vida em que veria o irmão.

E, apesar de ele não ser seu irmão de verdade, apesar de ter mentido para ela, o coração de Vi se partiu ao vê-lo ir embora.

— Eles virão atrás de você — disse Iris.

— Sim — concordou Vi, observando o primeiro caminhão dos bombeiros estacionar em frente ao Asilo, seguido por uma viatura.

Logo depois, chegaram uma ambulância e outro caminhão.

— Vão te trancar em algum lugar! — disse Iris.

Vi sorriu.

— Vão ter que me pegar primeiro.

— Mas...

— Vem comigo.

Iris balançou a cabeça e parou de encarar Vi. Seus olhos estavam cheios de lágrimas.

— Não tem como. A gente nunca conseguiria. Somos só crianças! Pra onde a gente vai? O que a gente vai fazer?

Você é minha garota esperta, Vovó sempre dissera para ela.

Vi era inteligente. Mas era muito mais do que isso.

Uma menina de 13 anos talvez não fosse capaz de sobreviver sozinha no mundo.

Mas um monstro conseguiria.

— Confia em mim — disse Vi. Ela olhou para a estrada. Eric estava lá, conversando com um policial. — Por favor. A gente tem que ir agora.

Vi tocou o peito de Iris, bem acima do coração, percorrendo a cicatriz com os dedos, a cicatriz que ela um dia ansiara tanto por tocar. A cicatriz que as tornara gêmeas, que entrelaçara as duas.

— Nós pertencemos uma à outra — disse ela. — Você não percebe?

Duas garotas quebradas que, juntas, se completavam.

Iris se desvencilhou e deu um passo para trás, balançando a cabeça. A menina olhou para Vi como se não soubesse quem ela era, seus olhos esbugalhados e cheios de medo.

Foi então que Vi entendeu.

Ela era realmente um monstro.

E, como toda criatura, sempre estaria sozinha.

A menina afastou a mão, se virou e saiu correndo floresta adentro.

A Mão Direita de Deus: A Verdadeira História sobre o Asilo Hillside

Por Julia Tetreault, Jornal *Trechos Obscuros*, 1980

AS CONSEQUÊNCIAS

O DR. THAD HUTCHINS acabou tirando a própria vida com uma overdose de barbitúricos, uma semana depois do incêndio no Asilo Hillside. Muitos segredos obscuros sem dúvida morreram com ele. Mas o médico ainda conseguiu contar algumas coisas para a polícia durante os primeiros interrogatórios.

De acordo com o Dr. Hutchins, o menino que fora criado como neto da Dra. Hildreth, Eric, tinha nascido no Asilo, no outono de 1969. Ele era filho de uma jovem de 18 anos de idade, com transtornos mentais e um vício em drogas — uma paciente de longa permanência do Asilo. Ninguém sabe quem é o pai da criança. A jovem entrou em trabalho de parto prematuro. A Dra. Hildreth foi a responsável pelo parto e contou para a mãe que o bebê havia nascido morto — da mesma forma que suas próprias filhas gêmeas haviam nascido tantos anos antes. A Dra. Hildreth acreditava que poderia dar uma vida melhor para essa criança do que a jovem mãe. O menino foi, de acordo com o Dr. Hutchins, um experimento de natureza versus criação. Ele foi criado acreditando que era neto da Dra. Hildreth, que seus pais tinham morrido. No momento em que escrevo este livro, o menino está em um lar adotivo, se adaptando muito bem à nova família e à nova identidade. Qualquer registro sobre a identidade de sua mãe biológica foi destruído no incêndio.

A menina chamada Iris também está em um lar adotivo. As tentativas de descobrir sobre o passado dela foram malsucedidas. O Dr. Hutchins relatou que a própria Dra. Hildreth trouxe a menina para o Asilo. Ele alegou não saber de onde a menina viera. Embora qualquer documentação que pudesse existir sobre Iris tenha sido destruída, está claro que ela fez parte do Projeto Mayflower. A menina carrega cicatrizes de uma cirurgia de tórax aberto e de uma cirurgia cerebral. Ela não tem qualquer lembrança de sua vida antes do Asilo.

A Paciente S — mais conhecida como Violet Hildreth — desapareceu sem deixar vestígios. A última vez em que foi vista foi na noite do incêndio: 28 de julho de 1978.

Para onde uma menina sozinha de 13 anos de idade vai?

Não há registros remanescentes que possam nos dizer quem ela realmente era. Não há provas de que ela sequer existiu. Nenhum documento por escrito.

A polícia não se esforçou muito para encontrá-la.

A partir das poucas anotações que eu tinha dos arquivos que restaram da Dra. Hildreth, e da minha própria pesquisa sobre os últimos membros da "Família Templeton", acredito que consegui identificar a Paciente S.

Eis o que descobri.

No dia 3 de outubro de 1974, um pequeno trailer em Island Pond, Vermont, pegou fogo, matando Daniel Poirier, sua esposa, Lucy, e a filha mais velha do casal, Michelle. A filha mais nova, Susan, nunca foi encontrada. Alguém dissera que Susan havia sido enviada para morar com familiares fora do estado. Localizei a certidão de nascimento dela e uma foto de turma da segunda série. Estou convencida de que essa menina, Susan Poirier, nascida no dia 3 de setembro de 1965, em St. Johnsbury, Vermont, é a Paciente S.

Também estou convencida de que ela ainda está por aí. De que ela vai, um dia, segurar uma cópia deste livro nas mãos.

SUSAN, SE ESTIVER lendo isto: seu nome é Susan Poirier. Sua professora da segunda série, a Sra. Styles, se lembra de você como a menina mais inteligente da turma, esperta, alegre e cheia de perguntas. Você ainda possui familiares em Northeast Kingdom: tias, tios e primos. Nenhum deles culpa você pelas coisas que aconteceram. E todos esperam que, algum dia, você volte para casa.

Lizzy

21 de Agosto de 2019

NÃO SE MEXA — ordenei com a voz áspera.

O monstro se virou na minha direção, não parecendo nem um pouco monstruoso.

E a garota se virou também, girando a cabeça ao redor, o cabelo mais curto de um lado do que do outro.

— Olá, Caçadora de Monstros — disse Vi, sorrindo.

O cabelo dela estava curto e preto, com algumas mechas grisalhas, e ela tinha algumas rugas ao redor dos olhos castanhos. Ela estava em ótima forma, os músculos aparecendo por debaixo da blusa verde. Também usava jeans e botas de couro. Vi parecia tão... comum. E parecia tanto com a própria versão de 13 anos que fiquei chocada.

— Larga a faca — ordenei, apontando a arma diretamente para o peito dela.

O monstro continuava sorrindo, enquanto erguia a tesoura que tinha na mão para me mostrar, antes de soltá-la. O objeto retiniu ao cair no piso.

Olhei para o chão, que estava coberto de tufos de cabelo loiro com pontas roxas.

Ela estivera cortando o cabelo da Lauren.

— Se afasta da menina, Vi.

O monstro me lançou um olhar cômico e deu três passos para trás, com as mãos para cima.

— A última pessoa que me chamou por esse nome foi você mesma, bem aqui.

— Lauren! — gritou Lagarto atrás de mim, correndo na direção da menina que agora estava de pé, tirando o lençol.

Ela usava uma legging e uma blusa de manga curta. A não ser pelo esquisito corte de cabelo inacabado, parecia perfeitamente bem.

— Lagarto? — Lauren avançou e abraçou o rapaz. — Meu Deus! O que você tá fazendo aqui?

— Vim te salvar. Bom — disse ele, sorrindo com timidez —, Lizzy e eu viemos te salvar. Ela te machucou? — questionou ele.

— Não.

— Drogou você? Te hipnotizou?

— Hum, não. Nada disso.

— Não entendi — disse Lagarto. — O que ela fez então?

— Me salvou.

Eu ainda estava com a arma apontada para Vi.

— Lagarto, gostaria que você tirasse a Lauren do quarto, por favor. Volta lá pra cima e espera por mim.

— Sério — disse Lauren —, não tem necessidade disso tudo. Estou bem. Mais do que bem, pra ser sincera. Tipo, tenho certeza que meu cabelo deve estar um pouco ridículo agora, mas isso meio que é culpa sua, né? — A menina riu.

— Leva ela lá pra cima, Lagarto — ordenei. — Agora.

Os dois adolescentes saíram do quarto.

— E só sobramos eu e você, Iris — disse Vi. — Como nos velhos tempos.

— Ninguém me chama mais assim.

— Desculpe. Lizzy, então. Lizzy Shelley. Um nome lindo. Estou feliz de te ver. Estive esperando por este momento durante muito tempo.

— Por que, exatamente?

— Pra te mostrar. Pra te mostrar o que me tornei. Não é por isso que você está aqui? Não é por isso que esteve me caçando? Você é muito inteligente, sabe? Compreendendo os fatos. Me seguindo ao redor do país. E agora nós fechamos o círculo, não é mesmo? De volta aqui, onde tudo começou. É sério, parece perfeito.

— Você ia matar a menina na minha frente?

Vi caiu na gargalhada.

— Você realmente acha isso?

— O que eu acho é que pelo menos dez garotas desapareceram e nunca mais foram vistas. Se você não está assassinando elas, então o que...

— Alguns monstros — interrompeu Vi — usam seus poderes para o bem. Por favor, sente-se. Tenho algo pra te mostrar.

Ela se inclinou para pegar alguma coisa na mochila ao lado.

— Parada! Você precisa manter as mãos onde eu possa vê-las — gritei.

Vi colocou as mãos acima da cabeça.

— Tudo bem. Você pode, por favor, pegar meu notebook, então? Eu não tenho nenhuma arma.

Ela empurrou a mochila para mim, e eu espiei dentro dela. Sim, tinha um notebook. Algumas maçãs, barrinhas de granola, um kit de primeiros socorros e uma lanterna. Tirei o computador dali de dentro e o entreguei para ela.

— Posso me sentar? — perguntou Vi.

Eu assenti. Ela se sentou numa pilha de cobertores no chão, abriu o computador no colo e começou a digitar.

— Aqui. Dá uma olhada.

Dei um passo mais para perto, logo atrás de Vi, e baixei o olhar para a tela.

Ela abrira uma página que mostrava uma mulher vestindo roupas sociais, algum tipo de perfil. Claire Michaels, 40 anos de idade, diretora na Livewire Multimídia, em Burbank, na Califórnia. Era casada e tinha dois filhos. Todas as informações para contato estavam ali.

Vi clicou em outra página de perfil: mais uma mulher. Jessica Blankenship, 36 anos, uma enfermeira obstetra em Akron, Ohio. Solteira.

— O que é isso? — perguntei. — Algum aplicativo de relacionamento?

— Olha para o fim das páginas — disse Vi.

Ela voltou para o perfil de Claire Michaels. Me inclinei mais para perto. Ali embaixo, em letras minúsculas no pé da página: *ACC Jennifer Rothchild*.

O nome despertou algo em meu cérebro. Olhei outra vez para a foto da mulher de blusa de colarinho branca, blazer, cabelo com mechas loiras e maquiagem completa.

Jennifer Rothchild fora a primeira vítima do monstro. Ela tinha desaparecido no verão de 1988, depois de alegar ter conhecido um tipo de Pé-grande na floresta de sua cidadezinha, em Washington. Nunca mais se ouviu falar dela.

— Olha — pediu Vi, clicando em outra página que mostrava uma foto de Jennifer Rothchild, aos 13 anos de idade.

Era a fotografia que havia circulado na mídia e que tinha sido colocada em cartazes quando a menina desapareceu. Vi clicou de novo, e então a foto da Jennifer de 13 anos ficou ao lado da de Claire Michaels, com 40 anos. Tinham o mesmo rosto em formato de coração, os mesmos olhos azuis, a mesma pequena covinha na bochecha esquerda. Eram a mesma pessoa.

Coloquei a arma de volta no coldre, me ajoelhei no chão ao lado de Vi, peguei o notebook com as duas mãos e usei o mouse para navegar entre os perfis. Ali estavam todas as versões adultas das meninas que haviam sido sequestradas. Cada perfil tinha o nome ACC (Antes Conhecida Como) e uma fotografia: Vanessa Morales, Sandra Novotny, Anna Larson. Eu conhecia tão bem todos esses nomes, todas essas fotos: aquelas dez meninas desaparecidas. Possuía uma pasta inteira recheada de informações sobre essas garotas: catálogos das minhas tentativas desesperadas de descobrir o que acontecera com elas. Mas ali estavam as meninas, todas encontradas. Todas desfrutando de boas vidas, com novos nomes: uma diretora executiva, uma médica, uma professora de biologia marinha, uma cineasta. E tinha mais de dez mulheres, meninas que eu nem sabia quem eram. Meninas que haviam abandonado as vidas adolescentes, e reaparecido como adultas bem-sucedidas e com novos nomes.

— Eu não entendo — falei.

— É isso que eu faço — disse Vi. — O que *nós* fazemos. Pegamos meninas em situações ruins: garotas que estão sendo abusadas por familiares ou namorados, viciadas em drogas, que cometeram erros terríveis, e até mesmo garotas que já mataram alguém. Meninas que outras pessoas chamam de *monstros* — disse ela, enfatizando a última palavra, depois fazendo uma pausa para que ela se misturasse com as nossas próprias sombras na luz bruxuleante. — Nós damos uma segunda chance para todas. As transformamos. Ensinamos que a raiva que sentem dentro de si, a coisa que as torna diferentes, pode ser uma fonte de força e de poder. Nós mostramos a elas como escapar de quem já foram um dia e começar de novo.

Pisquei para Vi, ainda sem acreditar no que estava ouvindo.

— *Nós*, quem?

— Eu tenho benfeitores, colaboradores. A maioria mulheres que ajudei e que entraram em contato comigo, que querem fazer o que puderem por outras meninas. Claire Michaels, por exemplo. Ela manda dinheiro todo mês e tem uma cocheira atrás da casa dela, onde hospeda meninas que estão recomeçando. Quase todas as mulheres que já transformei contribuem com o que podem. O dinheiro é usado para ajudar as meninas a se estabelecerem em novas vidas. Novas escolas. Até mesmo uma faculdade. É uma rede de mulheres... um tipo de clube de monstros.

Pensei no que Vovó fizera, nas vidas que arruinara tentando apagar completamente suas antigas personalidades. Vi estava dando para essas meninas perdidas, garotas como nós duas já havíamos sido, segundas chances.

— Você não mata as meninas. Não machuca elas. Você está salvando as garotas?

Vi balançou a cabeça.

— Nós mostramos a elas como salvarem a si mesmas.

Fiquei em silêncio, assimilando aquilo tudo.

— E agora eu preciso da sua ajuda — disse Vi.

— Minha ajuda?

— Preciso que você deixe tudo isso pra trás. Que não chame a atenção para os monstros e para as garotas.

— Você está me pedindo pra parar de caçar monstros?

Ela riu.

— Não. Não todos os monstros. Só a mim.

— E como vou saber que é você?

— Sabendo. Você vai conseguir sentir, não vai? Não foi assim que acabamos aqui?

Olhei para Vi. Aqui estava ela, o monstro que eu vinha perseguindo havia tanto tempo.

— Você está decepcionada? — perguntou Vi. — Não sou o que você esperava?

— Não... Eu só...

— Você costuma pensar nisso? No que poderia ter acontecido, se você tivesse ido comigo naquela noite?

Meus olhos arderam com as lágrimas.

— O tempo todo.

— Eu também. — Vi assentiu. — Você partiu meu coração naquela noite.

Abri a boca para dizer alguma coisa, mas não sabia o que: *me desculpa? Eu faria tudo diferente se pudesse voltar atrás?*

Lauren e Lagarto estavam de volta.

— Só queria garantir que ninguém atirou em ninguém ainda — disse Lauren.

— Lizzy — chamou Lagarto —, a gente entendeu tudo errado. A Lauren estava me contando o que realmente está acontecendo. Ela estava passando por umas merdas bem ruins, tipo, coisas bem assustadoras que eu não sabia...

— E ganhei uma segunda chance — completou Lauren.

— Eu ainda não entendo — admiti. — Por que não simplesmente ir pra casa e recomeçar lá mesmo? Por que deixar tudo pra trás?

— Porque é assim que tem que funcionar — disse Vi. — Minhas regras. Para renascer, você tem que morrer. Cortar todos os laços. Desapegar da sua antiga vida e da influência que ela tem sobre você. Pode parecer meio exagerado, mas funciona. Funcionou várias vezes.

— Mas e se as garotas não quiserem mudar? — perguntou Lagarto.

— Então elas voltam pra casa. Não costuma acontecer muito. Eu escolho as meninas com bastante cuidado. Apenas as que estão realmente passando por situações urgentes conseguem cortar os laços. Aquelas que não têm mesmo mais nenhuma opção. Aquelas que já sentem que não pertencem a lugar nenhum.

— Como nós duas, certa vez — falei.

Vi sorriu.

— Exatamente.

EPÍLOGO

Lizzy

05 DE SETEMBRO DE 2019

— COMO ESTÁ A CAÇADA pelo *Wendigo*? — perguntou Lagarto.

— Nenhum sinal dele ainda, mas eu entrevistei uma testemunha hoje. Uma mulher confiável... trabalha na prefeitura da cidade. Jura que viu a criatura agarrar o cachorro dela e sequestrá-lo, quando ela estava fora, correndo, algumas semanas atrás. E não é um cachorro pequeno, é um husky siberiano.

A história tinha me inquietado: uma pálida criatura humanoide, de quase três metros de altura, meio esquelética e com enormes órbitas pretas.

— E ele fedia — dissera a mulher para mim — à carne podre, em decomposição.

— Eca! — exclamou Lagarto. — Tem certeza de que não precisa de uma ajuda por aí?

Soltei uma risada.

— Você tem escola. Seu pai ia te matar se você pegasse um avião até os ermos de Wisconsin.

Lagarto também riu.

— Não sei. Eu meio que acho que ele teria vontade de ir comigo. Ele fala de você o tempo todo. Tem lido o seu blog todo dia e está ouvindo todos os podcasts. Acho que alguns ele até já ouviu duas vezes.

— Isso é muita coisa pra um cara incrédulo.

— Ele quer saber quando você vai voltar pra Vermont. Me pediu pra te lembrar que nós temos muitos outros monstros por aqui pra você investigar. Disse que pode te levar até o lago Champlain no barco dele, pra ir caçar o Monstro do Lago.

— Parece uma boa ideia — falei. — Talvez no próximo verão.

— Você ainda vai pra Califórnia depois de Wisconsin? — perguntou o rapaz.

— Vou dar uma parada no caminho, e passar um tempinho com o meu irmão primeiro. Depois, sim, prometi ao Brian que iria pelo menos me encontrar com ele e com a equipe para ouvir sobre essa nova série que eles estão imaginando.

— Eu acho que é uma ideia incrível: *Lizzy Shelley, A Caçadora de Monstros*!

— Meu Deus, espero que inventem um nome melhor do que esse!

— Você seria uma idiota se não aceitasse, sabe? — disse Lagarto. — Se a sua missão é realmente ensinar às pessoas sobre monstros, você tem que fazer o que mais atrai a audiência. Além do mais, você é boa nisso. O público te adorava em *Monstros entre os Humanos*.

Suspirei.

Eu estava na minha van, acampada à beira da floresta Point Beach State, em Two Rivers, Wisconsin. Já estava escuro e, quando olhei pelas janelas, vi apenas meu próprio reflexo. A van estava repleta do brilho aconchegante das luzes de LED e da tela do notebook.

Lagarto ficou em silêncio.

— Então, como você está, de verdade? — perguntei.

— Ok — disse ele, soltando um longo e lento suspiro. — É estranho. Não poder contar pra ninguém que a Lauren está bem... nem mesmo pro meu pai. Eu só me preocupo com ela, sabe?

— Ela está bem, Lagarto. Está em boas mãos.

— Eu sei. Só queria...

— Que as coisas fossem diferentes?

— É.

— Eu sei — concordei. — Eu também.

Queria saber para onde Vi e Lauren tinham ido. Queria que tivéssemos bolado um plano para nos vermos de novo, como irmãs normais fazem.

Em vez disso, Vi tinha me alertado para ficar longe, me pedido para não as seguir ou tentar encontrá-la.

— Mas e se eu precisar de você? — perguntei naquele dia.

— Se for uma emergência, você pode me mandar um e-mail.

Ela anotara um endereço de e-mail que começava com MNSTRGRL.

— Tem mais uma coisa — disse Lagarto.

— O quê?

— Ouvi meu pai e aquele investigador da polícia estadual conversando hoje.

— Sobre a Lauren?

— Aham. Parece que a polícia de Worcester encontrou... evidências.

— Que tipo de evidências?

— O diário da Lauren. O pai vinha abusando dela há um tempo já. A polícia disse que a coisa era bem feia. De acordo com o diário, ela ia contar tudo. Estava prestes a falar com a mãe, ir à polícia, contar pro terapeuta... pra todo mundo. Ela já tinha contado pra alguns amigos.

Senti um nó na minha garganta.

— Mas a gente já sabia disso, né?

— Aham — disse Lagarto. — Mas a polícia acha que o pai pode ter descoberto que ela estava prestes a abrir a boca e fez alguma coisa, alguma coisa pra manter a garota calada.

— Certo. E eles prenderam o homem? O interrogaram?

— Não. Ninguém consegue encontrá-lo.

— Hein?

— Parece que o cara fugiu. Desapareceu.

— Bem culpado, não? — falei.

— Sim, eu sei. Entendo o fato dele sumir, mas ainda é estranho.

— Como assim?

— Bom, pra começar, ele desapareceu uma noite *antes* de encontrarem o diário. A esposa dele, a mãe da Lauren, disse que ele saiu para jogar o lixo fora, e simplesmente nunca mais voltou. Ele deixou pra trás o carro, o telefone e a carteira. A conta no banco e os cartões de crédito estão intactos. O cara desapareceu sem deixar rastros. E tem mais... ele estava de pijama e descalço quando saiu com o lixo.

— Tá, isso é *mesmo* meio estranho — concordei.

— Você podia, sei lá, tipo, mandar um e-mail pra Vi?

— Lagarto, eu...

— Por favor — pediu o garoto.

O Monstro

05 de Setembro de 2019

O AR PARECIA crepitar e zumbir, e o último brilho do pôr do sol nas janelas provocava uma explosão de cores. Nós vamos esperar pela escuridão.

Aqui, à meia-luz, a garota e eu esperamos, nossos corações martelando, nossas garras e dentes preparados.

Ela está pronta, essa menina. Pronta para percorrer o resto do caminho, para completar a transformação.

A morte sempre faz parte do renascimento.

Vovó me ensinou isso. Faz parte da minha história de origem. Do meu próprio DNA.

Morte e sacrifício.

Faz eu me sentir tão viva que quase me deixa zonza. Meu coração acelera por debaixo das cicatrizes em meu peito, conforme assimilo tudo: o espetáculo da luz esmaecendo, a sensação de corrente elétrica que sinto quando sei o que está prestes a acontecer em seguida.

Os deuses estão sussurrando, dizendo: *logo, logo, logo*.

O ciclo estará completo.

eeeee

— ELE ESTÁ ACORDANDO — diz a garota.

E eu sinto: a euforia do que vai acontecer.

A menina sorri para ele, que está amarrado na cama.

— Oi, papai.

As pálpebras do homem se agitam, enquanto ele desperta e foca a garota, seu rosto é um retrato de completa surpresa.

— Lauren? Mas que merda você está...

Mas ela não é mais a Lauren.

A menina ergue a lâmina.

E está tão bonita: os olhos cintilando, os dentes expostos enquanto uiva. Seu monstro interior totalmente satisfeito.

A transformação está completa.

Não há mais como voltar atrás.

<hr />

MAIS TARDE, DEPOIS que limpamos tudo e estamos prontas para partir, vejo o e-mail de Lizzy e envio uma resposta.

Sei que ela talvez volte a me perseguir, a tentar seguir o meu rastro.

Saber disso me deixa um pouco animada. Nós vamos brincar de pique-esconde, de "me pegue se for capaz". Seremos atraídas uma para a outra, depois afastadas, e então atraídas de novo. Isso me lembra do empurra e puxa dos ímãs, do Polo Norte e do Polo Sul. Nós temos essa mesma força, esse mesmo poder.

Um monstro e uma caçadora de monstros.

Era uma vez duas irmãs, conectadas não pelo sangue, mas por algo muito mais profundo.

Você tem um coração forte, Violet Hildreth, costumava dizer Vovó, e, nesse caso, ela estava absolutamente certa.

Agradecimentos

MUITO OBRIGADA, como sempre, ao agente mais maravilhoso do mundo, Dan Lazar. A Kate Dresser, que ajudou a dar forma a esta história desde os primeiros trechos: trabalhar com você foi realmente mágico. A Jackie Cantor, suas percepções aguçadas nunca cansam de me encantar, e este livro é muito mais poderoso graças a você. A Jen Bergstrom, Jessica Roth, Bianca Salvant, Andrew Nguyen, e toda a equipe da Scout Books: vocês são simplesmente os melhores!

A Drea e Zella: obrigada por não me deixarem desistir quando as coisas ficaram difíceis e por assistirem a um monte de filmes clássicos de monstros comigo! Amo muito as duas e não conseguiria fazer isso sem vocês.

A todo mundo do retiro de escrita de inverno da Trapp Family Lodge, no qual este livro realmente começou a ganhar forma: obrigada por tomarem cerveja comigo e por me ouvirem ler e falar sobre o meu ponto de vista para a história.

E, por fim, à Mary Shelley, porque, como disse Vi: *foi ela quem começou tudo isso.*